KB192869

작은 아씨들

작은 아씨들 ❶

Little Women

루이자 메이 올컷 장편소설 허진 옮김

LITTLE WOMEN
by LOUISA MAY ALCOTT(1868)

이 책은 실로 꿰매어 제본하는 정통적인 사철 방식으로 만들어졌습니다.
사철 방식으로 제본된 책은 오랫동안 보관해도 손상되지 않습니다.

이제 가거라, 나의 작은 책이여, 그대를
맞이하고 환영하는 자들에게 가서
그대 가슴에 감춰 두었던 것을 보여 주고
그대가 보여 주었다는 사실이 저들에게 영원한 축복이
되기를 빌며, 저들이 나나 그대보다 훨씬 훌륭한
순례자가 되기를 선택하도록 도와주어라.
그들에게 자비에 대해 말해 주어라, 그녀는
일찍이 자신의 순례를 시작한 자이니.
그래, 젊은 아가씨들이 그녀로부터 다가올 세상을
귀하게 여기는 법을 배우고, 현명해지게 하라.
발걸음이 가벼운 소녀들은 성인의 발이 지나간
길을 따라 하느님을 따를 수 있을지니.*

— 존 버니언

* 존 버니언의 『천로 역정』 2부의 내용을 각색하여 인용한 것.

제1부

1장
순례자 놀이

「선물이 없는 크리스마스는 크리스마스가 아니야.」 조가 깔개 위에 누워서 투덜거렸다.

「가난은 정말 끔찍해!」 메그가 낡은 원피스를 내려다보며 한숨을 쉬었다.

「어떤 애는 예쁜 물건을 잔뜩 가지고 있는데 어떤 애는 하나도 없다니, 너무 불공평해.」 꼬마 에이미가 상처받은 것처럼 코를 킁킁거리며 덧붙였다.

「우리는 아빠랑 엄마도 계시고 서로가 있잖아.」 베스가 구석의 자기 자리에서 만족스러운 듯 말했다.

난로 불빛을 받아 반짝이는 네 사람의 앳된 얼굴이 이 씩씩한 말에 환해졌지만, 조의 슬픈 말에 다시 어두워졌다.

「아빠는 안 계시잖아, 한참 동안 못 볼 거야.」 조는 〈어쩌면 영영〉이라고 말하지 않았지만, 각자 멀리 있는 전장의 아버지를 떠올리며 소리 없이 그 말을 덧붙였다.

잠시 아무도 말이 없었지만 메그가 분위기를 바꾸며 말했다.

「엄마가 이번 크리스마스를 선물 없이 보내자고 하신 이유는 다들 알잖아. 모두에게 힘든 겨울이 될 거라서 그래. 남자들이 군대에서 그렇게 고생하는데 우리는 돈을 쓰면서 즐기면 안 된다고 생각하셔. 우리가 할 수 있는 일이 많지는 않지만 작은 희생 정도는 할 수 있잖아. 기쁜 마음으로 해야지. 그런데 나도 그게 잘 안 돼.」메그가 고개를 젓고 갖고 싶은 예쁜 물건들을 안타까운 마음으로 떠올렸다.

「얼마 안 되는 우리 용돈은 아무 도움도 되지 않을 거야. 한 사람당 1달러씩인데, 그걸 내봤자 군대에 큰 도움은 안 돼. 엄마나 언니에게서 선물을 바라지 말라는 건 나도 찬성이지만, 내 돈으로『운디네와 신트람』¹을 사고 싶어. 한참 전부터 갖고 싶었단 말이야.」책벌레 조가 말했다.

「나는 새 악보를 사려고 했었어.」베스가 이렇게 말하며 나직하게 한숨을 쉬었지만, 벽난로 솔과 주전자를 집을 때 쓰는 행주 말고는 아무도 듣지 못했다.

「나는 괜찮은 파버 색연필을 한 상자 살 거야. 정말 필요하단 말이야.」에이미가 단호하게 말했다.

「엄마가 각자의 용돈에 대해서는 아무 말씀도 안 하셨지만, 우리가 전부 다 포기하기를 바라지는 않으실 거야. 각자 원하는 걸 사고 조금 즐기자. 그 정도는 즐길 만큼 다들 열심히 일했잖아.」조가 신사 같은 몸짓으로 신발 뒤축을 살피며 외쳤다.

<hr/>

1 독일 낭만주의 작가 프리드리히 드 라 모트 푸케의 소설집. 이하 모든 주는 옮긴이의 주이다.

「난 진짜 열심히 했어. 그 지겨운 아이들을 거의 온종일 가르쳤잖아. 집에서 혼자 느긋하게 지내고 싶은데 말이야.」 메그가 다시 불만스럽다는 듯 말했다.

「내가 언니보다 두 배는 힘들걸.」 조가 말했다. 「신경질적이고 까다로운 노부인이랑 몇 시간씩 갇혀 있으면 어떨 것 같아? 계속 이리저리 뛰어다니게 만들지, 절대 만족할 줄 모르지, 어찌나 귀찮게 하는지 창밖으로 뛰어내리거나 뺨을 때리고 싶을 정도야.」

「불평하면 안 되는 건 알지만, 내 생각엔 설거지랑 정리 정돈이 세상에서 제일 힘든 일 같아. 짜증이 나. 손이 너무 뻣뻣해져서 피아노 연습도 못 해.」 베스가 모두에게 들리도록 한숨을 쉬며 거칠거칠한 손을 내려다보았다.

「언니들이 나만큼 힘들진 않을걸.」 에이미가 외쳤다. 「못된 애들이랑 같이 학교에 다닐 필요 없잖아. 공부 좀 못한다고 괴롭히고, 원피스를 보고 비웃고, 아빠가 부자가 아니면 헌담을 하고, 코가 근사하지 않으면 창피를 준단 말이야.」

「헌담이 아니라 험담이겠지.」 조가 웃으면서 충고했다.

「나도 알아, 일일이 업심여길 필요는 없잖아. 어려운 단어를 쓰는 건 좋은 거야. 어휘력이 늘어나니까.」 에이미가 점잔을 빼며 대꾸했다.

「싸우지 마, 얘들아. 조, 우리가 어렸을 때 아빠가 잃은 돈이 지금 그대로 있으면 얼마나 좋을까? 세상에! 걱정이 없으면 얼마나 행복하고 좋을까!」 넉넉했던 시절을 기억하는 메그가 말했다.

「저번에는 우리가 킹 씨네 집 아이들보다 훨씬 행복하다며. 돈이 많은데도 항상 싸우고 불평불만이라고 말이야.」

「내가 그랬지, 베스. 음, 아직도 그런 것 같아. 물론 일은 해야 하지만 우리끼리 재미있게 놀기도 하고, 조가 말한 대로 우린 유쾌한 일당이니까.」

「조 언니는 꼭 상스러운 말을 쓴다니까.」에이미가 깔개 위에 길게 늘어진 형체를 나무라듯 바라보며 말했다. 조가 즉시 똑바로 앉더니 앞치마 주머니에 양손을 넣고 휘파람을 불기 시작했다.

「하지 마, 언니. 남자애 같잖아.」

「그래서 하는 거야.」

「난 무례하고 숙녀답지 못한 여자는 싫어.」

「난 잘난 척하는 새침데기가 싫더라.」

「작은 둥지 속의 새들은 사이가 좋다네.」항상 중간에서 조율하는 베스가 너무나 웃긴 얼굴로 노래하자, 두 사람의 날선 목소리가 누그러지면서 웃음으로 변했고 투닥거림이 그쳤다.

「너희 둘 다 잘못했어.」메그가 큰언니답게 잔소리를 시작했다. 「너도 이제 남자애같이 구는 건 그만두고 행동을 조심할 나이가 됐잖아, 조세핀. 어렸을 때는 괜찮지만 이제 키도 이렇게 크고 머리도 올렸으니까, 네가 숙녀라는 사실을 잊으면 안 돼.」

「숙녀 아니야! 머리를 올린다고 숙녀가 된다면 스무 살까지 양 갈래로 땋고 다닐래.」조가 이렇게 소리치면서 헤어네트를 빼고 풍성한 밤갈색 머리카락을 풀어 내렸다. 「어른이 돼서 마치 양이라고 불리며 긴 드레스를 입고 과꽃처럼 새침한 표정을 짓는 건 생각만 해도 싫어. 남자애들처럼 놀고 일하고 행동하고 싶은데, 여자인 것도 싫단 말이야. 원래부터 내가 남자가 아니라서 실망스러웠지만 이젠 더 심해졌어. 아빠랑 전쟁터에 나가서 같이 싸우고 싶어 죽겠는데, 굼뜬 할머니처럼 집구석에 처박혀서 뜨개질이나 해야 하잖아.」 조가 이렇게 말하며 파란 군용 양말을 흔들자 뜨개바늘이 캐스터네츠처럼 달각달각 소리를 냈고, 둥근 실타래가 통통 튀며 저 멀리로 굴러갔다.

「불쌍한 조 언니, 정말 안됐다! 하지만 어쩔 수 없잖아. 남자 같은 이름을 쓰고 우리한테 오빠 노릇 하는 걸로 만족해.」 베스가 이렇게 말하며 무릎에 놓인 조의 헝클어진 머리를 쓰다듬었다. 아무리 설거지를 하고 먼지를 떨어도 거칠어지지 않는 손길이었다.

「그리고 에이미.」 메그가 말을 이었다. 「넌 너무 까다롭고 새침해. 지금은 그런 태도도 웃어넘길 수 있지만, 조심하지 않으면 커서 잘난 척하는 숙맥이 될 거야. 고상한 척만 하지 않으면 우아한 행동거지나 세련된 말투는 마음에 들지만, 네 어설픈 단어 실력은 조의 상스러운 말투만큼 이상해.」

「조 언니가 말괄량이고 에이미가 숙맥이면 난 뭐야?」 베스가 같이 잔소리를 들을 태세로 물었다.

「너야 물론 귀염둥이지.」 메그가 다정하게 대답하자 아무도 반박하지 않았다. 〈겁쟁이 생쥐〉 베스는 온 가족의 어여쁨을 독차지했기 때문이다.

어린 독자들은 〈생김새〉를 궁금해하는 법이니, 이 기회에 네 자매의 모습을 간략하게 설명하기로 하자. 네 자매는 해질 무렵에 모여 앉아 뜨개질을 하고 있었다. 밖에서는 12월의 눈이 소리 없이 내리고, 안에서는 난롯불이 타닥타닥 경쾌하게 타고 있었다. 낡았지만 편안한 방이었다. 카펫은 빛이 바랬고 가구는 무척 평범했지만, 벽에 멋진 그림이 한두점 걸려 있고 벽장에는 책이 가득했다. 창가에는 국화와 크리스마스로즈가 피어 있고, 집 안에는 평화로운 분위기가 흘러넘쳤다.

네 자매 중 맏이인 마거릿은 열여섯 살이고 무척 예뻤다. 통통한 몸매와 하얀 살결, 커다란 눈, 숱이 많은 연갈색 머리카락, 사랑스러운 입매, 스스로도 자랑스럽게 여기는 새하얀 손을 가지고 있었다. 열다섯 살의 조는 키가 무척 큰 데다 날씬하고 피부가 가무잡잡했으며, 긴 팔다리를 어떻게 해야 할지 모르는 것처럼 항상 허우적거렸기 때문에 수망아지가 떠올랐다. 단호한 입매와 독특한 코에 모든 것을 꿰뚫어 보는 듯한 날카로운 회색 눈은 맹렬해졌다가, 웃음기가 어렸다가, 깊은 생각에 잠기는 등 시시각각으로 변했다. 길고 풍성한 머리카락은 조의 유일한 아름다움이었지만, 보통 방해가 되지 않도록 헤어네트로 감쌌다. 조는 어깨가 둥글고 손발이 크고 옷차림이 허술했다. 급속도로 여자가 되어 가고 있지만, 그것이 마음에 들지 않아서 마음이 불편한 소녀였다. 모두가 베스라고 부르는 엘리자베스는 불그레한 뺨과 반들반들한

머리카락, 반짝이는 눈을 가진 열세 살의 소녀로, 수줍음이 많고 목소리는 소심했으며 평온한 표정은 잘 흔들리지 않았다. 아버지는 베스를 〈차분한 꼬마 아가씨〉라고 불렀는데, 베스는 혼자만의 행복한 세상에 살면서 굳게 믿고 사랑하는 몇몇 사람들을 만날 때에만 밖으로 나오는 것 같았기 때문에 이 별명이 무척 잘 어울렸다. 막내 에이미는 적어도 자기 생각에는 제일 중요한 사람이었다. 눈꽃 소녀[2]를 똑 닮은 에이미는 파란 눈에 노란 머리카락, 옅은 피부색, 날씬한 몸매를 가지고 있었고, 항상 꼬마 숙녀처럼 굴면서 몸가짐을 조심했다. 네 자매의 성격이 어떠한지는 차차 알아 가도록 하자.

시계가 6시를 알리자, 베스가 난로를 정리한 다음 슬리퍼 한 켤레를 뒤집어 놓고 데웠다. 낡은 슬리퍼를 보자 어머니가 곧 오신다는 생각이 떠올라서 네 자매는 기분이 좋아졌고, 다들 어머니를 맞이할 생각에 얼굴까지 환해졌다. 메그는 잔소리를 그치고 램프에 불을 붙였으며, 에이미는 시키지도 않았는데 안락의자를 비워 놓았고, 조는 피곤함도 잊고 일어나 앉아서 슬리퍼를 불가에 더 가까이 놓았다.

「많이 낡았네. 엄마한테는 새 슬리퍼가 필요해.」

「내 용돈으로 슬리퍼를 사드릴 생각이었어.」 베스가 말했다.

「아냐, 내가 살래!」 에이미가 외쳤다.

「내가 장녀잖아.」 메그가 이렇게 입을 열었지만, 조가 단호하게 끼어들었다.

2 러시아 동화에 나오는 눈으로 만들어진 소녀.

「아빠가 안 계시는 동안에는 내가 우리 집안의 남자잖아, 내가 사드릴게. 아빠가 집을 비운 동안 엄마를 특별히 잘 돌봐 드리라고 하셨거든.」

「그럼 이렇게 하자.」베스가 말했다. 「각자 자기 것 사지 말고 엄마한테 크리스마스 선물을 사드리기로.」

「역시 베스다워! 뭘 살까?」조가 외쳤다.

다들 잠시 진지하게 생각에 잠겼고, 메그가 예쁜 자신의 손을 보다가 갑자기 생각났다는 듯이 말했다. 「난 근사한 장갑을 한 켤레 사드릴래.」

「군화가 최고지.」조가 외쳤다.

「단을 접어서 꿰맨 손수건이 좋겠어.」베스가 말했다.

「난 오드콜로뉴 작은 병을 하나 사드릴래. 엄마가 좋아하시고 별로 비싸지 않으니까, 남은 돈으로 내 연필을 살 수 있어.」에이미가 덧붙였다.

「선물을 어떻게 드리지?」메그가 물었다.

「탁자 위에 놓아둔 다음, 엄마를 모시고 와서 풀어 보라고 하자. 우리 생일 때 어떻게 했는지 벌써 잊었어?」조가 대답했다.

「내가 왕관을 쓰고 의자에 앉을 차례가 되면 너무 무서웠어. 다들 행진하듯이 걸어와서 선물을 주고 키스해 주잖아. 선물이랑 키스는 좋았지만, 선물을 풀어 보는 동안 다들 나만 지켜보는 건 정말 싫었어.」베스가 차에 곁들일 빵과 자기 얼굴을 동시에 데우며 말했다.

「엄마한테는 각자 갖고 싶은 거 산다고 말하고 나중에 놀래 주자. 내일 오후에는 선물을 사러 가야 돼, 메그 언니. 크리스마스 날 밤에 할 연극 때문에 할 일이 너무 많아.」 조가 손을 허리 뒤에 짚고 코를 높이 들고 왔다 갔다 하며 말했다.

「이번이 마지막이야, 이제 연극은 안 할래. 이제 그런 놀이를 하기에는 나이가 너무 많아.」〈옷을 차려입는〉 놀이를 할 때는 언제나 아이 같은 메그가 말했다.

「머리를 풀어 내린 채 흰 가운을 질질 끌면서 걸어다니고 금색 종이로 만든 장신구로 치장할 수 있는 한 언니는 연극 못 그만둬. 난 알아. 언니가 우리 중에서 연기를 제일 잘하잖아. 언니가 그만두면 전부 끝장이야.」 조가 말했다. 「오늘 밤에 리허설해야 돼. 에이미, 이리 와서 기절하는 연기 좀 해봐. 그 장면에서 부지깽이처럼 너무 뻣뻣하잖아.」

「어쩔 수가 없어. 기절하는 거 한 번도 못 봤단 말이야. 그리고 언니처럼 철퍼덕 쓰러져서 온몸에 멍이 들고 싶지는 않아. 편하게 쓰러지는 게 안 되면 안 할래. 아니면 의자에 우아하게 쓰러지든지. 휴고가 권총을 들고 나한테 달려오든 말든 난 몰라.」 에이미가 대꾸했다. 에이미는 연기에 재능이 없지만, 주인공의 품에 안겨 비명을 지르며 끌려 나갈 만큼 체구가 작기 때문에 이 배역을 맡았다.

「이렇게 해봐. 양손을 맞잡고 비틀거리면서 〈로드리고! 살려 줘요! 살려 줘요!〉라고 미친 듯이 소리쳐.」 조가 과장된 비명을 지르면서 멀어지자 정말로 전율이 흘렀다.

에이미가 따라 했지만 양손을 앞으로 뻣뻣하게 내밀며 기계처럼 삐걱삐걱 걸어갔고, 〈으으!〉라는 대사를 할 때에는 두렵고 고통스러운 사람이라기보다는 핀에 찔린 사람 같았다. 조는 절망적으로 신음했고, 메그는 대놓고 웃었으며, 베스는 이 장면을 흥미진진하게 지켜보느라 빵까지 태워 먹었다.

「안 되겠어! 그냥 본 공연에서 최선을 다하고, 관객이 깔깔 웃어도 날 탓하진 마. 다음, 메그 언니.」

그 뒤로는 모든 것이 순조롭게 흘러갔다. 돈 페드로는 두 페이지짜리 연설을 단숨에 읊으며 세상에 저항했다. 마녀 하가르는 솥에 두꺼비를 넣고 끓이며 끔찍한 주문을 외워서 무시무시한 분위기를 만들었다. 로드리고는 남자답게 쇠사슬을 끊었고, 휴고는 깊이 후회하며 비소를 삼키고는 〈하! 하!〉 헐떡거리며 고통 속에 죽었다.

「지금까지 연습한 것 중에서는 최고였어.」 죽었던 악당이 일어나 앉아서 팔꿈치를 문지르자 메그가 말했다.

「어떻게 이렇게 멋진 작품을 쓰고 연기까지 하는지 모르겠어, 조 언니. 언니는 정말 셰익스피어 같아!」 베스가 외쳤다. 베스는 자매들이 모든 방면에 멋진 재능을 가지고 있다고 굳게 믿었다.

「아니야.」 조가 겸손하게 대답했다. 「〈오페라풍의 비극, 마녀의 저주〉가 괜찮다고 생각하지만 뱅코가 등장할 트랩도어³만 있으면 『맥베스』를 공연하고 싶어. 왕을 살해하는 장면을 늘 해보고 싶었거든. 〈내 눈앞에 보이는 이것이 단검인가?〉」 조가 이렇게 중얼거리고 예전에 봤던 유명한 비극 배우처럼

3 바닥이나 천장에 달린 미닫이문.

눈을 굴리며 허공을 움켜쥐었다.

「아니, 토스트 포크에다가 빵 대신 엄마 슬리퍼를 꽂아 놨잖아. 베스가 연극에 푹 빠졌어!」 메그가 외쳤고, 다들 웃음을 터뜨리며 리허설을 끝냈다.

「즐거워하는 모습을 보니 좋구나, 애들아.」 문 쪽에서 유쾌한 목소리가 들려오자, 배우와 관객 모두 고개를 돌려 어머니 같아 보이는 풍채 좋은 부인을 맞이했다. 〈뭘 도와드릴까요?〉라고 말하는 듯한 표정이 사람을 무척 기분 좋게 만들었다. 특별히 예쁘지는 않았지만 아이들의 눈에 자기 어머니는 늘 사랑스러워 보이는 법이고, 네 자매는 회색 망토와 유행에 뒤떨어진 보닛 속에 세상에서 가장 훌륭한 어머니가 있다고 생각했다.

「음, 애들아, 오늘은 어떻게 지냈니? 내일 보낼 상자를 준비하느라 할 일이 너무 많아서 점심 식사 때도 못 왔구나. 손님이 왔었니, 베스? 감기는 어때, 메그? 조, 정말 피곤해 보이는구나. 와서 엄마한테 키스해 주렴, 우리 아가.」

마치 부인은 엄마다운 질문을 던지면서 축축한 옷을 벗었고, 따뜻한 슬리퍼를 신고 안락의자에 앉은 다음 에이미를 끌어당겨 무릎에 앉혔다. 이제 바쁜 하루 중에서 가장 행복한 시간을 즐길 준비가 되었다. 딸들은 엄마를 편하게 해드리려고 애쓰며 각자 바쁘게 움직였다. 메그는 차를 놓을 테이블을 준비했고, 조는 장작을 가져오고 의자를 놓았지만 건드리는 것마다 떨어지고 뒤집히고 쨍그랑 소리를 냈다. 베스는 소리 없이 분주하게 거실과 부엌을 오갔고, 에이미는 손을 포개고 앉아서 언니들에게 이것저것 지시를 했다.

딸들이 테이블 주변으로 모여들자 마치 부인이 유난히 행복한 표정으로 말했다. 「저녁 식사가 끝나면 너희에게 줄 선물이 있단다.」

한줄기 햇살처럼 환한 미소가 재빨리 퍼져 나갔다. 베스는 비스킷을 들고 있던 것도 잊고 손을 맞잡았고, 조는 냅킨을 던지며 외쳤다. 「편지다! 편지야! 아버지를 위해서 만세 삼창!」

「그래, 길고 멋진 편지란다. 아빠는 잘 지내시고, 추운 겨울이지만 우리가 걱정했던 것보다 잘 견디고 계신대. 사랑이 넘치는 크리스마스 인사와 함께 너희들한테 특별한 메시지를 보내셨단다.」 마치 부인이 보물이라도 든 것처럼 주머니를 톡톡 두드리며 말했다.

「빨리, 얼른 먹자! 새끼손가락 구부리고 우아하게 먹느라 시간 끌지 마, 에이미.」 조가 이렇게 소리치며 선물을 얼른 받으려고 차를 허겁지겁 마시다가 빵을 떨어뜨렸는데, 버터 바른 부분이 카펫을 향해 떨어졌다.

베스는 식사를 하다 말고 그늘진 구석의 자기 자리로 살그머니 빠져나가 모두 준비가 될 때까지 곧 읽게 될 기분 좋은 편지에 대해서 골똘히 생각했다.

「나이가 많아서 징병 대상도 아니고, 몸도 좋지 않아서 일반 군인으로 입대할 수 없으니까 종군 목사로 따라가시다니, 아빠는 정말 훌륭하신 것 같아.」 메그가 따스하게 말했다.

「행상이든 비방……⁴ 뭐더라? 아무튼 그거로든 간호사로든 나도 따라갈 수 있으면 얼마나 좋을까. 아빠 곁에서 도와드릴 수 있게 말이야.」조가 한탄하며 소리쳤다.

「천막에서 자면서 맛도 없는 음식만 먹고 주석 잔으로 마시면 정말 불편하겠다.」에이미가 한숨을 쉬었다.

「아빠는 언제 돌아와요, 엄마?」베스가 약간 떨리는 목소리로 물었다.

「병이라도 나면 모를까, 한동안 못 오실 거야. 아빠는 최대한 오래 남아서 맡은 일을 충실히 하실 테니, 우리는 아빠가 원하시는 것보다 조금이라도 더 빨리 돌아오시라고 하면 안 돼. 자, 이리 오렴, 편지를 읽어 줄 테니.」

네 자매가 난로 가까이로 다가갔다. 어머니는 큰 안락의자에, 베스는 그 발치에 앉고, 메그와 에이미는 각각 양쪽 팔걸이에 앉았다. 조는 혹시라도 편지에 감동해서 얼굴에 감정이 드러날 경우 아무에게도 들키지 않으려고 의자 등받이에 기댔다.

그 힘든 시기에 감동적이지 않은 편지는 거의 없었고, 아버지들이 집으로 보내는 편지는 특히 그랬다. 편지에서 아버지는 어떤 고난을 견디고 있는지, 어떤 위험이 닥쳤는지, 향수병을 어떻게 극복했는지에 대해서는 거의 아무 말도 하지 않았다. 경쾌하고 희망찬 편지는 야영 생활과 행군, 군대 소식을 생생하게 묘사했고, 맨 끝부분에 가서야 집에 남겨 둔 딸들에 대한 사랑과 그리움이 넘쳐흘렀다.

「모두에게 내 사랑과 입맞춤을 전해 주오. 낮에는 우리 아

4 비방디에르vivandière. 〈종군 매점 상인〉이라는 뜻의 프랑스어.

이들을 생각하고 밤에는 아이들을 위해 기도한다고, 항상 아이들의 사랑에서 가장 큰 위안을 느낀다고 전해 줘요. 아이들을 다시 만날 때까지 기다려야 하는 1년이라는 세월이 너무나 길게 느껴지지만, 기다리는 동안 우리 모두 노력할 테니 이 힘든 나날을 헛되이 보내는 건 아니라고 말이오. 난 알아요. 우리 딸들은 내 말을 전부 기억할 거고, 당신을 무척 사랑할 거고, 자신의 의무를 충실히 이행하면서 자기 마음속의 적과 용감하게 싸워 너무나 멋지게 이길 거요. 내가 돌아가서 아이들을 만나게 되면 우리 〈작은 아씨〉들이 그 어느 때보다 더욱 사랑스럽고 자랑스러울 거요.」

여기까지 읽자 다들 코를 훌쩍거렸다. 조는 코끝에서 떨어지는 커다란 눈물방울이 부끄럽지 않았으며, 에이미는 고수머리가 망가지는 것도 아랑곳하지 않고 어머니의 어깨에 얼굴을 묻고 흐느꼈다. 「난 너무 이기적이야! 하지만 나중에 아빠가 실망하시지 않게 더 훌륭한 사람이 되도록 열심히 노력할래.」

「우리 모두 그렇게 하자!」 메그가 외쳤다. 「난 외모에 신경을 너무 많이 쓰고 일도 싫어하지만, 이제 되도록 안 그럴래.」

「난 아빠가 붙여 준 〈작은 아씨〉라는 이름에 걸맞은 사람이 되려고 노력할래. 사납고 거칠게 굴지도 않고, 다른 어딘가에 가고 싶다고 생각하기보다는 여기서 내 의무를 다할 거야.」 조가 말했다. 집에서 성질을 죽이며 지내는 것이 남부에 가서 남부군 병사 한두 명을 상대하는 것보다 훨씬 더 힘든 일이라는 생각이 들었다.

베스는 아무 말도 하지 않았지만 파란색 군용 양말로 눈물을 닦고, 제일 가까운 의무부터 지체 없이 실행하려고 온 힘을 다해 뜨개질을 하기 시작했다. 그러면서 작은 마음속으로 아버지가 집으로 돌아오는 그 행복한 날에는 반드시 아버지가 원하는 사람이 되어 있겠다고 조용히 다짐했다.

조의 뒤를 이어 마치 부인이 침묵을 깨뜨리며 활기찬 목소리로 말했다. 「어렸을 때 했던 순례자 놀이 기억나니? 다들 짐 대신 엄마의 가방을 메고 모자와 막대, 둘둘 만 종이를 들고 지하실에서부터 이 집을 순례하면서 정말 좋아했잖아. 멸망의 도시였던 지하실에서 위로, 위로, 지붕까지 올라가면 거기에 너희가 모을 수 있는 온갖 예쁜 물건들을 모아 두고 천상의 도시를 만들었잖니.」

「정말 재미있었어요. 특히 사자 옆을 지나가고, 아폴리온[5]과 싸우고, 꼬마 도깨비가 있는 계곡을 지나갈 때요.」 조가 말했다.

「난 짐이 떨어져서 계단을 굴러 내려갈 때가 좋았어.」 메그가 말했다.

「내가 제일 좋아하는 부분은 꽃이랑 나무 그늘이랑 예쁜 물건들이 있는 지붕으로 나와서, 다 같이 햇빛을 받으며 서서 기쁨의 노래를 부르는 거였어.」 베스가 그 즐거운 순간이 다시 온 것처럼 미소를 지으며 말했다.

---

5 『천로 역정』에 나오는 악마. 비늘로 덮여 있고 용의 날개에 곰의 발을 가지고 있으며, 불과 연기를 내뿜는다.

「기억이 잘 나지는 않는데, 지하실이랑 어두운 입구가 무서웠던 것과, 꼭대기에서 먹는 케이크랑 우유가 정말 맛있었던 건 기억나. 그런 놀이를 하기에 나이가 너무 많지만 않으면 또 하는 건데.」 이제 열두 살이나 되었으니 유치한 놀이는 그만두겠다고 얘기하기 시작한 에이미가 말했다.

「순례자 놀이는 나이가 아무리 많아도 할 수 있단다, 에이미. 우리는 어떤 식으로든 항상 그 놀이를 하며 살아가거든. 우리의 짐이 여기 있고, 길이 우리 앞에 펼쳐져 있으며, 선함과 행복에 대한 갈망이 안내자가 되어 수많은 어려움과 실수를 지나 평화라는 진정한 천상의 도시로 우리를 인도해 주지. 자, 꼬마 순례자들, 여기서 다시 시작해 보자. 놀이가 아니라 진짜 순례를 말이야. 그리고 아버지가 돌아오실 때까지 어디까지 갈 수 있나 보자.」

「정말요, 엄마? 우리의 짐은 어디에 있어요?」 뭐든 문자 그대로 받아들이는 에이미가 물었다.

「베스만 빼고 다들 각자의 짐이 뭔지 이미 말했잖니. 베스는 짐이 없는 것 같구나.」 어머니가 말했다.

「아뇨, 있어요. 제 짐은 설거지와 청소, 좋은 피아노를 가진 애들을 부러워하는 마음, 그리고 사람을 무서워하는 마음이에요.」

베스의 짐이 너무 엉뚱해서 다들 웃음을 터뜨리고 싶었지만, 기분이 상할까 봐 아무도 웃지 않았다.

「해보자.」 메그가 생각에 잠겨 말했다. 「착한 사람이 되기 위해 노력하기로 했잖아, 거기에 다른 이름이 붙는 것뿐이야.

이야기가 우리에게 도움이 될지도 몰라. 우린 착한 사람이 되고 싶지만 너무 힘들어서 깜빡하고 최선을 다하지 않을 때도 있으니까.」

「오늘 밤 우리는 절망의 늪에 빠져 있었는데, 책에서 〈도움〉이라는 인물이 그랬던 것처럼 엄마가 오셔서 우리를 끌어내 주셨어. 우리도『천로 역정』의 주인공 크리스천처럼 방향을 알려 주는 두루마리가 필요해. 그건 어떻게 할까?」조가 의무를 다하는 아주 지루한 일에 작은 모험을 더해 줄 환상이 생겨서 기뻐하며 물었다.

「크리스마스 아침에 베개 밑을 보렴, 거기에 안내서가 있을 거야.」마치 부인이 대답했다.

어머니와 딸들이 새로운 계획에 대해서 이야기를 나누는 동안 해나가 테이블을 치웠고, 그런 다음 네 개의 작은 반짇고리가 등장했다. 네 자매가 마치 대고모를 위해 시트를 만들자 바늘이 날아다니듯 움직였다. 지루한 바느질이었지만 오늘 밤에는 아무도 투덜거리지 않았다. 네 자매는 조의 제안에 따라 긴 솔기를 넷으로 나누어 각각 유럽, 아시아, 아프리카, 아메리카라고 불렀다. 이렇게 하면, 특히 바느질을 하면서 여러 나라에 대해 이야기하면 일이 무척 잘 됐다.

9시가 되자 네 자매는 하던 일을 멈추고 평소 자러 가기 전에 늘 그러는 것처럼 노래를 불렀다. 낡은 피아노를 제대로 치는 사람은 베스밖에 없었다. 베스는 능숙하게 누런 건반만을 살짝 건드려 가족들이 부르는 단순한 노래에 듣기 좋은 반주를 더했다. 목소리가 플루트처럼 아름다운 메그가 엄마와 함께 이 작은 합창단을 이끌었다. 에이미는 귀뚜라미처럼 지저귀었다. 조는 자기 뜻에 따라 멜로디 안에서 방황했고, 항상 엉뚱한 곳에서 꽥꽥거리거나 목소리를 떨어서 더없이 구슬픈 곡을 망쳤다. 네 자매는 혀짤배기소리로

반짝, 반짝, 닦은 별.

이라고 노래를 부르기 시작한 이후로 줄곧 이렇게 해왔고, 타고난 가수였던 엄마 덕분에 노래는 집안의 전통이 되었다. 아침에 제일 먼저 들리는 소리는 엄마가 집 안을 돌아다니며 꾀꼬리처럼 노래를 부르는 소리였고, 밤에 제일 마지막으로 들리는 소리도 똑같이 경쾌한 노랫소리였다. 딸들은 아무리 나이가 들어도 익숙한 자장가가 싫지 않았다.

2장

메리 크리스마스

크리스마스의 잿빛 새벽에 가장 먼저 일어난 사람은 조였다. 난롯가에 양말이 걸려 있지 않았다. 순간적으로 조는 아주 예전에 과자가 너무 많이 들어가는 바람에 작은 양말이 떨어져서 보지 못했을 때처럼 실망했다. 그러나 곧 어머니의 약속을 기억하고 베개 밑으로 손을 넣어 심홍색 표지의 작은 책을 꺼냈다. 조는 이 책을 잘 알았다, 가장 훌륭한 삶을 아름답게 그려 낸 옛날이야기였다. 조는 이것이야말로 긴 여정을 시작하는 순례자를 위한 진정한 안내서라고 생각했다. 조가 메그를 깨워서 〈메리 크리스마스〉라고 인사한 다음, 베개 밑에 뭐가 있는지 보라고 했다. 녹색 표지의 책이 나왔고, 그 안에 똑같은 그림과 엄마의 말 몇 마디가 적혀 있었다. 어머니가 쓴 글귀 때문에 딸들의 눈에는 하나뿐인 선물이 무척 소중해 보였다. 곧 베스와 에이미도 잠에서 깨어 베개 밑에서 역시 작은 책을 발견했다. 하나는 비둘기색, 하나는 파란색이었다. 네 자매는 다 같이 둘러앉아서 책을 보며 이야기를 나누었다. 곧 날이 밝으면서 동쪽 하늘이 장밋빛으로 물들었다.

마거릿은 허영심이 약간 있었지만 천성이 상냥하고 신앙심이 깊어서 자기도 모르게 자매들에게, 특히 조에게 영향을 끼쳤다. 조는 메그를 무척 사랑했고, 메그의 충고가 너무나 다정했기 때문에 순순히 따랐다.

「애들아.」 메그가 자기 옆자리의 헝클어진 머리와 건너편 방의 수면 모자를 쓴 작은 머리 둘을 보면서 진지하게 말했다. 「엄마는 우리가 이 책을 읽고 그 내용을 좋아하고 명심하기를 바라셔. 그러니까 지금 당장 시작해야 돼. 우리도 예전에는 충실히 지켰는데, 아버지가 떠나시고 전쟁 때문에 불안해지면서 많은 것들을 소홀히 한 것 같아. 너희들은 하고 싶은 대로 해. 나는 이 탁자에 내 책을 놔두고 아침마다 일어나자마자 조금씩 읽을래. 그러면 나한테도 좋고 하루를 살아나가는 데도 도움이 될 거야.」

메그가 새 책을 펼치고 읽기 시작했다. 조가 메그를 끌어안고 언니의 뺨에 자기 뺨을 비비더니, 평소의 침착하지 못한 그 얼굴에서는 찾아보기 힘든 고요한 표정으로 같이 읽었다.

「메그 언니는 정말 착하다니까! 에이미, 우리도 읽자. 어려운 단어는 내가 알려 줄게. 우리가 모르면 언니들이 설명해 줄 거야.」 베스가 예쁜 책과 언니들의 모범에 크게 감동해서 속삭였다.

「내 책은 파란색이라서 마음에 들어.」 에이미가 말했다. 이제 고요한 방 안에서는 책장이 조용히 넘어갔고, 겨울 햇살이 살그머니 들어와 밝은 머리와 진지한 얼굴을 어루만지며 크리스마스 인사를 했다.

「엄마는 어디 계세요?」 30분 뒤, 메그가 선물을 잘 받았다는 감사의 인사를 하려고 조와 함께 아래층으로 달려 내려와서 물었다.

「누가 알겠니. 어떤 불쌍한 사람이 구걸을 하러 와서 뭐가 필요한지 보러 가셨어. 저렇게 먹을 것이니 마실 것이니 옷이니 땔감이니 다 주는 사람도 없을 거야.」 해나가 대답했다. 해나는 메그가 태어났을 때부터 같이 살았기 때문에 다들 하녀라기보다는 친구로 여겼다.

「곧 오실 거야. 그러니까 케이크도 굽고 준비를 다 해놓자.」 메그가 이렇게 말하며 적당한 때에 꺼내려고 바구니에 모아서 소파 밑에 넣어 둔 선물들을 보았다. 「어, 에이미가 산 오드콜로뉴는 어디 갔지?」 작은 병 하나가 보이지 않아서 메그가 덧붙였다.

「조금 전에 꺼내서 리본을 단다나 뭐라나 하면서 가져갔어.」 조가 새로 산 군용 슬리퍼를 부드럽게 만들려고 자기 발에 신고서 춤을 추듯 돌아다니며 대답했다.

「내 손수건 참 예쁘지? 해나가 세탁해서 다려 주고 내가 직접 수를 놓았어.」 베스가 힘들게 수를 놓은, 약간 삐뚤삐뚤한 글자를 자랑스럽게 보며 말했다.

「세상에! 〈M. 마치〉가 아니라 〈어머니〉라고 수를 놨네. 정말 재미있다!」 조가 손수건을 한 장 집어 들고 외쳤다.

「그게 맞지 않아? 메그 언니의 이니셜도 M. M.이니까 이

게 나을 것 같았어. 이 손수건은 엄마만 쓰시면 좋겠다 싶어
서.」베스가 곤란한 표정으로 말했다.

「괜찮아, 베스, 아주 예쁜 생각이고 꽤 그럴듯해. 이제 아
무도 착각하지 않을 테니까. 엄마도 무척 기뻐하실 거야, 현
명해.」메그가 조를 향해 얼굴을 찌푸리고 베스에게 미소를
지으며 말했다.

「엄마 오셨다. 바구니 숨겨, 얼른!」문이 쾅 닫히고 복도 계
단이 울리자 조가 외쳤다.

에이미가 서둘러 들어오더니 다 같이 기다리던 언니들을
보고 당혹한 표정을 지었다.

「어디 갔었어? 뒤에 숨긴 건 뭐야?」메그가 두건을 쓰고 망
토를 두른 에이미를 보고, 게으른 막내가 이렇게 이른 시간
에 나갔다 온 것에 깜짝 놀라며 물었다.

「비웃지 마, 조 언니! 때가 될 때까지 아무한테도 알리지
않으려고 했어. 그냥 작은 병을 큰 병으로 바꾸려고 한 거야.
그러느라 돈은 다 썼지만. 이기적으로 굴지 않으려고 진심으
로 노력하는 중이야.」

에이미는 이렇게 말하면서 싼 병과 바꾼 멋진 병을 보여
주었다. 자기보다 남을 위하려고 노력하는 모습이 어찌나 진
지하고 겸허했는지, 메그는 그 자리에서 에이미를 끌어안았
고, 조는 에이미에게 〈정말 최고〉라고 칭찬했으며, 베스는 창
가로 달려가서 제일 예쁜 장미를 꺾어 우아한 병을 장식해
주었다.

「오늘 아침에 책을 읽고 언니들이랑 착해지려고 노력해야

한다는 얘기를 하고 났더니 내 선물이 너무 부끄러워져서 곧 장 달려가서 바꿔 왔어. 이제 내 선물이 제일 근사해, 진짜 기분 좋다.」

다시 문 닫히는 소리가 들리자 바구니는 소파 밑으로 사라 졌고, 네 자매는 아침 식사를 하려고 식탁으로 모여들었다.

「메리 크리스마스, 엄마! 정말 축하해요! 책 고마워요. 다들 조금씩 읽었고, 이제 아침마다 읽을 거예요.」 네 자매가 동시에 외쳤다.

「메리 크리스마스, 우리 딸들! 바로 읽기 시작했다니 잘됐 구나, 계속 잘 지키면 좋겠다. 그런데 자리에 앉기 전에 말할 게 있어. 우리 집에서 멀지 않은 곳에 얼마 전에 아기를 낳은 가여운 여자가 누워 있단다. 땔감이 없어서, 아이들이 여섯 명인데 너무 추워서 침대 하나에 옹기종기 모여 있어. 먹을 것도 없대. 제일 큰애가 찾아와서 배가 고프고 춥다고 하더 구나. 얘들아, 그 집에 크리스마스 선물로 너희 아침 식사를 주는 건 어떨까?」

네 자매는 거의 한 시간을 기다리느라 평소보다 훨씬 배가 고팠기 때문에 잠시 아무도 말을 하지 않았다. 하지만 곧 조 가 열렬하게 외쳤다.

「먹기 전에 오셔서 다행이에요!」

「그 불쌍한 아이들한테 식사 갖다줄 때 저도 같이 가도 돼 요?」 베스가 열심히 물었다.

「크림이랑 머핀은 내가 가져갈래.」 에이미가 제일 좋아하 는 음식을 포기하며 씩씩하게 덧붙였다.

메그는 벌써 메밀 팬케이크를 싸고 커다란 접시에 빵을 쌓고 있었다.

「너희들이 이럴 줄 알았어.」마치 부인이 흡족한 듯 미소를 지으며 말했다. 「엄마를 도와서 같이 가면 되겠다. 다녀와서 아침 식사로 빵과 우유를 먹고 대신 점심을 넉넉하게 먹자.」

금방 준비가 끝났고 행렬이 출발했다. 다행히 이른 시간이고 뒷길로 갔기 때문에 거의 누구의 눈에도 띄지 않았고, 이 괴상한 일행을 보며 웃는 사람은 아무도 없었다.

초라하고 아무것도 없고 형편없는 집이었다. 유리창은 깨지고, 불도 피우지 못하고, 침구는 너덜너덜했다. 아픈 엄마와 칭얼거리는 아기가 있었고, 창백하고 굶주린 아이들이 온기를 빼앗기지 않으려고 낡은 퀼트 이불 하나 안에 옹기종기 모여 있었다. 네 자매가 들어가자 아이들의 커다란 눈이 일제히 쏠렸고, 파랗게 질린 입술이 미소를 지었다.

「아흐, 마인 고트!⁶ 착한 천사들이 우리를 찾아오셨구나!」가련한 여자가 기뻐하며 외쳤다.

「두건을 쓰고 털장갑을 낀 웃긴 천사들이죠.」조가 이렇게 말하자 다 같이 웃음을 터뜨렸다.

몇 분 만에 정말 친절한 천사들이 기적을 일으킨 것처럼 변했다. 장작을 가져온 해나가 불을 지피고, 낡은 모자와 자기 숄로 깨진 유리창을 막았다. 마치 부인은 아이 엄마에게 차와 오트밀 죽을 주고 이제부터 도와주겠다며 안심시켰고, 자기 자식을 대하듯 조심스럽게 아기에게 옷을 입혔다. 그동

6 Ach, mein Gott. 〈아, 세상에〉라는 뜻의 독일어.

안 네 자매는 식탁을 차리고, 아이들을 난롯가에 앉힌 후 배고픈 새들에게 먹이를 주는 것처럼 음식을 먹였다. 다들 웃고 이야기를 나누며 엉터리 영어를 알아들으려고 애썼다.

「다스 이스트 구테!」「데어 앙엘 킨더!」[7] 가여운 아이들이 식사를 하고 아늑한 불가에서 보랏빛으로 변한 손을 녹이며 외쳤다. 자매들은 아기 천사라는 말을 처음 들어 보았는데, 무척 기분이 좋았다. 이 세상에 태어난 이후 항상 〈산초〉라는 말을 들었던 조는 더욱 그랬다. 자매들은 아무것도 먹지 못했지만 행복한 아침 식사 시간이었다. 그들은 안락함을 남겨 두고 그 집을 나섰다. 이 도시에서 크리스마스 날 자기들의 아침 식사를 다른 사람에게 줘버리고 빵과 우유로 대신하면서도 무척 만족스러워했던 이 네 명의 배고픈 소녀보다 더 기분 좋은 사람은 아무도 없었을 것이다.

「바로 이게 이웃을 네 몸같이 사랑하는 거잖아, 마음에 든다.」메그가 말했다. 엄마가 위층에서 불쌍한 훔멜 가족에게 갖다줄 옷을 챙기는 동안 딸들은 선물을 꺼내고 있었다.

보기에 그렇게 대단하지는 않았지만 작은 꾸러미 몇 개에 엄청난 사랑이 담겨 있었고, 빨간 장미, 흰 국화, 늘어진 덩굴이 꽂힌 꽃병을 가운데 놓았더니 식탁이 꽤 우아해졌다.

「오신다! 연주 시작해, 베스! 문 열어, 에이미! 엄마를 위해서 만세 삼창!」조가 이렇게 외치더니 깡충깡충 뛰었고, 메그가 어머니를 영예의 자리로 안내하려고 일어섰다.

---

7 〈Das ist gute!〉는 〈좋아!〉, 〈Der angel-kinder!〉는 〈아기 천사야!〉라는 뜻의 독일어.

베스는 무척 신나는 행진곡을 연주하고 에이미가 문을 활짝 열자, 메그가 점잔을 빼며 엄마를 에스코트했다. 깜짝 놀라고 감동한 마치 부인은 눈물을 글썽거리고 미소를 지으며 선물을 살펴보고 선물에 붙은 쪽지를 읽었다. 슬리퍼는 곧장 발에 신겨지고, 에이미의 오드콜로뉴를 뿌린 새 손수건은 주머니로 들어갔으며, 장미는 가슴에 달리고, 멋진 장갑은 〈딱 맞는다〉고 발표되었다.

그런 다음 수수하고 사랑이 넘치는 분위기 속에서 다 같이 웃고 입을 맞추고 선물에 대해서 설명하면서 가족 행사가 더없이 즐겁게 치러졌고, 너무나 행복해서 그 후로도 오랫동안 기억에 남았다. 그런 다음 모두 각자 할 일을 했다.

아침 자선 활동과 선물 증정식을 하느라 시간이 너무 많이 지났기 때문에 그 뒤로는 모두 저녁의 축제 준비에 전념했다. 극장에 자주 가기에는 아직 너무 어리고 공연에 드는 비용을 감당할 여력도 없었기 때문에 네 자매는 머리를 짜냈고, 필요는 발명의 어머니라서 필요한 것은 무엇이든 만들었다. 자매들이 만든 몇몇 소품은 정말 대단했다. 판지로 만든 기타, 오래된 버터 그릇에 은박지를 덮어서 만든 고풍스러운 램프, 낡은 면에다가 피클 공장에서 얻어 온 스팽글을 붙여서 반짝이게 만든 멋진 드레스, 깡통 뚜껑을 오려 낸 뒤 남은 금속판에서 다이아몬드 모양으로 잘라 내서 만든 갑옷. 가구를 이리저리 옮기고 뒤집자 커다란 방은 순수한 축제의 장이 되었다.

남자는 출입 금지였으므로 조가 남자 역할을 실컷 할 수 있었다. 조의 친구가 아는 사람이 친분이 있는 배우에게서

받은 황갈색 가죽 부츠는 정말 만족스러웠다. 부츠와 낡은 펜싱 칼, 어느 화가가 무슨 그림을 그릴 때 썼다는 길게 트인 더블릿[8]이 조의 크나큰 보물이었고, 모든 장면에 등장했다. 극단 규모가 작았기 때문에 주연 배우 두 명이 온갖 역할을 돌아가며 해야 했다. 서너 가지 역할의 대사를 외우고, 의상을 재빨리 갈아입고, 무대까지 관리하는 힘든 노력은 확실히 인정받을 만했다. 이것은 아주 좋은 기억력 향상 훈련이자 해될 것 없는 오락이었고, 연극을 하지 않았다면 빈둥거리거나 심심하게 보내거나 별로 유익하지도 않은 친구들과 어울렸을 수많은 시간도 활용할 수 있었다.

크리스마스 날 밤, 소녀 열두 명이 푸른색과 노란색이 섞인 사라사 커튼 앞 침대 특별석에 잔뜩 기대하며 앉아 있었다. 커튼 뒤에서 한참 부스럭거리며 뭐라고 속삭이더니 램프에서 연기가 피어올랐고, 흥분하면 약간 신경질적으로 변하는 에이미가 이따금 웃었다. 곧 종이 울리고 커튼이 열린 다음 오페라풍 비극이 시작되었다.

하나밖에 없는 연극 프로그램에 따르면 화분의 관목 몇 그루, 바닥에 깔린 초록색 모직 천, 저 멀리 보이는 동굴은 〈음산한 숲〉이었다. 지붕은 빨래 건조대로, 벽은 옷장으로 만들었다. 동굴 안에는 불이 활활 타오르는 작은 아궁이가 있고, 늙은 마녀가 그 위로 몸을 구부리고 있었다. 무대가 어두워서 아궁이 불빛이 멋진 효과를 냈다. 마녀가 뚜껑을 열자 솥

---

8 남자들이 15~17세기에 착용하던 윗옷으로, 허리는 딱 맞고 그 아래의 단은 넓어지는 모양이다.

에서 진짜 김이 피어올라서 더욱 멋져 보였다. 막이 열리고 고조된 흥분을 가라앉힐 시간이 잠시 주어진 다음, 악당 휴고가 허리에 찬 검을 철컹거리며 들어왔다. 챙이 앞으로 처진 모자, 검은 수염, 수수께끼 같은 망토에 장화를 신고 있었다. 그는 초조하게 서성이다가 이마를 탁 치더니 로드리고에 대한 증오와 자라를 향한 사랑, 그리고 전자를 죽이고 후자를 쟁취하겠다는 만족스러운 결심을 거칠게 노래했다. 휴고의 걸걸한 목소리와 가끔 감정이 끓어올라 외치는 고함이 무척 인상적이었고, 그가 잠시 멈춰 숨을 쉬자 관객들이 갈채를 보냈다. 휴고는 사람들의 칭찬에 익숙한 듯 허리를 숙여 인사하더니, 어느새 동굴로 가서 〈자! 내 부하여! 자네가 필요하네!〉라는 명령으로 하가르를 불러냈다.

얼굴에 잿빛 말총을 늘어뜨린 메그가 빨간색과 검은색 로브에 난해한 기호가 적힌 망토를 두르고 지팡이를 든 채 등장했다. 휴고는 자라가 자신을 사랑하게 만들 물약과 로드리고를 죽일 물약을 요구했다. 하가르는 극적이고 멋진 멜로디로 둘 다 주겠다고 약속하더니, 사랑의 미약을 가져올 정령을 불렀다.

이리로, 이리로, 네 집에서 오너라,
공기의 정령이여 그대에게 명하노니!
장미에서 태어나 이슬을 먹고사는 그대,
마법과 물약을 끓이지 못하느냐?
요정같이 빠르게 여기 내게 가져오너라,

내게 필요한 향기로운 미약을.
달콤하고 신속하게, 강력하게 만들어 다오.
정령이여, 내 노래에 당장 응답하라!

감미로운 음악이 들리더니 동굴 뒤에서 구름처럼 하얀 옷차림에 반짝이는 날개를 달고 금발 머리에 장미 화관을 쓴 작은 형체가 나와서 지팡이를 흔들며 노래했다.

여기 내가 왔다네,
저 멀리 은빛 달 속
저 높은 집에서.
마법의 주문을 받으시오,
오, 부디 잘 쓰시오!
아니면 그 힘이 곧 사라지고 말지니!

정령이 마녀의 발치에 금박을 입힌 작은 병을 떨어뜨리고 사라졌다. 하가르가 다시 노래를 하자 또 다른 요괴가 나타났는데, 이번에는 사랑스러운 정령이 아니었다. 쾅 소리와 함께 시커멓고 못생긴 도깨비가 나타나서 쉰 목소리로 대답하고, 휴고에게 검은 약병을 던진 다음 비웃듯이 깔깔 웃으며 사라졌다. 휴고는 고맙다고 노래한 다음, 물약을 장화에 넣고 물러갔다. 하가르는 예전에 휴고의 손에 몇몇 친구를 잃었으므로 그에게 저주를 내리겠다고, 그의 계획을 망침으로써 복수하겠다고 관객들에게 알려 주었다. 바로 이때 막이 내렸고, 관객들은 잠시 휴식을 취하며 연극의 좋은 점에 대해서 이야기를 나누고 간식을 먹었다.

망치 소리가 한참 들린 다음에야 막이 올랐다. 너무나도 멋진 무대가 드디어 모습을 드러냈을 때 연극이 지연되었다고 불평하는 사람은 아무도 없었다. 정말 어마어마했다! 천장까지 닿는 탑이 우뚝 솟아 있고 딱 중간 높이의 창문에는 불이 밝혀져 있었다. 흰 커튼 뒤에서 파란색과 흰색이 섞인 사랑스러운 드레스를 입은 자라가 등장해 로드리고를 기다렸다. 깃털 달린 모자를 쓰고 빨간 망토를 두른 로드리고는 밤색 머리카락을 늘어뜨린 채 기타를 들고 — 물론 장화도 신고 — 멋지게 등장했다. 그는 탑 아래 무릎을 꿇고 녹아내리는 듯한 목소리로 세레나데를 불렀다. 자라가 대답하더니 둘이서 노래로 대화를 주고받으며 같이 도망치기로 약속했다. 그다음 장면이 이번 연극의 백미였다. 로드리고가 다섯 단짜리 밧줄 사다리를 꺼내서 한쪽 끝을 위로 던지더니, 자라에게 밑으로 내려오라고 말했다. 그녀가 덜덜 떨며 격자창을 나와서 로드리고의 어깨에 손을 얹고 우아하게 뛰어내리려는 순간, 그만 옷자락을 깜빡 잊었다. 「아아, 아아, 자라도 참!」 창문에 옷자락이 걸리면서 탑이 기우뚱거리다가 앞으로 기울어졌고, 결국 꽝 소리를 내며 쓰러져 불행한 연인은 폐허에 파묻히고 말았다!

관객들이 비명을 지르고 잔해에서 황갈색 장화가 요란하게 흔들리더니 금발 머리가 나타나서 외쳤다. 「말했잖아! 내가 그랬잖아!」 정말 침착하게도 잔인한 아버지 돈 페드로가 얼른 등장해서 딸을 끌어냈다.

「웃지 마! 아무 일도 없었던 것처럼 연기해!」그는 로드리고에게 일어나라고 명령한 다음, 불같이 화를 내고 꾸짖으며 왕국에서 추방했다. 아직까지도 탑 아래에 깔려 있던 로드리고는 흔들리는 듯했지만, 노신사의 명령을 거부하며 꼼짝도 하지 않으려고 했다. 이 대담한 모습이 자라를 자극했다. 그녀 역시 아버지의 말을 거부했고, 자라의 아버지는 성의 가장 깊은 지하 감옥에 두 사람을 가두라고 명령했다. 뚱뚱하고 작은 신하가 사슬을 가지고 들어와 두 사람을 데려갔는데, 무척 겁에 질린 표정이었고 읊어야 할 대사를 까먹은 것이 분명했다.

3막의 무대는 성의 입구였다. 하가르가 연인을 풀어 주고 휴고를 끝장내기 위해 등장했다. 그녀는 휴고가 다가오는 소리를 듣고 숨어서 몰래 지켜본다. 휴고가 두 포도주 잔에 물약을 각각 넣은 다음, 작고 겁 많은 하인에게 말한다. 「감방에 갇힌 죄인들에게 가져다주고 내가 곧 간다고 일러라.」하인이 휴고를 한쪽 옆으로 데려가서 무슨 말을 하는 사이에 하가르가 안전한 잔으로 바꿔치기한다. 부하 페르디난도가 잔을 들고 물러나고, 하가르는 로드리고에게 먹이려 했던 독이 든 잔을 되돌려 놓는다. 말을 너무 많이 해서 갈증이 난 휴고가 그것을 마시고는 정신을 잃고, 한참 동안 발을 구르며 목을 움켜쥐더니 숨을 거두고 축 늘어진다. 하가르는 정말 힘차고 아름다운 선율로 노래하며 자신이 무슨 짓을 했는지 휴고에게 알려 준다.

정말 오싹한 장면이었다. 하지만 긴 머리카락이 갑자기 뭉텅이로 흘러내리는 바람에 악당이 숨을 거두는 장면의 효과가 조금 떨어졌다고 생각하는 사람들도 있었다. 막 뒤의 휴고를 부르자 그가 무척 예의 바른 태도로 하가르의 손을 잡고 나왔다. 마녀의 노래는 연극의 다른 부분을 전부 합친 것보다 더 대단했다.

4막에서는 로드리고가 등장해 자라가 자신을 버렸다는 말을 듣고 절망에 빠져 칼로 자결하려 한다. 단검이 그의 심장을 찌르려는 순간, 창문 밖에서 사랑스러운 노래가 들려와 자라의 마음은 진실하지만 그녀가 위험에 빠졌다고, 로드리고가 원한다면 그녀를 살릴 수 있다고 알려 준다. 어디선가 열쇠가 날아오자 로드리고가 그것으로 문을 열고 크게 기뻐하며 사슬을 뜯어내고, 사랑하는 여인을 구하러 달려간다.

5막은 자라와 돈 페드로의 험악한 장면으로 시작된다. 돈 페드로는 자라를 수녀원으로 보내려고 하지만, 자라는 말을 들으려 하지 않는다. 그녀가 감동적인 호소를 끝내고 기절하려는 순간, 로드리고가 얼른 들어와 그녀에게 청혼한다. 돈 페드로는 로드리고가 부자가 아니라서 안 된다며 거절한다. 두 사람은 계속해서 소리를 지르며 손짓을 하지만 합의에 이르지 못하고, 로드리고가 지친 자라를 데려가려고 할 때 겁많은 하인이 수수께끼처럼 사라진 하가르가 남기고 간 편지와 자루를 가지고 들어온다. 하인은 하가르가 젊은 연인에게 막대한 재산을 물려주고, 돈 페드로에게는 그들을 행복하게 만들어 주지 않으면 끔찍한 운명을 맞이할 것이라는 유언을 남겼다고 알려 준다. 가방을 열자 깡통용 금속으로 만든 돈이 쏟아져 나와 눈부시게 반짝였다. 그러자 〈엄한 아버지〉가 마음이 누그러뜨리고 군소리 없이 결혼에 찬성한다. 모두 즐겁게 합창하고, 두 연인이 더없이 낭만적이고 우아한 몸짓으로 돈 페드로의 축복을 받으려고 무릎을 꿇는 순간 막이 내려온다.

우레와 같은 박수가 터져 나왔지만 예상치 못한 사고가 있었으니, 특별석으로 만들어 놓은 간이침대가 갑자기 접히면서 열정적인 관객을 삼켜 버린 것이다. 로드리고와 돈 페드로가 관객들을 구하러 달려가서 한 사람도 다치지 않고 나왔지만, 웃느라 말을 못 하는 관객이 많았다. 흥분이 채 가라앉기도 전에 해나가 등장해서 〈마치 부인의 전언입니다, 다들 저녁 식사를 하러 내려오시랍니다〉라고 말했다.

이것은 배우들도 몰랐던 일이었고, 차려진 식탁을 보자 다들 놀라고 기뻐하며 서로를 바라보았다. 〈엄마〉가 마련한 선물인 듯했는데, 이렇게 멋진 음식은 이제는 과거가 되어 버린 넉넉했던 시절 이후로 본 적도 없었다. 흰색과 분홍색 아이스크림이 두 접시나 있었고, 케이크와 과일, 시선을 빼앗는 프랑스식 봉봉에, 식탁 한가운데에는 온실에서 키운 꽃다발이 네 개나 있었다!

다들 숨을 멈추고 처음에는 식탁을, 그다음에는 이 광경을 실컷 즐기는 표정의 엄마를 바라보았다.

「요정이라도 다녀갔어요?」 에이미가 물었다.

「산타클로스일 거야.」 베스가 말했다.

「엄마가 준비하신 거야.」메그가 회색 수염과 흰 눈썹을 달고도 가장 사랑스러운 미소를 지었다.

「마치 대고모님께서 갑자기 기분 좋은 변덕을 부려서 저녁 식사를 보내셨나 봐.」조가 갑자기 생각나서 외쳤다.

「전부 틀렸어. 로런스 씨가 보내 주셨단다.」마치 부인이 대답했다.

「로런스 소년의 할아버지요! 도대체 이런 생각은 어떻게 하신 거죠? 우리는 그분을 알지도 못하는데.」메그가 소리쳤다.

「해나가 그 집 하인한테 너희들이 아침 식사를 선물했다는 얘기를 했대. 로런스 씨는 괴팍한 노인이지만 그 이야기를 듣고 흐뭇하셨나 봐. 로런스 씨가 우리 아버지랑 아주 예전에 아는 사이였는데, 오늘 오후에 정중한 쪽지를 보내셔서 우리 딸들한테 우정의 마음을 전해도 되겠냐고 하셨어. 오늘을 기념하는 의미에서 작은 선물을 몇 가지 보내시겠다면서 말이야. 난 거절할 수가 없었단다. 그래서 너희들은 빵과 우유로 아침 식사를 때운 대신 한밤의 작은 성찬을 즐기게 된 거야.」

「로런스라는 애가 말씀드렸을 거야, 분명해! 걘 진짜 멋진 애야, 친하게 지내고 싶은데. 우리랑 친해지고 싶은 것 같았어. 하지만 걘 숫기가 없고, 메그 언니는 너무 새침해서 서로 지나칠 때도 내가 말을 못 걸게 하거든.」조가 이렇게 말하는 동안 접시가 오갔고, 오! 아! 만족스러운 감탄과 함께 아이스크림이 사라졌다.

「커다란 옆집에 사는 사람들 말이지?」 어떤 친구가 물었다. 「우리 어머니가 로런스 씨를 아시는데, 아주 거만하고 이웃이랑 어울리는 걸 좋아하지 않으신대. 손자를 집에 가둬 놓고 말을 타거나 가정 교사랑 산책할 때를 빼면 공부만 엄청 시키신다던데. 우리 집에서 그 애를 파티에 초대한 적이 있는데 오지 않더라. 어머니께 들었는데, 로런스는 아주 착하긴 한데 여자애랑은 말을 안 한대.」

「저번에 우리 집 고양이가 도망쳤는데, 걔가 집으로 데려다줬거든. 그래서 울타리를 사이에 두고 얘기한 적 있어. 크리켓 이야기도 하고 그러면서 엄청 재미있었는데, 메그 언니가 오는 걸 보더니 가버리더라. 언젠가 걔랑 꼭 친해질 거야. 걔도 재미있는 일이 필요하잖아. 꼭 친해져야지.」 조가 결연하게 말했다.

「엄마는 그 애 태도가 마음에 들어, 신사다워 보이고. 그러니까 적당한 기회가 생겨서 네가 그 애랑 친하게 지내는 건 반대하지 않아. 그 애가 꽃을 직접 가져왔었는데, 너희가 위층에서 뭘 하고 있는지 확실히 알았으면 잠깐 들어오라고 했을 거야. 야단법석으로 떠드는 소리를 들으면서 돌아갈 때 표정이 너무 아쉬워 보였거든. 걔네 집에는 그렇게 재미있는 일이 없었을 거야.」

「들어오라고 하지 않으셔서 다행이에요, 엄마.」 조가 자기 장화를 보며 웃었다. 「하지만 언젠가 그 애가 봐도 되는 연극을 할래요. 그 애가 출연해 줄지도 모르잖아요, 그럼 정말 재미있겠죠?」

「꽃다발은 처음 받아 봐. 정말 예쁘다.」 메그가 무척 흥미로운 눈빛으로 자기 꽃다발을 자세히 관찰했다.

「정말 사랑스럽구나. 하지만 엄마는 베스가 키운 장미 향기가 더 좋아.」 마치 부인이 벨트에 꽂아 둔 반쯤 시든 장미 향기를 맡으며 말했다.

베스가 엄마에게 살며시 다가가 부드럽게 속삭였다. 「제 꽃다발을 아빠한테 보내 드릴 수 있으면 좋겠어요. 아빠는 우리만큼 즐거운 크리스마스를 보내지 못하실 것 같아서 걱정이에요.」

3장
로런스 소년

「조! 조! 어디 있니?」 메그가 다락방 계단 밑에서 소리쳤다. 「여기 있어.」 위에서 쉰 목소리가 대답했다. 메그가 달려 올라가 보니 동생은 햇살 좋은 창가의 다리 세 개짜리 낡은 소파 위에 앉아서 두꺼운 새털 이불을 둘둘 말고 소설 『레드 클리프의 후계자』를 읽으며 울고 있었다. 다락방은 조가 제일 좋아하는 피난처였다. 조는 사과 여섯 개와 재미있는 책 한 권을 가지고 여기에 틀어박혀서 적막함과 좋아하는 쥐와 함께 시간 보내기를 좋아했다. 쥐는 근처에 살았는데, 조를 눈곱만큼도 신경 쓰지 않았다. 메그가 등장하자 스크래블은 쥐구멍으로 재빨리 들어가 버렸다. 조는 뺨에 흘러내린 눈물을 닦고 무슨 소식인가 싶어서 기다렸다.

「정말 신난다! 이것 봐! 가드너 부인한테서 내일 밤 파티 초대장이 왔어!」 메그가 귀중한 종이를 흔들며 소리치더니 소녀답게 들뜬 모습으로 그것을 읽었다.

「〈마치 양과 조세핀 양을 새해 전날 열리는 조촐한 댄스파티에 초대하고자 합니다. 가드너 부인.〉 엄마가 가도 된다고 하셨어. 뭘 입지?」

「우리 둘 다 포플린 드레스 입을 거 알면서 뭐 하러 물어봐? 그것밖에 없잖아.」조가 입 안 가득 사과를 베어 문 채 대답했다.

「실크 드레스가 있으면 얼마나 좋을까!」메그가 한숨을 쉬었다. 「엄마가 열여덟 살 되면 사주실지도 모른다고 하셨어. 하지만 2년은 기다리기에는 너무 긴 시간이야.」

「포플린 드레스도 분명히 실크처럼 보일 거야. 그 정도면 우리한테는 충분해. 언니 옷은 새것 같지만 내 건 태운 자국도 있고, 찢어진 걸 깜빡했네. 어떻게 하지? 탄 자국은 정말 못 봐주는데, 없앨 수도 없고.」

「최대한 움직이지 말고 앉아서 등을 보이지 마. 앞쪽은 괜찮잖아. 난 머리를 묶을 새 리본이 필요하고, 엄마가 작은 진주 핀을 빌려주실 거야. 그리고 슬리퍼는 예쁘고 장갑은 뭐 괜찮아. 내가 원하는 만큼 근사하진 않지만.」

「내 장갑은 레모네이드를 쏟아서 망가졌는데. 새로 살 수는 없으니까 장갑 없이 가야겠다.」드레스에 별로 신경 쓰지 않는 조가 말했다.

「너도 장갑을 꼭 껴야 돼, 아니면 나 안 갈 거야.」메그가 단호하게 외쳤다. 「장갑이 무엇보다도 중요해. 장갑이 없으면 춤을 못 추잖아. 네가 춤을 안 추면 난 정말 당황스러울 거야.」

「그럼 난 가만히 있을게. 단체로 추는 춤은 별로야. 이리저리 누비고 다니는 건 재미없어. 나는 폴짝폴짝 뛰어다니는 게 좋아.」

「엄마한테 새로 사달라고 할 수는 없어. 장갑은 너무 비싸고 넌 너무 덜렁거려. 저번에 다른 장갑 못 쓰게 만들었을 때 엄마가 이번 겨울에는 더 이상 사주지 않겠다고 하셨잖아. 어떻게 쓸 만하게 못 고치니?」

「장갑을 손에 쥐고 있으면 얼룩진 걸 아무도 모를 거야. 그러는 수밖에 없어. 아니다! 좋은 수가 있어 — 우리 둘이서 멀쩡한 장갑을 한 짝씩 나눠 끼고 얼룩진 건 한 짝씩 나눠 들자. 무슨 말인지 알겠지?」

「네 손이 나보다 커서 장갑이 흉하게 늘어날 거야.」 장갑을 아끼는 메그가 말했다.

「그럼 장갑 안 끼고 갈래. 사람들이 뭐라고 하든 난 상관없어!」 조가 책을 집어 들며 외쳤다.

「내 거 껴, 내 거 껴! 얼룩만 만들지 마, 행동 조심하고. 뒷짐 금지, 빤히 보는 거 금지, 〈크리스토퍼 콜럼버스!〉[9]라고 외치는 것도 금지. 알겠지?」

「내 걱정은 하지 마. 최대한 새침하게 굴고 어떤 문제도 일으키지 않을게. 이제 가서 답장이나 써, 난 이 멋진 이야기나 마저 읽을 테니까.」

그래서 메그는 가서 〈감사하는 마음으로 초대를 수락〉한 다음, 드레스를 살펴보고 기분이 좋아서 노래를 부르며 유일한 진짜 레이스 주름 장식을 달았고, 그동안 조는 소설을 마저 읽고 남은 사과 네 개를 다 먹고 스크래블과 같이 폴짝폴

9 깜짝 놀랐을 때 외치는 다소 유머러스한 표현.

짝 뛰며 놀았다.

새해 전날 밤 거실에는 아무도 없었다. 두 동생은 화장 담당 시녀 역할을 했고, 두 언니는 〈파티 참석 준비〉라는 아주 중요한 일에 푹 빠져 있었기 때문이다. 화장 도구는 단순했지만 네 자매는 웃고 떠들며 위층 아래층으로 계속 뛰어다녔다. 문득 머리카락이 타는 지독한 냄새가 집 안에 퍼졌다. 메그가 머리를 살짝 곱슬곱슬하게 만들고 싶어 해서 조가 종이로 동그랗게 만 머리카락을 뜨거운 부젓가락으로 집는 역할을 맡았다.

「원래 연기가 이렇게 많이 나?」 베스가 침대에 앉아서 물었다.

「물기가 마르는 거야.」 조가 대답했다.

「냄새가 너무 이상해! 깃털 타는 냄새 같아.」 에이미가 자신의 예쁜 곱슬머리를 자랑스럽게 어루만지며 말했다.

「자, 이제 종이를 떼면 구름같이 풍성한 곱슬머리가 보일 거야.」 조가 부젓가락을 내려놓으며 말했다.

조가 종이를 뗐지만 구름 같은 곱슬머리는 나타나지 않았다. 머리카락이 종이와 함께 떨어져 나왔고, 겁에 질린 미용사가 피해자 앞 화장대에 불에 탄 작은 머리카락 뭉치를 일렬로 늘어놓았던 것이다.

「아, 아, 아! 무슨 짓을 한 거야? 망했어! 난 못 가! 내 머리, 내 머리!」 메그가 이마에 울퉁불퉁하게 내려온 짧은 곱슬머리를 절망적으로 바라보며 울부짖었다.

「내가 또 망쳐 놨네! 나한테 시키지 말았어야 해. 난 항상 뭐든지 망치잖아. 정말 미안해, 부젓가락이 너무 뜨거워서 내가 망쳐 버렸어.」불쌍한 조가 검은 팬케이크 같은 덩어리 앞에서 후회의 눈물을 흘리며 신음했다.

「망하지 않았어, 곱슬곱슬하게 지져서 리본 끝이 머리 위로 약간 내려오게 묶어 봐. 그러면 최신 유행처럼 보일 거야. 그렇게 한 애들 많이 봤어.」에이미가 위로하며 말했다.

「예뻐 보이려다가 꼴좋다. 그냥 둘걸.」메그가 토라져서 외쳤다.

「그러게, 진짜 반지르르하고 예뻤는데. 하지만 금방 길어질 거야.」베스가 털 깎인 양 같은 메그에게 입을 맞추고 위로하며 말했다.

각종 소소한 사고 끝에 메그가 마침내 준비를 마쳤고, 온 가족이 힘을 합쳐 조에게 드레스를 입히고 머리를 올려 주었다. 수수한 숙녀복을 입은 두 사람은 아주 예뻤다. 메그는 은빛이 섞인 담갈색 드레스에 파란색 벨벳 헤어네트를 하고, 레이스 주름 장식을 달고 진주 핀을 꽂았다. 조는 뻣뻣하고 신사복 같은 린넨 옷깃이 달린 밤색 드레스를 입었고, 장식으로 흰 국화 한두 송이를 달았다. 두 사람이 가볍고 예쁜 장갑을 한 짝씩 끼고 얼룩진 장갑을 한 짝씩 손에 들자, 다들 〈자연스럽고 괜찮다〉고 말했다. 메그의 굽 높은 슬리퍼는 끔찍할 정도로 딱 맞아서 발이 아팠지만 메그는 인정하지 않으려 했고, 조가 꽂은 열아홉 개의 핀은 전부 두피에 꽂힌 느낌이라서 엄밀히 말해서 편하다고 할 수는 없었다. 하지만 어쩌겠는가, 우아해 보이려면 그 정도는 감수해야 하는 법이니.

51

「즐거운 시간 보내렴, 얘들아!」 두 자매가 길을 따라 우아하게 걸어갈 때 마치 부인이 말했다. 「저녁 너무 많이 먹지 말고, 11시에 해나를 보낼 테니 그때 돌아와.」 뒤에서 대문이 철컹 닫히더니 창문에서 어떤 목소리가 외쳤다.

「얘들아, 얘들아! 두 사람 다 좋은 손수건 챙겼니?」

「네, 네, 깨끗하고 좋은 걸로 챙겼어요. 메그 언니는 향수도 뿌렸어요.」 조가 이렇게 외치고 걸어가다가 웃으며 덧붙였다. 「엄마는 지진이 나서 도망칠 때도 손수건 챙겼냐고 물어보실 거야.」

「엄마의 고상한 취향이야, 적절하기도 하고. 언제든지 깔끔한 신발과 장갑, 손수건을 보면 진짜 숙녀인지 알 수 있으니까.」 역시 〈고상한 취향〉이 무척 많은 메그가 대답했다.

「탄 부분 안 보이도록 가리는 거 잊지 마, 조. 헤어네트 괜찮아? 내 머리 정말로 이상해?」 메그가 가드너 부인의 드레스룸에서 한참 맵시를 가다듬고 나서 거울 앞에서 돌아서며 말했다.

「분명히 깜빡할 거야. 내가 이상한 행동을 하면 윙크를 해서 알려 줘, 알았지?」 조가 옷깃을 한 번 잡아당기고 머리를 급하게 빗으며 대답했다.

「안 돼, 윙크는 숙녀답지 않잖아. 네가 뭔가 잘못하면 눈썹을 찡긋거리고, 잘하면 고개를 끄덕일게. 자, 어깨 펴고 보폭을 좁게 걸어. 누구를 소개받았을 때 악수하지 말고, 그러는 거 아니야.」

「언니는 그런 걸 다 어떻게 배웠어? 난 절대 못 하겠어. 저

음악 신나지 않아?」

　두 사람은 약간 걱정하며 걸어갔다. 메그와 조는 파티에 거의 참석하지 않았기 때문에, 이 소규모 파티 같은 약식 모임조차도 두 사람에게는 큰 행사였다. 나이가 지긋하고 당당한 가드너 부인이 두 사람을 친절하게 맞이하더니, 여섯 명의 딸 중에서 장녀에게 맡겼다. 메그는 샐리를 알고 있었기 때문에 금방 긴장이 풀렸다. 그러나 여자애들도, 여자애들의 잡담도 썩 좋아하지 않는 조는 벽에 조심스럽게 등을 기대고 서 있었다. 꽃밭에 들어간 수망아지처럼 이 자리에 어울리지 않는 기분이었다. 반대편에서 쾌활한 청년 여섯 명이 스케이트 이야기를 하고 있었다. 조는 스케이트가 삶의 즐거움 중 하나였기 때문에 저 대화에 끼어들고 싶었다. 조가 메그에게 무언의 메시지로 이 생각을 전했더니, 메그가 아주 깜짝 놀라서 눈썹을 잔뜩 치켜올렸기 때문에 감히 움직일 수 없었다. 아무도 조에게 말을 걸지 않았고, 근처에 모여 있던 사람들이 하나둘 줄어들더니 결국 조 혼자 남았다. 불에 탄 자국이 보일까 봐 돌아다니며 즐길 수도 없어서, 조는 춤이 시작될 때까지 고독하게 사람들을 바라보았다. 메그는 바로 춤 신청을 받았고, 꽉 끼는 슬리퍼가 너무나도 경쾌하게 움직였기 때문에 미소를 짓는 신발 주인이 얼마나 큰 고통을 겪고 있는지 아무도 짐작하지 못했다. 조는 키가 큰 빨간 머리 청년이 다가오는 것을 보고 그가 말을 걸까 봐 커튼이 내려진 움푹한 부분으로 슬쩍 들어갔다. 혼자 평화롭게 엿보며 즐길 생각이었다. 하지만 공교롭게도 역시 수줍음 많은 사람이 똑

같은 피난처를 택했다. 등 뒤에서 커튼이 닫혔을 때 조는 〈로 런스 소년〉과 마주 보고 있었다.

「이런, 누가 있는지 몰랐어!」 조가 더듬더듬 말하며 들어 올 때처럼 재빨리 나가려고 했다.

소년은 약간 놀란 것 같았지만 웃음을 터뜨리며 기분 좋게 말했다.

「난 신경 쓰지 마. 괜찮으면 여기 있어도 돼.」

「내가 방해하는 거 아니야?」

「전혀. 아는 사람도 별로 없고, 처음이라 좀 낯설어서 들어 온 거야.」

「나도 그래. 너도 가고 싶은 게 아니면 가지 마.」

소년이 다시 자리에 앉아 신발을 내려다보았다. 결국 조가 예의 바르고 편안하게 행동하려 애쓰며 말했다.

「전에 만난 적 있는 것 같은데. 우리 집 근처에 살지 않니?」

「옆집이야.」 그가 고개를 들고 웃음을 터뜨렸다. 고양이를 데려다주었을 때 크리켓 이야기를 나눴던 기억이 있었기 때 문에 조의 새침한 태도가 우스웠다.

그러자 조도 편안해졌다. 조 역시 웃음을 터뜨리며 특유의 따뜻한 태도로 말했다.

「네가 보낸 멋진 크리스마스 선물 덕분에 즐거웠어.」

「할아버지가 보내신 거야.」

「하지만 네가 힌트를 준 거잖아, 맞지?」

「고양이는 어떻게 지내나요, 마치 양?」 소년이 진지한 표 정을 지으려고 애를 쓰며 말했지만, 검은 눈이 장난스럽게 빛나고 있었다.

「잘 지내요. 감사합니다, 로런스 씨. 하지만 난 마치 양이 아니야. 그냥 조야.」젊은 숙녀가 대답했다.

「난 로런스 씨가 아니라 그냥 로리야.」

「로리 로런스, 진짜 신기한 이름이다.」

「본명은 시어도어인데 친구들이 도라라고 불러서 싫어. 그래서 대신 로리라고 부르라고 했어.」

「나도 내 이름이 싫어…… 너무 감상적이야! 모두가 조세핀이 아니라 조라고 불러 주면 좋겠어. 어떻게 하니까 친구들이 도라라고 부르지 않게 됐어?」

「마구 때렸지.」

「마치 대고모님을 때릴 수는 없으니까 난 참아야겠다.」조가 한숨을 쉬며 체념했다.

「춤추고 싶지 않아, 조 양?」로리가 그녀에게 어울리는 이름이라는 표정을 지으며 물었다.

「공간이 충분히 넓고 다들 떠들썩할 땐 춤추고 싶어. 하지만 이런 데서는 내가 다 뒤집어엎거나 다른 사람의 발을 밟거나, 아무튼 끔찍한 짓을 하고 말 거야. 그래서 난 얌전히 뒤로 빠지고 예의에 맞게 행동하는 건 메그 언니한테 맡겨. 넌 춤 안 춰?」

「가끔. 여기서는 어떻게 추는지 아직 잘 몰라. 외국에서 오래 살았거든.」

「외국이라고!」조가 외쳤다.「아, 얘기 좀 해줘! 나 여행 이야기 듣는 거 정말 좋아해.」

로리는 어디서부터 시작해야 할지 모르는 것 같았다. 하지만 조가 열정적으로 묻자, 곧 이야기가 술술 나왔다. 로리는 스위스 브베에서 학교에 다녔는데, 그곳에서는 남학생들이 모자를 쓰지 않고, 호수에는 배가 여러 척 있다고 했다. 그리고 방학 때는 교사들과 함께 스위스 도보 여행을 한다고 말했다.

「나도 가고 싶다!」 조가 외쳤다. 「파리에 가봤어?」

「지난겨울을 파리에서 보냈어.」

「프랑스어 할 줄 알아?」

「브베에서는 프랑스어만 써야 돼.」

「좀 해봐. 난 읽을 줄은 아는데 발음을 잘 못 해.」

「켈 농 아 세트 쥔 드무아젤 앙 레 팡투플 졸리?」 로리가 매끄럽게 말했다.

「발음 정말 좋다! 가만…… 이런 뜻이지? 〈예쁜 슬리퍼를 신은 저 젊은 아가씨의 이름이 뭐지?〉」

「위, 마드무아젤.」

「우리 언니 마거릿이야, 너도 알지! 우리 언니 예쁘다고 생각해?」

「응. 독일 여자가 생각나. 정말 생기가 넘치고 차분해 보여. 춤도 숙녀처럼 추고.」

조는 로리가 소년답게 언니를 칭찬하자 기뻐서 얼굴을 빛냈고, 메그에게 그대로 말해 주려고 기억 속에 저장해 두었다. 두 사람은 사람들을 엿보며 비판도 하면서 잡담을 나눴고, 그러다 보니 어느새 오래전부터 알고 지낸 느낌이 들었다. 로리는 조의 신사 같은 태도가 재미있고 편해서 수줍음이 금방 사라졌고, 조는 드레스의 탄 자국도 잊고 눈썹을 치켜올리는 사람도 없었기 때문에 명랑한 자신으로 돌아왔다. 조는 〈로런스 소년〉이 그 어느 때보다도 마음에 들어서, 언니와 동생들에게 생김새를 설명해 주려고 몇 번이나 꼼꼼히 뜯어보았다. 네 자매는 형제가 없고 남자 사촌도 거의 없어서 남자아이를 잘 알지 못했다.

까만 고수머리에 갈색 피부, 크고 검은 눈, 잘생긴 코, 근사한 치아, 작은 손발, 키는 나만 하고. 남자애치고 무척 예의 바르고 아주 쾌활하군. 몇 살일까?

조는 혀끝에서 질문이 맴돌았지만, 얼른 자신을 다잡고 드물게도 재치를 발휘해 간접적인 방법을 찾으려고 애썼다.

「곧 대학에 가겠네? 책을 죽도록 보잖아. 아니, 그러니까, 공부 열심히 하잖아.」 조는 끔찍하게도 〈죽도록〉이라는 말이 튀어나오는 바람에 얼굴을 붉혔다.

로리는 미소를 지었지만 충격을 받은 것 같지는 않았고, 어깨를 으쓱하며 이렇게 대답했다.

「아직 2~3년 더 있어야 돼. 어쨌든 열일곱 살 전에는 안 갈 거야.」

「그럼 아직 열다섯 살밖에 안 됐어?」 조가 열일곱 살은 되겠다고 상상했던 키 큰 청년을 보면서 물었다.

「다음 달이면 열여섯 살이야.」

「나도 대학 가고 싶다. 넌 별로 가고 싶은 것 같지 않네.」

「싫어! 미친 듯이 공부만 하거나 정신없이 놀거나 둘 중 하나잖아. 난 이 나라 녀석들이 사는 방식이 마음에 들지 않아.」

「그럼 뭘 하고 싶은데?」

「이탈리아에서 내 마음대로 즐기면서 살고 싶어.」

조는 마음대로라는 게 무슨 뜻인지 정말로 묻고 싶었지만, 인상을 쓰고 있는 검은 눈썹이 위협적으로 보여서 화제를 바꿔 발로 박자를 맞추며 말했다. 「멋진 폴카네. 가서 춤추지 그래?」

「너도 가면.」 그가 프랑스식으로 신기하게 허리를 굽혀 인사하며 대답했다.

「난 안 돼. 메그 언니랑 춤은 안 추기로 약속했어. 왜냐하면…….」 조가 말을 멈추고 말을 할까 웃어넘길까 망설이는 표정을 지었다.

「왜냐하면?」 로리가 궁금하다는 듯 물었다.

「아무한테도 말 안 할 거지?」

「절대 안 할게!」

「음, 난 난로 앞에 서 있다가 드레스를 태우는 좋지 않은 버릇이 있거든. 그래서 이 옷도 그을렸어. 멋지게 고치긴 했지만 티가 나. 그래서 메그 언니가 아무도 못 보게 가만히 있으라고 했어. 웃고 싶으면 웃어도 돼. 나도 알아, 웃기잖아.」

그러나 로리는 웃지 않고 잠시 아래를 내려다볼 뿐이었다. 조가 저 표정은 무슨 뜻일까 생각하는데, 로리가 아주 친절하게 말했다.

「그런 건 신경 쓰지 마. 좋은 방법을 알려 줄게. 저쪽에 긴 복도가 있으니까 둘이서 멋지게 춤출 수 있어, 아무한테도 보이지 않을 거야. 가자.」

　조는 로리에게 고맙다고 인사한 다음 기꺼이 따라나섰다. 파트너가 낀 멋진 진주빛 장갑을 보고 조는 자신에게도 깔끔한 장갑이 한 켤레 있으면 얼마나 좋을까 하고 생각했다. 복도는 텅 비어 있었고, 두 사람은 멋진 폴카를 추었다. 로리는 춤을 잘 췄고, 조에게 독일식 스텝을 가르쳐 주었다. 몸을 흔들고 폴짝 뛰는 동작이 많아서 조는 아주 마음에 들었다. 음악이 멈추자 두 사람은 계단에 앉아 숨을 돌렸다. 로리가 하이델베르크에서 열린 학생 축제 이야기를 들려주고 있을 때, 동생을 찾던 메그가 나타났다. 메그가 손짓으로 부르자 조는 마지못해 언니를 따라 대기실로 들어갔다. 메그가 창백한 얼굴로 발을 잡고 소파에 앉았다.

　「발목을 삐었어. 바보 같은 슬리퍼가 돌아가는 바람에 발목이 심하게 뒤틀렸어. 너무 아파서 서 있기도 힘들어. 집에 어떻게 가야 할지 모르겠다.」 메그가 너무 아파서 몸을 앞뒤로 흔들며 말했다.

　「그 바보 같은 신발을 신다가 다칠 줄 알았어. 미안. 하지만 마차를 빌리든지 여기 밤새 앉아 있는 것 말고는 무슨 방법이 있을지 모르겠어.」 조가 불쌍한 발목을 부드럽게 문지르며 대답했다.

　「마차는 안 돼, 너무 비싸. 그리고 대부분 자기 마차를 타고 오니까 전세 마차는 잡기 힘들 거야. 마차 빌리는 데까지 걸어가기는 너무 멀고, 보낼 사람도 없어.」

　「내가 갈게.」

「절대 안 돼! 10시가 넘었어, 너무 깜깜해. 손님이 많아서 이 집에서 잘 수도 없는데. 샐리 친구들이 몇 명 자고 간대. 해나가 올 때까지 쉰 다음에 어떻게든 해볼게.」

「로리한테 부탁할게, 걔가 가줄 거야.」 좋은 생각이 떠올라서 조가 다행이라는 표정으로 말했다.

「세상에, 안 돼! 아무한테도 부탁하지 말고 말하지도 마. 덧신 좀 갖다줘, 이 슬리퍼는 우리 소지품이랑 같이 두고. 더이상 못 추겠어. 하지만 저녁 식사가 끝날 때 해나가 오는지 지켜보다가 오자마자 알려 줘.」

「사람들은 이제 식사하러 갈 거야. 난 언니 옆에 있을게. 그러고 싶어.」

「아니야, 빨리 가. 나는 커피 좀 갖다주고. 너무 피곤해서 꼼짝도 못 하겠다.」

메그는 덧신 신은 발을 잘 숨긴 후 뒤로 기대어 쉬었고, 조는 허둥거리며 식당으로 갔다. 조는 실수로 도자기를 넣어 두는 방에 들어갔다가, 가드너 씨 혼자 쉬고 있는 방의 문까지 열기도 했다. 드디어 식당을 찾은 조가 식탁으로 재빨리 다가가서 커피를 받았지만, 바로 쏟는 바람에 드레스 앞쪽이 뒤쪽만큼이나 엉망이 되었다.

「아, 이런. 난 정말 덜렁거린다니까!」 조가 메그의 장갑으로 드레스를 문지르며 외쳤다.

「도와줄까?」 친근한 목소리가 물었다. 로리가 한 손에 커피, 또 다른 손에 얼음을 들고 물었다.

「메그 언니가 너무 피곤하다고 해서 뭘 좀 갖다주려는 참이었는데, 누가 건드리는 바람에 이렇게 멋진 꼴이 됐네.」조가 얼룩진 치마와 커피로 물든 장갑을 우울하게 흘끔거리며 대답했다.

「안됐다! 난 이걸 줄 사람을 찾고 있었는데. 네 언니한테 드려도 될까?」

「아, 고마워. 언니한테 안내할게. 내가 들겠다고 하진 않을래, 그랬다가는 또 사고를 칠 거야.」

조가 안내하자 로리는 숙녀의 시중을 드는 데 익숙한 사람처럼 작은 테이블을 당겨 놓은 다음, 조에게 줄 커피와 얼음까지 가져왔다. 어찌나 친절한지 까다로운 메그조차 로리를 〈착한 애〉라고 말했다. 세 사람은 봉봉 캔디를 먹고 포장지 안에 적힌 우스운 문구를 보면서 즐거운 시간을 보냈다. 역시 대기실에 남아 있던 청년 두세 명과 함께 〈버즈〉[10]라는 조용한 게임을 한창 하고 있을 때 해나가 왔다. 메그는 발을 삔 것도 잊고 얼른 일어나다가 아파서 비명을 지르며, 자기도 모르게 조를 꽉 잡았다.

「쉿! 아무 말도 하지 마.」메그가 이렇게 속삭인 다음 큰 소리로 덧붙였다. 「아무것도 아니에요. 발을 살짝 삐었거든요.」 그런 다음 소지품을 가지러 절뚝절뚝 위층으로 올라갔다.

해나가 나무라자 메그가 울음을 터뜨렸고, 조는 어찌할 바를 몰라서 결국 직접 해결하기로 했다. 밖으로 빠져나간 조는 1층으로 달려 내려가서 하인을 찾아 마차를 구해 줄 수 있

10 돌아가면서 숫자를 말하다가 7이 들어가는 수나 7의 배수가 나올 경우 숫자 대신 〈버즈〉라고 말하는 게임.

는지 물었다. 알고 보니 임시 웨이터라서 이 동네에 대해 아무것도 몰랐다. 조가 도와줄 사람을 찾아서 주변을 둘러보는데, 마침 로리가 조의 얘기를 듣고 다가와서 자기 할아버지의 마차를 같이 타고 가자고, 지금 막 도착했다고 말했다.

「너무 이르잖아…… 벌써 가려는 건 아니겠지.」 조가 안심한 표정으로, 하지만 제안을 선뜻 받아들이기를 망설이며 말했다.

「난 항상 일찍 돌아가…… 진짜야. 내가 데려다주게 해줘. 너도 알겠지만 어차피 가는 길이잖아. 게다가 비도 온대.」

마지막 말 때문에 결정이 났다. 조는 로리에게 메그가 발을 삐었다고 설명한 다음 고마운 마음으로 제안을 받아들이고, 해나와 언니를 데리러 서둘러 올라갔다. 해나는 고양이처럼 비를 싫어했기 때문에 더 이상 뭐라고 하지 않았다. 그들은 우아해진 기분으로 무척 들떠서 호사스러운 마차를 타고 갔다. 로리가 마부석에 앉았기 때문에 메그는 다리를 올리고 쉬면서 둘이서 파티에 대해서 자유롭게 이야기하며 갈 수 있었다.

「난 정말 멋진 시간을 보냈어. 언니는?」 조가 머리카락을 편하게 헝클어뜨리며 물었다.

「응, 다치기 전까지는. 샐리의 친구 애니 모펏이 내가 마음에 드나 봐. 샐리가 애니의 집에 일주일 동안 머물기로 했는데, 같이 오라고 초대해 줬어. 오페라 공연이 있는 봄에 간다는데, 엄마가 허락해 주시면 정말 멋질 거야.」 메그가 그 생각을 하자 신이 나서 대답했다.

「내가 피해서 도망쳤던 빨간 머리 남자랑 춤추는 거 봤어. 그 사람 착했어?」

「아, 정말 착했어! 빨간 머리가 아니라 적갈색이야. 그리고 아주 예의가 발랐고, 나랑 아주 멋진 레도바[11]를 췄어!」

「새로운 스텝을 밟을 때는 메뚜기가 발작하는 것 같던데. 로리랑 난 웃음을 참을 수가 없었지 뭐야. 소리 들렸어?」

「아니, 하지만 너무 무례했어. 넌 그렇게 한참이나 거기 숨어서 뭐 했니?」

조는 어떤 모험을 했는지 메그에게 이야기해 주었고, 말을 마치자 집 앞이었다. 두 자매는 로리에게 계속 고맙다고 인사하며 〈잘 자〉라고 말했고, 아무도 깨지 않기를 바라며 조심조심 집으로 들어갔다. 그러나 문이 끼익 열리자마자 두 개의 수면 모자가 불쑥 올라오더니, 졸음이 가득한데도 열의에 넘치는 두 목소리가 외쳤다.

「파티 이야기 해줘! 파티 이야기 해줘!」

메그는 〈너무나 예의에 어긋난다〉고 했지만 조는 동생들을 위해서 봉봉을 챙겨 왔다. 동생들은 그날 저녁에 있었던 오싹한 사건 이야기를 거의 다 듣자 곧 피곤해졌다.

「무척 대단한 숙녀가 된 기분이야. 마차를 타고 파티에서 돌아오고, 화장 가운을 입고서 하녀의 시중을 받다니 말이야.」 조가 발에 아르니카 약을 발라 주고 머리카락을 빗어 줄 때 메그가 말했다.

「대단한 숙녀라고 해도 우리보다 조금도 더 즐겁지 않았을

11 아주 빠른 보헤미아 춤. 폴란드의 마주르카와 비슷하다.

거야. 머리카락도 태우고, 낡은 드레스를 입고, 장갑을 한 짝
씩 끼고, 어리석게도 꽉 끼는 슬리퍼를 신고 갔다가 발까지
삐었지만 말이야.」나는 조의 말에 정말 동감한다.

4장
짐

「아, 세상에. 짐을 다시 지고 계속 나아가려니 왜 이렇게 힘들지.」 파티 다음 날 아침 메그가 한숨을 쉬며 말했다. 이제 연휴가 끝나서 떠들썩하게 놀았던 일주일이 지나자, 원래 좋아하지도 않았던 일을 다시 시작하기가 쉽지 않았다.

「항상 크리스마스나 새해면 좋겠다. 그러면 재미있을 것 같지 않아?」 조가 하품을 하며 우울하게 대답했다.

「그러면 지금의 반도 즐겁지 않을 거야. 하지만 저녁 식사를 하면서 꽃다발도 받고, 파티에 가고, 마차를 타고 집에 돌아오고, 책을 읽으면서 쉬고, 일을 하지 않으면 정말 좋을 것 같아. 그러면 다른 사람들이랑 똑같잖아. 난 그런 여자애들이 항상 부럽더라. 난 호사를 너무 좋아해.」 메그가 초라한 드레스 두 벌 중 덜 초라한 드레스를 고르려고 애를 쓰며 말했다.

「음, 어차피 가질 수 없으니까 투덜거리지 말고 짐을 어깨에 메고 엄마처럼 씩씩하게 걸어가자. 마치 대고모님이 나한테는 완전히 바다의 노인[12]이나 다름없지만, 불평 없이 업고

12 『천일야화』의 「신드바드의 모험」에 등장하는 인물로, 사람을 속여서

가는 법을 배우면 대고모님이 내 등에서 저절로 굴러떨어지거나 더 이상 신경 쓰이지 않을 만큼 가벼워질 거야.」

이렇게 생각하자 상상력이 피어올라서 조는 기분이 좋아졌지만, 메그는 버릇없는 네 아이라는 짐이 그 어느 때보다 무겁게 느껴져서 전혀 기분이 나아지지 않았다. 평소와 달리 목에 파란 리본을 매고 제일 어울리는 머리 모양으로 예쁘게 꾸미고 싶은 마음도 들지 않았다.

「비뚤어진 꼬맹이들 말고는 볼 사람도 없고, 내가 예쁘게 하고 가든 말든 아무도 신경 안 쓰는데 예뻐 보여서 뭐 하겠어?」 메그가 서랍을 쾅 닫으며 중얼거렸다. 「즐거운 일은 아주 가끔밖에 없고, 난 평생 억척스럽게 고생만 하다가 못생기고 심술궂은 노파가 되겠지. 너무 가난해서 다른 사람들처럼 인생을 즐길 수가 없으니까. 정말 너무해!」

메그는 상처받은 표정으로 내려갔고, 아침 식사 내내 기분이 좋지 않았다. 다들 기분이 언짢은 듯 투덜거렸다. 베스는 머리가 아파서 소파에 누워 어미 고양이와 새끼 고양이 세 마리와 놀면서 위로를 얻으려 했다. 에이미는 공부를 하지 않은 데다가 덧신이 보이지 않는다며 짜증을 냈다. 조는 휘파람을 불고 야단법석을 떨며 준비를 했다. 마치 부인은 당장 보내야 할 편지를 마무리하느라 바빴다. 해나는 어제 일찍 자야 했는데 늦게까지 자지 못해서 저기압이었다.

「이렇게 짜증만 내는 가족도 없을 거야!」 잉크스탠드를 엎고, 신발 끈을 양쪽 다 끊어 먹고, 모자를 깔고 앉는 바람에
등에 올라탄 다음 절대 내려오지 않고 죽을 때까지 부려 먹는다고 한다.

66

분통이 터진 조가 외쳤다.

「언니가 제일 심하면서!」에이미가 눈물로 얼룩지고 다 틀린 석판의 계산식을 지우며 대꾸했다.

「베스, 이 진저리 나는 고양이들 지하실에 데려다 놓지 않으면 물에 빠뜨려 버린다.」메그가 등으로 기어올라서 손이 닿지 않는 곳에 자리를 잡은 새끼 고양이를 떼어 내려고 애쓰며 화가 나서 소리를 질렀다.

조는 웃고, 메그는 야단치고, 베스는 애원하고, 에이미는 9 곱하기 12가 몇인지 기억나지 않아서 울부짖었다.

「애들아, 애들아, 잠시만 조용히 해봐! 오전 우편으로 편지를 보내야 되는데, 너희가 자꾸 불평을 하니까 집중이 안 되잖니.」마치 부인이 세 번째로 틀린 문장에 줄을 그어 지우며 외쳤다.

잠깐 잠잠해졌지만 해나가 성큼성큼 들어와서 뜨거운 파이 두 개를 식탁에 내려놓고 다시 성큼성큼 나가자 고요함이 깨졌다. 마치가(家)에서는 아침마다 반드시 파이를 구웠고, 자매들은 이것을 〈손토시〉라고 불렀다. 달리 손토시가 없었는데, 뜨거운 파이를 손에 들고 가면 차가운 아침에도 손이 무척 따뜻했다. 해나는 아무리 바쁘고 저기압이라도 잊지 않고 파이를 만들었다. 조와 메그가 걸어가야 하는 길은 길고 황량했고, 두 사람은 다른 점심거리도 없는데 보통 3시는 넘어야 집에 돌아오기 때문이었다.

「고양이 끌어안고 있어, 두통이 빨리 나으면 좋겠다, 베스. 다녀올게요, 엄마. 우리가 오늘 아침에는 너무 불한당 같았

67

지만 평소 같은 천사가 되어서 돌아올게요. 가자, 메그 언니.」 조는 이렇게 말하고 성큼성큼 걸어가면서 순례자들이 아직 순례를 시작하지 않은 것 같다고 생각했다.

그들은 모퉁이에서 항상 뒤를 돌아보았다. 엄마가 늘 창가에 서서 고개를 끄덕이고 미소를 지으며 손을 흔들어 주었기 때문이다. 그 배웅이 없으면 하루를 견딜 수 없을 것 같았다. 기분이 어떻든 간에 어머니의 자애로운 얼굴을 마지막으로 보면 분명 햇볕을 쬐는 듯한 영향을 받았다.

「엄마가 입맞춤을 날리는 대신 주먹을 휘두르는 게 우리한테는 어울리겠다. 우리만큼 고마운 줄 모르는 깍쟁이는 없을 거야.」 조가 진창이 된 길을 걷고 모진 바람을 맞자 오히려 속죄하는 듯한 만족감을 느끼며 외쳤다.

「그런 저속한 표현은 쓰지 마.」 메그가 세상에 질린 수녀처럼 베일을 뒤집어쓴 채 말했다.

「나는 뭔가 의미가 있고 센 표현이 좋아.」 조가 머리에서 풀쩍 튀어 오른 모자를 재빨리 잡으며 대답했다.

「널 뭐라고 부르든 그건 마음대로 해. 하지만 난 불한당도 깍쟁이도 아니고, 그렇게 불릴 생각도 없어.」

「언니 기분이 좋지 않구나. 오늘은 화를 내기로 작정했네. 매일 호사를 누릴 수 없어서 말이지. 불쌍해라! 내가 큰돈을 벌 때까지만 기다려. 마차랑 아이스크림, 굽 높은 슬리퍼, 꽃다발, 언니랑 같이 춤을 출 빨간 머리 남자들까지 실컷 누리게 해줄게.」

「넌 정말 엉뚱하다니까, 조!」 그러나 말도 안 되는 소리를 들자 메그는 웃음이 터져 나왔고, 그래서 자기도 모르게 기분이 나아졌다.

「내가 엉뚱해서 언니한테 다행이지 뭐야. 나까지 언니처럼 힘이 빠져서 우울하게 굴면 우리가 어떻게 되겠어. 다행히도 난 항상 뭔가 재미있는 걸 찾아서 기운을 낼 수 있거든. 이제 투덜거리지 말고 좋은 기분으로 집에 와야 돼, 아유 착해라.」

갈림길에 다다르자 조는 기운 내라며 언니의 어깨를 톡톡 두드렸고, 두 사람은 작고 따뜻한 파이를 끌어안고 추운 겨울 날씨와 힘든 일, 놀고 싶은 소녀의 채워지지 않는 욕구에도 불구하고 기운을 내려고 애쓰면서 각자 다른 길로 걸어갔다.

마치 씨가 운 나쁜 친구를 도와주려다가 재산을 잃자, 메그와 조는 자기들 앞가림만이라도 할 수 있게 무슨 일이든 하도록 허락해 달라고 애원했다. 부모님은 열의와 근면, 독립심을 키우기에 너무 빠른 나이는 없다고 생각해서 동의했고, 두 자매는 기꺼운 마음으로 일을 시작했다. 그런 마음이 있으면 어떤 어려움이 닥쳐도 반드시 성공할 수 있었다. 마거릿은 꼬마 아이들의 가정 교사 자리를 구했고, 월급은 적어도 부자가 된 기분이었다. 메그는 본인의 말처럼 〈호사를 좋아〉했고, 그녀의 가장 큰 괴로움은 가난이었다. 메그는 아름다운 집에서 늘 편하고 즐겁게 살면서 부족함이라고는 조금도 몰랐던 때를 기억하기 때문에 동생들보다 더 힘들었다. 그녀는 샘을 내거나 불만을 갖지 않으려고 노력했지만, 예쁜 물건과 재미있는 친구들, 교양, 행복한 삶을 갈망하는 것은 그 나이대의 소녀라면 아주 자연스러운 일이었다. 킹 집안의 나이 많은 딸들이 이제 막 사교계로 나갔기 때문에 메그는 그 집에서 자신이 원하는 것을 매일 보았다. 고상한 무도회 드레스와 꽃다발이 자주 보이고 극장과 연주회, 썰매 파티, 온갖 행사에 대한 소문이 생생하게 들려왔다. 그들은 메그에 게는 너무나 귀중했을 사소한 것들에 돈을 아낌없이 썼다. 가련한 메그는 거의 불평하지 않았지만 불공평하다는 생각 때문에 가끔 모두에게 적대적으로 굴었다. 자신이 얼마나 많 은 축복을 받았는지, 그것만 있어도 행복하게 살 수 있다는 사실을 아직 깨닫지 못했기 때문이다.

조는 우연히 다리가 불편해서 시중을 들어 줄 활달한 사람 이 필요했던 마치 대고모의 눈에 들었다. 자식이 없던 노부 인은 조네 가세가 기울었을 때 네 자매 중 하나를 입양하겠 다고 나섰다가 거절당하는 바람에 감정이 크게 상했다. 친구 들은 마치 부부에게 대고모의 유언장에 이름을 올릴 기회를 날렸다고 했지만, 세상 물정 모르는 마치 부부는 이렇게 말 했을 뿐이다.

「재산을 아무리 많이 줘도 우리 딸들을 포기할 수는 없어. 우리는 돈이 많든 적든 다 같이 살며 서로에게서 행복을 발 견할 거야.」

노부인은 한동안 마치 부부와 말도 섞지 않으려 했지만 친 구 집에서 조를 우연히 보았고, 우스꽝스러운 얼굴과 솔직한 태도가 왠지 마음에 들어서 말동무로 삼겠다고 제안했다. 조 는 이 일이 전혀 마음에 들지 않았지만 더 괜찮은 일이 없었기 때문에 제안을 받아들였고, 성미 급한 대고모와 아주 잘 지내는 것을 보고 모두가 놀라워했다. 가끔은 태풍이 몰아쳤는데, 한 번은 조가 집으로 성큼성큼 돌아와서 더 이상 못 참겠다고 선언한 적도 있었다. 그러나 마치 대고모는 늘 금방 기분이 풀려서 황급하게 사람을 보내 조를 불렀기 때문에 조는 거절할 수가 없었다. 후추처럼 성미가 불같은 대고모를 속으로는 어느 정도 좋아했기 때문이다.

사실 나는 조가 정말로 끌린 대상은 마치 씨가 세상을 떠난 후 먼지와 거미들이 차지하게 된, 좋은 책으로 가득한 커다란 서재가 아닐까 생각한다. 조는 친절한 노신사를 기억하고 있었다. 그는 조가 어렸을 때 대사전들로 기찻길과 다리를 만드는 것도 허락해 주고, 라틴어 책에 실린 이상한 그림들도 설명해 주고, 길에서 만날 때마다 진저브레드를 사주었다. 높은 책장 위의 흉상들이 내려다보는 어둑하고 먼지 가득한 방, 편안한 의자들, 각종 지구본, 그리고 무엇보다도 마음대로 거닐 수 있는 책의 원시림 때문에 조에게 도서관은 축복의 장소였다. 마치 대고모가 낮잠을 자거나 손님 접대를 하느라 바쁠 때면 조는 당장 이 조용한 곳으로 달려와 커다란 의자에 웅크리고 앉아서 책벌레답게 시와 로맨스, 역사, 여행, 그림에 대한 책을 게걸스럽게 읽었다. 그러나 모든 행복이 그렇듯, 이런 시간은 오래가지 않았다. 이야기의 핵심이, 시의 가장 달콤한 구절이, 여행자의 가장 위험한 모험이 시작되자마자 새된 목소리가 〈조시-핀! 조시-핀!〉이라고 외쳤다. 그러면 조는 낙원을 떠나서 실을 감거나, 푸들을 목욕

시키거나, 벨셤의 에세이를 같이 읽었다.

조에게는 아주 대단한 일을 하고 싶은 야망이 있었다. 그게 무엇인지는 조 자신도 전혀 몰랐고, 시간이 말해 주기만을 기다리고 있었다. 그러나 그때까지 책을 실컷 읽지도 못하고, 달리지도 못하고, 말을 타지도 못한다는 사실이 가장 괴로웠다. 조는 성미가 급하고 혀가 날카롭고 가만히 있지를 못하는 성격 때문에 항상 궁지에 빠졌고, 그녀의 삶은 우스우면서도 딱한 부침(浮沈)의 연속이었다. 그러니 마치 대고모 댁에서 지내는 시간이야말로 조에게 딱 필요한 훈련인 셈이었다. 또한 끝없는 〈조시-핀!〉 소리가 힘들긴 했지만, 자기 앞가림을 한다고 생각하면 행복했다.

베스는 수줍음이 너무 심해서 학교에도 다니지 못할 정도였다. 시도는 해보았지만 너무 힘들었기 때문에 결국 포기하고 집에서 아버지와 공부했다. 아버지가 전쟁터로 떠나고 어머니가 군인 원호회에 모든 기술과 능력을 쏟아붓게 되었을 때에도 베스는 혼자 충실하게 공부를 계속하면서 최선을 다했다. 그녀는 소녀 주부였고, 일하는 식구들을 위해 해나를 도와서 집을 깔끔하고 편안하게 보살폈지만 사랑받는 것 외에는 어떤 보상도 바라지 않았다. 베스는 매일 길고 조용한 하루를 보냈지만 외로워하거나 게으름을 피우지 않았다. 그녀의 작은 세계에는 상상 속 친구들이 가득했고, 베스는 천성적으로 바쁜 일벌이었기 때문이다. 아직 어린 베스는 인형을 여전히 사랑했기 때문에 아침마다 깨워서 옷을 갈아입혀야 할 인형이 여섯 개나 되었다. 그러나 멀쩡하거나 예쁜 인형은 하나도 없었다. 언니들은 인형을 가지고 놀 나이가 지나자 베스에게 물려주었고, 에이미는 낡거나 못생긴 것은 하나도 가지려 하지 않았기 때문에 전부 베스가 보살피기 전까지는 버림받은 인형들이었다. 바로 그렇기 때문에 베스는 인형들을 훨씬 더 소중하게 여겼고, 아픈 인형을 위한 병원도 세웠다. 면으로 만든 몸에 핀 하나 찌르지 않았고, 심한 말을 하거나 때리지도 않았다. 가장 보기 싫은 인형을 방치해서 슬프게 하는 일도 없었다. 베스는 절대 변하지 않는 애정으로 모든 인형을 잘 먹이고, 입히고, 보살피고, 어루만졌다. 이런 인형들 중에서 가장 비참한 인형은 원래 조의 것이었는데, 폭풍 같은 삶을 살다가 망가져서 헝겊 자루에 버려졌고, 베스가 그 끔찍한 구빈원에서 구조해 자기가 만든 쉼터로 데려갔다. 정수리가 없어서 작고 깔끔한 모자를 씌워 묶어 주고, 팔다리가 없어서 담요로 꽁꽁 감싸 숨겨 준 다음, 이 늙은 병자에게 제일 좋은 침대를 내주었다. 베스가 이 인형을 얼마나 지극정성으로 돌보는지, 누가 보았다면 아마 웃으면서도 마음 깊이 감동했을 것이다. 베스는 이 인형에게 꽃다발을 갖다주고, 책을 읽어 주고, 자기 외투 안에 넣고 밖으로 나가서 바람도 쏘여 주고, 자장가도 불러 주고, 잠자리에 들 때마다 더러운 얼굴에 입을 맞춘 다음 다정하게 속삭였다. 「잘 자렴, 불쌍한 아가.」

　물론 베스도 다른 사람들처럼 괴로움이 있었고, 천사가 아니라 아주 인간적인 소녀였으므로 종종 조의 표현에 따르면 〈가냘프게 울었다.〉 음악을 배울 수 없고, 좋은 피아노도 없었기 때문이다. 베스는 음악을 지극히 사랑했고, 배우려고 열심히 노력했으며, 떨그렁거리는 낡은 악기로 아주 끈질기게 연습했기 때문에 누가(마치 대고모를 말하는 것은 아니다) 도와주어야 할 것 같았다. 그러나 아무도 도와주지 않았고, 베스가 집에 혼자 있을 때면 음이 맞지 않는 누런 건반에 떨어진 눈물방울을 닦아 내는 모습을 본 사람도 없었다. 베스는 일을 할 때면 작은 꾀꼬리처럼 노래했고, 아무리 피곤해도 엄마와 자매들을 위해 연주했으며, 매일 희망차게 혼잣말을 했다. 「착하게 지내면 언젠가 음악을 배울 수 있을 거야.」

이 세상에는 누가 자신을 필요로 할 때까지 말없이 수줍게 구석 자리를 지키며, 다른 이들을 위해서 너무나 씩씩하게 살아가는 베스 같은 소녀들이 정말 많다. 그러나 사람들은 난롯가의 작은 귀뚜라미가 울음을 멈추기 전까지는 그 희생을 깨닫지 못하고, 결국 사랑스럽고 햇살 같은 존재는 침묵과 그림자만 남기고 사라진다.

누군가 에이미에게 인생의 가장 큰 시련이 뭐냐고 물으면 에이미는 바로 〈코〉라고 대답할 것이다. 조가 아직 아기였던 에이미를 실수로 석탄 양동이에 떨어뜨린 적이 있는데, 에이미는 그래서 자기 코가 영영 망했다고 주장했다. 불쌍한 페트레아[13]의 코와 달리 크지도 빨갛지도 않았지만, 약간 낮았고 손가락으로 아무리 꽉 잡고 있어도 우아하게 오뚝해지지 않

13 스웨덴 작가 프레드리카 브레머의 소설 『가정』에 등장하는 소녀로, 코가 너무 커서 절망한다.

았다. 본인 외에는 아무도 신경 쓰지 않았고 코는 최선을 다해 자라고 있었지만, 에이미는 그리스 조각상 같은 코를 간절히 원했기 때문에 종이 가득 예쁜 코를 그리며 마음을 달랬다.

언니들이 〈꼬마 라파엘로〉라고 부르는 에이미는 확실히 그림에 재능이 있었고, 꽃을 따라 그리거나 요정을 상상해서 그리거나 이야기의 특이한 삽화를 그릴 때 제일 행복했다. 선생님들은 에이미가 계산식 대신 동물로 석판을 가득 채우고, 지도책의 여백에는 지도를 따라 그리며, 꼭 좋지 않을 때 온갖 책 사이에서 더없이 우스꽝스러운 캐리커처가 팔랑팔랑 떨어진다고 불평했다. 하지만 성적도 그럭저럭 괜찮고 품행이 모범적이었기 때문에 다행히 크게 혼나지는 않았다. 또 싹싹하고 딱히 노력하지 않아도 사람들을 즐겁게 만드는 능력이 있었기 때문에 반 친구들에게 인기도 많았다. 주변 친구들은 에이미의 점잔을 빼는 태도와 우아함을 보며 감탄했고, 다양한 능력에 대해서도 마찬가지였다. 에이미는 그림만 잘 그리는 것이 아니라 피아노도 열두 곡이나 치고, 코바늘 뜨기도 하고, 프랑스어도 단어의 3분의 2 이상을 틀리지 않고 읽을 수 있었다. 에이미는 〈우리 아빠가 부자였을 때는 말이야〉라는 말을 구슬프게 했는데, 그것이 또 애처로웠다. 그리고 친구들은 긴 단어를 많이 쓰는 것도 〈무척 우아하다〉고 생각했다.

에이미는 모두에게 귀여움을 받았고, 작은 허영심과 이기심이 멋지게 자라고 있었기 때문에 응석받이가 되기 딱 좋았다. 그러나 허영심을 짓누르는 것이 한 가지 있었다. 바로 사촌들의 옷을 물려받아 입어야 했다는 것이다. 플로렌스의 엄마는 안목이 전혀 없었기 때문에 에이미는 괴롭게도 파란색이 아닌 빨간색 보닛, 어울리지 않는 드레스, 맞지도 않는 요란한 앞치마를 입어야 했다. 전부 원단이 좋고 재봉도 훌륭하며 거의 입지도 않은 옷이었지만, 예술가인 에이미가 보기에는 무척 괴로웠다. 특히 이번 겨울에는 학교에 갈 때 탁한 자주색에 노란 점박이 무늬 원단으로 만든 장식 없는 옷을 입고 다녀야 했기 때문에 더더욱 그랬다.

「그게 내 유일한 위안이야.」에이미가 눈물을 글썽이며 메그에게 말했다. 「마리아 파크스의 엄마랑 달리 우리 엄마는 내가 못된 짓을 해도 원피스 단을 줄이지는 않잖아. 아, 정말 끔찍해. 마리아 파크스는 가끔 못된 짓을 너무 많이 해서 단이 무릎까지 올라와 학교에 오지도 못해. 그런 불명예를 생각하면 납작한 코랑 노란 불꽃이 그려진 자주색 옷도 참을 수 있을 것 같아.」

메그는 에이미의 절친한 친구이자 조언을 해주는 언니였고, 정반대끼리 이상하게 끌리는지 조는 얌전한 베스와 친했다. 수줍음이 많은 베스는 조에게만 자기 생각을 털어놓았고, 자기도 모르게 덤벙거리는 언니에게 가족 중 누구보다도 더 큰 영향력을 발휘했다. 메그와 조는 서로에게 무척 중요한 존재였지만, 각자 동생들을 하나씩 맡아서 나름의 방식으로 돌보았다. 두 사람은 이것을 〈엄마 놀이〉라고 부르면서 아직 어린 소녀의 모성 본능으로 버려진 인형 대신 동생들을 보살폈다.

「누구 할 얘기 없어? 너무 우울한 하루여서 진짜 재미있는 이야기 듣고 싶어.」 저녁에 다 같이 모여 앉아서 바느질을 할 때 메그가 말했다.

「나는 오늘 대고모님이랑 이상한 시간을 보냈어. 내가 이긴 셈이니까 얘기해 줄게.」 이야기하는 것을 정말 좋아하는 조가 입을 열었다.「나는 늘 그렇듯 지겨운 벨섬을 아주 단조롭게 읽고 있었어. 대고모님은 금방 잠드실 거고, 그러면 난 대고모님이 깨실 때까지 재미있는 책을 꺼내서 마구 읽을 수 있으니까. 그런데 책을 읽다 보니까 내가 졸려서 대고모님이 꾸벅거리기도 전에 크게 하품을 했지 뭐야. 그랬더니 입을 최대한 크게 벌려서 책을 단번에 삼키려는 거냐고 물으시더라고.

그래서 내가 건방져 보이지 않도록 애쓰면서 〈할 수만 있으면 그렇게 하고 끝내고 싶어요〉라고 했어.

그랬더니 대고모님이 내가 저지른 죄에 대해 설교를 늘어놓으시면서 당신이 잠시 〈생각에 잠겨〉 있는 동안 앉아서 잘 생각해 보라고 하시더라. 대고모님은 생각에 잠겨 있다가 금방 빠져나오는 편은 아니시거든. 그래서 머리가 너무 무거운 달리아 꽃처럼 대고모님의 모자가 오르락내리락하기 시작하자마자 주머니에서 『웨이크필드의 목사』를 꺼내 한쪽 눈으로는 책을 읽고 다른 쪽 눈으로는 대고모님을 지켜봤지. 그런데 물에 빠지는 장면에서 내가 그만 소리를 내어 웃는 바람에 대고모님이 잠에서 깨신 거야. 낮잠을 자고 나서 조금 상냥해지신 대고모님이 어디 한번 읽어 보라고, 내가 훌륭하

77

고 교훈적인 벨섬보다 좋아하는 경망스러운 작품은 어떤 건지 들어 보자고 하셨어. 그래서 난 최선을 다했고, 대고모님도 좋아하셨지만 이렇게 말씀하시더라고.

〈무슨 내용인지 하나도 모르겠구나. 앞으로 돌아가서 다시 읽어 봐라.〉

그래서 내가 앞으로 돌아가서 프림로즈 가족에 대해서 최대한 흥미롭게 읽었지. 그러다가 장난을 치고 싶어서 아주 흥미진진한 장면에서 멈추고 온순하게 물었어. 〈피곤하실까 봐 걱정이에요, 이제 그만 읽을까요?〉

그랬더니 대고모님이 손에서 떨어진 뜨개질감을 다시 잡고 안경 너머로 나를 노려보면서 특유의 무뚝뚝한 말투로 말씀하시는 거야.

〈건방지게 굴지 말고 그 장 끝까지 다 읽어라.〉」

「재미있었다고 인정하셨어?」 메그가 물었다.

「아니, 그럴 리가! 하지만 벨섬은 더 이상 읽지 않았어. 그리고 오후에 내가 장갑을 깜빡 잊고 두고 와서 가지러 돌아갔더니, 목사님한테 푹 빠져 계시더라고. 이때다 싶어서 내가 복도에서 웃으며 춤을 춰도 못 들으시더라. 대고모님은 원하면 얼마든지 즐겁게 살 수 있으실 텐데. 돈이 많아도 별로 부럽진 않아, 결국 부자도 가난한 사람만큼 걱정거리가 있을 테니까.」 조가 덧붙였다.

「그 말 들으니까 생각난다.」 메그가 말했다. 「나도 할 얘기가 있어. 조의 이야기처럼 웃긴 건 아니지만, 집에 오면서 계속 생각했거든. 오늘 킹 씨네 집에 갔더니 다들 허둥지둥하는 거야. 내가 가르치는 애 말로는 큰오빠가 끔찍한 짓을 저질러서 아버지가 멀리 보냈대. 킹 부인의 울음소리랑 킹 씨의 고함 소리가 들렸고, 그레이스랑 엘런은 내 옆을 지나갈 때 충혈된 눈을 감추려고 고개를 돌렸지. 물론 난 아무것도 묻지 않았어. 하지만 너무 안됐더라. 난 못된 짓을 해서 가족에게 수치를 안겨 주는 거친 오빠들이 없어서 정말 다행이라고 생각했어.」

「난 학교에서 수치를 당하는 게 못된 남자애들이 문제를 일으키는 것보다 더 괴로운 것 같아.」 에이미가 인생 경험이 아주 많은 사람처럼 고개를 절레절레 흔들며 말했다. 「수지 퍼킨스가 오늘 아주 예쁜 빨간색 홍옥수 반지를 끼고 학교에 왔거든. 난 그게 너무 갖고 싶어서 내가 수지면 좋겠다고 온 힘을 다해서 생각했어. 음, 그런데 수지가 코가 괴물 같고 등에 혹이 난 데이비스 선생님을 그린 다음, 말풍선에다가 〈학생들, 다 보고 있다!〉라고 쓴 거야. 우리가 그걸 보면서 웃다가 갑자기 데이비스 선생님이랑 눈이 딱 마주쳤어. 선생님이 수지한테 석판을 가지고 나오라고 하셨지. 수지는 무서워서 마취됐지만 어쩔 수 없이 나갔어. 선생님이 어떻게 하셨을 것 같아? 귀를 잡아당기는 거야, 귀를! 얼마나 끔찍할지 생각해 봐! 그런 다음 교단으로 데리고 가서 모두가 볼 수 있게 석판을 든 자세로 30분이나 세워 놨어.」

「애들이 그림을 보고 깔깔 웃어 대지는 않았어?」 조가 그 곤경을 재미있어하며 물었다.

「웃기는! 한 명도 웃지 않았어. 애들은 생쥐처럼 가만히 앉아서 꼼짝도 안 했고 수지는 엄청 울었어, 난 알아. 그러고 나니까 수지가 전혀 부럽지 않은 거 있지. 그런 일을 당하면 홍옥수 반지 백만 개가 있어도 행복하지 않을 것 같아. 그렇게 괴로운 굴욕은 절대, 절대 극복하지 못할 거야.」 그런 다음 에이미는 미덕을 깨달았다는 점과 어려운 단어를 두 개나 한꺼번에 제대로 말한 것을 자랑스러워하며 바느질을 계속했다.

「오늘 아침에 기분 좋은 장면을 목격해서 점심 식사 때 말해 주려고 했는데 깜빡하고 있었네.」 베스가 뒤죽박죽으로 섞인 조의 바구니를 정리하며 말했다. 「내가 해나 대신 굴을 사러 갔는데 생선 가게에 로런스 씨가 계셨어. 내가 생선 통 뒤에 숨어 있어서 날 보지는 못했고, 어부 커터 씨랑 한창 얘기 중이셨어. 그때 어떤 불쌍한 여자가 대걸레랑 물통을 들고 들어오더니 커터 씨한테 청소를 할 테니 생선을 조금 얻을 수 없겠냐고, 아이들한테 점심거리가 없는데 오늘 일도 구하지 못했다고 말했어. 커터 씨가 바빠서 약간 차갑게 〈안돼요〉라고 하니까, 불쌍하고 굶주려 보이는 여자가 그냥 나가려고 했어. 그런데 로런스 씨가 지팡이 손잡이 부분으로 커다란 생선을 낚아 올리더니 그 여자한테 내미시는 거야. 그 여자는 너무 놀라고 기뻐하면서 생선을 끌어안고는 감사의 인사를 몇 번이나 했어. 로런스 씨가 〈가서 그걸로 요리하세요〉라고 하니까 여자가 얼른 나가더라. 정말 행복한 얼굴로 말이야! 로런스 씨 정말 좋은 분이지 않아? 아, 그런데 크고 미끈거리는 생선을 끌어안고서 하늘나라에 마련된 로런스 씨의 침대가 〈편안하기〉를 바란다고 말하는 모습이 좀 웃기긴 했어.」

자매들은 베스의 이야기를 들으며 웃었고, 그런 다음 어머니에게 이야기를 들려달라고 했다. 그러자 어머니가 잠시 생각하더니 진지하게 이야기를 시작했다.

「오늘 사무실에서 파란 플란넬 재킷을 재단하고 있는데, 갑자기 아빠가 너무 걱정되면서 혹시 아빠한테 무슨 일이라도 생기면 우린 얼마나 외롭고 무력할까, 라는 생각이 들었어. 현명한 생각은 아니지만 계속 그런 걱정을 하고 있는데, 어떤 노인이 무슨 통지서를 가지고 들어오셨어. 가까운 자리에 앉으시기에 내가 말을 걸었지. 가난하고 피곤하고 근심이 가득해 보여서 말이야.

〈아드님이 입대하셨어요?〉 내가 물었어. 그분이 들고 온 통지서는 나한테 온 게 아니었거든.

〈네, 부인. 아들이 넷인데 둘은 죽고, 하나는 포로가 됐고, 하나는 많이 아파서 워싱턴의 병원으로 만나러 가는 길입니다.〉 그분이 조용히 대답하셨어.

〈조국을 위해 많은 일을 하셨네요.〉 이제 동정이 아니라 존경심을 느끼면서 내가 말했지.

〈딱 제가 해야 하는 만큼이지요, 부인. 제가 쓸모가 있으면 직접 참전했을 텐데, 쓸모가 없어서 아들들을 내주었지요. 아무 대가도 없이요.〉

그분은 매우 씩씩하게 말씀하셨어. 아무 거짓도 없이 자기가 가진 것을 전부 다 내줘서 진심으로 기뻐하는 것 같아서 나 자신이 부끄러워졌단다. 나는 한 사람을 내주고도 이렇게 생각이 많은데, 그분은 네 명을 내주고도 아무런 원한이 없어서 말이야. 난 나를 위로해 줄 딸들이 전부 집에서 기다리고 있는데, 그분은 하나 남은 아들이 아주 멀리서, 어쩌면 아버지에게 작별 인사를 하려고 기다리고 있잖아. 내가 정말 부유하고 행복하다는 생각이 들었고, 정말 운이 좋다 싶었어. 그래서 그분에게 구호품 꾸러미랑 돈을 좀 드리고, 좋은 교훈을 가르쳐 주셔서 진심으로 감사하다고 인사했단다.」

「또 얘기해 주세요. 방금 이야기처럼 교훈이 있는 거요. 나중에 곰곰이 생각해 보면 좋거든요. 실제로 있었던 일이고, 너무 훈계조만 아니면요.」 잠시 침묵이 흐르고 조가 말했다.

마치 부인이 미소를 짓더니 바로 이야기를 시작했다. 벌써 몇 년 동안이나 이야기를 들려주었던 관객들이기 때문에 어떻게 하면 좋아하는지도 잘 알았다.

「옛날 옛적에 여자아이 네 명이 살았는데, 먹을 것도 마실 것도 입을 것도 충분했어. 위안거리도 재미있는 일도 아주 많고, 착한 친구들과 부모님이 계셨어. 부모님은 아이들을 지극히 사랑했지만 그 애들은 만족하지 못했단다.」 (이 부분에서 자매들이 서로 슬쩍 눈을 맞추더니 부지런히 바느질을 하기 시작했다.) 「아이들은 착하게 살고 싶어서 대단한 결심을 수도 없이 많이 했어. 하지만 자기가 가진 게 얼마나 많은지, 재미있는 일이 얼마나 많은지 잊고서 늘 〈이것만 있으면 좋겠다〉, 〈저것만 할 수 있으면 좋겠다〉라고 말하면서 결심을 잘 지키지 못했지. 그래서 어느 나이 많은 여자에게 행복해지려면 어떤 주문이 필요한지 물어봤어. 그랬더니 이런 대답이 돌아왔단다. 〈불만이 생기면 너희들이 가진 축복을 생각해 보고 감사하렴.〉(조가 무슨 말을 하려는 것처럼 얼른 고개를 들었지만 이야기가 아직 끝나지 않았음을 깨닫고 가만히 있었다.)

　「그 아이들은 현명했기 때문에 조언을 따라 보기로 했고, 곧 자기들이 얼마나 잘살고 있는지 깨닫고 깜짝 놀랐단다. 한 명은 아무리 많은 돈도 부자의 집에서 수치와 슬픔을 쫓아낼 수 없다는 사실을 깨달았어. 한 명은 짜증 많고 몸이 약해서 좋은 것이 있어도 즐기지 못하는 노부인보다 가난하지만 젊고 건강하고 생기 넘치는 자신이 훨씬 행복하다는 사실을 깨달았지. 또 한 명은 점심 식사 준비를 돕는 건 귀찮지만 점심거리를 구걸하러 다니는 게 더 힘들다는 것을 깨달았고, 마지막 한 명은 홍옥수 반지보다 바른 품행이 귀중하다는 사실을 깨달았어. 그래서 네 명의 소녀는 더 이상 불평하지 않고, 이미 가지고 있는 축복을 즐기면서 축복이 늘어나기는커녕 완전히 빼앗기지 않도록 그 축복에 어울리는 사람이 되려고 노력했단다. 그 아이들은 나이 많은 여자의 충고를 받아들인 이후 절대 실망하거나 후회하지 않았대.」

　「엄마, 우리가 했던 얘기를 다시 들려주면서 얘기를 덧붙이는 게 아니라 설교를 하다니 너무해요.」메그가 외쳤다.

　「난 이런 설교가 좋아. 아버지가 해주시던 거잖아.」베스가 생각에 잠겨 조의 핀 쿠션에 핀을 가지런히 꽂으며 말했다.

　「난 남들만큼 불평하지는 않지만, 이제부터 더 조심할게요. 수지의 추락을 보면서 교훈을 얻었으니까요.」에이미가 도덕적으로 말했다.

「우리한테 필요한 교훈이었어요, 절대 잊지 않을게요. 우리가 깜빡하면『톰 아저씨의 오두막』에 나오는 클로이처럼 저희한테 말해 주세요. 〈너희가 받은 은총을 생각하렴, 애들아. 은총을 생각해.〉」다른 자매들과 마찬가지로 설교를 가슴에 새겼지만 작은 재미를 하나라도 끌어내지 않고서는 못 배기는 조가 덧붙였다.

5장
이웃과 친해지기

「도대체 뭐 하려고 그래, 조?」어느 눈 내리는 오후, 동생이 낡고 헐렁한 원피스와 두건, 고무장화 차림으로 한 손에는 빗자루, 다른 손에는 삽을 들고 복도를 쿵쿵 걸어오자 메그가 물었다.

「운동하러 가.」조가 장난스럽게 눈을 빛내며 대답했다.

「오늘 아침에 긴 산책을 두 번이나 했으니 충분할 것 같은데. 바깥은 춥고 흐리니까 나처럼 뽀송뽀송하고 따뜻하게 불가에 앉아 있으라고 충고하고 싶구나.」메그가 몸을 떨며 말했다.

「충고는 됐어. 종일 가만히 앉아 있을 수는 없지. 새끼 고양이도 아닌데 불가에서 꾸벅꾸벅 졸고 싶진 않아. 난 모험이 좋아, 모험을 찾아갈 거야.」

메그는 다시 발에 불을 쬐며『아이반호』를 읽었고, 조는 엄청난 에너지로 길을 내기 시작했다. 눈은 가벼웠다. 조는 해가 나면 베스가 아픈 인형들을 데리고 바람을 쐴 수 있도록 빗자루로 눈을 쓸어서 정원을 한 바퀴 도는 길을 금방 만들었다. 정원은 마치가의 집과 로런스 씨의 집 사이에 있었다. 이 동네는 도시의 교외 지역으로, 작은 숲과 잔디밭, 큰 정원들이 있고, 거리는 조용해서 아직 시골 같은 분위기였다. 낮은 산울타리가 두 집을 구분해 주었다. 한쪽은 낡은 갈색 집으로, 여름에는 담쟁이덩굴이 벽을 뒤덮고 꽃들이 집을 둘러쌌지만, 지금은 다 져서 약간 헐벗고 초라한 느낌이었다. 그 옆에는 당당한 석조 대저택이 서 있었다. 커다란 마차 차고와 잘 관리된 땅부터 온실까지 온갖 안락한 설비와 사치품이 갖춰져 있고, 풍성한 커튼 사이로 멋진 물건들이 흘깃 보였다. 그러나 잔디밭에서 장난을 치는 아이들도, 창가에서 미소 짓는 엄마의 얼굴도 없었다. 노신사와 손자 외에는 드나드는 사람도 거의 없기 때문에 쓸쓸하고 생기 없는 분위기였다.

상상력이 풍부한 조가 보기에 이 훌륭한 집은 아무도 즐기지 않는 멋지고 재미있는 것들이 가득 찬 마법에 걸린 궁전 같았다. 조는 숨겨진 찬란함을 오래전부터 보고 싶었고, 〈로런스 소년〉을 알고 싶었다. 소년은 방법만 알면 다가오고 싶은 것 같았다. 파티에 다녀온 이후 조는 그 어느 때보다 열심히 불타올라서 그와 친구가 되는 수많은 방법을 계획했다. 그런데 요즘은 소년이 보이지 않아서 어디 멀리 갔나 생각하려는 차였다. 그러던 어느 날, 베스와 에이미가 정원에서 눈싸움을 하는데 위층 창가에서 갈색 얼굴이 부러운 듯 내려다보고 있었다.

「저 아이한테는 어울릴 친구랑 재미있는 일이 간절하게 필요해.」 조가 혼잣말을 했다. 「할아버지는 저 애한테 뭐가 좋은지 모르셔서 저렇게 혼자 가둬 두는 거야. 쟨 같이 재미있게 놀 남자애들이든 젊고 활기찬 누군가든 사람이 필요해. 난 착하니까 저 집에 가서 할아버지께 그렇게 말씀드려야겠어.」

이렇게 생각하자 조는 신이 났다. 조는 대담한 일을 벌이기 좋아해서 늘 괴상한 행동으로 메그를 아연실색하게 만들곤 했다. 그래서 〈건너간다〉는 계획을 잊지 않고 있었고, 눈오는 오후가 되자 하는 데까지 해보기로 결심했다. 조는 로런스 씨가 마차를 타고 외출하는 것을 확인한 다음, 출동해서 산울타리까지 길을 만든 후 일단 멈추고 관찰했다. 온 집이 고요하고, 아래층 창문에는 커튼이 내려져 있었다. 하인들은 보이지 않고 위층 창가의 가느다란 손에 기댄 검은색 고수머리만 빼면 사람의 흔적이 하나도 없었다.

〈저기 있네.〉 조가 생각했다. 〈불쌍해라! 이렇게 우울한 날 아파서 혼자 있다니. 너무해! 눈덩이를 던져서 시선을 끈 다음 상냥한 말을 해줘야겠다.〉

부드러운 눈 한 뭉치가 높이 올라가자, 그가 즉시 고개를 돌려 얼굴을 드러냈다. 뚱한 표정이 순식간에 사라지고 커다란 눈이 환해지더니 입가에 미소가 떠올랐다. 조가 고개를 끄덕이며 웃음을 터뜨리고는 빗자루를 휘두르며 외쳤다.

「어떻게 지내? 어디 아파?」

로리가 창문을 열고 까마귀처럼 쉰 목소리로 말했다.

「좀 나았어, 고마워. 끔찍한 감기에 걸려서 일주일 동안 갇혀 있었어.」

「안됐다. 심심한데 뭐 하고 놀아?」

「아무것도 안 해. 여긴 무덤처럼 지루해.」

「책 안 읽어?」

「별로. 못 읽게 해.」

「읽어 줄 사람도 없어?」

「할아버지가 읽어 주셔, 가끔. 하지만 할아버지는 내 책이 재미가 없고, 브룩 선생님한테 늘 부탁하기는 싫어서.」

「그럼 누구한테 놀러 오라고 해.」

「만나고 싶은 사람이 아무도 없어. 남자애들은 너무 소란스러운데, 요즘 머리가 아파서.」

「책 읽어 주고 같이 놀아 줄 여자애는 없어? 여자애들은 조용하고 간호사 놀이도 좋아하잖아.」

「아는 애가 없어.」

「나 알잖아.」 조가 이렇게 말하고 웃음을 터뜨렸다가 뚝 그쳤다.

「그러네! 제발 와줄래?」 로리가 외쳤다.

「난 조용하고 착하진 않지만 엄마가 허락하시면 갈게. 엄마한테 가서 여쭤볼게. 착한 아이처럼 창문 닫고 내가 갈 때까지 기다려.」

조는 빗자루를 어깨에 걸치고 집으로 당당하게 걸어 들어가며 가족들이 뭐라고 할지 생각했다. 로리는 누가 온다는 생각에 약간 흥분해서 바쁘게 준비를 했다. 마치 부인이 말했던 것처럼 로리는 〈어린 신사〉였기 때문에, 찾아올 손님을 위해서 곱슬거리는 머리를 빗고 옷깃을 바꾸고 방을 정리했다. 하인이 여섯 명이나 되지만 방이 깔끔하지 않았다. 곧 커다란 벨 소리에 이어 〈로리 씨〉를 만나고 싶다는 단호한 목소리가 들려왔다. 깜짝 놀란 하인이 달려와서 젊은 숙녀가 찾아왔다고 알려 주었다.

「좋아, 안내해 줘요. 조 양이에요.」 로리가 이렇게 말하고 조를 맞이하러 작은 응접실로 갔다. 조는 발그레한 얼굴에 친절한 표정을 짓고, 꽤 편안한 모습으로 들어왔다. 한 손에는 뚜껑 덮인 접시를, 다른 손에는 베스의 새끼 고양이 세 마리를 들고 있었다.

「나 왔어, 몽땅 챙겨 왔지.」 조가 활기차게 말했다. 「엄마가 안부 전해 달라고 하셨고, 내가 널 도울 수 있어서 기쁘시대. 메그는 자기가 만든 블랑망제[14]를 보냈어. 아주 잘 만들어. 그리고 베스는 자기 고양이들이 위로가 될 거래. 네가 쳐다보지도 않을 것 같았지만 거절할 수가 없었어. 자기도 뭘 해 주고 싶다고 해서.」

알고 보니 베스의 엉뚱한 대여가 적중했다. 로리는 고양이들을 보고 웃느라 수줍음을 잊고 친근해졌다.

「너무 예뻐서 먹기 아까운데.」 조가 접시 뚜껑을 열자 초록색 잎과 에이미가 키우는 제라늄의 진홍색 꽃잎으로 장식한 블랑망제가 모습을 드러냈다. 로리가 기뻐서 미소를 지으며 말했다.

14 젤라틴이나 전분에 우유나 생크림, 설탕을 섞어서 굳힌 달콤한 디저트.

「별거 아니야. 그냥 다들 너한테 잘해 주고 싶은 마음을 보여 주고 싶었나 봐. 하녀한테 가져가라고 했다가 나중에 차 마실 때 달라고 해서 먹어. 자극적이지 않아서 먹을 수 있을 거야. 부드러워서 목이 아파도 잘 넘어가고. 이 방 진짜 아늑하다.」

「정리만 잘하면 그렇겠지. 하지만 하녀들이 게으른데, 어떻게 시켜야 할지 모르겠어. 신경은 쓰이지만 말이야.」

「2분만 주면 내가 정리해 줄게. 간단해, 이렇게 난로의 재를 쓸어 내고…… 이렇게 벽난로 선반의 물건을 똑바로 놓고…… 책은 여기, 병들은 저기, 조명을 소파 뒤에 두고 쿠션을 약간 불룩하게 만들면 돼. 자, 훨씬 낫지.」

로리도 기분이 훨씬 나아졌다. 조가 웃고 이야기하면서 물건을 재빨리 정리하자 방 분위기가 달라졌기 때문이다. 로리는 말없이 감탄하며 조를 보았다. 조가 소파로 손짓해 부르자, 로리는 만족스러운 한숨을 쉬며 자리에 앉아 감사의 인사를 했다.

「넌 정말 친절하구나! 그래, 이게 필요했어. 자, 저기 큰 의자에 앉아. 내가 손님을 즐겁게 해줘야지.」

「아니야, 내가 재미있게 해주려고 온 거야. 책 읽어 줄까?」 조가 근처에 놓인 탐스러운 책을 사랑스럽게 바라보았다.

「고마워! 그런데 다 읽은 책들이야. 너만 괜찮으면 얘기나 하자.」 로리가 대답했다.

「괜찮고말고. 네가 하라고만 하면 나는 온종일도 말할 수 있어. 베스는 나보고 멈춰야 할 때를 모른대.」

「베스가 그 발그스름한 애야? 항상 집에 있고 가끔 작은 바구니를 들고 나가는 애?」 로리가 관심을 보이며 물었다.

「응, 그 애가 베스야. 내 동생이지. 그리고 진짜 착해.」

「예쁜 사람이 메그고, 고수머리가 에이미 맞지?」

「어떻게 알았어?」

로리는 얼굴을 붉혔지만 솔직하게 대답했다. 「음, 너희 자매가 서로 부르는 소리가 자주 들려. 다들 항상 즐거워 보여서 너희 집 쪽을 안 볼 수가 없더라. 무례하게 굴어서 미안하지만, 가끔 화분이 있는 창문은 커튼을 깜빡 잊고 안 치더라고. 램프를 켰을 때 보면 그림을 보는 것 같아. 난롯불이 있고, 너희는 탁자 앞에서 어머니 주변에 모여 있지. 너희 어머니 얼굴이 바로 맞은편이라서 잘 보이거든. 꽃 바로 뒤로 정말 상냥한 표정이 보이니까, 안 볼 수가 없어. 너도 알겠지만 난 엄마가 없거든.」 로리가 자기도 모르게 움찔거리는 입술을 숨기려고 괜스레 난롯불을 쿡쿡 쑤셨다.

그의 눈에 서린 외로움과 굶주림이 조의 따뜻한 마음으로 곧장 날아와서 박혔다. 조는 아주 간단한 교육만 받았기 때문에 머릿속에 허튼 생각이 없었고, 열다섯 살이라서 여느 아이나 마찬가지로 순수하고 솔직했다. 로리는 아프고 외로웠다. 조는 자신의 집에 넘치는 사랑과 행복이 무척 풍요롭게 느껴졌고, 로리와 기꺼이 나누고 싶었다. 조의 갈색 얼굴이 무척 상냥해지고, 날카로운 목소리가 평소와 다르게 부드러워졌다.

「이제 커튼을 치지 않을게, 실컷 봐도 돼. 하지만 엿보지 말고 그냥 우릴 만나러 집으로 오면 좋겠어. 우리 엄마는 정말 대단하셔. 너한테 엄청 도움이 될 거야. 베스도 내가 열심히 조르면 노래를 불러 줄 거고, 에이미는 춤을 출 거야. 메그 언니랑 나는 우리의 웃긴 연극 소품으로 웃겨 줄게. 다 같이 무척 재미있을 것 같아. 너희 할아버지가 허락하지 않으시려나?」

「너희 어머니가 말씀드리면 허락해 주실 거야. 겉으로는 그렇게 안 보이지만 아주 상냥하시고 내가 원하는 건 거의 다 해주시거든. 내가 모르는 사람들한테 폐를 끼칠까 봐 걱정하시는 것뿐이야.」 로리가 얼굴을 점점 더 환하게 밝히며 말했다.

「모르는 사람은 아니지, 이웃이잖아. 폐 끼친다고 생각할 필요 없어. 우린 널 알고 싶고, 나는 한참 전부터 이렇게 하려고 애를 썼거든. 우리가 이 동네에 아주 오래 살지는 않았지만 이웃 사람들이랑은 전부 알고 지내, 너희 집만 빼고.」

「음, 할아버지는 책에 푹 빠져 사시면서 바깥에서 일어나는 일에는 별 관심이 없으시거든. 가정 교사인 브룩 씨는 이 집에 같이 살지 않고. 난 어울릴 사람이 없어서 그냥 집에 틀어박혀 알아서 지내는 거야.」

「너무 안됐다. 그냥 확 뛰어들어 버려. 부르는 데마다 다 가는 거야. 그러면 친구도 많아지고, 좋은 데 갈 일도 많아질 거야. 낯가림도 신경 쓰지 마. 계속 다니다 보면 금방 없어져.」

로리가 다시 얼굴을 붉혔지만, 낯가림이라는 말 때문에 기분이 상하지는 않았다. 조의 말에는 선의가 가득했기 때문에 둔감한 말이라도 본인의 의도대로 상냥하게 받아들이지 않을 수 없었다.

「학교는 재미있어?」 잠시 침묵이 흐른 뒤 로리가 화제를 바꾸었다. 침묵이 흐르는 동안 로리는 불을 빤히 쳐다보았고, 조는 기분 좋게 주변을 둘러보았다.

「학교 안 다녀. 일해. 대고모님 시중을 들고 있어. 아, 우리 대고모님도 진짜 화가 많은 분이셔.」조가 대답했다.

로리가 다른 질문을 하려고 입을 열었지만, 너무 많이 물어보면 예의에 어긋난다는 생각이 퍼뜩 떠올라서 다시 입을 다물고 불편한 표정을 지었다. 조는 로리의 예절 바른 모습이 좋았다. 마치 대고모 이야기를 하면서 깔깔 웃는 것이 아무렇지도 않았기 때문에 조는 까다로운 노부인과 뚱뚱한 푸들, 스페인어로 말하는 앵무새, 자신이 너무나 좋아하는 서재에 대해서 생생하게 설명해 주었다. 로리는 무척 재미있게 들었다. 단정한 노신사가 마치 대고모에게 청혼을 하러 와서 멋들어진 일장 연설을 늘어놓고 있는데, 폴리가 가발을 잡아당겨서 노신사가 깜짝 놀란 이야기를 해주자 로리는 뒤로 쓰러져 눈물이 뺨으로 흘러내릴 때까지 웃었다. 하녀가 무슨 일인가 싶어서 들여다볼 정도였다.

「아! 진짜 재미있다. 계속 이야기해 줘.」신이 난 로리가 빨갛게 상기된 얼굴을 소파 쿠션에서 떼며 말했다.

성공에 고무된 조는 자매들의 연극과 계획에 대해서, 아빠에 대한 희망과 두려움에 대해서, 그리고 자매들이 살고 있는 작은 세계에서 가장 재미있는 사건들에 대해서 〈계속 이야기했다.〉 그런 다음 두 사람은 책에 대해서 이야기를 나누었다. 조는 로리도 책을 좋아하며 자신보다 더 많이 읽었다는 사실을 알고 무척 기뻐했다.

「책을 그렇게 좋아하면 내려가서 우리 서재 구경할래. 할아버지는 외출하셨으니까 겁낼 필요 없어.」로리가 자리에서 일어나며 말했다.

「난 아무것도 겁나지 않아.」조가 고개를 휙 쳐들며 대답했다.

「그럴 것 같아!」로리가 감탄하는 표정으로 조를 보며 외쳤다. 하지만 속으로는 저기압인 할아버지를 만나면 무서워할 이유가 생길 것이라고 생각했다.

집은 전반적으로 여름 분위기였다. 로리는 여기저기 안내하면서 조가 궁금한 것이 있으면 멈춰서 구경시켜 주었다. 그렇게 해서 마침내 서재에 도착한 조는 특별히 신이 날 때 늘 그러듯이 손을 마주 잡고 깡충깡충 뛰었다. 쭉 꽂혀 있는 책들, 그림과 동상, 시선을 빼앗는 작은 캐비닛에 가득 든 동전과 진귀한 물건들, 슬리피 할로 의자들,[15] 기묘한 탁자들, 청동 제품들이 있었다. 그리고 무엇보다도 커다란 난로가 있고, 그 주변에는 고풍스러운 타일이 둘러져 있었다.

「정말 엄청나다!」조가 한숨을 쉬며 벨벳 의자 깊숙이 앉아서 아주 만족스럽다는 듯 주변을 물끄러미 보았다. 「시어도어 로런스, 넌 세상에서 가장 행복한 남자야.」그녀가 감격

15 등받이가 높고 팔걸이가 낮으며 좌석이 푹 들어간 안락의자.

하며 덧붙였다.

「사람이 책만으론 살 수 없어.」로리가 맞은편 테이블에 앉아서 고개를 저으며 말했다.

그가 말을 더 하기 전에 벨이 울리자, 조가 깜짝 놀라 벌떡 일어나며 소리를 질렀다. 「세상에! 너희 할아버지 오셨나 봐!」

「음, 할아버지면 뭐 어때? 넌 아무것도 겁나지 않잖아.」소년이 장난스러운 표정으로 대답했다.

「사실 나 너희 할아버지는 약간 겁나는 것 같은데, 왠지는 모르겠어. 엄마의 허락도 받고 왔고, 내가 와서 네 상태가 더 나빠진 것 같지도 않은데 말이야.」조가 자세를 가다듬으며 말했지만 시선은 문에서 떨어지지 않았다.

「덕분에 난 훨씬 좋아졌어, 정말 고마워. 네가 이야기하느라 지쳤을까 봐 그게 걱정이다. 너무 재미있어서 그만하라고 말할 수가 없었어.」로리가 고마워하며 말했다.

「의사 선생님이 오셨는데요.」하녀가 로리를 불렀다.

「잠시 너 혼자 두고 다녀와도 될까? 의사 선생님은 만나야 할 것 같아.」로리가 말했다.

「난 걱정 마. 여기에 있으면 귀뚜라미처럼 행복하니까.」조가 대답했다.

로리가 나가고, 그의 손님은 혼자 즐거운 시간을 보냈다. 조는 노신사의 근사한 초상화 앞에 서 있다가, 문이 다시 열리자 돌아보지도 않고 단호하게 말했다. 「이제 이분을 무서워하지 않아도 된다는 걸 확실히 알겠어. 입매는 엄하지만 눈빛이 친절해서. 그리고 의지력이 어마어마하신 것 같아. 우리 할아버지만큼 잘생기시진 않았지만 마음에 들어.」

「고맙군요.」 뒤에서 걸걸한 목소리가 들려왔고, 너무나 놀랍게도 로런스 씨가 거기에 서 있었다.

불쌍한 조는 얼굴이 더 이상 빨개질 수 없을 정도로 새빨개졌고, 방금 무슨 말을 했는지 떠올리자 심장이 불편할 정도로 빨리 뛰기 시작했다. 순간 도망치고 싶다는 강렬한 열망에 사로잡혔지만 그건 비겁한 행동이었다. 언니랑 동생들이 비웃을 터였다. 그래서 조는 이 자리에 남아서 최대한 곤경을 헤쳐 나가 보자고 결심했다. 다시 보니 무성한 회색 눈썹 아래의 생생한 눈은 그림 속의 눈보다 더 친절해 보였고, 장난꾸러기 같은 빛이 반짝였기 때문에 조의 두려움이 상당히 줄어들었다. 끔찍한 침묵이 흐른 뒤, 노신사가 갑자기 그 어느 때보다도 걸걸한 목소리로 말했다. 「그래, 내가 무섭지 않다고?」

「별로요, 로런스 씨.」

「자네 할아버지만큼 잘생기지는 않았고?」

「네.」

「그리고 의지력이 어마어마하다고, 그래?」

「그럴 것 같다고 말했을 뿐입니다.」

「그래도 내가 마음에 든다고?」

「네, 그렇습니다.」

이 대답이 노신사를 기쁘게 했다. 그는 짤막하게 웃음을 터뜨리더니 조와 악수를 했다. 그런 다음 손가락으로 조의 턱을 들어 올려 얼굴을 유심히 살피고는 놓아주더니 고개를 끄덕이며 말했다. 「할아버지의 얼굴은 닮지 않았지만 그 정신을 가졌군. 정말 좋은 사람이었단다. 하지만 용감하고 정직한 사람이었다는 게 더 훌륭한 점이지. 난 그의 친구라는 게 자랑스러웠어.」

「감사합니다.」 이제 조는 무척 편안해졌다. 로런스 씨의 말이 무척 마음에 들었다. 그러나 날카로운 다음 질문이 날아들었다.

「내 손자를 뭐 어쩌려는 거지?」

「그냥 이웃이랑 친해지려고 한 것뿐입니다.」 조는 어쩌다가 집으로 찾아오게 되었는지 말했다.

「기운을 좀 내야 할 것 같다고?」

「네. 좀 외로운 것 같아요. 나이가 비슷한 사람들이 곁에 있으면 좋을 거예요. 우린 전부 여자들뿐이지만 할 수 있다면 기꺼이 도울 거예요. 멋진 크리스마스 선물을 보내 주셨던 거, 잊지 않았거든요.」 조가 열심히 말했다.

「쯧쯧쯧. 그건 개가 한 거야. 그 불쌍한 여자는 어떻게 되었지?」

「잘 지내세요.」 그런 다음 조는 빠른 말투로 어머니의 부자 친구들과 연결해 주어서 같이 돕고 있다고 설명하며, 훔멜 가족에 대해서 전부 얘기했다.

「선행을 베푸는 것이 자기 아버지와 똑같군. 언제 너희 어머니를 만나러 가봐야겠구나. 그렇게 전해 다오. 차 마시는 시간을 알리는 종소리군. 로리 때문에 우리는 일찍 먹는 편이지. 같이 가자꾸나, 이웃이랑 친해져야지.」

「제가 같이 가도 괜찮으시다면요.」

「안 괜찮으면 가자고 하지 않았겠지.」 그런 다음 로런스 씨는 옛날식으로 예의를 갖춰 팔을 내밀었다.

〈메그 언니한테 이 얘기를 하면 뭐라고 할까?〉 조가 당당하게 걸어가며 속으로 생각했다. 집에 가서 이 이야기를 하는 자신을 상상하니 너무 신이 나서 눈빛이 계속 춤을 추었다.

「어이! 도대체 어떻게 된 거냐?」 로리가 계단을 달려 내려오자 노신사가 말했다. 로리는 조가 할아버지와 팔짱을 낀 놀라운 모습을 보고 깜짝 놀라서 멈춰 섰다.

「돌아오셨는지 몰랐어요.」 로리가 말했고, 조는 그를 의기양양하게 흘끔 보았다.

「물론 그렇겠지, 계단을 그렇게 요란하게 내려오는 것을 보니. 차를 마시러 가자, 신사답게 행동하고.」 로런스 씨는 소년의 머리를 어루만지듯 잡아당긴 다음 계속 걸어갔고, 로리는 두 사람의 뒤에서 점점 더 놀라면서 표정이 시시각각으로 변했다. 그 우스꽝스러운 모습을 보고 조는 하마터면 웃음을 터뜨릴 뻔했다.

노신사는 차를 넉 잔 마시는 동안 말을 많이 하지 않았지만 금방 오랜 친구들처럼 수다를 떠는 두 젊은이를 바라보았고, 손자의 변화도 놓치지 않았다. 이제 소년의 얼굴에 색과 빛, 생기가 떠올랐고, 행동이 활발해졌으며, 진심으로 즐거워하며 웃었다.

〈저 아가씨의 말이 맞군. 이 아이는 외로워. 저 집 아가씨들이 이 아이를 위해 뭘 해줄 수 있는지 봐야겠어.〉 로런스 씨는 이렇게 생각하며 보고 들었다. 그는 특이하고 솔직한 태도 때문에 조가 마음에 들었다. 조는 로리가 되어 본 사람처럼 로리를 잘 이해하는 듯했다.

로런스가(家) 사람들이 조를 〈새침하고 재미없다〉고 말하는 부류였다면 조는 잘 어울리지 못했을 것이다. 조는 늘 그런 사람들 앞에서는 어색하고 수줍어했기 때문이다. 그러나 두 사람이 느긋하고 격의 없는 사람들임을 깨달은 조는 자신의 본모습을 보여 주었고, 그래서 좋은 인상을 남겼다. 세 사람이 자리에서 일어났을 때 조가 이제 그만 가보겠다고 했지만, 로리가 더 보여 줄 게 있다며 그녀를 위해 불을 밝혀 둔 온실로 데려갔다. 조의 눈에는 그곳이 꼭 요정의 나라 같았다. 그녀는 길을 따라 오르락내리락하면서 양쪽 벽에 활짝 핀 꽃 — 은은한 조명, 축축하고 향긋한 공기, 머리 위로 드리워진 멋진 덩굴과 나무들 — 을 실컷 즐겼다. 그동안 새로 사귄 친구 로리는 제일 예쁜 꽃들을 한 아름 꺾어서 묶더니 행복한 표정으로 — 조는 그 표정이 보기 좋았다 — 이렇게 말했다. 「이걸 어머니께 가져다드리고, 보내 주신 약이 아주 마음에 들었다고 전해 줘.」

두 사람은 커다란 거실 난롯불 앞에 서 있는 로런스 씨를 발견했지만, 조의 관심은 온통 뚜껑이 열린 그랜드 피아노에만 쏠려 있었다.

「너 피아노 쳐?」 조가 감탄 어린 표정으로 로리를 보며 물었다.

「가끔.」 로리가 겸손하게 대답했다.

「지금 한번 쳐볼래? 베스한테 가서 말해 주고 싶어.」

「너 먼저 칠래?」

「난 칠 줄 몰라. 머리가 나빠서 배우지 못했지만 음악은 아주 좋아해.」

그렇게 해서 로리가 피아노를 연주했고, 조는 사치스럽게도 헬리오트로프와 티로즈에 코를 묻고 들었다. 로리는 피아노를 아주 잘 치는데도 잘난 척하지 않았기 때문에 〈로런스 소년〉에 대한 존경과 경의가 더욱 커졌다. 조는 베스에게도 들려주고 싶다고 생각했지만, 그 생각을 입 밖에 내지는 않았다. 그 대신 로리가 부끄러워할 정도로 칭찬을 늘어놓았다. 그때 할아버지가 구원의 손길을 뻗었다. 「그만해, 그만해요, 아가씨. 감언이 너무 지나치면 로리한테 좋지 않아. 못 치는 건 아니지만 난 로리가 더 중요한 일도 이 정도로 잘하면 좋겠군. 이제 가려고? 음, 정말 고맙고 다음에 또 와줘요. 어머님께 안부 전해 주고. 잘 자요, 조 의사 선생님.」

그는 친절하게 조와 악수를 했지만 뭔가 마음에 들지 않는 듯했다. 복도로 나오자 조는 로리에게 자신이 무슨 말실수라도 했냐고 물었다. 로리가 고개를 저었다.

「아니야, 나 때문이야. 내가 피아노 치는 걸 좋아하지 않으셔.」

「왜?」

「언젠가 말해 줄게. 난 못 나가니까 존이 집까지 데려다줄 거야.」

「그럴 필요 없어. 난 숙녀도 아니고, 한 걸음이면 가는데 뭐. 몸조심해, 알았지?」

「응. 또 놀러 올 거지?」

「너도 몸이 좋아지고 나서 우리 집에 놀러 온다고 약속하면.」

「그럴게.」

「잘 자, 로리.」

「잘 자, 조. 잘 자.」

조에게서 그날 오후의 모험 이야기를 다 듣고 난 가족들은 각자 산울타리 너머 커다란 집에서 아주 매력적인 것을 하나씩 발견했기 때문에 다 같이 그 집에 가보고 싶어졌다. 마치 부인은 자기 아버지를 아직 기억하는 노신사와 아버지에 대한 이야기를 나누고 싶었고, 메그는 온실을 거닐고 싶었으며, 베스는 그랜드 피아노를 생각하며 한숨을 쉬었고, 에이미는 멋진 그림과 동상들을 보고 싶었다.

「엄마, 로런스 씨는 로리가 피아노 치는 것을 왜 좋아하지 않았을까요?」 호기심 많은 조가 물었다.

「잘 모르겠지만 그분의 아들, 그러니까 로리의 아버지가 이탈리아 음악가와 결혼했기 때문일 거야. 자존심이 강한 로런스 씨는 그 결혼을 탐탁지 않게 생각하셨거든. 착하고 사랑스럽고 교양 있는 숙녀였지만 로런스 씨는 그녀를 좋아하지 않았고, 두 사람이 결혼한 이후로는 아들을 한 번도 만나지 않았어. 그런데 로리가 아주 어렸을 때 두 사람이 모두 세상을 떠나서 로런스 씨가 로리를 데려왔지. 로리는 이탈리아에서 태어났는데, 몸이 아주 튼튼하지는 않대. 손자를 잃을까 봐 두려워서 조심하시는 걸 거야, 아마. 로리는 엄마를 닮아서 천성적으로 음악을 사랑하는데, 로런스 씨는 로리가 언젠가 음악가가 되고 싶어 할까 봐 걱정이시겠지. 어쨌든 로리의 피아노 연주를 들으면 마음에 들지 않았던 그 여자가 생각날 테고, 그러니까 조의 말처럼 〈불쾌한 표정〉을 지으셨을 거야.」

「어머, 너무 낭만적이다!」 메그가 외쳤다.

「너무 바보 같아.」 조가 말했다. 「음악가가 되고 싶다고 하면 그러라고 하면 되잖아. 애를 괴롭히면서 싫다는 대학교에 보낼 게 아니라.」

「그렇게 예쁜 검은색 눈을 가진 것도, 매너가 훌륭한 것도 그래서였나 봐. 이탈리아 사람들은 항상 친절하니까.」 약간 감상에 빠진 메그가 말했다.

「언니가 로리의 눈이랑 매너에 대해서 어떻게 알아? 얘기도 거의 안 해봤잖아.」 감상적인 것과는 거리가 먼 조가 외쳤다.

「지난번에 무도회에서 봤잖아. 그리고 네 이야기를 들어보니까 매너가 좋네. 엄마가 보낸 약이 마음에 든다는 말은 정말 멋졌어.」

「블랑망제 얘기였겠지.」

「넌 정말 뭘 모르는구나. 당연히 네 얘기잖아.」

「그래?」 조가 생각지도 못했다는 듯이 눈을 번쩍 떴다.

「너 같은 애는 정말 처음 봐! 칭찬을 받고도 칭찬인 줄 모르다니.」 메그가 그런 쪽이라면 모르는 것이 없는 숙녀처럼 말했다.

「그건 진짜 말도 안 되는 소리야. 바보같이 그런 말로 내 즐거움을 망치지 말아 줬으면 좋겠어. 로리는 좋은 애고, 난 걔가 좋아. 난 칭찬이든 뭐든 감상적이고 말도 안 되는 소리는 거절할래. 로리는 엄마가 없으니까 우리 모두 로리한테 잘해 주자. 엄마, 로리가 우리 집에 놀러 와도 되죠?」

「물론이지, 조. 네 친구는 언제든 환영이란다. 그리고 어린 시절이 끝날 때까지는 최대한 아이로 남아 있어야 한다는 사실을 잊지 말아 줬으면 좋겠구나, 메그.」

「난 아직 10대도 안 됐지만 내가 아이라고 생각하지 않아요.」 에이미가 말했다. 「어떻게 생각해, 베스 언니?」

「난 『천로 역정』에 대해서 생각 중이었어.」 한마디도 듣지 못한 베스가 대답했다. 「우리는 착하게 살겠다고 결심함으로써 늪을 지나 좁은 문을 통과했고, 노력함으로써 가파른 산을 올랐잖아. 그럼 멋진 것들이 가득한 저 집은 아름다움의 궁전일지도 몰라.」

「우선 사자 앞부터 지나가야겠네.」 그 생각이 마음에 든 듯 조가 이렇게 말했다.

6장
베스, 아름다움의 궁전을 발견하다

대저택은 과연 아름다움의 궁전으로 판명되었지만, 네 자매 모두가 들어갈 때까지는 시간이 조금 걸렸다. 베스는 사자 앞을 지나가기가 너무 힘들었다. 노신사 로런스 씨가 대왕 사자였다. 그러나 로런스 씨가 마치가를 찾아와서 자매들한 명 한 명에게 재미있는 농담이나 상냥한 말을 한마디씩하고 어머니와 옛날이야기도 나눈 다음 돌아가자, 이제 소심한 베스 외에는 아무도 로런스 씨를 무서워하지 않았다. 또다른 사자는 네 자매는 가난하고 로리는 부자라는 사실이었다. 그래서 자매들은 보답하지 못할 호의를 받아들이기가 조심스러웠다. 그러나 얼마 후 자매들은 로리가 자기들을 은인으로 생각한다는 것을 알게 되었다. 로리는 어머니처럼 따뜻하게 환영해 준 마치 부인과 유쾌하게 어울려 주는 자매들, 그들의 초라한 집에서 얻는 위안에 대해서 얼마나 고마워하는지 아무리 표현해도 부족하다고 생각했다. 그 뒤부터 그들은 자존심 같은 건 금방 잊어버리고, 뭐가 더 큰지 작은지 따지지도 않고 친절한 마음을 주고받았다.

새로운 우정이 봄날의 풀처럼 무성하게 자라면서 그즈음 온갖 재미있는 일들이 일어났다. 모두가 로리를 좋아했고, 로리는 가정 교사에게 〈마치가 자매들은 진짜 대단한 여자들〉이라고 털어놓았다. 네 자매는 젊은 사람들답게 밝은 열정으로 외로운 소년을 자기들 틈에 끼워 주었고, 로리는 이 솔직한 자매들과 순수하게 어울리면서 무척 매력적인 것을 발견했다. 어머니나 누이를 알지 못했던 로리는 금방 이들이 자신에게 영향을 끼친다는 것을 느꼈고, 분주하고 생기 넘치게 사는 모습을 보니 자신의 나태한 생활이 부끄러워졌다. 로리는 책이 지겨웠고 사람들이 너무나 흥미롭다는 사실을 깨달았기 때문에, 브룩 씨는 아주 흡족하지 못한 보고서를 작성할 수밖에 없었다. 로리가 항상 꾀를 부려 수업에 빠지고 마치가로 달려갔기 때문이다.

　　「걱정 말게. 좀 쉬게 놔두고 나중에 보충하지.」 노신사가 말했다. 「옆집 부인은 로리가 공부를 너무 열심히 한다며, 젊은 친구들과 놀고 운동도 하고 그래야 한다는군. 부인 말이 맞는 것 같아. 난 그동안 할머니처럼 로리를 너무 응석받이로 키웠어. 행복하다면 뭐든 하고 싶은 대로 하게 내버려 두게. 저 작은 수녀원 같은 집에서는 말썽에 휘말릴 수도 없고, 우리보다 마치 부인이 로리에게 더 많은 것을 해주고 있으니.」

　　확실히 네 자매와 로리는 즐거운 시간을 보냈다! 연극과 활인화, 썰매와 스케이트, 낡은 거실에서 보내는 즐거운 저녁 시간, 가끔 저택에서 열리는 신나는 파티. 메그는 언제든지 온실을 산책하며 꽃다발을 만들 수 있었고, 조는 걸신들린 사람처럼 새로운 서재로 찾아가서 나름의 비평으로 노신사를 껄껄 웃게 했으며, 에이미는 그림을 따라 그리며 아름다움을 실컷 즐겼고, 로리는 아주 기분 좋게 〈장원의 주인〉 역할을 했다.

그러나 베스는 그랜드 피아노를 치고 싶은 마음이 간절했지만, 스스로 〈더없는 행복의 저택〉이라고 부르는 곳에 갈 용기를 내지 못했다. 조와 같이 간 적이 있었지만, 베스의 약점을 모르는 노신사가 짙은 눈썹 밑으로 베스를 빤히 바라보면서 〈어이!〉 하고 너무 큰 소리로 말하는 바람에 베스는 완전히 겁을 먹고서, 그녀가 엄마에게 설명한 말에 따르면 〈발이 바닥에 탁탁 부딪칠 정도로 덜덜 떨렸다.〉 베스는 도망쳤고, 피아노를 아무리 사랑해도 그 집에는 절대 가지 않겠다고 선언했다. 어떤 설득이나 유혹도 베스의 두려움을 이기지 못했다. 결국 어쩌다가 이 사실을 알게 된 로런스 씨가 직접 일을 수습했다. 그는 이웃집으로 잠시 찾아와서 이야기를 나눌 때 음악 쪽으로 교묘하게 화제를 돌려 위대한 가수들을 보았던 이야기나 훌륭한 오르간 소리를 들었던 이야기를 아주 재미있게 들려주었다. 그러자 멀찍이 구석 자리에 앉아 있던 베스가 더 이상 참지 못하고 무언가에 매료된 사람처럼 조금씩 조금씩 다가왔다. 베스는 노신사가 앉아 있는 의자 뒤에 멈춰 서서 커다란 눈을 더욱 크게 뜨며 귀를 기울였고, 평소의 자신답지 않은 행동에 흥분해서 뺨이 붉게 물들었다. 로런스 씨는 베스가 파리 정도의 존재감도 없다는 듯 알아차리지 못한 척하면서 로리의 수업과 교사들에 대해서 이야기했다. 그러다가 문득 생각이 떠오른 것처럼 마치 부인에게 이렇게 말했다.

「로리가 요즘은 피아노를 별로 치지 않네요. 저야 기쁘지요, 그동안은 음악을 너무 좋아했거든요. 하지만 피아노를 방치하면 좋지 않지요. 조율 상태가 나빠지지 않도록 가끔 따님들이 와서 쳐주면 어떻겠습니까, 부인?」

베스가 한 발짝 앞으로 나서며 손뼉을 치지 않으려고 — 저항하기 힘든 유혹이었다 — 두 손을 꽉 잡았다. 그 굉장한 악기로 연습을 한다고 생각하니 숨이 막혔다. 마치 부인이 대답하기도 전에 로런스 씨가 묘하게 고개를 살짝 끄덕이고 미소를 지으며 말을 이었다.

「우리 집 사람들과 만나거나 이야기를 나눌 필요도 없고, 가끔 와서 피아노만 치면 됩니다. 나는 반대편 끝 쪽 서재에서 거의 나오지 않고, 로리는 자주 나가고, 하인들은 9시 이후에는 응접실 근처에도 가지 않거든요.」 그런 다음 로런스 씨가 그만 가보려는 듯 일어서자, 베스는 말을 해야겠다고 굳게 결심했다. 로런스 씨의 마지막 말을 들으니 더 이상 바랄 것이 없었다. 「따님들에게 전해 주십시오. 혹시 오고 싶지 않아도 괜찮다고요.」 이때 작은 손이 그의 손 안으로 미끄러져 들어오더니, 베스가 감사의 마음이 가득한 표정으로 그를 올려다보며 소심하지만 진지하게 말했다.

「아, 로런스 씨! 저희는 정말, 정말 가고 싶어요!」

「그 음악을 좋아한다는 아이인가?」 로런스 씨는 〈어이!〉라는 말로 깜짝 놀라게 하는 대신 그녀를 아주 상냥하게 내려다보며 물었다.

「저는 베스예요. 전 음악을 아주 좋아해요. 정말로 아무도 안 듣는다고 하시면 제가 갈게요······ 방해가 되지 않는다면요.」 베스는 무례하게 들릴까 봐 이렇게 덧붙였고, 말을 하면서도 자신의 용감한 행동에 놀라서 덜덜 떨었다.

「아무도 없단다. 하루의 절반은 집이 텅 비어 있으니 마음대로 와서 피아노를 치렴. 그렇게 해주면 아주 고맙겠구나.」

「정말 친절하세요.」

베스가 그의 다정한 표정을 보며 장미처럼 얼굴을 붉혔지만, 이제 더 이상 무섭지 않았다. 베스는 로런스 씨의 귀중한 선물에 감사를 표할 마땅한 말을 찾지 못했기 때문에, 고맙다는 뜻으로 그의 커다란 손을 꼭 쥐었다. 노신사는 베스의 이마에 내려온 머리카락을 부드럽게 쓰다듬으며 뒤로 넘기고는 몸을 숙여 뺨에 입맞춤을 하면서 아무도 듣지 못할 정도로 작게 말했다.

「나도 이런 눈을 가진 귀여운 딸이 있었지. 하느님의 축복을 내려 주시길! 안녕히 계십시오, 부인.」 그런 다음 무척 허둥지둥 떠났다.

베스는 엄마와 함께 뛸 듯이 기뻐했고, 자매들이 집에 없었기 때문에 얼른 위층으로 올라가서 아픈 인형들에게 이 기쁜 소식을 알려 주었다. 그날 저녁에 베스는 너무나 행복한 마음으로 노래를 불렀다. 그리고 밤에는 잠결에 피아노를 치는 것처럼 에이미의 얼굴을 손가락으로 두드리는 바람에 에이미를 깨웠고, 가족들은 실컷 웃었다. 다음 날 베스는 로런스 씨와 로리가 외출하는 것을 확인한 다음, 두세 번의 후퇴 끝에 무사히 옆문으로 들어가서 생쥐처럼 소리 없이 응접실로 향했다. 그곳에는 베스의 우상이 있었다. 물론 우연히도 쉽고 예쁜 악보도 놓여 있었다. 베스는 귀를 기울이고 주변을 둘러보느라 여러 번 멈춰 가면서, 마침내 이 대단한 악기에 떨리는 손가락을 얹었다. 그러자 두려움도, 자기 자신도, 음악이 주는 형언할 수 없는 기쁨을 제외한 모든 것을 바로 잊어버렸다. 피아노 소리가 사랑하는 친구의 목소리 같았다.

베스는 점심시간이 되어 해나가 데리러 올 때까지 피아노를 쳤다. 하지만 식욕이 없었기 때문에 그저 지극히 행복하게 앉아서 모두를 바라보며 미소만 지을 뿐이었다.

그 이후 자그마한 갈색 두건이 거의 매일 산울타리 사이를 오갔다. 드나드는 모습은 누구의 눈에도 띄지 않았지만, 음악을 사랑하는 요정이 커다란 응접실에 출몰했다. 베스는 로런스 씨가 종종 서재 문을 열어 놓고 그가 좋아하는 옛날 곡에 귀를 기울인다는 사실을 전혀 알지 못했다. 그리고 로리가 복도에서 보초를 서며 하인이 다가오면 돌려보내는 것도 보지 못했다. 선반에서 찾은 연습용 책들과 새로운 악보들이 자신을 위해 특별히 준비된 것이라는 생각은 한 번도 하지 않았다. 그리고 로런스 씨가 집으로 찾아왔을 때 그녀에게 음악에 대해서 이야기를 하면, 베스는 자신에게 이렇게 도움이 되는 이야기를 해주다니 정말 친절하다고만 생각했다. 이렇게 해서 베스는 마음껏 즐기면서 누구에게나 일어나는 일은 아니지만 자신이 바라는 것은 모두 이루어졌다고 생각했다. 어쩌면 베스가 이 은혜에 너무나 깊이 감사했기 때문에 더 큰 은혜가 주어진 것일지도 몰랐다. 아무튼 베스는 둘 다 누릴 자격이 있었다.

「엄마, 로런스 씨에게 슬리퍼를 만들어 드리고 싶어요. 저에게 너무 큰 친절을 베풀어 주셨는데, 감사의 인사를 드릴 다른 방법을 모르겠어요. 그렇게 해도 될까요?」 중대한 변화를 가져온 로런스 씨의 방문 이후 몇 주가 지난 어느 날 베스가 물었다.

「그럼. 아주 좋아하실 거야. 감사의 마음을 전하는 매우 좋은 방법이네. 언니들이랑 에이미가 도와줄 거야. 재료비는 엄마가 줄게.」 마치 부인이 대답했다. 베스가 부탁하는 일은 거의 없었기 때문에 마치 부인은 즐거운 마음으로 베스의 부탁을 들어주었다.

베스는 메그와 조에게 여러 번 진지하게 의논한 다음, 문양을 고르고 재료를 사서 슬리퍼를 만들기 시작했다. 어두운 진홍색 바탕에 수수하지만 경쾌한 팬지 꽃다발을 수놓는 것이 예쁘고 적절하다고 결론이 났다. 가끔 어려운 부분은 도움을 받아 가며, 베스는 아침 일찍부터 밤늦게까지 열심히 바느질을 했다. 바느질을 할 때 손이 빠른 베스였으므로 누구 하나 지겨워하기도 전에 슬리퍼가 완성되었다. 그리고 나서 베스는 짧고 간단한 쪽지를 쓴 다음, 로리의 도움을 받아 어느 날 아침 노신사가 일어나기 전에 서재 탁자에 몰래 가져다 놓았다.

이제 흥분은 지나가고 베스는 무슨 일이 일어날지 기다렸다. 하루가 지나고 그다음 날이 되어도 고맙다는 인사가 없었다. 베스는 변덕스러운 친구의 기분을 상하게 한 것이 아닐까 걱정하기 시작했다. 이틀째 오후에 베스는 심부름을 하러 가면서 아픈 인형들 중 불쌍한 조애나를 운동도 시킬 겸 데리고 나갔다. 심부름을 마치고 돌아오는데 거실 창문에서 나왔다 들어갔다 하는 세 개, 아니 네 개의 머리가 길가에서부터 보였다. 베스를 보는 순간 여러 개의 손이 펄럭펄럭 흔들렸고, 기쁨에 찬 목소리들이 외쳤다.

「로런스 씨한테서 편지가 왔어! 어서 와서 읽어 봐!」

「오, 베스 언니! 로런스 씨가 언니한테……」에이미가 꼴사나울 정도로 열심히 손짓하며 입을 열었지만, 조가 창문을 탁 닫는 바람에 거기서 끊겼다.

베스는 긴장감에 떨면서 얼른 들어갔다. 문 앞에서 언니들과 동생이 베스를 붙잡더니 응접실로 당당하게 행진했고, 다들 어딘가를 가리키며 동시에 말했다. 「저기 봐! 저기 봐!」 자매들이 시키는 대로 시선을 돌린 베스는 너무나 놀라고 기뻐서 얼굴이 하얗게 질렸다. 작은 피아노가 서 있고, 반짝이는 뚜껑 위에 〈엘리자베스 마치 양〉이라고 적힌 편지가 간판처럼 세워져 있었다.

「나한테?」 베스가 조를 붙잡고 숨을 헉 들이마시며 말했다. 넘어질 것 같았다. 이 상황 전체가 너무 압도적이었다.

「응. 너를 위한 거야, 사랑스러운 내 동생! 로런스 씨 정말 멋지지 않니? 세상에서 가장 사랑스러운 노신사 같지 않아? 편지에 열쇠가 들어 있어. 아직 열어 보지 않았는데, 뭐라고 하셨을지 궁금해 죽겠다.」 조가 이렇게 외치며 동생을 끌어 안고 편지를 내밀었다.

「언니가 읽어. 난 못 읽겠어, 기분이 너무 이상해. 아, 너무 멋져!」 베스는 선물에 너무나 놀라서 조의 앞치마에 얼굴을 숨겼다.

조가 편지를 펼치고 첫 부분을 보더니 웃기 시작했다.

마치 양

친애하는 숙녀분께⋯⋯.

「진짜 듣기 좋다! 누가 나한테도 이렇게 써주면 좋겠어!」 에이미는 구식 호칭이 아주 우아하다고 생각하며 이렇게 말했다.

평생 여러 켤레의 슬리퍼를 신어 보았지만 마치 양이 준 것처럼 마음에 드는 슬리퍼는 없었습니다.

조가 계속해서 편지를 읽었다.

야생 팬지는 내가 제일 좋아하는 꽃이고, 이 슬리퍼를 볼 때마다 내게 선물을 준 상냥한 소녀가 떠오를 겁니다. 빚을 꼭 갚고 싶으니 〈노신사〉가 지금은 잃어버린 손녀의 물건이었던 것을 당신에게 보내도록 허락해 주시겠지요. 진심 어린 감사와 최고의 행운을 보내며.

당신의 좋은 친구이자 충실한 하인

제임스 로런스

「이것 봐, 베스. 진짜 자랑할 만한 영광이야, 정말로! 로리한테 들었는데, 로런스 씨가 죽은 손녀를 정말 예뻐해서 그 애의 물건은 작은 것 하나까지 전부 소중하게 간직하셨대. 생각해 봐, 로런스 씨가 그 애의 피아노를 너한테 준 거야! 너의 크고 파란 눈과 음악을 사랑하는 마음 때문이 아닐까?」 조가 떨고 있는 베스를 달래며 이렇게 말했다. 베스는 그 어느 때보다도 흥분한 것 같았다.

「촛불을 꽂는 정교한 받침대랑 가운데 금빛 장미를 수놓고 주름으로 장식한 녹색 실크 덮개도 있고, 예쁜 선반이랑 의자도 있어. 정말 완벽해.」 메그가 피아노를 열어 아름다운 자태를 보여 주며 말했다.

「〈당신의 충실한 하인 제임스 로런스〉라니. 언니한테 그런 말을 썼다고 생각해 봐. 친구들한테 얘기해 줘야지. 다들 정말 황홀하다고 생각할 거야.」 편지를 듣고 무척 감격한 에이미가 말했다.

「한번 쳐보렴, 베스. 아기 피아노 소리를 들어 보자꾸나.」 가족의 기쁨과 슬픔을 늘 함께하는 해나가 말했다.

그래서 베스는 피아노를 쳐보았고, 다들 처음 들어 보는 정말 멋진 피아노 소리라고 말했다. 새로 조율해서 완벽한 상태로 만든 것이 분명했다. 그러나 사실 내 생각에 이 피아노의 진정한 매력은 그 위로 기울어진 행복한 얼굴들 가운데

113

가장 행복한 얼굴에 있었다. 베스는 아름다운 검은 건반과 흰 건반을 사랑스럽게 건드리고 반짝이는 페달을 밟았다.

「감사의 인사를 드리러 가야겠네.」조가 이렇게 말했지만, 실은 농담이었다. 베스가 정말로 가리라고는 상상도 못 했기 때문이었다.

「응, 그럴 거야. 계속 생각만 하면 용기가 사라질 테니까 지금 당장 가야겠어.」베스가 천천히 정원을 지나 산울타리를 통과하더니 로런스 씨 댁 문 앞에 섰기 때문에, 거실에 모여 있던 가족 모두 깜짝 놀랐다.

「정말이지, 내 평생 제일 놀랄 일이네! 제정신으로는 절대 가지 못했을 텐데, 피아노 때문에 머리가 어떻게 된 게 틀림없어.」해나가 베스를 보면서 이렇게 외쳤고, 자매들 모두 이 기적에 할 말을 잃었다.

가족들이 그다음에 베스가 한 행동을 보았다면 더욱 깜짝 놀랐을 것이다. 독자 여러분이 내 말을 믿을지 모르겠지만, 베스는 스스로에게 생각할 시간을 주지 않고 얼른 서재로 가서 문을 두드렸다. 걸걸한 목소리가 〈들어와요!〉라고 외치자, 베스는 안으로 들어가 깜짝 놀란 로런스 씨에게 곧장 다가가서 손을 내밀고 약간 떨리는 목소리로 이렇게 말했다. 「감사의 인사를 드리러 왔어요, 그…….」하지만 베스는 말을 끝맺지 못했다, 로런스 씨가 너무 다정한 표정을 지었기 때문에 할 말을 잊어버렸다. 로런스 씨가 귀여운 손녀를 잃었다는 사실이 떠오른 베스는 그를 끌어안고 뺨에 입을 맞추었다.

로런스 씨는 지붕이 갑자기 날아갔어도 이보다 더 놀라지 않았을 것이다. 그러나 정말 좋았다 — 세상에, 좋고말고! 로런스 씨가 그 순진한 입맞춤에 너무나 기쁘고 감격했기 때문에 퉁명스러운 태도까지 사라졌다. 그는 베스를 무릎에 앉히고 그 장밋빛 뺨에 자신의 주름진 뺨을 가져다 댔다. 귀여운 손녀가 살아 돌아온 것 같았다. 베스는 그 순간부터 로런스 씨를 더 이상 무서워하지 않았고, 그의 무릎에 앉은 채 태어났을 때부터 알던 사이처럼 편안하게 말하기 시작했다. 사랑은 두려움을 쫓아내고, 감사하는 마음은 자존심을 이기는 법이다. 베스가 집으로 돌아올 때 로런스 씨가 그녀를 대문 앞까지 배웅한 다음, 진심 어린 악수를 하고 돌아서서 걸어가며 모자를 살짝 건드려 인사했다. 잘생기고 절도 있는 노신사는 무척 당당하고 꼿꼿해 보였다.

이 광경을 보고 조는 너무나 흡족해서 춤을 추었고, 에이미는 깜짝 놀라 창문에서 떨어질 뻔했으며, 메그는 양손을 높이 들고 이렇게 외쳤다. 「세상이 진짜 끝나려나 봐!」

7장

에이미, 굴욕의 골짜기에 가다

「로리 오빠는 정말 키클롭스 같지 않아?」어느 날 로리가 말을 타고 채찍을 휘두르며 지나가자 에이미가 말했다.

「두 눈이 멀쩡한데 어떻게 그런 말을 할 수가 있어? 게다가 굉장히 아름다운 눈인데.」조가 친구를 무시하는 말에 화내며 외쳤다.

「난 눈에 대해서 한마디도 하지 않았어. 말을 잘 탄다는데, 왜 그렇게 화를 내는지 모르겠네.」

「아, 세상에! 이 바보야, 켄타우로스라고 하려다가 키클롭스라고 잘못 말했구나?」조가 웃음을 터뜨리며 외쳤다.

「그렇게 무안을 줄 필요는 없잖아. 데이비스 선생님 말씀처럼 식언을 한 것뿐인데.」에이미가 조에게 쏘아붙이며 어려운 말을 쓰려다가 또 틀렸다. 「로리 오빠가 말에 쓰는 돈의 일부라도 나한테 있으면 얼마나 좋을까.」에이미가 혼잣말처럼, 하지만 언니들이 듣기를 바라며 덧붙였다.

「왜?」메그가 친절하게 물었다. 조는 에이미의 두 번째 말실수에 웃음을 터뜨리고 말았다.

「돈이 정말 필요해. 빚이 너무 많은데, 용돈이 생기려면 한 달은 있어야 돼.」

「빚이라니, 에이미? 무슨 뜻이야?」 메그가 진지한 표정으로 물었다.

「라임 절임을 적어도 열두 개는 빚졌는데, 돈이 생길 때까지 갚을 수가 없어. 엄마가 이제 외상은 절대 금지라고 하셨거든.」

「말해 봐. 요즘은 라임이 유행이니? 예전에는 고무 조각으로 공을 만드는 게 유행이라더니.」 메그는 애써 태연한 척했고, 에이미는 아주 심각하고 진지한 태도였다.

「음, 있잖아, 딴 애들은 늘 라임 절임을 사. 구두쇠라는 소리를 듣고 싶지 않으면 꼭 사야 돼. 요즘은 라임이 완전 유행이야. 수업 시간에 앉아서 라임을 빨아 먹고, 쉬는 시간에는 연필이나 구슬 반지, 종이 인형 같은 걸로 바꾸기도 해. 좋아하는 애한테는 라임을 하나 주고, 어떤 애한테 화가 나면 일부러 코앞에서 라임을 먹으면서 한번 먹어 보라고 권하지 않고, 그런 식이야. 서로 번갈아 가면서 사주는데, 난 엄청 많이 얻어먹으면서 한 번도 사주지 않았어. 꼭 사줘야 돼, 그게 다 신용이 걸린 빚이잖아.」

「다 갚고 신용을 회복하려면 얼마나 필요해?」 메그가 지갑을 꺼내며 물었다.

「25센트면 충분해. 그 정도면 몇 센트 남으니까 언니도 사줄게. 언니 라임 좋아해?」

「별로. 내 몫은 네가 먹어. 여기 돈 줄게…… 얼마 안 되니까 최대한 아껴 써, 알았지?」

「아, 고마워! 용돈이 생기니까 너무 좋다. 이번 주에는 라임을 맛도 보지 못했으니까 잔뜩 먹어야지. 갚을 수가 없으니까 일부러 얻어먹지도 않는데, 정말 먹고 싶었거든.」

다음 날 에이미는 학교에 조금 늦었지만, 축축한 갈색 종이 꾸러미를 책상 속에 깊숙이 넣기 전 친구들에게 보여 주고 싶다는 유혹에 저항할 수 없었다. 자부심을 가질 만했다. 에이미 마치가 맛있는 라임을 스물네 개(오는 길에 하나 먹었다)나 가지고 있고, 친구들에게 나눠 줄 거라는 소문이 에이미네 패거리 사이에서 몇 분 만에 쫙 퍼졌다. 친구들의 관심이 압도적으로 커졌다. 케이티 브라운은 즉석에서 에이미를 다음번 파티에 초대했다. 메리 킹즐리는 쉬는 시간까지 손목시계를 빌려주겠다고 막무가내로 고집을 부렸고, 비꼬기 좋아하는 제니 스노는 라임이 없을 때는 에이미를 야비하게 비웃더니 즉시 무기를 거두고 무시무시한 계산 문제의 답을 알려 주겠다고 했다. 그러나 에이미는 〈납작한 코로도 라임 냄새는 잘만 맡는다〉며, 〈자존심도 없이 라임을 달라고 하다니 정말 건방지다〉고 했던 스노의 날카로운 말을 잊지 않았기 때문에 〈갑자기 그렇게 예의 바르게 굴 필요 없어, 어차피 하나도 안 줄 거니까〉라는 매서운 쪽지를 보내서 〈그 스노 계집애〉의 코를 납작하게 눌러 버렸다.

그날 오전에 중요한 손님이 학교를 방문해서 에이미가 그린 아름다운 지도를 보고 무척 칭찬했다. 스노 양은 원수의 영광을 보니 너무나 괴로웠고, 마치 양은 허세를 부리며 공부를 열심히 하는 모범생인 척했다. 그러나 아아, 슬프도다! 교만하면 몰락하게 되어 있으니. 복수심에 불타는 스노가 판을 뒤집어 재난을 불러오는 데 성공했던 것이다. 손님이 늘 그렇듯 진부한 칭찬을 늘어놓은 다음 인사를 하고 나가자마자, 제니가 중요한 질문을 하는 척하면서 데이비스 선생님에게 에이미 마치가 책상 안에 라임 절임을 넣어 놓았다고 일러바쳤다.

데이비스 선생님은 학교에 라임을 가져오면 안 된다는 규칙을 세웠고, 맨 처음으로 걸리는 사람은 공개적으로 손바닥을 맞을 것이라고 진지하게 공언한 바 있었다. 이 끈질긴 남자는 길고 폭풍 같은 전쟁 끝에 껌을 완전히 없애는 데 성공했고, 압수한 소설과 신문으로 모닥불을 피웠으며, 개인 우체국을 완전히 없앴고, 얼굴을 이상하게 그리거나 별명을 지어 부르거나 캐리커처 그리는 것을 금지하는 등 반항적인 소녀 50명을 상대로 질서를 바로잡기 위해서 한 남자가 할 수 있는 모든 일을 했다. 남학생도 인간의 인내심을 시험하지만, 정말이지 여학생들은 더욱 심하다! 디킨스의 소설에 등장하는 〈블림버 박사〉만큼이나 교육에 재능이 없고 독재자 같은 성격에다가 신경질적인 신사들에게는 더욱 그랬다. 데이비스 선생님은 그리스어, 라틴어, 대수학을 비롯해 온갖 학문에 박식했으므로 좋은 교사라고 불렸지만, 품행과 도덕, 감정, 본보기는 별로 중요하게 생각하지 않았다. 에이미를 일러바치기에는 정말 좋지 않은 순간이었고, 제니도 그 사실을 알았다. 데이비스 씨가 그날 아침에 커피를 너무 진하게 마신 것이 분명했다. 마침 늘 그의 신경통을 악화시키는 동풍이 부는 날이었고, 그는 자신이 학생들의 인정을 받을 자격이 있다고 생각했지만 학생들은 그렇게 대해 주지 않았다. 그러므로 우아하지 않을지는 몰라도 알아듣기 쉬운 여학생들의 표현에 따르면 〈마녀처럼 신경질적이고 곰처럼 언짢은〉 상태였다. 따라서 〈라임〉이라는 말을 꺼낸 것은 화약에 불을 붙인 것과 같았다. 데이비스 씨가 노란 얼굴을 붉게 물들이더니 교탁을 어찌나 세게 두드렸는지, 제니는 보기 드문 속도로 얼른 자기 자리로 돌아갔다.

「여러분, 주목!」

엄한 명령에 웅성거림이 멈췄고 푸른색, 검은색, 회색, 갈색 눈 50쌍이 그의 끔찍한 얼굴을 순순히 바라보았다.

「마치 양, 앞으로 나와요.」

에이미가 시키는 대로 하려고 일어섰다. 겉으로는 아무렇지도 않은 척했지만, 라임이 양심을 무겁게 짓눌렀기 때문에 속으로는 두려움에 떨고 있었다.

「책상 속에 든 라임도 가지고.」 앞으로 나가기도 전에 예상치 못한 명령이 떨어지자, 에이미가 그 자리에 얼어붙었다.

「다 가져가지 마.」 옆자리의 침착한 소녀가 속삭였다.

에이미는 얼른 봉투를 흔들어서 라임 여섯 개를 꺼내 놓은 후, 나머지를 가지고 나가서 데이비스 씨 앞에 내려놓았다. 인간적인 마음을 가진 사람이라면 누구나 이 먹음직스러운 향을 맡고 마음이 누그러질 것 같았다. 그러나 불행히도 데이비스 씨는 유행하는 라임 절임 냄새를 특히나 싫어했기 때문에 분노에 역겨움까지 더해졌다.

「이게 전부입니까?」

「아니요.」에이미가 더듬더듬 말했다.

「나머지도 가져와요, 지금 당장.」

에이미는 자신의 패거리를 절망적인 눈빛으로 흘끔거리며 시키는 대로 했다.

「이게 전부인 게 확실합니까?」

「저는 거짓말을 하지 않아요.」

「그렇군요. 이제 이 역겨운 것들을 두 개씩 들고 가서 창밖에 버리세요.」

다들 동시에 한숨을 내쉬었다. 그것이 돌풍이 되어 마지막 남은 희망이 날아가고, 간절히 바라던 입술들은 그 맛있는 별미를 강탈당했다. 수치심과 분노로 얼굴이 새빨개진 에이미가 교탁에서 창문까지 길고 지루하게 느껴지는 거리를 열두 번이나 왕복했고, 매번 통통하고 즙이 많아 보이는 라임 두 개가 그녀의 주저하는 손에서 마지못해 떨어졌다. 거리에서 들려오는 고함 소리가 소녀들의 고뇌를 완성시켰다. 소녀들의 숙적인 아일랜드 아이들이 환호성을 지르며 이 맛있는 라임을 가로채고 있다는 뜻이었기 때문이다. 이건…… 이건 너무 심했다. 모두들 화가 나서 얼굴을 붉히거나 냉혹한 데이비스 씨에게 호소하는 눈빛을 보냈고, 라임을 너무나 좋아하는 한 소녀는 눈물을 터뜨렸다.

에이미가 마지막 라임을 버리고 돌아오자 데이비스 씨가 거드름을 피우며 〈흠〉 소리를 내더니 더없이 엄숙하게 말했다.

「여러분, 내가 일주일 전에 했던 말을 기억하겠지요. 이렇게 돼서 정말 유감스럽지만, 내가 세운 규칙을 절대 어겨선 안 되고 나는 한번 뱉은 말을 절대 어기지 않습니다. 마치 양, 손 내밀어요.」

에이미가 깜짝 놀라서 양손을 뒤로 숨기고 데이비스 씨에게 애원하는 눈빛을 보냈다. 말보다 더욱 간절히 호소하는 눈빛이었다. 에이미는 〈데이비스 노인〉 — 물론 학생들이 붙여 준 별명이었다 — 이 예뻐하는 학생이었고, 내 개인적인 생각으로는 학생 중 하나가 분노를 참지 못하고 〈칫〉 하는 소리를 내지만 않았어도 데이비스 씨는 자신의 말을 어겼을 것이다. 그러나 이 작디작은 소리가 성미 급한 신사를 짜증 나게 만들었고, 범인의 운명을 결정지었다.

「손 내밀어요, 마치 양!」 에이미의 말 없는 호소에 대한 유일한 대답이었다. 에이미는 너무나 자존심이 강했기 때문에 울지도, 애원하지도 않았다. 그녀는 이를 악물고 고개를 반항적으로 젖힌 채 작은 손바닥을 때리는 따끔따끔한 매를 주춤거리는 법도 없이 참아 냈다. 많이 때리지도 않았고 세게 때리지도 않았지만, 에이미에게는 별 차이가 없었다. 이것은 에이미가 이 세상에 태어나 처음으로 맞아 보는 매였다. 에이미가 보기에는 데이비스 씨가 그녀를 때려눕힌 것과 다를 바 없는 심한 망신이었다.

「쉬는 시간까지 교단에 서 있도록.」 데이비스 씨는 이왕 시작했으니 끝까지 철저히 해야겠다고 결심했다.

끔찍했다. 자리로 돌아가서 친구들의 동정 어린 표정과 일부 적의 만족스러운 표정을 보는 것도 힘들겠지만, 수치스러운 일을 당한 직후에 모든 학생과 마주 보고 서 있으려니, 불가능한 일 같았다. 순간적으로 에이미는 그 자리에 쓰러져서 가슴이 찢어지도록 울고 싶은 기분이었다. 그러나 옳지 않다는 비통한 느낌과 제니 스노에 대한 생각 덕분에 버틸 수 있었다. 에이미는 불명예스러운 자리에 서서 급우들의 얼굴 위로 넘실거리는 난로 배기관에 시선을 고정시키고 하얗게 질린 채 꼼짝도 않고 서 있었다. 반 친구들은 앞에 서 있는 작고 불쌍한 형체 때문에 공부에 집중하기가 무척 힘들었다.

그로부터 15분 동안 자존심 강하고 예민한 소녀는 절대 잊지 못할 수치와 고통을 겪었다. 다른 사람들에게는 사소하고 우스운 일이었을지 모르지만 에이미에게는 힘든 경험이었다. 에이미는 12년 동안 사랑의 가르침만 받았기 때문에 이런 충격은 처음이었다. 따끔거리는 손과 찢어지는 심장은 떨칠 수 없는 고통스러운 생각에 비하면 아무것도 아니었다.

〈집에 가서 말해야 하는데, 그러면 다들 나한테 실망하겠지!〉

결국 한 시간 같은 15분이 끝났고, 〈쉬는 시간!〉이라는 말이 이렇게 반가운 것은 처음이었다.

「들어가요, 마치 양.」 데이비스 씨가 편치 않은 표정으로 말했다.

에이미는 한마디 말도 없이 휴게실로 가서 소지품을 챙긴 다음, 속으로 굳게 맹세한 대로 〈영영〉 학교를 떠났다. 데이비스 씨는 에이미가 마지막으로 보낸 비난의 눈빛을 쉽게 잊지 못했다. 에이미는 슬픈 마음으로 집에 도착했다. 잠시 후 언니들이 돌아오자마자 분노에 찬 회의가 열렸다. 마치 부인은 말이 별로 없었지만 충격을 받은 듯했고, 괴로워하는 막내딸을 더없이 다정하게 위로해 주었다. 메그는 모욕당한 손에 글리세린을 발라 주며 눈물을 흘렸다. 베스는 사랑스러운 새끼 고양이들도 이런 슬픔은 달래지 못하겠다고 생각했고, 조는 펄펄 뛰면서 데이비스 씨를 당장 체포해야 한다고 말했다. 해나는 〈악당〉을 향해 주먹을 휘두르며 절구에 든 감자가 데이비스 씨라도 되는 것처럼 힘차게 찧었다.

에이미가 일찍 돌아갔다는 사실은 친한 친구들만 알고 있었지만, 예리한 학생들은 그날 오후에 데이비스 씨가 유난히 친절하고 초조하게 구는 것을 알아차렸다. 학교가 끝나기 직전에 찾아온 조가 험상궂은 표정으로 교탁 앞까지 성큼성큼 걸어가서 어머니의 편지를 전달했다. 조는 에이미의 물건을 마저 챙기고, 이 학교에서 묻은 먼지는 한 톨도 남김없이 털어 내겠다는 듯이 신발에 묻은 진흙을 매트에 꼼꼼히 닦고 나서 떠났다.

「그래, 학교는 쉬어도 돼. 하지만 공부는 베스랑 같이 매일 조금씩 하렴.」 그날 저녁에 마치 부인이 말했다. 「난 체벌에 찬성하지 않아. 특히 여학생에 대해서는 더욱 그렇지. 데이비스 씨가 가르치는 방식도 마음에 안 들고 네가 어울리는 아이들도 너한테 별로 좋은 것 같지 않구나. 아버지한테 먼저 여쭤본 다음 다른 학교에 보내든지 해야겠다.」

「좋아요! 애들이 다 그만두고 학교가 망해 버리면 좋겠어요. 그 소중한 라임 절임을 생각하면 정말 미칠 것 같아요.」에이미가 순교자처럼 한숨을 쉬었다.

「라임을 빼앗긴 건 하나도 불쌍하지 않아. 규칙을 어겼으니 벌을 받을 만했지.」어머니가 엄하게 대답하자 동정만을 바라던 에이미는 조금 실망했다.

「내가 반 아이들 앞에서 창피를 당한 게 기쁘다는 말씀이에요?」에이미가 외쳤다.

「물론 나라면 그런 방법으로 잘못을 바로잡지는 않았을 거야.」어머니가 대답했다. 「하지만 그보다 약한 벌이 효과가 있었을지는 잘 모르겠구나. 에이미, 요즘 부쩍 자만하는 모습이 보여, 그걸 고칠 때가 된 것 같아. 넌 재능과 미덕이 아주 많지만 그걸 과시할 필요는 없단다. 자만은 가장 뛰어난 재능도 망치는 법이거든. 진정한 재능이나 장점은 결국 사람들이 알아주게 되어 있어. 설령 알아주지 않는다 해도 본인이 알고 잘 활용하면 만족할 수 있을 거야. 가장 강력한 매력은 바로 겸손함이란다.」

「맞아요!」구석에서 조와 체스를 두던 로리가 외쳤다. 「예전에 알고 지내던 여자애가 있었는데, 그 애는 음악적 재능이 정말 뛰어났지만 본인은 그걸 몰랐어요. 자기 혼자서 만든 곡들이 얼마나 훌륭한지도 몰랐고요. 아마 누가 그렇게 말해 줘도 믿지 않았을 거예요.」

「내가 그 착한 애를 알았으면 좋았을 텐데. 어쩌면 그 애가 날 도와줄 수 있었을지도 몰라. 난 머리가 나쁘거든.」로리의 옆에서 열심히 이야기를 듣던 베스가 말했다.

「너도 아는 아이야. 넌 누구보다도 그 애한테서 가장 큰 도움을 받고 있어.」 로리가 유쾌한 검은 눈에 장난기를 가득 담아서 바라보며 대답하자, 베스는 무슨 말인지 문득 깨닫고 얼굴이 새빨개지더니 소파 쿠션에 얼굴을 묻었다.

조는 베스를 칭찬해 준 것이 고마워서 로리에게 져주었다. 베스는 칭찬을 받은 것이 부끄러워서 아무리 설득해도 피아노를 치지 않으려 했다. 그래서 로리는 특히나 장난스러운 태도로 최선을 다해 피아노를 치면서 유쾌하게 노래했다. 그는 마치 가족에게는 시무룩한 모습을 거의 보여 주지 않았다. 로리가 돌아가고 나서 저녁 내내 생각에 잠겨 있던 에이미가 새로운 생각이 떠오른 것처럼 불쑥 말했다.

「로리 오빠는 교양 있는 사람이에요?」

「그럼. 훌륭한 교육도 받았고 재능도 많지. 주변에서 오냐오냐해서 응석받이가 되지만 않으면 멋진 남자가 될 거야.」 어머니가 대답했다.

「하지만 자만하지는 않죠?」 에이미가 물었다.

「전혀. 그래서 매력적인 거고, 우리가 그렇게 좋아하는 거야.」

「알겠어요. 교양을 쌓고 우아하게 행동하는 건 좋지만, 과시하거나 으스대면 안 되는 거네요.」 에이미가 생각에 잠겨 말했다.

「겸손하게 행동하면 그런 건 태도와 대화에서 자연스럽게 드러나는 법이야. 일부러 드러낼 필요는 없어.」 마치 부인이 말했다.

「자랑하고 싶다고 해서 가지고 있는 보닛과 드레스와 리본을 전부 한꺼번에 걸치면 안 되는 거랑 똑같아.」 조가 이렇게 덧붙이자 한바탕 웃음과 함께 설교가 끝났다.

8장

조, 아폴리온을 만나다

「언니들, 어디 가?」 어느 토요일 오후, 에이미가 언니들의 방에 들어갔더니 조와 메그가 외출 준비를 하고 있었다. 비밀스러운 분위기가 호기심을 더욱 부채질했다.

「신경 쓰지 마. 꼬맹이들은 묻는 거 아니야.」 조가 날카롭게 대꾸했다.

어렸을 때 우리에게 굴욕감을 주는 말이 있다면 바로 어리다는 소리를 듣는 것이다. 그리고 〈저리 가〉라는 말을 들으면 더욱 화가 난다. 에이미는 이 모욕적인 말에 화가 나서 한 시간을 졸라서라도 비밀을 꼭 알아내겠다고 결심했다. 에이미가 자신의 부탁을 절대 오래 거절하지 못하는 메그에게 아양을 떨며 말했다. 「가르쳐 줘! 나도 데리고 갈 거지? 베스 언니는 인형을 보살피는 중이고, 난 할 일도 없고 너무 외롭단 말이야.」

「안 돼, 에이미. 넌 초대받지 않았잖아.」 메그가 입을 열었지만 조가 얼른 끼어들었다. 「메그 언니, 조용히 해. 그러다가 다 털어놓겠다. 넌 못 가, 에이미. 그러니까 애처럼 칭얼대지 마.」

「로리 오빠랑 가는 거지, 다 알아. 어젯밤에 소파에서 같이 속닥거리면서 웃다가 내가 들어가니까 딱 멈췄잖아. 로리 오빠랑 같이 가는 거 아니야?」

「맞아. 그러니까 귀찮게 하지 말고 가만히 있어.」

에이미는 아무 말도 하지 않았지만 눈을 부지런히 움직이다가 메그가 부채를 주머니에 넣는 것을 보았다.

「알았다! 알았어! 〈일곱 개의 성〉을 보러 극장에 가는구나!」 에이미가 이렇게 외치더니 단호하게 덧붙였다. 「나도 갈 거야, 엄마가 그거 봐도 된댔어. 나도 용돈 있어. 진작 말해 주지도 않고, 너무 못됐어.」

「내 말 좀 들어 봐, 착하게 굴어야지.」 메그가 달래며 말했다. 「엄마는 네가 이번 주에 연극을 보는 건 바라지 않으셔. 눈이 아직 다 낫지도 않았는데 극장의 화려한 조명을 보면 안 좋아. 다음 주에 베스랑 해나랑 같이 재미있게 보면 되잖아.」

「난 언니들이랑 로리 오빠랑 같이 가는 게 더 좋아. 제발 데려가 줘. 감기에 걸려서 집에만 갇혀 지낸 지 너무 오래됐단 말이야. 나도 놀러 가고 싶어. 제발, 메그 언니! 진짜 말 잘 들을게.」 에이미가 최대한 불쌍한 표정으로 간청했다.

「데려가자. 따뜻하게 입혀서 가면 엄마도 허락하실 거야.」 메그가 말했다.

「에이미가 가면 난 안 갈래. 내가 안 가면 로리가 싫어할 걸? 우리 둘만 초대받았는데 에이미까지 데리고 가는 건 실례잖아. 에이미도 환영받지 못하는 자리에 끼고 싶지는 않을 텐데.」조가 심술궂게 말했다. 여유롭게 즐기고 싶지, 귀찮게 구는 동생을 보고 싶지는 않았기 때문이다.

조의 말투와 태도에 화가 난 에이미는 신발을 신으면서 공격적으로 말했다. 「나도 갈 거야. 메그 언니가 가도 된다고 했어. 내가 돈을 내면 로리 오빠는 상관없잖아.」

「우리 좌석은 이미 예매했으니까 네 자리는 따로 떨어져 있을 텐데, 너 혼자 앉을 수는 없잖아. 결국 로리가 너한테 자리를 양보할 거고, 그러면 재미가 없어. 그것도 아니면 로리가 네 자리를 마련해 줄 텐데, 너는 초대하지도 않았으니까 예의에 어긋나. 그러니까 한 발짝도 움직이지 말고 그대로 있어.」 서두르다가 손가락을 찔린 조가 그 어느 때보다도 심술궂게 말했다.

에이미가 신발을 한 짝만 신고 바닥에 앉아서 울음을 터뜨렸다. 메그가 에이미를 설득하며 달래는데 아래층에서 로리가 불렀고, 메그와 조는 울부짖는 동생을 두고 서둘러 내려갔다. 에이미는 가끔 어른스럽게 행동하는 것을 잊고 버릇없는 아이처럼 굴었다. 세 사람이 출발하려고 할 때 에이미가 위협적인 목소리로 난간 너머를 향해 외쳤다. 「후회할 거야, 조 마치! 어디 두고 봐.」

「마음대로 하시든지!」 조가 문을 쾅 닫으며 대꾸했다.

세 사람은 근사한 시간을 보냈다. 「다이아몬드 호수와 일곱 개의 성」은 정말 눈부시고 멋진 연극이었다. 그러나 조는 우스꽝스러운 빨간 도깨비와 반짝이는 엘프, 근사한 왕자와 공주를 보고 즐거워하면서도 왠지 약간 씁쓸했다. 요정 여왕의 노란 고수머리를 보니 에이미가 생각났다. 중간 휴식 시간에는 동생이 무슨 짓을 해서 〈후회〉하게 만들겠다는 걸까 생각하며 시간을 보냈다. 조와 에이미는 둘 다 성미가 급하고 흥분하면 물불을 가리지 않았기 때문에 지금까지 불꽃 튀는 접전을 수도 없이 벌여 왔다. 에이미가 조를 놀리면 조가 에이미의 성질을 돋웠고, 그러다가 반쯤 우발적인 폭발이 일어나곤 했다. 시간이 지나면 둘 다 부끄러워했다. 조는 에이미보다 언니였지만 자제력이 부족했고, 끊임없이 문제를 일으키는 불같은 성격을 억누르지 못했다. 조는 화를 내도 절대 오래가지 않았고, 자신의 잘못을 겸허하게 고백하고 나면 진심으로 뉘우치고 더 잘하려고 애썼다. 자매들은 조가 화를 내는 게 더 좋다고, 그러고 나면 천사로 변한다고 말하곤 했다. 불쌍한 조는 착해지려고 필사적으로 노력했지만, 내부의 적은 항상 활활 타올라 조를 무릎 꿇릴 준비가 되어 있었다. 이 성질을 가라앉히기까지는 몇 년이나 끈질긴 노력이 필요했다.

메그와 조가 집으로 돌아왔을 때 에이미는 거실에서 책을 읽고 있었다. 두 사람이 들어오자 에이미는 상처받은 티를 내며 책에서 눈도 떼지 않고 한마디도 묻지 않았다. 베스가 옆에서 이것저것 물어보면서 연극에 대한 설명과 극찬을 끌어내지 않았다면, 에이미의 호기심이 분노를 이겼을지도 모른다. 조는 제일 좋은 모자를 치워 두려고 올라가서 먼저 책상을 확인했다. 마지막으로 싸웠을 때 에이미가 분풀이로 조의 서랍을 바닥에 뒤집어엎었기 때문이다. 하지만 모든 것이 제자리에 있었다. 조는 옷장, 가방, 상자들을 재빨리 둘러본 다음, 에이미가 자신의 잘못을 잊고 용서해 주었나 보다, 라고 생각했다.

그러나 그것은 조의 착각이었다. 다음 날 조가 진상을 알게 되면서 태풍이 몰아쳤다. 늦은 오후에 메그와 베스, 에이미가 같이 앉아 있는데 흥분한 표정의 조가 박차고 들어오더니 숨을 헐떡거리며 물었다. 「내 소설 본 사람?」

메그와 베스는 놀란 표정으로 바로 〈못 봤는데〉라고 말했다. 에이미는 불을 뒤적이며 아무 말도 하지 않았다. 조는 에이미의 얼굴이 빨개지는 것을 보고 당장 달려들었다.

「에이미, 네가 가지고 있지!」

「아니야, 없어.」

「그럼 어디 있는지 알지!」

「아니, 몰라.」

「거짓말!」 조가 에이미의 양쪽 어깨를 붙잡고, 훨씬 더 용감한 아이도 겁에 질리게 만들 정도로 무서운 표정을 지었다.

「거짓말 아니야. 나한테 없고, 지금 어디 있는지도 모르고, 신경도 안 써.」

「뭔가 알잖아. 당장 말하는 게 좋을 거야, 아니면 실토하게 만들 테니까.」 조가 에이미를 살짝 흔들었다.

「야단치려면 얼마든지 야단쳐, 이제 그 멍청한 소설 두 번 다시 못 볼 테니까.」 에이미 역시 흥분해서 외쳤다.

「왜?」

「내가 태웠으니까.」

「뭐라고! 내가 그렇게 좋아하는 소설을, 그렇게 열심히 쓴 걸, 아빠가 돌아오시기 전에 끝내려고 했던 그걸 말이야? 정말로 태웠어?」 조가 새하얗게 질린 채 말했다. 그녀의 눈이 불타오르고, 손이 에이미를 꽉 붙들었다.

「그래, 내가 그랬어! 어제 심술궂게 구는 대가를 치르게 해 주겠다고 말했잖아. 그래서 내 말대로 했고, 그러니까……..」

에이미는 더 이상 아무 말도 할 수 없었다. 조는 불같은 성미가 치밀어 올라서 이가 덜걱덜걱 부딪칠 정도로 에이미를 세차게 흔들면서 슬픔과 분노에 휩싸여 외쳤다.

「못된 것, 이 못된 것! 그건 다시 쓸 수도 없단 말이야. 평생 절대로 용서 못 해.」

메그는 에이미를 구하려고, 베스는 조를 달래려고 뛰어갔지만, 조는 제정신이 아니었다. 그녀는 마지막으로 동생의 뺨을 한 대 때리고 방에서 뛰쳐나갔고, 다락방의 낡은 소파에서 혼자 외로운 싸움을 끝냈다.

아래층에서는 태풍이 물러갔다. 마치 부인이 집으로 돌아와 자초지종을 듣고 에이미를 타이르며, 언니한테 무슨 잘못을 저지른 것인지 알아듣게 설명했기 때문이다. 조의 소설은 그녀에게는 자존심이었고, 가족들에게는 앞날이 창창한 문학의 새싹이었다. 동화 여섯 편에 불과했지만, 조는 온 마음을 다해 꾸준히 쓰면서 출판해도 될 만큼 좋은 작품이 되기를 바랐다. 얼마 전에 아주 조심스럽게 새로 쓴 다음 옛날 원고는 버렸기 때문에, 에이미는 몇 년에 걸쳐서 쓴 사랑하는 작품을 재로 만든 셈이었다. 다른 사람들에게는 대수롭지 않아 보였을지도 모르지만, 조에게는 끔찍한 재앙이자 되돌릴 수 없는 일이었다. 베스는 새끼 고양이가 세상을 떠난 것처럼 슬퍼했고, 메그도 평소에 예뻐하던 에이미의 편을 들어주지 않았다. 마치 부인은 심각하고 슬픈 표정이었다. 에이미는 이제 그 누구보다도 후회하게 된 행동을 용서받을 때까지 누구에게도 사랑받지 못할 것 같았다.

차 마시는 시간을 알리는 종이 울리자 조가 나타났다. 너무나도 무섭고 냉랭한 표정이었지만, 에이미는 용기를 그러모아서 온순하게 말했다.

「제발 용서해 줘, 조 언니. 정말, 정말 미안해.」

「절대 용서 못 해.」 험악한 대답이 돌아왔고, 이때부터 조는 에이미를 완전히 무시했다.

아무도, 마치 부인조차도 그 사건을 입에 올리지 않았다. 조가 이런 상태일 때는 무슨 말을 해도 소용없다는 것을 모두 경험을 통해 잘 알고 있었다. 가장 현명한 방법은 작은 사고나 조의 너그러운 성격이 분노를 누그러뜨려서 에이미와 화해하기를 기다리는 것이었다. 행복한 저녁은 아니었다. 평소처럼 다들 바느질을 했고, 엄마가 브레머나 스콧, 에지워스의 책을 소리 내어 읽었지만 뭔가 부족했다. 행복한 집안의 평화로운 분위기는 어디에도 없었다. 노래하는 시간이 되자 어색함이 더욱 크게 느껴졌다. 베스는 피아노만 쳤고, 조는 바위처럼 입을 꾹 다물고 서 있었으며, 에이미는 시무룩하게 풀이 죽어서 노래하는 사람은 엄마와 메그밖에 없었다.

두 사람은 종달새처럼 밝게 노래하려고 애를 썼지만, 플루트 같은 두 사람의 목소리는 평소와 달리 조화를 이루지 못했고, 왠지 음이 어긋난 느낌이었다.

마치 부인이 조에게 잘 자라고 인사하며 입을 맞출 때 부드럽게 속삭였다.

「조, 하루가 저물기 전에 화를 풀어야 해. 서로 용서하고 도우면서 내일 다시 시작해야지.」

조는 어머니의 가슴에 머리를 묻고 슬픔과 분노가 가실 때까지 엉엉 울고 싶었다. 그러나 눈물을 흘리는 것은 약한 모습이었고, 상처가 너무 깊어서 아직은 용서할 수가 없었다. 그래서 조는 열심히 눈을 깜빡거리며 고개를 저은 다음, 에이미가 듣고 있었기 때문에 일부러 퉁명스럽게 말했다.

「정말 가증스러운 짓이에요, 용서할 가치도 없어요.」

조가 성큼성큼 자러 가버렸기 때문에, 그날 밤은 아무도 즐겁게 수다를 떨거나 비밀 이야기를 하지 않았다.

에이미는 화해를 청했다가 거부당해서 마음이 상했고, 먼저 숙이고 들어가지 말걸 그랬다고 후회하기 시작했다. 또 그 어느 때보다도 상처받은 기분이 되어서, 정말 얄밉게도 도덕적으로 생각하면 자기가 더 낫다고 자만했다. 조는 아직도 먹구름 같은 표정이었고, 종일 일이 꼬이기만 했다. 아침에는 날씨가 무척 추웠고, 소중한 파이를 하수구에 떨어뜨렸으며, 마치 대고모는 유난히 짜증을 냈다. 조가 집으로 돌아왔더니 메그는 수심에 잠겨 있었고, 베스는 안타깝고 슬픈 표정을 지었다. 에이미는 어떤 사람들은 착하게 살아야 한다고 늘 말하면서 다른 사람이 모범을 보여도 따르려는 노력조차 하지 않는다고 했다.

「전부 지긋지긋해. 로리한테 스케이트나 타러 가자고 해야지. 늘 상냥하고 유쾌한 로리가 내 기분을 풀어 줄 거야, 분명해.」 조가 혼잣말을 하고 나갔다.

에이미가 스케이트 소리를 듣고 바깥을 내다보면서 초조하게 외쳤다.

「저거 봐! 조금 있으면 얼음이 다 녹으니까 다음에는 같이 가자고 약속해 놓고. 저렇게 속 좁은 사람한테 데려가 달라고 해봐야 소용없지.」

「그런 말 하지 마. 네가 크게 잘못한 거야. 소중한 원고를 태우다니, 용서하기 힘든 일이야. 하지만 이제 용서해 줄지도 몰라. 때를 잘 봐서 사과하면 용서받을 수 있을 거야.」 메그가 말했다. 「따라가 봐. 아무 말도 하지 말고 기다리다가 조가 로리 때문에 기분이 좋아지면 조용할 때를 골라서 입을 맞추든지 상냥하게 굴어 봐. 조는 분명 진심으로 화해를 받아 줄 거야.」

「그렇게 해볼게.」 에이미는 메그의 조언이 마음에 들었기 때문에 얼른 준비한 다음, 이제 막 언덕 너머로 사라진 두 사람을 쫓아 달려갔다.

강은 멀지 않았지만 조와 로리는 에이미가 따라잡기 전에 준비를 모두 마쳤다. 조는 에이미가 다가오는 것을 보고 등을 돌렸다. 로리는 날씨가 따뜻해지다가 갑자기 추워진 터라 가장자리를 따라 조심스럽게 스케이트를 타면서 얼음 소리를 듣느라고 에이미를 보지 못했다.

「강이 처음 구부러지는 데까지 가면서 괜찮은지 확인할 테니까, 그다음에 타자.」 러시아 청년처럼 가장자리에 모피가 달린 외투와 모자를 쓴 로리가 이렇게 말하며 멀어졌고, 에이미가 그의 말소리를 들었다.

에이미가 여기까지 달려오느라 숨을 헐떡거리면서 발을 쾅쾅 구르고 손을 호호 불며 힘겹게 스케이트를 신는 소리가 들렸지만, 조는 한 번도 돌아보지 않고 천천히 지그재그를 그리며 스케이트를 탔다. 동생이 고생하는 것을 보니 씁쓸하고 비뚤어진 만족감이 느껴졌다. 조는 가슴 깊이 분노를 품고 있다가 점점 커지는 분노에 사로잡혀 버렸다. 못된 생각과 감정을 즉시 버리지 않으면 그렇게 되는 법이다. 로리가 강굽이에서 뒤로 돌아 소리쳤다.

「가장자리 쪽으로만 타. 가운데는 위험해.」

조는 이 말을 들었지만 에이미는 스케이트를 신느라 듣지 못했다. 조가 어깨 너머를 흘깃 보자 마음속의 작은 악마가 속삭였다.

〈들었든 못 들었든 알아서 하겠지.〉

로리가 강굽이를 돌아 사라지고 조도 돌려고 하는 참이었다. 한참 뒤처진 에이미는 강 중간의 더 매끄러운 얼음을 향해 스케이트를 타기 시작했다. 조는 이상한 느낌이 들어서 잠시 서 있었지만 그냥 가려고 했다. 그때 무언가가 조를 붙잡아 뒤를 돌아보게 했고, 바로 그 순간 얇은 얼음이 갑자기 깨지면서 에이미가 두 손을 들고 쑥 빠지더니 비명 소리가 들려왔다. 조는 너무 두려워서 심장이 잠깐 멈췄다. 로리를 부르려고 했지만 목소리가 나오지 않았다. 서둘러 달려가려 했지만 발에 힘이 들어가지 않아서 잠시 그대로 선 채 검은 물 위로 솟아오른 얼굴, 파란 두건을 쓴 작고 겁에 질린 얼굴을 바라보고만 있었다. 무언가가 조의 옆을 재빨리 지나가더니 로리의 목소리가 들렸다.

「장대를 가져와. 빨리, 빨리!」

조는 자기가 어떻게 움직였는지 몰랐지만, 아무튼 몇 분동안 로리가 시키는 대로 신들린 사람처럼 움직였다. 로리는 차분하게 얼음에 엎드려 하키 스틱과 팔을 이용해 에이미를 붙잡고 기다렸다. 조가 울타리 가로대를 끌고 오자 두 사람은 다쳤다기보다는 겁에 질린 에이미를 얼른 꺼냈다.

「집으로 최대한 빨리 데려가야 돼. 내가 이 꽤씸한 스케이트를 벗길 테니까 우리 옷을 전부 에이미한테 둘러 줘.」로리가 이렇게 외치며 에이미에게 자신의 외투를 입히고, 유난히 뒤얽힌 것처럼 느껴지는 스케이트 끈을 잡아당겼다.

조와 로리는 물이 뚝뚝 흐르고 덜덜 떨리는 몸으로 소리를 지르는 에이미를 집으로 데려갔고, 한바탕 소동이 벌어진 다음 에이미는 뜨거운 불가에서 담요를 둘둘 만 채 잠이 들었다. 소동이 벌어지는 동안 조는 거의 아무 말도 하지 않았다. 그러나 창백하고 정신이 나간 얼굴로 부지런히 움직이느라 겉옷은 다 벗겨지고, 원피스는 찢어지고, 얼음과 장대와 잘 벗겨지지 않는 버클 때문에 손은 베이고 멍이 들었다. 에이미가 편안하게 잠들고 집이 조용해지자, 에이미의 침대 맡에 앉아 있던 마치 부인이 조를 불러서 다친 손에 붕대를 감아 주었다.

「에이미는 정말 괜찮아요?」조가 그 변덕스러운 얼음 밑으로 빠져서 영영 보지 못할 뻔했던 금빛 머리를 보고 깊이 뉘우치며 속삭였다.

「괜찮아. 다치지도 않았고 감기에 걸리지도 않을 것 같아. 너희가 현명하게도 꽁꽁 감싸서 집으로 빨리 데려왔으니까.」어머니가 쾌활하게 대답했다.

「전부 로리가 한 거예요. 난 에이미를 혼자 내버려 뒀어요. 엄마, 만약 에이미가 죽으면 내 탓이에요.」조는 침대 옆에 털썩 주저앉아서 후회의 눈물을 흘리며 무슨 일이 있었는지 전부 털어놓았다. 그런 다음 인정머리 없는 자신을 매섭게 책망하고, 무거운 벌을 받을 뻔했지만 가까스로 피하게 되어 감사한 마음에 눈물을 흘리며 흐느꼈다.

「끔찍한 성질머리 때문이에요! 고치려고 노력하고 있어요. 하지만 고쳤다고 생각하면 그 어느 때보다도 심하게 폭발해 버려요. 아, 엄마! 제가 어떻게 해야 할까요? 어떻게 하죠?」불쌍한 조가 절망하며 외쳤다.

「늘 조심하면서 기도하면 돼, 조. 절대 노력을 게을리하지 말고, 극복할 수 없는 결점이라고 생각하지 마.」마치 부인이 헝클어진 머리를 자신의 어깨에 기대게 하고 축축하게 젖은 뺨에 너무나도 다정하게 입을 맞추자, 조는 더 심하게 울었다.

「엄마는 몰라요, 내가 얼마나 못됐는지 짐작도 못 해요! 난

139

폭발하면 무슨 짓이든 할 것 같아요. 너무 잔인해져서 누구에게든 상처를 주면서 그걸 즐겨요. 언젠가 끔찍한 짓을 저질러서 인생을 망치고 모두의 미움을 살까 봐 두려워요. 아, 엄마! 도와주세요, 제발 도와주세요!」

「도와줄게, 조. 내가 도와줄게. 그렇게 슬피 울지 말고 오늘을 기억하렴. 그리고 이런 일은 두 번 다시 하지 않겠다고 온 영혼을 다해서 결심하는 거야. 조, 누구나 유혹을 받는단다. 너보다 더 심한 유혹을 받는 사람도 있고, 그걸 극복하려면 평생이 걸릴 때도 많아. 넌 네가 세상에서 제일 성질 나쁘다고 생각하지만, 사실은 나도 그랬단다.」

「엄마가요? 아니, 엄마는 절대 화를 내지 않잖아요!」 조는 너무 놀라서 죄책감조차 잠시 잊었다.

「40년 동안 고치려고 노력 중인데, 이제야 겨우 통제하게 되었을 뿐이야. 조, 엄마는 평생 거의 매일 화가 나. 하지만 화를 드러내지 않는 법을 배웠고, 화내지 않는 법을 배울 수 있기를 아직도 바라고 있어. 그러려면 또 40년이 걸리겠지만 말이야.」

너무나도 사랑하는 사람의 얼굴에 떠오른 인내심과 겸손함을 보면서 조는 가장 현명한 설교나 가장 날카로운 질책을 들었을 때보다 더 좋은 가르침을 얻었다. 어머니가 공감하며 비밀을 털어놓자 조는 바로 마음이 편안해졌다. 어머니에게도 자신과 같은 흠이 있고, 그것을 고치기 위해서 노력했다는 이야기를 들으니 자기 흠을 더 쉽게 견딜 수 있었다. 40년 동안 조심하며 기도를 드렸다니, 열다섯 살 소녀에게는 조금

긴 시간처럼 느껴졌지만 성질을 고치겠다는 결심은 더 굳어졌다.

「엄마, 가끔 입을 꽉 다물고 방에서 나가실 때는 화가 나신 거예요? 마치 대고모님이 뭐라고 하시거나 사람들이 엄마를 걱정시킬 때 말이에요.」 조가 어머니를 그 어느 때보다도 가깝고 소중하게 느끼며 물었다.

「그래, 맞아. 난 성급하게 나오는 말을 참는 법을 배웠단다. 내 의지와 다르게 말이 튀어나올 것 같으면 잠시 자리를 피해 나약하고 못된 자신을 나무라면서 마음을 다잡는 거야.」 마치 부인이 한숨을 쉬고 미소를 짓더니, 조의 헝클어진 머리를 쓰다듬어 묶어 주었다.

「말을 하지 않는 법은 어떻게 배웠어요? 저는 그게 제일 힘들어요, 저도 모르게 날카로운 말이 튀어나와 버리거든요. 말을 하면 할수록 더 심해지고, 사람들의 감정을 해치는 끔찍한 말을 하면서 즐기게 돼요. 엄마는 어떻게 하는지 가르쳐 주세요.」

「어머니가 도와주셨었지…….」

「엄마가 우리를 도와주는 것처럼 말이죠…….」 조가 감사의 입맞춤을 하며 끼어들었다.

「하지만 내가 너보다 조금 더 나이가 들었을 때 어머니가 돌아가셨고, 오랫동안 혼자 노력해야 했어. 다른 사람에게 내 결점을 털어놓기에는 자존심이 너무 강했거든. 무척 힘들었단다, 조. 쓰디쓴 실패의 눈물도 정말 많이 흘렸어. 아무리 노력해도 나아지는 것 같지 않았으니까. 그러다가 네 아빠를 만났지. 착해지는 것이 그리 어렵지 않다는 사실을 깨닫고 정말 행복했어. 하지만 어린 딸들이 생기고 집이 가난해지자, 예전과 똑같은 문제가 다시 시작되었지. 나는 천성적으로 인내심이 별로 없고, 내 아이들이 어려움을 겪는 모습을 보는 게 아주 힘들었거든.」

「불쌍한 엄마! 그때는 누구의 도움을 받았어요?」

「네 아빠란다, 조. 아빠는 절대 인내심을 잃지 않고 — 절대 의심하거나 불평하지 않고 — 항상 희망을 가지고 열심히 노력하며 아주 명랑하게 기다리시잖아. 그래서 아빠 앞에서 그렇게 하지 않으면 부끄러워지거든. 아빠는 나를 도우며 위로해 주었고, 또 우리 딸들이 어떤 미덕을 갖기 바란다면 내가 먼저 실천해야 한다는 걸 보여 주었어. 내가 너희들의 본보기였으니까. 나보다 너희를 위해서 노력하면 더 쉬웠지. 내가 날카로운 말을 했을 때 너희가 깜짝 놀란 얼굴을 하면 그 어떤 비난보다도 무서웠어. 딸들이 본받고 싶은 사람이 되려고 노력할 때 너희들의 사랑과 존경, 믿음보다 더 달콤한 보상은 없었단다.」

「아, 엄마. 전 그 반만 따라가도 만족할 거예요.」 조가 깊이 감동하여 외쳤다.

「넌 훨씬 더 좋은 사람이 될 거야. 하지만 아빠가 말씀하시는 〈내면의 적〉을 조심해야 돼. 그게 네 인생을 망치거나 널 슬프게 할 수도 있거든. 넌 이번에 경고를 받은 거야. 이번 일을 기억하면서 마음과 영혼을 다해서 급한 성질을 다스리려고 노력하렴. 아니면 오늘보다 더 큰 슬픔과 후회가 생길 거야.」

「노력할게요, 엄마. 정말로 노력할 거예요. 하지만 엄마가 도와주셔야 해요. 저를 일깨워 주고 제가 버럭 화를 내지 않도록 도와주세요. 가끔 아빠가 손가락을 입에 대고 아주 다정하지만 진지한 표정으로 바라보면 엄마가 항상 입을 꾹 다물고 나갔던 기억이 나요. 아빠가 일깨워 주시는 거였어요?」 조가 부드럽게 물었다.

「맞아. 내가 그렇게 해달라고 했거든. 아빠는 내 부탁을 잊지 않고 그 작은 손짓과 다정한 표정으로 내가 날카로운 말을 입 밖에 내지 않도록 수없이 구해 주었단다.」

어머니의 눈에 눈물이 차오르고 말을 하는 입술이 떨렸다. 조는 자기가 말을 너무 많이 한 것이 아닐까 싶어서 걱정스럽게 속삭였다. 「엄마를 지켜보고 그런 모습에 대해서 이야기하면 안 되는 거였어요? 버릇없이 굴려던 건 아니에요, 생각나는 걸 전부 엄마한테 말하니까 기분이 좋아서 그랬어요. 너무 안전하고 행복한 기분이 들어서요.」

「조, 엄마한테는 무슨 말이든 해도 돼. 너희가 모든 이야기를 털어놓고 내가 너희를 얼마나 사랑하는지 안다는 건 엄마의 가장 큰 행복이고 자부심이니까.」

「저 때문에 슬퍼하시는 줄 알았어요.」

「아니야. 아빠 얘기를 하니까 너무 보고 싶어서, 내가 아빠를 얼마나 사랑하는지 생각나서 그래. 내가 아빠를 위해 정말 조심하며 우리 딸들을 안전하게 지켜야 한다는 생각이 나서 말이야.」

「하지만 엄마가 아빠한테 가라고 하셨잖아요. 헤어질 때 울지도 않으셨죠. 지금도 절대 불평하지 않으시고, 도움이 필요해 보이지도 않으세요.」조가 모르겠다는 듯 말했다.

「나는 사랑하는 조국에 내가 가진 가장 좋은 것을 내주었고, 아빠가 가실 때까지 눈물을 참았어. 우리 둘 다 의무를 다했을 뿐이고, 결국 그것 때문에 더 행복해질 텐데 내가 왜 불평을 하겠니? 내가 도움이 필요 없어 보인다면 날 위로하고 지탱해 주는 좋은 친구, 아빠보다 더 좋은 친구가 있기 때문이야. 조, 네 인생의 문제와 유혹이 이제 막 시작되었고, 앞으로 아주 많을지도 몰라. 이 땅의 아빠에게 그런 것처럼 하느님 아버지의 힘과 다정함을 느끼는 법을 배우면 모든 문제와 유혹을 극복하고 이겨 낼 수 있단다. 그분을 더 많이 사랑하고 믿을수록 더 가까이 느끼게 되고, 인간의 힘과 지혜에 덜 의지하게 될 거야. 주님의 사랑과 보살핌은 절대 지치거나 변하지 않고 누구도 너에게서 빼앗을 수 없지만 일생 동안 평화와 행복, 힘의 원천이 될 수 있단다. 그걸 가슴 깊이 믿으면서 너의 작은 걱정, 희망, 죄, 슬픔을 전부 하느님께 가지고 가렴. 엄마한테 그러듯이 자유롭게 비밀을 털어놓는 거야.」

조는 엄마를 꽉 끌어안는 것으로 대답을 대신했다. 이어진 침묵 속에서 조는 아무 말 없이 마음으로 가장 진실한 기도를 올렸다. 그 슬프고도 행복한 시간에 조는 후회와 절망의 씁쓸함뿐만 아니라 극기와 절제의 달콤함까지 배웠고, 어머니의 손에 이끌려 그 어느 아버지의 사랑보다 강하고 그 어느 어머니의 사랑보다 다정한 사랑으로 모든 아이를 항상 환영해 주는 친구에게 조금 더 가까이 다가갔다.

에이미가 잠든 채 뒤척이다가 한숨을 쉬었고, 조는 열의에 차서 당장 잘못을 고치려는 것처럼 처음 보는 표정으로 고개를 들고 말했다.

「전 하루가 저물기 전에 화를 풀지 않았어요. 에이미를 용서하지 않으려 했고, 오늘 로리가 아니었으면 너무 늦었을지도 몰라요! 어쩌면 그렇게 못되게 굴 수가 있었을까요?」 조가 약간 크게 말하며 동생 위로 몸을 숙여 베개에 흩어진 축축한 머리카락을 부드럽게 쓰다듬었다.

마치 이 말을 들은 것처럼 에이미가 눈을 뜨더니 미소를 지으며 팔을 내밀었다. 그 미소가 조의 심장에 곧장 와닿았다. 두 사람은 담요를 사이에 두고 아무 말 없이 꽉 끌어안았고, 진심 어린 입맞춤 한 번에 모든 것을 용서하고 잊었다.

9장

메그, 허영의 시장에 가다

「킹 씨네 아이들이 딱 지금 홍역에 걸리다니, 정말 최고의 행운인 것 같아.」 4월의 어느 날, 메그가 이렇게 말하며 자기 방에서 동생들에게 둘러싸여 커다란 여행용 트렁크에 짐을 꾸렸다.

「잊지 않고 약속을 지키다니 애니 모펏은 참 착하네. 2주일 내내 재미있게 놀면 정말 좋겠다.」 조가 대답했다. 긴 팔로 치마를 개는 모습이 꼭 풍차 같았다.

「게다가 날씨도 진짜 좋아. 너무 다행이다.」 베스가 특별한 일이 있을 때 빌려주는 제일 좋은 상자에 목과 머리에 매는 리본을 깔끔하게 정리하며 덧붙였다.

「나도 재미있게 놀면서 이 멋진 옷을 전부 입을 수 있으면 좋겠다.」 에이미가 입에 핀을 잔뜩 물고 언니의 핀 쿠션에 예술적으로 다시 꽂으며 말했다.

「너희도 다 같이 가면 좋겠지만 그럴 수는 없으니까, 모험을 잘 기억해 뒀다가 돌아와서 다 얘기해 줄게. 그것이 이렇게 친절하게 물건도 빌려주고 준비도 도와준 너희에게 내가 할 수 있는 최소한인 것 같아.」메그가 아주 수수한 준비물을 둘러보며 말했다. 그러나 자매들의 눈에는 거의 완벽해 보였다.

「엄마가 보물 상자에서 뭘 주셨어?」삼나무 상자를 열 때 그 자리에 없던 에이미가 물었다. 마치 부인은 화려한 과거의 유물 몇 가지를 그 상자에 넣어 두고 적절한 때가 되면 딸들에게 선물하곤 했다.

「실크 스타킹이랑 조각이 새겨진 예쁜 부채, 그리고 사랑스러운 파란색 장식 띠를 주셨어. 나는 보라색 실크 드레스가 좋지만 고칠 시간이 없어서 낡은 탈러틴[16] 드레스로 만족해야 돼.」

「새로 산 내 모슬린 치마에 장식 띠를 하면 아주 아름답고 멋져 보일 거야. 내 산호 팔찌가 망가지지만 않았어도 빌려주는 건데.」조는 자기 물건을 주거나 빌려주는 것을 좋아했지만 망가져서 못 쓰는 것이 대부분이었다.

「보물 상자에 고풍스러운 진주 세트가 있었지만, 엄마가 젊은 아가씨한테는 꽃이 제일 예쁜 장신구래. 로리가 필요한 만큼 보내 주겠다고 약속했어.」메그가 대답했다. 「자, 보자. 새로 마련한 회색 산책복도 챙겼고…… 깃털은 둥글게 말아서 모자 안에 넣어 줘, 베스…… 주일이나 작은 파티 때 입을 포플린 드레스는…… 봄에 입기에는 너무 무거워 보이지 않니? 보라색 실크 드레스가 정말 좋았을 텐데. 이런!」

「걱정하지 마. 큰 파티 때는 탈러틴 드레스를 입으면 되잖

16 빳빳하게 풀을 먹인 얇은 모슬린 직물.

아. 언니는 흰색 드레스를 입으면 늘 천사 같아.」에이미가 이렇게 말하고 예쁜 옷들 위로 몸을 숙여 구경하며 즐거워했다.

「목선도 너무 높고 치마 길이도 많이 끌리지 않지만, 어떻게 될 거야. 집에서 입는 파란 드레스를 뒤집어서 새로 장식했더니 너무 괜찮아, 새 옷을 산 것 같아. 헐렁한 실크 드레스는 유행에 맞지 않고, 보닛은 샐리 거랑 달라. 아무 말도 하지 않았지만 사실은 양산이 너무 실망스러워서 슬퍼. 엄마한테 흰 손잡이가 달린 검은색을 부탁했는데, 깜빡하고 누르스름한 손잡이가 달린 초록색을 사 오셨지 뭐야. 튼튼하고 깔끔하니까 불평하면 안 되지만, 금빛 꼭지가 달린 애니의 실크 양산 옆에서는 부끄러울 것 같아.」메그가 작은 양산을 아주 못마땅하게 살피며 한숨을 쉬었다.

「바꾸면 되잖아.」조가 충고했다.

「바보같이 엄마의 마음을 상하게 하진 않을 거야. 이것저것 준비해 주시느라고 너무 고생하셨잖아. 그냥 그런 생각을 했다는 것뿐이야, 이걸로 만족할 거야. 실크 스타킹이랑 멋진 장갑 두 켤레가 생겨서 다행이야. 장갑 빌려줘서 정말 고마워, 조. 새 장갑이 두 켤레나 있고, 옛날 장갑도 평소에 쓰려고 세탁해 놨더니 부자가 된 것 같아, 우아해진 기분도 들고.」메그가 장갑 상자를 새삼스럽게 흘깃 보았다.

「애니 모펏은 수면 모자에 파란색이랑 분홍색 리본을 달아. 내 것에도 좀 달아 줄래?」베스가 눈처럼 하얗게 세탁한 모슬린 드레스를 해나에게 받아 오자 메그가 이렇게 말했다.

「아니, 나라면 그러지 않을래. 화려한 모자는 장식이 없는 수수한 옷이랑 안 어울리잖아. 가난한 사람은 너무 안 꾸미는 게 나아.」조가 단호하게 말했다.

「언젠가 옷에 진짜 레이스를 달고 모자에 리본을 다는 행복을 누릴 수 있을까?」메그가 간절하게 말했다.

「저번에는 애니 모펏의 집에 갈 수만 있으면 더 이상 바랄 게 없겠다고 했잖아.」베스가 특유의 조용한 말투로 말했다.

「그랬지! 난 행복해, 안달하지 않을 거야. 하지만 가질수록 더 갖고 싶은 건가 봐, 안 그래? 자, 이제 정리용 상자는 다 준비됐고, 무도회 드레스만 빼면 다 넣었다. 드레스는 엄마한테 싸달라고 해야지.」메그가 반쯤 채워진 트렁크에서 시선을 옮겨 여러 번 다리고 수선한 흰색 탈러턴을 보며 기운차게 말했다. 메그는 약간 멋을 부려서 탈러턴을 〈무도회 드레스〉라고 불렀다.

이튿날은 날씨가 좋았고, 메그는 14일 동안 새로움과 즐거움을 맛보기 위해서 당당하게 떠났다. 마치 부인은 마지못해 승낙했는데, 마거릿이 갈 때보다 올 때 불만이 더 커질까 봐 걱정되어서였다. 하지만 메그가 간절하게 졸랐고, 샐리가 메그를 잘 돌보겠다고 약속했으며, 겨울 동안 힘들게 일한 뒤 작은 즐거움을 누리는 것도 괜찮을 것 같았다. 그래서 어머니가 양보했고, 딸은 사교계를 처음 맛보게 되었다.

모펏 집안은 상류층이었기 때문에 소박한 메그는 화려한 집과 그 집 사람들의 우아함에 처음에는 압도당했다. 그러나 경망스럽게 살고 있을지언정 친절한 사람들이었기 때문에 메그는 곧 편안해졌다. 메그는 이유는 잘 모르지만 그들이 딱히 교양 있거나 지적인 사람들이 아니라는 것을, 겉으로 아무리 꾸며도 내면의 평범함을 감추지 못한다는 것을 느꼈을지도 모른다. 호화롭게 지내면서 좋은 마차를 타고, 매일 좋은 옷을 입고, 아무 일도 하지 않고 놀기만 하니 확실히 즐거웠다. 메그는 이런 생활이 딱 맞았다. 곧 메그는 주변 사람들의 행동과 대화를 흉내 내기 시작했다. 즉 약간 거만하고 우아하게 굴며, 프랑스어를 섞어서 쓰고, 머리를 곱슬곱슬하게 말고, 옷을 딱 맞게 줄이고, 패션에 대해서 이야기했다. 메그는 애니 모팻이 가진 예쁜 물건들을 보면 볼수록 애니가 부러워졌고, 한숨이 많아졌다. 지금 생각하니 자기 집은 휑하고 초라한 것 같고, 일은 어느 때보다 힘들게 느껴졌다. 새 장갑과 실크 스타킹이 생겼는데도 찢어지게 가난하고 상처 많은 소녀가 된 기분이었다.

하지만 세 아가씨는 〈즐거운 시간을 보내느라〉 바빴기 때문에 투덜거릴 시간이 별로 없었다. 세 사람은 쇼핑하고, 산책하고, 말을 타고, 다른 집을 방문했다. 저녁에는 연극과 오페라를 보러 가거나 집에서 재미있게 놀았다. 애니는 친구가 많았고, 친구들을 즐겁게 해주는 방법을 알았다. 애니의 언니들은 무척 착했다. 한 명은 약혼을 했는데, 메그는 약혼이라니 정말 흥미롭고 낭만적이라고 생각했다. 뚱뚱하고 유쾌한 모팻 씨는 메그의 아버지와 아는 사이였고, 뚱뚱하고 유쾌한 모팻 부인은 자기 딸이 그런 것처럼 메그를 무척이나 좋아했다. 모두 메그를 예뻐하며 〈데이지〉라고 불렀고, 데이지는 점점 우쭐해졌다.

작은 파티가 열리던 날, 다른 아가씨들은 얇은 드레스를 입고 정말 멋지게 꾸몄기 때문에 메그는 포플린 드레스로는 안 되겠다고 생각했다. 그래서 탈러턴 드레스를 꺼냈지만, 샐리의 빳빳한 새 드레스 옆에서 보니 더 낡고 후줄근하고 흐늘거리는 느낌이었다. 메그는 아가씨들이 자신의 드레스를 흘끔거리며 서로 눈짓을 주고받는 것을 보았다. 메그는 온화하긴 했지만 자존심도 무척 강했기 때문에 뺨이 불타오르기 시작했다. 아무도 메그의 드레스에 대해서 한마디도 하지 않았지만 샐리는 머리를 손질해 주겠다고 했고, 애니는 장식 띠를 묶어 주었으며, 약혼한 언니 벨은 메그의 새하얀 팔을 칭찬했다. 그러나 메그는 그들의 친절에서 가난한 자신에 대한 동정만을 보았고, 다른 사람들이 웃고 떠들고 하늘거리는 나비처럼 날아다니는 동안 무거운 마음을 안고 혼자서 있었다. 한창 힘들고 씁쓸해졌을 때 하녀가 꽃을 한 상자 가지고 들어왔다. 메그가 무슨 말을 하기도 전에 애니가 덮개를 벗겼고, 사랑스러운 장미와 히스, 고사리를 보고 모두가 소리를 질렀다.

「당연히 벨한테 온 거겠지. 조지가 항상 꽃을 보내잖아. 하지만 이건 정말 황홀하다.」애니가 요란하게 킁킁거리며 외쳤다.

「남자가 마치 양에게 전해 달라고 했어요. 여기 쪽지가 있어요.」하녀가 이렇게 말하고는 메그에게 쪽지를 내밀었다.

「재미있는데? 누가 보낸 거야? 연인이 있는지 몰랐어.」깜짝 놀라고 호기심을 느낀 아가씨들이 이렇게 외치며 메그의 주변으로 모여들었다.

「쪽지는 엄마가 보내신 거고, 꽃은 로리가 보낸 거야.」메그는 간단하게 설명했지만 로리가 잊지 않고 꽃을 보내 줘서 무척 고마웠다.

「아, 그렇구나!」애니가 우스꽝스러운 표정을 지으며 말했다. 메그는 질투와 허영, 그릇된 자존심을 물리치는 부적처럼 쪽지를 주머니에 넣었다. 사랑이 가득한 짧은 쪽지는 메그에게 도움이 되었고, 꽃이 너무 아름다워서 기운이 났다.

다시 기분이 좋아진 메그는 자기가 쓸 장미와 고사리를 조금 빼두고, 나머지로 우아한 꽃다발을 만들어서 가슴이나 머리, 치마를 장식하라며 친구들에게 주었다. 메그가 꽃다발을 너무 기분 좋게 나눠 주었기 때문에 장녀 클라라는 〈내가 만나 본 사람들 중에서 제일 상냥한 아이〉라고 했다. 다들 메그의 작은 배려에 무척 매료된 것 같았다. 이렇게 친절을 베풀자 우울하던 기분도 사라졌다. 다른 아가씨들이 모팻 부인에게 꽃다발을 보여 주러 간 사이에 메그는 거울을 쳐다보았다. 거울 속에서 눈을 반짝이는 행복한 얼굴이 보였다. 구불구불한 머리카락에 고사리를 꽂고 드레스에 장미를 달았더니, 이제는 별로 후줄근해 보이지도 않았다.

메그는 그날 저녁에 실컷 춤을 추었기 때문에 무척 즐거웠다. 다들 매우 친절했고, 칭찬도 세 번이나 받았다. 애니가 메그에게 노래를 청했을 때, 누군가 목소리가 정말 예쁘다고 말했다. 링컨 소령은 〈눈이 아름답고 생기가 넘치는 저 아가씨〉가 누구냐고 물었고, 모펏 씨는 그의 우아한 표현에 따르면 메그는 〈꾸물거리지도 않고 몸속에 스프링이라도 든 것 같다〉며 메그와 꼭 춤을 추겠다고 했다. 그러므로 메그는 전반적으로 매우 즐거운 시간을 보내고 있었는데, 바로 그때 어떤 대화를 살짝 엿듣고 마음이 무척 심란해졌다. 메그가 온실 안에 앉아서 파트너가 얼음을 가져오기를 기다리고 있을 때, 꽃 벽 너머에서 이렇게 묻는 소리가 들렸다.

「그 남자는 몇 살인데?」

「열여섯인가 열일곱일 거야.」 다른 목소리가 대답했다.

「그 집 딸들 중 하나랑 잘 되면 아주 대단하겠네, 안 그래? 샐리한테 들으니 무척 친해졌고, 노인도 정말 예뻐한대.」

「M 부인이 계획을 세웠고, 최대한 빨리 실행에 옮길 것 같군. 저 애는 아직 모르는 것 같지만.」 모펏 부인이 말했다.

「하지만 꼭 아는 것처럼 엄마한테 온 쪽지라고 거짓말을 하던데요? 꽃이 오니까 아주 예쁘게 얼굴을 붉히더라고요. 가엾기도 하지! 좀 꾸미면 정말 예쁠 텐데. 목요일에 우리가 드레스를 빌려주겠다고 하면 기분 나빠 할까?」 다른 목소리가 말했다.

「자존심이 강하지만 괜찮을 거야. 그 촌스러운 탈러턴 드레스밖에 없잖아. 오늘 찢어질지도 몰라. 그러면 그 핑계로 괜찮은 옷을 빌려주겠다고 하면 되겠다.」

「두고 보면 알겠지. 선물하는 셈치고 그 로런스라는 아이를 초대해야겠어. 그러면 나중에 재미있는 이야깃거리도 되고 말이야.」

그때 메그의 파트너가 돌아왔고, 얼굴이 새빨개지고 당황한 듯한 메그를 발견했다. 메그는 자존심이 강했는데, 이때만큼은 그 자존심이 큰 도움이 되었다. 조금 전의 대화를 들으며 느낀 굴욕감과 분노, 역겨움을 숨길 수 있었기 때문이다. 메그는 순진하고 의심할 줄 몰랐지만, 친구들의 잡담이 무슨 뜻인지 모르지는 않았다. 메그는 그 대화를 잊으려 했지만 그럴 수가 없었다. 〈M 부인이 계획을 세웠지〉, 〈엄마한테 온 쪽지라고 거짓말을 하던데요〉, 〈촌스러운 탈러턴 드레스〉라는 말을 혼자서 계속 되뇌다 보니 울면서 집으로 달려가 다 털어놓고 조언을 구하고 싶어졌다. 하지만 그럴 수 없었기 때문에 메그는 최선을 다해서 명랑한 척했다. 다소 흥분한 상태였기 때문에 명랑한 척은 성공했고, 메그가 얼마나 노력하고 있는지 다들 꿈에도 몰랐다. 파티가 끝나자 메그는 무척 기뻤다. 침대에 조용히 누워서 생각하고 고민하고 화를 내다 보니 머리가 아파 왔고, 자연스럽게 흘러내린 눈물 몇 방울이 뜨겁게 달아오른 뺨을 식혀 주었다. 나쁜 의도는 아니었지만 어리석은 그 대화는 메그에게 새로운 세상을 열어주었고, 지금까지 메그가 아이처럼 행복하게 살던 옛 세상의 평화를 뒤흔들었다. 그녀가 엿들은 바보 같은 말들은 로리와의 순수한 우정을 망쳤다. 자기 기준에 따라 남들을 판단하는 모펏 부인이 속물적인 계획을 세웠다고 말하는 바람에, 어머니에 대한 믿음이 약간 흔들렸다. 가난한 남자의 딸답게 소박한 옷으로 만족하자는 합리적인 결심도 초라한 드레스를 하늘 아래 가장 큰 재앙이라고 생각하는 여자들의 불필요한 동정 때문에 약해졌다.

　불쌍한 메그는 잠을 설쳤고, 아침이 되어 일어났더니 눈꺼풀이 무겁고 마음이 어지러웠다. 친구들에게 화가 나기도 했지만, 사실대로 얘기하고 잘못된 생각을 바로잡지 않은 자신도 부끄러웠다. 그날 오전에는 다들 꾸물거렸고, 아가씨들은 정오가 지난 후에야 겨우 힘을 내서 자수거리를 챙겨 들었다. 메그는 친구들의 태도가 어딘가 달라진 것을 바로 알아차렸다. 메그를 더 존중하고, 그녀의 말에 더욱 신경 쓰며 관심을 보였고, 호기심이 가득한 눈으로 그녀를 바라보는 것 같았다. 메그는 이 모든 변화가 놀랍고 기분 좋았지만, 벨 양이 무언가를 쓰다가 고개를 들고 감상적인 말투로 이렇게 말했을 때에야 어떻게 된 일인지 깨달았다.

　「데이지, 네 친구 로런스 씨한테 목요일에 오시라고 초대장을 보냈어. 우리도 로런스 씨랑 알고 지내고 싶고, 너한테 적당한 선물은 그것밖에 없는 것 같아서.」

　메그는 얼굴이 빨개졌지만 친구들을 놀려 줘야겠다는 장난기가 발동해서 새치름하게 대답했다. 「정말 상냥하시네요. 하지만 아마 못 오실 거예요.」

　「도대체 왜?」 벨 양이 물었다.

　「나이가 너무 많으셔서요.」

　「아니, 그게 무슨 말이야? 몇 살인데? 말해 줘!」 클라라 양이 외쳤다.

　「일흔 살 가까이 되셨을 거예요.」 메그가 장난스러운 눈빛을 숨기려고 바늘땀을 세며 대답했다.

「바보 같은 소리! 당연히 젊은 로런스 씨 얘기지.」벨 양이
웃으며 외쳤다.

「그런 사람은 없어요. 로리는 아직 어린애라고요.」이렇게
말하며 메그 역시 웃음을 터뜨렸다. 모펏 자매들이 연인이라
고 생각한 남자를 메그가 이런 식으로 말하자, 자기들끼리
이상하다는 듯 눈빛을 주고받았기 때문이다.

「너랑 나이가 비슷하잖아.」낸이 말했다.

「내 동생 조랑 더 비슷해. 난 8월이면 열일곱 살이야.」메
그가 고개를 홱 젖히며 대꾸했다.

「꽃을 보내다니 정말 근사하다, 안 그래?」애니가 아무것
도 모르는 표정으로 말했다.

「응, 우리 모두에게 종종 보내 줘. 그 집에는 꽃이 넘쳐나
고, 우리는 꽃을 아주 좋아하거든. 어머니랑 로런스 씨가 친
하시다 보니 아이들도 자연스럽게 같이 어울리게 됐지.」메
그는 친구들이 더 이상 아무 말도 하지 않기를 바랐다.

「데이지는 아직 사교계에 나오지 않았으니까.」클라라 양
이 고개를 끄덕이며 벨에게 말했다.

「순진하고 아주 천진난만할 때지.」벨 양이 어깨를 으쓱하
며 대꾸했다.

「우리 딸들한테 필요한 게 있어서 사러 나갈 건데, 다른 아
가씨들도 뭐 부탁할 거 있어요?」모펏 부인이 실크와 레이스
를 두른 코끼리처럼 육중하게 들어와서 물었다.

「감사하지만 괜찮아요.」샐리가 대답했다.「목요일에는 새
로 산 분홍색 실크 드레스를 입으면 되니까, 필요한 건 없

어요.」

「저도요…….」메그가 입을 열었다가 필요한 게 많지만 가질 수 없다는 생각이 들어서 멈췄다.

「넌 뭐 입을 거야?」샐리가 물었다.

「흰 드레스를 입을 거야. 말끔하게 고칠 수 있으면 말이야. 어제 찢어졌거든.」메그는 아무렇지도 않게 말하려고 애썼지만, 사실은 마음이 불편했다.

「집에 연락해서 다른 드레스를 좀 가져다달라고 하지 그래?」샐리가 말했다. 관찰력이 그리 뛰어난 아가씨는 아니었다.

「다른 드레스가 없어.」메그가 용기를 내서 겨우 말했지만, 샐리는 그것도 모르고 깜짝 놀라서 소리쳤다.

「그것뿐이라고? 너무 이상…….」샐리는 말을 끝맺지 못했다. 벨이 샐리를 보며 고개를 젓고 중간에 끼어들어서 상냥하게 말했기 때문이다.

「하나도 이상하지 않아. 아직 사교계 데뷔도 하지 않았는데, 드레스가 많으면 뭐 하니? 데이지, 집에 드레스가 열두 벌쯤 있어도 굳이 사람을 보낼 필요 없어. 나한테 정말 예쁜 파란색 실크 드레스가 있는데, 이제 너무 작아져서 꺼내 놨거든. 네가 입어 주면 정말 기쁠 거야. 입어 줄래?」

「정말 상냥한 말이지만, 실례가 아니라면 제 드레스를 입고 싶어요. 전 아직 어려서 그걸로 충분해요.」메그가 말했다.

「내가 널 최신 유행으로 꾸미게 해줘, 부탁이야. 해보고 싶어. 넌 조금만 손보면 완벽하고 귀여운 미녀가 될 거야. 끝날

157

때까지 아무한테도 보여 주지 않다가 갑자기 짠 하고 나타나는 거야. 무도회에 가는 신데렐라와 대모님처럼 말이야.」 벨이 설득했다.

메그는 이렇게 상냥한 제안을 거절하기도 힘들고, 정말로 조금만 손보면 〈귀여운 미녀〉가 될지 궁금하기도 해서 제안을 받아들였다. 그런 다음 모팻 가족에 대한 불편한 감정은 모두 잊었다.

목요일 저녁이 되자, 벨은 하녀 오르탕스와 함께 자기 방에 틀어박혀서 메그를 멋진 숙녀로 만들어 주었다. 두 사람은 메그의 머리카락을 곱슬곱슬하게 말고, 목과 팔에 향기 좋은 파우더를 바르고, 입술에는 산홋빛 연지를 발라 붉게 만들었다. 메그가 거부하지 않았다면 오르탕스는 〈루주 숩송〉[17]까지 발랐을 것이다. 두 사람은 메그에게 하늘색 드레스를 입히고 숨도 못 쉴 정도로 허리를 졸라맸다. 게다가 목선이 너무 많이 파여서 얌전한 메그는 거울 속 자신을 보면서 얼굴을 붉혔다. 여기에 은으로 세공한 팔찌, 목걸이, 브로치에 귀걸이까지 더해졌다. 오르탕스가 잘 보이지 않는 분홍색 실크에 귀걸이를 묶어서 걸어 주었다. 가슴에 티로즈 봉오리와 루시[18]를 달아 주었기 때문에 메그는 희고 예쁜 어깨를 드러내는 것에 반대하지 않았다. 마지막으로 굽 높은 실크 구두를 신음으로써 메그가 바라던 꿈이 이루어졌다. 레이스 손수건, 깃털장식 부채, 은 받침대에 끼운 꽃다발로 몸단장이 완성되었다.

17 〈soupçon〉은 〈약간〉이라는 뜻의 프랑스어이다.
18 드레스의 깃과 소맷부리에 다는 주름 장식.

벨 양은 인형에게 새 옷을 입힌 꼬마 아이처럼 흡족한 표정으로 메그를 살펴보았다.

「마드무아젤이 샤르망트하고, 트레 졸리해요, 그렇죠?」[19] 오르탕스가 황홀한 척 양손을 맞잡고 외쳤다.

「이제 보여 주러 가자.」 벨 양이 이렇게 말하며 사람들이 기다리고 있던 방으로 이끌었다.

메그가 바스락거리며 따라가자 긴 치마가 뒤에서 끌렸다. 귀걸이가 딸랑거리고, 곱슬곱슬한 머리가 휘날리며, 가슴이 두근거렸다. 거울은 그녀가 〈귀여운 미녀〉라고 솔직하게 말해 주었기 때문에, 메그는 드디어 재미있는 일이 시작된 기분이었다. 친구들은 열정적으로 칭찬을 늘어놓았다. 메그가 몇 분 동안 가만히 서서 우화에 나오는 갈까마귀처럼 빌려 온 깃털로 뽐내는 동안, 다른 아가씨들이 한 떼의 까치처럼 시끄럽게 재잘거렸다.

「낸, 내가 옷 입는 동안 치마 정리하는 법이랑 프랑스식 하이힐을 신고 걷는 법 좀 가르쳐 줘. 아니면 넘어질 거야. 클라라, 네 은 나비 핀을 가져와서 긴 머리카락을 왼쪽으로 고정시켜 줘. 내 매력적인 작품 아무도 건드리면 안 돼.」 벨이 성공을 거두어 무척 기뻐하는 표정으로 서둘러 나가며 말했다.

「아래층으로 내려가기가 무서워. 느낌이 너무 이상하고 뻣뻣해. 반쯤 벌거벗은 기분이야.」 종이 울리고 모펏 부인이 내려오라는 전언을 보내자, 메그가 샐리에게 말했다.

---

19 〈charmante〉는 〈매력적인〉, 〈très jolie〉는 〈아주 예쁜〉이라는 뜻의 프랑스어.

「딴사람 같지만 정말 근사해. 난 네 근처에도 못 가겠다. 벨 언니는 안목이 진짜 대단하다니까. 너 진짜 프랑스 사람 같아. 꽃은 그냥 늘어뜨리고 너무 신경 쓰지 마. 걸려 넘어지지 않게 조심하고.」샐리는 메그가 자기보다 예뻐진 것에 신경 쓰지 않으려고 애쓰며 말했다.

마거릿은 샐리의 충고를 가슴에 새기고 계단을 조심스럽게 내려가서 모팻 가족과 일찍 도착한 손님들이 모여 있는 응접실로 들어갔다. 메그는 좋은 옷은 특정 계층의 사람들을 끌어당기고, 그들의 존중을 얻는 특별한 힘이 있음을 금방 깨달았다. 지금까지는 그녀의 존재를 알아차리지도 못했던 젊은 아가씨들이 갑자기 무척 친절해졌다. 다른 파티에서는 메그를 멀뚱멀뚱 보기만 하던 젊은 신사들이 이제는 넋을 잃고 바라볼 뿐만 아니라 다른 사람에게 부탁해서 소개를 받더니, 바보 같지만 기분 좋은 말을 늘어놓았다. 소파에 앉아서 사람들의 흥을 보던 노부인들은 흥미롭다는 듯 누구냐고 물었다. 모팻 부인이 그중 한 명에게 대답하는 소리가 메그에게까지 들려왔다.

「데이지 마치예요…… 아버지는 육군 대령이죠…… 우리처럼 좋은 가문인데, 가세가 좀 기울었어요, 아시잖아요. 로런스 집안이랑 아주 친해요. 정말 사랑스러운 아가씨죠. 우리 네드가 푹 빠졌다니까요.」

「이런!」노부인이 이렇게 말하더니 안경을 들어 메그를 다시 관찰했다. 메그는 모팻 부인의 말을 못 들은 척, 그녀의 작은 거짓말에 충격받지 않은 척했다.

〈이상한 느낌〉이 가시지 않았지만 메그는 고상한 귀부인 역할을 맡았다고 상상하면서 잘 해냈다. 하지만 꽉 조이는 드레스 때문에 옆구리가 아프고 옷자락이 자꾸 발에 걸렸으며, 귀걸이가 날아가서 없어지거나 깨지지는 않을까 하는 끝없는 걱정에 시달렸다. 메그는 부채질을 하면서 재치 있는 척하는 젊은 신사의 시시한 농담에 억지로 웃다가, 갑자기 딱 멈추고 혼란스러운 표정을 지었다. 맞은편에서 로리를 보았기 때문이다. 로리는 놀라움을, 그리고 메그가 보기에 못마땅한 듯한 기색을 숨기지도 않고 그녀를 빤히 바라보았다. 로리가 허리 굽혀 인사하고 미소를 지었지만, 메그는 그의 정직한 눈빛을 보니 왠지 얼굴이 빨개지면서 그냥 낡은 드레스를 입을걸 그랬다는 생각이 들었다. 게다가 벨이 애니를 쿡쿡 찌르더니 둘이서 메그와 로리를 번갈아 보자, 메그는 완전히 당황했다. 로리가 평소보다 더욱 수줍은 소년 같아 보여서 다행이었다.

〈실없는 사람들, 그런 생각을 내 머리에 집어넣다니. 난 신경 쓰지 않을 거야. 그런 말 때문에 변하지도 않을 거야.〉 메그는 이렇게 생각하고 옷자락을 바스락거리며 응접실을 가로질러 친구와 악수를 했다.

「네가 와서 다행이야. 오지 않을지도 모른다고 생각했거든.」 메그가 더없이 어른 같은 태도로 말했다.

「조가 꼭 가보라고 해서 왔어. 언니가 어떤 모습인지 얘기해 달래.」 로리가 메그를 보지도 않고, 하지만 엄마 같은 그녀의 말투에 반쯤 미소를 지으며 대답했다.

「뭐라고 할 거야?」메그가 물었다. 로리가 어떻게 생각하는지 너무 궁금했지만, 로리와 함께 있는 것이 처음으로 불편하게 느껴졌다.

「알아보지 못했다고 하겠지. 너무 어른 같고 메그답지 않아서 좀 무서워.」로리가 장갑 단추를 만지작거리며 말했다.

「그게 무슨 말도 안 되는 소리야! 친구들이 재미 삼아 꾸며 줬는데, 난 마음에 들어. 조가 나를 보면 넋을 놓고 보지 않을까?」메그가 말했다. 더 나아졌다고 생각하는지 아닌지 로리의 생각을 꼭 듣고 싶었다.

「응, 그럴 거야.」로리가 진지하게 대답했다.

「이런 내가 마음에 안 들어?」메그가 물었다.

「응, 마음에 안 들어.」퉁명스러운 대답이 돌아왔다.

「왜 마음에 안 들어?」초조한 말투였다.

로리가 메그의 곱슬거리는 머리, 맨살을 드러낸 어깨, 환상적으로 장식한 드레스를 묘한 표정으로 쳐다보았다. 그 표정을 보니 메그는 평소와 달리 전혀 예의 바르지 않은 로리의 대답을 들었을 때보다 더 부끄러워졌다.

「난 요란한 야단법석은 별로야.」

자기보다 어린 소년에게 이런 말까지 듣는 것은 너무했다. 메그는 로리에게서 멀어지며 화난 목소리로 말다.

「넌 내가 만나 본 남자애들 중에서 제일 무례해.」

신경이 곤두선 메그는 조용한 창가에 서서 뺨을 식혔다. 꼭 조이는 드레스 때문에 얼굴이 불편할 정도로 달아올랐기 때문이었다. 그때 링컨 소령이 지나가더니, 잠시 후 그가 자기 어머니에게 하는 말이 들려왔다.

「저 사람들이 귀여운 아가씨를 놀리고 있어요. 어머니께 보여 드리고 싶었는데, 저 사람들이 그녀를 다 망쳤네요. 오늘 밤 그 아가씨는 인형일 뿐이에요.」

「아, 이런!」메그가 한숨을 쉬었다.「분별 있게 내 옷을 입을걸. 그랬으면 다른 사람을 기분 나쁘게 만들지도 않고, 나도 이렇게 불편하고 창피하지 않았을 텐데.」

메그는 차가운 창유리에 이마를 기대고 커튼 뒤에 반쯤 숨었다. 제일 좋아하는 왈츠가 시작되었지만 신경도 쓰지 않았다. 바로 그때 누가 건드려서 돌아보니 로리가 후회하는 표정으로 서 있었다. 그가 더없이 정중하게 허리 숙여 인사하더니 손을 내밀며 말했다.

「무례하게 굴어서 미안해, 용서해 줘. 나랑 춤추자.」

「네가 너무 기분 나쁠 것 같은데.」메그는 상처받은 표정을 지으려고 애썼지만 완전히 실패했다.

「전혀 아니야. 춤추고 싶어서 죽겠어. 가자, 이제 못되게 굴지 않을게. 드레스는 마음에 들지 않지만 메그는 마음에 들어…… 정말 대단해.」그런 다음 로리가 얼마나 감탄스러운지 말로는 표현할 수 없다는 듯이 양손을 흔들었다.

메그는 마음이 풀려서 미소를 지었다. 두 사람이 춤추는 사람들 사이로 들어갈 기회를 엿보며 기다리고 있을 때 메그가 속삭였다.

「내 스커트에 걸려서 넘어지지 않게 조심해. 진짜 골치 아파 죽겠어. 이런 옷을 입다니 내가 바보였어.」

「목에 두르고 핀으로 고정시키면 딱이겠는데?」 로리가 이렇게 말하며 파란색 신발을 내려다보았다. 마음에 들지 않는 것이 분명했다.

두 사람은 빠른 속도로 우아하게 춤을 추었다. 집에서 연습을 했기 때문에 아주 잘 맞았고, 신나게 빙글빙글 돌고 또 도는 젊고 명랑한 한 쌍은 무척 보기 좋았다. 가벼운 말다툼을 하고 나니 그 어느 때보다 친해진 기분이 들었다.

「로리, 부탁 하나만 들어줄래?」 메그가 말했다. 숨을 헐떡이는 그녀에게 로리가 부채질을 해주고 있었다. 이유는 모르겠지만 숨이 무척 빨리 찼다.

「물론이지!」 로리가 선뜻 말했다.

「우리 집에 가면 오늘 밤에 내가 입은 드레스에 대해서 얘기하지 말아 줘. 우리 가족들은 이런 장난을 이해하지 못할 거고, 엄마가 걱정하실 거야.」

로리의 눈이 〈그런데 왜 그랬어?〉라고 너무나 솔직하게 말했기 때문에 메그가 얼른 덧붙였다.

「내가 말할 거야, 전부 다 직접 얘기할게. 내가 얼마나 어리석었는지 엄마한테 고백할 거야. 하지만 내 입으로 직접 말하고 싶어. 그러니까 넌 말하지 마, 알았지?」

「말하지 않겠다고 약속할게. 그런데 물어보면 뭐라고 대답하지?」

「괜찮아 보였다고, 즐겁게 지내고 있더라고만 해.」

「앞부분은 진심으로 말할 수 있지만 뒷부분은 어떨까? 즐겁게 지내는 것처럼 보이지는 않는데. 즐거워?」 로리가 메그를 쳐다보았다. 그 표정을 보자 메그는 솔직하게 속삭이지 않을 수 없었다.

「아니, 지금은 즐겁지 않아. 날 끔찍한 사람이라고 생각하진 말아 줘. 그냥 조금 즐기고 싶었을 뿐인데, 좋을 게 없다는 걸 깨달았어. 이젠 지긋지긋해.」

「네드 모펏이 이쪽으로 오네. 뭘 원하는 거지?」로리가 검은 눈썹을 찌푸리면서, 젊은 집주인이 끼어드는 것이 전혀 반갑지 않다는 듯이 말했다.

「나한테 춤을 세 번 신청해 놨어, 그래서 오나 봐. 으, 지겨워!」메그가 흥미 없다는 듯 말하자, 로리가 무척 즐거워했다.

로리는 식사 시간까지 메그에게 말을 걸지 않았지만, 그녀가 네드와 그의 친구 피셔와 함께 샴페인 마시는 것을 보고 얼른 다가갔다. 두 남자는 로리의 혼잣말에 따르면 〈한 쌍의 바보〉처럼 굴고 있었다. 로리는 마치가의 자매들을 형제처럼 지켜볼 권리가 있다고, 방어할 사람이 필요하면 언제든지 대신해서 싸울 권리가 있다고 생각했다.

「그거 마시면 내일 머리가 쪼개질 것처럼 아플 텐데. 나라면 마시지 않겠어, 메그. 어머니도 좋아하지 않으실 거야, 알잖아.」네드가 메그의 잔을 다시 채우려고 돌아서고, 피셔가 부채를 주워 주려고 몸을 숙인 사이에 로리가 그녀의 의자 위로 몸을 숙여 말했다.

「오늘 밤 난 메그가 아니야. 정신 나간 짓만 하는 〈인형〉이지. 내일은 〈요란한 야단법석〉을 그만두고 다시 착해질 거야.」메그가 약간 취해서 웃으며 대답했다.

「그럼 지금이 내일이면 좋겠네.」로리가 이렇게 중얼거리더니 메그의 변한 모습에 마음이 상해서 가버렸다.

메그는 다른 여자들처럼 춤을 추고 남자들과 어울렸고, 수다를 떨며 깔깔 웃었다. 저녁 식사가 끝나자 메그는 독일 춤을 추면서 비틀거리다가 긴 치마 때문에 파트너를 쓰러뜨릴 뻔했고, 로리가 깜짝 놀랄 만큼 마구 뛰어다녔다. 로리는 메그를 지켜보면서 뭐라고 잔소리를 할지 생각해 놓았다. 그러나 메그는 로리가 작별 인사를 하러 올 때까지 계속 피해 다녔기 때문에 잔소리를 할 기회가 없었다.

「잊지 마!」머리가 깨질 듯한 두통이 이미 시작되었기 때문에 메그가 억지로 미소를 지으며 말했다.

「죽을 때까지 입 다물게.」로리가 과장되게 대답하고 물러갔다.

이 짧은 대화가 애니의 호기심을 자극했다. 그러나 메그는 잡담을 나누기에는 너무 피곤했기 때문에 침실로 돌아갔다. 가장무도회에 다녀왔는데 기대했던 것만큼 즐기지 못한 기분이었다. 메그는 다음 날 종일 아팠고, 토요일이 되자 14일 동안 노느라 녹초가 되어서 집으로 돌아왔다. 호사를 누리는 것도 이 정도면 충분하다는 기분이 들었다.

「계속 예의를 차릴 필요 없이 조용히 지내니까 참 좋은 것 같아. 집은 정말 좋은 곳이야. 호화롭지 않아도 말이야.」일요일 저녁에 메그가 어머니와 조와 함께 앉아서 평온한 표정으로 주변을 둘러보며 말했다.

「그 말을 들으니 기쁘구나. 좋은 곳에 다녀오면 우리 집이 지루하고 형편없어 보일까 봐 걱정했는데.」그날 메그를 보면서 여러 번 초조한 표정을 지었던 어머니가 대답했다. 어머니의 눈은 자식의 얼굴에서 어떤 변화든 금방 알아차리기 때문이었다.

메그는 모험에 대해서 즐겁게 이야기했고, 얼마나 근사한 시간을 보냈는지 모른다고 몇 번이나 말했다. 그러나 무언가가 그녀의 마음을 짓누르는 것 같았다. 어린 동생 둘이 잠자리에 들자, 메그는 생각에 잠겨 난롯불을 바라보며 앉아서 걱정스러운 표정으로 거의 아무 말도 하지 않았다. 시계가 9시를 알리고 조가 이제 그만 자러 가자고 말하자, 메그가 의자에서 벌떡 일어나 베스의 등받이 없는 의자에 앉더니, 어머니의 무릎에 팔꿈치를 괴고 용감하게 말했다.

「엄마, 고백할 게 있어요.」

「그럴 줄 알았다. 무슨 일이니, 메그?」

「자리 비켜 줄까?」조가 조심스럽게 물었다.

「아니, 나가지 마. 난 항상 너한테 무슨 얘기든 했잖아. 어린 동생들 앞에서 말하기는 부끄럽지만, 너한테는 내가 모펏 가에서 했던 끔찍한 행동들을 전부 다 말하고 싶어.」

「우린 준비됐단다.」마치 부인이 미소를 지으면서, 약간 초조한 표정으로 말했다.

「그 집 사람들이 날 꾸며 줬다고 했잖아요. 하지만 파우더를 바르고, 코르셋을 조이고, 머리를 곱슬곱슬하게 만들어서 패션 잡지의 그림처럼 만들었다는 말을 빼먹었어요. 로리는 내가 이상하다고 생각했어요. 그렇게 말하지는 않았지만 난 알아요, 그렇게 생각했어요. 그리고 어떤 남자가 날 보고 〈인형〉이라고 했어요. 바보 같은 짓인 건 알았어요. 하지만 사람들이 치켜세우면서 미녀라는 둥 온갖 말도 안 되는 소리를 해서 그냥 그 사람들의 놀림감이 됐어요.」

「그게 다야?」 조가 말했다. 마치 부인은 고개를 숙인 예쁜 딸의 얼굴을 말없이 바라보고 있으려니, 딸의 사소한 어리석은 행동을 차마 나무랄 수가 없었다.

「아니, 샴페인도 마시고 마구 뛰어다니고 남자들이랑도 어울리려고 했어. 정말 혐오스러웠어.」 메그가 자책하며 말했다.

「그게 전부는 아닐 것 같은데.」 마치 부인이 딸의 부드러운 뺨을 쓰다듬으며 이렇게 말하자, 메그가 갑자기 뺨을 장밋빛으로 물들이며 천천히 대답했다.

「네. 말도 안 되는 헛소리지만 얘기하고 싶어요. 사람들이 우리와 로리에 대해서 그렇게 생각하고 말하는 게 정말 싫으니까요.」

메그가 모펏가에서 들은 온갖 소문들을 이야기하자, 조는 어머니가 메그의 순진한 마음에 그런 생각이 담긴 것이 불쾌하다는 듯 입을 꽉 다무는 것을 알아차렸다.

「음, 그렇게 말도 안 되는 소리는 정말 처음 듣는다.」 조가 분개하여 외쳤다. 「왜 그 자리에 끼어들어서 사실대로 얘기하지 않았어?」

「그럴 수가 없었어, 너무 당황했단 말이야. 처음에는 저절로 들려와서 듣지 않을 수가 없었는데, 그다음에는 너무 화가 나고 창피해서 자리를 피해야 한다는 생각도 못 했어.」

「내가 애니 모펏을 만나기만 해봐. 그런 말도 안 되는 소리는 어떻게 해야 하는지 보여 줄게. 〈계획〉이 있어서, 로리가 부자고 언젠가 우리랑 결혼할지도 몰라서 잘해 주는 거라니! 그 멍청한 사람들이 불쌍한 우리에 대해서 뭐라고 하는지 로리한테 말하면 비명을 지르지 않을까?」조가 다시 생각해 보니 재미있는 농담 같았는지 깔깔 웃었다.

「로리한테 말하지 마. 말하면 절대 용서 안 해! 말하면 안 되죠, 그렇죠, 엄마?」메그가 괴로운 표정으로 말했다.

「그럼. 바보 같은 소문은 절대 입 밖에 내지 말고 최대한 빨리 잊어버리렴.」마치 부인이 진지하게 말했다.「잘 알지도 못하는 사람들한테 널 보내다니, 엄마가 어리석었어. 친절해 보이지만 교양도 없고, 젊은 사람들을 보면 그런 천박한 생각밖에 못 하는 속물들인데 말이야. 이번 방문이 너에게 어떤 해악을 끼쳤을까 생각하니 정말 말로 표현할 수 없을 만큼 미안하구나, 메그.」

「그러지 마세요, 전 그런 걸로 상처받지 않을 거예요. 나쁜 일은 다 잊고 좋았던 것만 기억할 거예요. 진짜 재미있었거든요. 보내 주셔서 감사해요. 저는 감상에 빠지지도, 불만을 갖지도 않을 거예요, 엄마. 제가 어리석은 여자애라는 거 알아요. 제 앞가림을 할 수 있을 때까지 엄마랑 같이 살 거예요. 하지만 칭찬과 찬사를 받는 건 좋았어요. 좋았다고 말할 수밖에 없네요.」메그가 반쯤 부끄러워하며 고백했다.

「그건 아주 자연스럽고 아무런 해도 되지 않아. 좋아하는 걸 넘어서 집착하게 되고, 어리석거나 네 나이에 어울리지 않는 일을 하지 않는 한은 말이야. 메그, 받을 가치 있는 칭찬이 무엇인지 알고 소중하게 여기는 법을 배우렴. 예쁘기만 한 게 아니라 겸손하기까지 해서 훌륭한 사람들의 찬사를 받는 법도 배우고 말이야.」

마거릿은 잠시 생각에 잠겼고, 조는 뒷짐을 지고 서서 흥미로우면서도 약간 당혹스러운 표정을 지었다. 메그가 얼굴을 붉히면서 찬사니 연인이니 그런 이야기를 하는 모습이 새로웠기 때문이다. 조는 14일 동안 언니가 놀랄 만큼 성장해서 자기가 따라갈 수 없는 세계로 멀어지는 것을 느꼈다.

「엄마, 모펏 부인의 말처럼 〈계획〉이 있어요?」 메그가 부끄러운 듯이 물었다.

「그래, 엄마는 계획이 아주 많단다, 엄마라면 누구나 그래. 하지만 내 계획은 모펏 부인의 계획과 좀 다른 것 같구나. 그중에서 몇 가지를 말해 줄게. 아주 중대한 문제에 대해서 한마디의 말로 너희들의 그 낭만적인 머리와 심장을 바로잡을 수 있는 때가 왔으니까 말이야. 넌 아직 어려, 메그. 하지만 엄마를 이해하지 못할 만큼 어리진 않아. 너 같은 아이는 이런 이야기를 엄마의 입을 통해서 듣는 게 가장 좋단다. 조, 아마 언젠가 네 차례도 올 거야. 그러니까 엄마의 〈계획〉을 듣고 마음에 들면 내가 실천하도록 도와주렴.」

조가 안락의자의 한쪽 팔걸이에 앉았다. 이제 곧 아주 엄숙한 행사에 참석한다고 생각하는 듯한 표정이었다. 마치 부인이 두 딸의 손을 하나씩 잡고 생각에 잠겨 두 사람의 얼굴을 바라보면서 특유의 진지하지만 쾌활한 어조로 말했다.

「난 내 딸들이 아름답고 교양 있고 착한 사람이 되길 바란단다. 사람들의 찬사와 사랑과 존경을 받으면 좋겠어. 젊은 시절을 행복하게 누리다가 현명하게 결혼을 해서 유익하고 즐거운 인생을 살면 좋겠어. 슬픔과 걱정은 하느님이 적당하다고 생각하시는 만큼만 겪으면서 말이야. 착한 남자의 사랑과 선택을 받는 것은 여자에게 일어날 수 있는 가장 행복하고 좋은 일이야. 난 내 딸들이 그런 아름다운 경험을 하기를 진심으로 바란단다. 그런 생각을 하는 건 자연스러운 일이야, 메그. 그 순간을 바라면서 기다리는 것은 옳고, 그 순간에 대비하는 건 현명하지. 그러면 그 행복한 순간이 왔을 때 의무를 다할 준비가 되었다고, 네가 그 기쁨을 누릴 가치가 있다고 느낄 수 있을 거야. 사랑하는 딸들아, 난 너희에게 바라는 게 많아. 하지만 세상에 빨리 나가기를 바라지는 않아. 돈이 많다는 이유만으로, 아니면 화려한 집을 가지고 있다는 이유만으로 부자와 결혼하기를 바라지도 않고. 화려한 집도 사랑이 없으면 가정이라고 말할 수 없으니까. 물론 돈은 소중하고 반드시 필요한 거야. 잘 쓰면 고귀한 것도 될 수 있지. 하지만 돈이 가장 중요한 목적이나 유일한 목적이라고 생각하지는 않았으면 좋겠구나. 난 너희가 자존심도 마음의 평화도 없는 왕비가 되는 것보다는 행복하고 사랑받고 만족하는 가난한 남자의 아내가 되는 것을 보고 싶구나.」

「벨 언니가 그러는데, 가난한 여자는 적극적으로 나서지 않으면 아무 기회도 없대요.」메그가 한숨을 쉬었다.

「그럼 노처녀가 되지, 뭐.」조가 씩씩하게 말했다.

「그래, 조. 불행한 아내가 되거나 소녀답지 않게 남편감을 찾아다니는 것보다는 행복한 노처녀가 되는 게 낫단다.」마치 부인이 단호하게 말했다. 「걱정하지 마, 메그. 가난이 진실한 연인을 쫓아내는 경우는 거의 없단다. 내가 아는 훌륭하고 존경받는 여자들 중에는 가난한 소녀였던 사람들도 있지만, 사랑받을 자격이 넘쳤기 때문에 주변에서 노처녀가 되도록 가만히 놔두질 않았지. 그런 문제는 시간에 맡기고 우리는 이 집을 행복한 곳으로 만들자꾸나. 결혼을 하면 각자의 가정을 잘 꾸리고, 결혼을 하지 않으면 이 집에서 만족할수 있도록 말이야. 애들아, 하나만 기억하렴. 엄마는 항상 너희들의 고민을 들어 줄 준비가 되어 있고, 아빠도 언제나 너희들의 친구가 되어 주실 거야. 우리는 너희가 결혼을 하든 하지 않든 우리 인생의 자부심이자 위안이 되기를 바라고, 그렇게 되리라고 믿는단다.」

「그럴게요, 엄마. 꼭 그렇게 할게요!」어머니가 잘 자라는 인사를 건네자 메그와 조가 진심을 다해 외쳤다.

10장
픽윅 클럽과 우체국

봄이 오자 새로운 놀이가 유행했고, 낮이 길어지자 온갖 놀이와 일을 할 수 있을 만큼 오후도 길어졌다. 정원을 정리해야 했기 때문에 네 자매는 작은 땅을 넷으로 나눠 각자 좋아하는 것을 심기로 했다. 해나는 〈난 아무리 멀리서 봐도 어디가 누구 땅인지 바로 알아차릴 수 있지〉라고 말했는데, 자매들은 성격만큼이나 취향이 달랐기 때문에 정말 그랬을 것이다. 메그는 장미와 헬리오트로프, 도금양, 그리고 작은 오렌지 나무를 심었다. 조는 항상 실험을 했기 때문에 매년 달랐는데, 올해에는 해바라기 농원이 될 예정이었다. 언제나 일편단심인 그 명랑한 꽃의 씨앗을 암탉인 〈코클톱 아주머니〉와 병아리들에게 먹이기 위해서였다. 베스는 향기가 좋은 고전적인 꽃들을 심었다. 스위트피, 목서초(木犀草), 미나리아재비, 패랭이꽃, 팬지, 개사철쑥뿐만 아니라 새들에게 줄 별꽃과 고양이들에게 줄 개박하까지 있었다. 에이미는 자기 땅에 정자를 만들어서 ─ 약간 작고 벌레가 많지만 보기 좋았다 ─ 인동덩굴과 나팔꽃이 타고 올라가 우아한 화관처럼 색색의 꽃을 피웠다. 키가 큰 흰색 백합과 섬세한 양치식물, 그곳에서 꽃을 피워 주는 화려하고 그림 같은 꽃들도 있었다.

날씨가 좋으면 정원을 가꾸거나 산책을 하거나 강에서 보트를 타거나 꽃을 꺾으러 다녔고, 비가 오면 집에서 각종 놀이를 했다. 오래된 놀이도 있고 새로 만든 놀이도 있었지만, 전부 창의적이었다. 그런 놀이들 중 하나가 바로 〈P. C.〉였다. 비밀 클럽이 유행이라서 하나 만들자고 생각했고, 네 자매 모두 디킨스를 좋아했기 때문에 픽윅 클럽Pickwick Club이라고 이름을 붙였다. 몇 번 중단되긴 했지만 네 자매는 1년 동안 모임을 이어 갔고, 토요일마다 큰 다락방에서 만나 다음과 같은 의식을 진행했다. 탁자 앞에 의자 세 개를 한 줄로 늘어놓고 탁자에는 램프 하나, 각각 다른 색으로 〈P. C.〉라고 크게 쓴 하얀 배지 네 개, 각자 원하는 글을 실은 〈픽윅 포트폴리오〉라는 주간지를 놓았다. 펜과 잉크를 무척 좋아하는 조가 편집장이었다. 7시가 되면 네 명의 회원이 클럽 룸으로 올라와서 머리에 배지를 달고 아주 엄숙하게 자리에 앉았다. 장녀 메그가 모임의 수장인 새뮤얼 픽윅이었고, 문학에 소질이 있는 조는 오거스터스 스노드그래스, 둥글둥글하고 장밋빛인 베스는 트레이시 터프먼, 항상 못 하는 걸 하려고 애쓰는 에이미는 너새니얼 윙클이었다. 픽윅이 창작 이야기, 시, 지역 소식, 웃긴 광고, 서로의 잘못과 단점을 부드럽게 상기시켜 주는 한마디를 읽었다. 한 번은 픽윅 씨가 알 없는 안경을 쓰고 탁자를 두드리며 헛기침을 하고 의자를 뒤로 기울여 앉아 있던 스노드그래스 씨가 똑바로 앉을 때까지 빤히 본 다음, 신문을 읽기 시작했다.

픽윅 포트폴리오

18××년 5월 20일

시인 코너

기념일을 축하하며

배지를 달고 엄숙한 의식으로
우리의 52회를 기념하기 위하여
오늘 밤 픽윅 홀에서
우리 다시 만났네.

우리 작은 모임에 빠진 이 하나 없이
모두 건강한 모습으로 여기 모여
서로의 익숙한 얼굴을 다시 보고
서로의 다정한 손을 잡네.

항상 자기 자리를 지키는 픽윅 씨를
마음 깊이 존경하며 맞이하네,
그는 코에 안경을 얹고서

우리의 빽빽한 주간지를 읽네.

그는 감기를 앓고 있지만
우리는 그의 목소리를 듣고 환호하네,
목소리는 쉬어서 갈라졌으나
입에서는 지혜의 말들이 쏟아지므로.

멀대처럼 큰 스노드그래스가
코끼리처럼 우아하게 등장하네,
가무잡잡하고 유쾌한 얼굴로
동료들을 보며 얼굴을 빛내네.

그의 눈에서 시의 불꽃이 튀고
그는 자기 운명에 맞서 싸우네,
보라, 그의 눈썹에 깃든 야망과
그의 코에 묻은 잉크 자국을.

다음으로 조용한 터프먼이 들어오네,
장밋빛 뺨에 통통하고 귀여운 그는
말장난에 숨넘어갈 듯 웃다가
자리에서 굴러떨어지고 마네.

깔끔한 윙클도 여기 있네,
머리를 단정히 빗고서

모범적인 예의를 갖추었지만
세수하는 것만은 싫어한다네.

해가 바뀌어도 우리는 하나 되어
농담하고 웃고 글을 읽으며
영광의 땅으로 이어지는
문학의 길을 걸어가네.

우리의 회지가 오래 번영하고
우리의 클럽이 깨지지 않기를,
앞으로도 계속 그들의 축복이
유익하고 즐거운 〈P. C.〉에 쏟아지기를.

A. 스노드그래스

가면 결혼식
베네치아 이야기

곤돌라가 차례차례 대리석 계단으로 밀려들어 사랑스
러운 손님들을 내려놓자, 아델론 백작의 당당하고 웅장한
홀을 가득 채운 화려한 군중이 점점 불어났다. 기사와 귀
부인, 엘프와 시동, 수도사와 꽃을 든 소녀, 모두가 즐겁게

섞여 춤을 추었다. 달콤한 목소리와 풍성한 멜로디가 공기를 채우고, 가장무도회는 환희와 음악 소리와 함께 이어졌다.

「폐하, 오늘 밤 레이디 비올라를 보셨습니까?」용맹한 음유 시인이 그의 팔에 손을 얹고 홀을 사뿐사뿐 걸어가는 요정 여왕에게 물었다.

「네, 레이디 비올라는 슬퍼 보이지만 너무 아름답더군요! 드레스도 잘 골랐고요. 일주일 뒤에 그녀가 그토록 증오하는 안토니오 백작과 결혼식을 올리잖아요.」

「백작이 정말 부럽습니다. 저기 그가 옵니다. 검은 가면만 빼면 신랑처럼 차려입었군요. 저 가면을 벗기면 완고한 아버지의 허락은 받았지만 본인의 마음은 쟁취하지 못한 그 예쁜 아가씨를 어떻게 생각하는지 보이겠지요.」음유 시인이 대답했다.

「레이디 비올라는 한시도 떨어지지 않고 붙어 다니는 젊은 영국 화가를 사랑한다는 소문이 있어요. 하지만 아버지가 퇴짜를 놓았다더군요.」춤추는 사람들과 합류하며 귀부인이 이렇게 말했다.

파티가 절정에 이르자 사제가 모습을 드러내더니 자줏빛 벨벳이 늘어진 벽감으로 젊은 남녀를 불러서 무릎을 꿇으라고 손짓했다. 흥겹게 즐기던 손님들은 즉시 조용해졌고, 정적을 깨뜨리는 것은 분수의 물이 떨어지는 소리와 오렌지 산울타리가 부스럭거리는 소리밖에 없었다. 아델론 백작이 말했다.

「신사 숙녀 여러분, 오늘 여러분을 이곳으로 초대한 것은 제 딸의 결혼식의 증인으로 모시기 위해서였습니다. 저의 책략을 용서하십시오. 신부님, 시작하시죠.」

모든 시선이 사제와 젊은 남녀를 향했다. 신랑도 신부도 가면을 벗지 않았기 때문에 사람들이 깜짝 놀라 수군거렸다. 모두의 마음에 호기심과 의아함이 깃들었지만, 신성한 의식이 끝날 때까지 경의를 표하기 위해 아무도 입을 열지 않았다. 예식이 끝나자 구경꾼들이 백작 주변으로 모여들어 설명을 요구했다.

「할 수만 있다면 설명해 드리고 싶지만 저도 아는 바가 없습니다. 소심한 비올라의 변덕에 제가 굴복했을 뿐. 자, 내 자녀들아, 연극을 그만 끝내자. 가면을 벗고 나의 축복을 받아 다오.」

그러나 두 사람 다 무릎을 꿇지 않았고, 젊은 신랑이 가면을 벗으며 대답하자 그 말투에 모두가 깜짝 놀랐다. 가면 밑에서 드러난 것은 화가이자 비올라의 연인인 퍼디낸드 드베로의 고귀한 얼굴이었다. 그의 가슴에서 영국 백작임을 알리는 별이 반짝였고, 기쁨으로 얼굴을 빛내는 아름답고 사랑스러운 비올라가 그의 품에 안겨 있었다.

「백작님, 따님에게 청혼을 하려거든 안토니오 백작만큼 드높은 이름과 막대한 재산을 뽐낼 수 있을 때 하라고 나무라셨지요. 사실 저는 그보다 더한 것도 할 수 있습니다. 야망이 넘치는 백작님도 드베로 드 베르 백작을 거절하지는 못하실 겁니다. 이제 제 아내가 된 이 아름다운 여인의 사랑스러운 손을 잡는 대가로 유서 깊은 저의 이름과 끝없는 부를 드리겠습니다.」

백작은 돌처럼 굳었고, 퍼디낸드는 당황한 사람들을 향해 돌아서서 승리의 미소를 지으며 덧붙였다. 「용맹한 친구들이여, 여러분의 사랑도 제 사랑처럼 성공하기를 바랍니다. 오늘 저와 결혼식을 올린 새 신부처럼 아름다운 아내를 맞이하시기를 빌겠습니다.」

S. 픽윅

———

픽윅 클럽과 바벨탑의 비슷한 점은?
제멋대로인 사람들로 가득하다.

———

호박의 이력

옛날 옛적에 농부가 텃밭에 작은 씨앗을 심었다. 얼마 후 싹이 나고 덩굴이 늘어져 호박이 주렁주렁 열렸다. 10월의 어느 날, 호박이 익자 농부는 호박을 하나 따서 시장으로 가져갔다. 어느 식료품점 주인이 그 호박을 사서 가게에 진열했다. 바로 그날 오전에 갈색 모자를 쓰고 파란 원피스 차림에 동그란 얼굴과 들창코를 가진 소녀가 와서 어머니를 위해 그 호박을 샀다. 소녀는 호박을 집으로 가지고 가서 자른 후 커다란 솥에 넣어 끓였고, 그중 일부에 소금과 버터를 넣고 으깨서 점심 식사로 내놓았다. 나머지 호박에는 우유 1파인트, 달걀 두 개, 설탕 네 숟가락, 너트메그, 크래커를 넣은 다음, 깊은 접시에 부어 멋진 갈색이 될 때까지 구웠다. 다음 날 마치 가족이 그것을 먹었다.

T. 터프먼

———

픽윅 씨

저는 픽윅 씨에게 죄에 대해서 말씀드리려고 합니다 제가 말하는 죄인은 윙클이라는 자로 그는 클럽에서 웃음을 터뜨리고 말썽을 피우며 가끔 이 멋진 회지에 실을 글을 쓰지 않습니다 그의 잘못을 용서해 주시고 그가 프랑스 우화를 보내도록 허락해 주시기를 바랍니다 그는 해야 할 공부가 너무 많고 머리가 나빠서 아무것도 생각나지 않아 쓸 수가 없기 때문입니다 다음에는 시간을 잡아 째도록[20] 노력하여 〈코미 라 포〉[21]한 글을 글을 준비하겠습니다 등교 시간이 다 되어 얼른 가보겠습니다.

20 원래 〈빠르고 단호하게 행동한다〉는 뜻으로 〈시간의 앞머리를 잡아챈다take time by its forelock〉라는 표현을 쓰지만, 에이미가 〈앞머리forelock〉의 철자를 잘못 썼다.

21 〈격식을 갖춘comme il faut〉이라는 프랑스어로 써야 하는데 〈commy la fo〉라고 잘못 썼다.

당신의 충실한

N. 윙클

[위의 글은 과거의 잘못을 남자답게 인정하고 있으므로 훌륭하다. 우리의 젊은 친구가 구두법을 공부한다면 더욱 좋을 것이다.]

———

슬픈 사고

지난 금요일, 지하실에서 무언가 세게 부딪치는 소리와 뒤따라 들려오는 고통에 찬 비명 소리에 우리는 깜짝 놀랐다. 우리가 한 덩어리가 되어 서둘러 내려가 보니 사랑하는 의장님께서 집안일에 쓸 나무를 구하다가 걸려 넘어져 바닥에 엎어져 있었다. 우리의 눈에 들어온 광경은 그야말로 완벽한 난장판이었다. 픽윅 씨가 넘어지면서 물통에 머리와 어깨를 처박고 남자다운 몸으로 물비누통을 뒤엎은 데다가 옷이 심하게 찢어졌으니 말이다. 위험한 상황에서 벗어난 다음 잘 살펴보니 몇 군데 멍이 든 것 외에는 아무 부상도 입지 않았고, 지금은 잘 지내고 있음을 덧붙이게 되어 매우 기쁜 바이다.

편집장

실종 보고

우리의 소중한 친구 스노볼 팻 포 부인이 수수께끼처럼 갑작스럽게 사라졌음을 고통스러운 마음으로 기록하는 바이다. 이 사랑스러운 고양이는 많은 친구들의 애완동물로서 따뜻한 사랑을 받았다. 그녀의 아름다움은 모두의 시선을 끌었고, 우아함과 미덕은 모두의 사랑을 받았으며, 그녀를 잃고 온 동네가 깊은 슬픔에 빠져 있다.

스노볼 팻 포 부인은 마지막으로 목격 당시 대문에 앉아서 정육점 수레를 보고 있었는데, 어느 악당이 그녀의 매력에 빠져 야비하게 훔쳐 간 것은 아닌지 우려된다. 몇 주가 지났으나 스노볼 부인의 흔적은 발견되지 않았다. 이에 우리는 모든 희망을 버리고 그녀의 바구니에 검은 리본을 묶고, 그녀의 밥그릇을 치우고, 우리의 곁을 영영 떠난 그녀를 위해 흐느껴 울 뿐이다.

한 친구가 우리의 슬픔에 공감하며 다음 작품을 보내왔다.

애가
S. B. 팻 포를 위하여

우리 귀여운 애완동물의 실종을 애도하며
스노볼의 불운한 운명에 한숨짓네,
이제 더 이상 난롯가에 앉지도 못하고
낡은 녹색 대문 옆에서 놀지도 못하리니.

스노볼의 새끼가 잠든 작은 무덤은
저기 저 밤나무 아래에 있지만
우리는 스노볼의 무덤 앞에서 울지 않으리,
그녀의 무덤이 어디인지 알 수 없으니.

텅 빈 침대와 버려진 공은
두 번 다시 스노볼을 보지 못하리.
부드러운 노크 소리도, 사랑스러운 가르랑거림도
더 이상 응접실 문 앞에서 들리지 않으리.
다른 고양이가 스노볼의 쥐를 쫓네,
무서운 얼굴을 가진 고양이가.
그러나 사랑하는 우리의 스노볼과는 다르고,
스노볼처럼 우아하게 놀지도 못하네.

스노볼이 놀던 바로 그 복도를
새로운 고양이가 소리 없이 걷지만
스노볼은 개들을 용맹하게 쫓아냈으나
새로운 고양이는 침만 뱉을 뿐이라네.

새로운 고양이는 쓸모 있고 온순하고 최선을 다하지만
보기에 아름다운 용모는 아니라네,
사랑하는 스노볼, 우리는 그대의 자리를 아직 내줄 수 없고
그대를 숭배하듯 새로운 고양이를 숭배할 수 없다네.

A. S.

광고

다음 주 토요일 저녁 픽윅 홀에서 정기 행사가 끝난 후 학식이 높고 강단 있는 강사 오랜시 블러기지 양이 〈여성과 여성의 지위〉에 대한 유명한 강연을 할 예정이다.

매주 주방에서 개최되는 모임에서 젊은 아가씨들에게 요리하는 방법을 가르쳐 준다. 해나 브라운이 주재하며 누구나 참가할 수 있다.

다음 주 수요일에 쓰레받기 모임이 클럽 하우스 위층에서 퍼레이드를 진행할 예정이다. 모든 회원은 제복을 입고 빗자루를 어깨에 걸치고 9시 정각에 출석하기를 요망한다.

다음 주에 베스 바운서 부인이 새로운 인형 모자 컬렉션

을 선보일 예정이다. 파리 최신 유행 제품이 도착했으니 각자 주문하기 바란다.

몇 주 내에 반빌 극장에서 새로운 연극이 상연될 예정이다. 그동안 미국에서 상연된 모든 작품을 능가할 걸작이다. 이 오싹한 드라마의 제목은 「그리스 노예, 또는 복수자 콘스탄틴」이다!!!

한마디

S. P.는 손을 씻을 때 비누를 그렇게 많이 쓰지 않으면 아침 식사에 항상 늦지 않을 것이다. A. S.는 길거리에서 휘파람을 불지 말아 달라는 요청이 들어왔다. T. T.는 부디 에이미의 냅킨을 잊지 말기 바란다. N. W.는 치마 주름이 아홉 개가 아니라고 애태워서는 안 된다.

주간 보고

메그 — 좋음
조 — 나쁨
베스 — 매우 좋음
에이미 — 중간

의장이 회지(나는 이 회지가 아주 오래전 실제 자매들이 쓴 실제 회지임을 독자들에게 알리는 바이다)를 다 읽자 한 차례 박수가 쏟아졌다. 그런 다음 스노드그래스 씨가 일어나서 제안했다.

　「의장님, 신사 여러분.」 그가 의회 의원 같은 태도와 말투로 말을 시작했다. 「저는 새로운 회원의 가입 승낙을 제안하고 싶습니다. 그는 이러한 영예를 받을 자격이 충분하며, 이 영예에 깊이 감사할 것입니다. 우리 클럽의 정신과 회지의 문학적 가치에도 크나큰 보탬이 되고, 한없이 즐겁고 멋질 겁니다. 저는 시어도어 로런스를 P. C.의 명예 회원으로 추천하는 바입니다. 가입시켜 주자, 응?」

　조의 말투가 갑작스럽게 바뀌어서 자매들이 깔깔 웃었다. 그러나 다들 약간 걱정스러워 보였고, 스노드그래스가 자리에 앉을 때 아무도 말을 하지 않았다.

　「표결에 붙이겠습니다.」 의장이 말했다. 「이 제안에 동의하는 회원은 부디 〈찬성〉이라고 말씀해 주시기 바랍니다.」

　스노드그래스가 큰 소리로 대답한 다음 베스의 소심한 대답이 뒤따르자 다들 크게 놀랐다.

　「동의하지 않는 사람은 〈반대〉라고 말씀해 주십시오.」

　메그와 에이미는 반대였다. 윙클 씨가 무척 우아하게 일어나서 말했다. 「우리는 남자가 들어오는 것을 바라지 않습니다. 남자애들은 농담이나 하고 시끄럽게 뛰어다녀요. 우리는 여성 클럽이고, 우리끼리의 고상한 모임이 되기를 바랍니다.」

　「우리 회지를 읽고 비웃으면서 나중에 놀릴까 봐 걱정됩니다.」픽윅 씨가 의심스러울 때 늘 그러듯이 이마에 내려온 고수머리를 잡아당기며 말했다.

스노드그래스가 자리에서 일어나 무척 진지하게 말했다. 「의장님! 제가 신사로서 약속드리겠습니다. 로리는 절대 그런 짓을 하지 않을 겁니다. 로리는 글쓰기를 좋아하니까 우리의 글에 새로운 어조를 더해 줄 거고, 지나치게 감상적으로 빠지지 않게 도와줄 것입니다. 모르시겠습니까? 우리가 로리에게 해줄 것은 별로 없고, 로리가 우리에게 해주는 것은 많습니다. 그러므로 우리가 할 수 있는 최소한은 그에게 이 자리를 제안하고 그가 온다면 환영하는 것입니다.」

이렇게 그동안 받았던 호의를 능숙하게 암시하자, 터프먼이 굳게 결심한 표정으로 일어섰다.

「네. 두려워도 그렇게 해야 합니다. 저는 로리 오빠가 와도 된다고, 그의 할아버지도 원한다면 와도 된다고 말하고 싶습니다.」

베스의 이 기운찬 말에 클럽 전체가 깜짝 놀랐고, 조는 자리에서 일어나 양손을 흔들며 찬성했다. 「그럼, 다시 투표합시다. 상대가 우리의 로리라는 걸 모두 잊지 마시고, 〈찬성!〉이라고 외쳐요.」스노드그래스가 흥분하여 소리쳤다.

「찬성! 찬성! 찬성!」세 사람이 동시에 대답했다.

「좋아! 이런! 윙클 씨가 과연 윙클 씨답게 말한 것처럼 〈시간을 잡아 채는〉 것이 가장 좋은 법이니, 얼른 신입 회원을 소개하겠습니다.」조가 옷장 문을 열자 넝마 자루에 앉아서 웃음을 참으며 새빨개진 얼굴을 빛내는 로리가 모습을 드러냈고, 나머지 회원들은 아연실색했다.

「악당! 배신자! 조, 어떻게 이럴 수가 있어?」세 자매가 외쳤다. 스노드그래스는 친구를 당당하게 끌고 나오더니, 얼른 의자와 배지를 수여하여 가입 절차를 끝냈다.

「너희 둘은 진짜 뻔뻔하구나.」픽윅 씨가 이렇게 말하며 얼굴을 잔뜩 찌푸리려 했지만 상냥한 미소만 떠올랐다. 그러나 신입 회원은 당황하지 않고 자리에서 일어나 의장에게 감사의 인사를 한 다음 무척 붙임성 있게 말했다. 「의장님, 숙녀 여러분 — 아, 실례했습니다, 신사 여러분 — 저를 클럽의 미천한 하인 샘 웰러[22]로 불러 주십시오.」

「좋아, 좋아!」조가 기대고 있던 낡은 워밍팬[23] 손잡이로 쿵쿵 치면서 외쳤다.

로리가 손을 흔들며 말을 이었다. 「저를 멋진 말로 소개해 준 나의 충실한 친구이자 고귀한 후원자는 오늘 밤 이 비겁한 책략에 아무런 책임이 없습니다. 계획을 세운 사람은 바로 저이고, 그녀는 계속 귀찮게 조르는 저에게 굴복했을 뿐입니다.」

「왜 그래, 전부 뒤집어쓰지 마. 벽장에 들어가라고 한 건 나잖아.」이 장난을 무척 즐기고 있던 스노드그래스가 끼어들었다.

「그녀의 말은 신경 쓰지 마십시오. 그 일을 저지른 놈은 바

22 찰스 디킨스의『픽윅 클럽 여행기』에서 샘 웰러는 새뮤얼 픽윅의 하인이다.

23 잠자리를 따뜻하게 데울 때 쓰던 도구. 긴 손잡이가 달린 팬에 숯을 넣고 뚜껑을 덮어서 침대에 미리 넣어 두었다.

로 접니다.」 신입 회원이 샘 웰러답게 픽윅 씨를 보고 고개를 끄덕이며 말했다. 「하지만 저의 명예를 걸고 약속드립니다. 저는 두 번 다시 이런 행동을 하지 않을 것이며, 지금부터 이 불멸의 클럽에 저를 바치겠습니다.」

「옳소! 옳소!」 조가 워밍팬 뚜껑을 심벌즈처럼 부딪치면서 외쳤다.

「계속해요, 계속해!」 윙클과 터프먼이 이렇게 말하자 의장이 유순하게 고개를 숙였다.

「제가 하고 싶은 말은 이겁니다. 제게 베풀어 주신 영광에 대한 자그마한 감사의 표시로, 그리고 이웃 국가 간의 우호를 증진시키기 위한 수단으로, 정원 아래쪽 구석 덤불에 우체국을 만들었습니다. 이 멋지고 넉넉한 건물의 문에는 자물쇠가 달려 있으며, 우편물을 위한 — 그리고 이런 말씀을 드려도 된다면, 물론 여성을 위해서도[24] — 모든 편의가 갖춰져 있습니다. 낡은 새집에 불과하지만 제가 문을 막고 지붕이 열리게 고쳤기 때문에 여러 가지 물건을 넣어 우리의 귀중한 시간을 절약할 수 있습니다. 그곳을 통해 편지와 원고, 책, 꾸러미를 전달할 수 있고, 각 나라마다 열쇠를 하나씩 가지고 있으므로 몹시 편할 것이라 생각됩니다. 여기 클럽 열쇠를 드립니다. 베풀어 주신 호의에 감사드리며, 이만 자리에 앉겠습니다.」

웰러 씨가 탁자에 작은 열쇠를 두고 물러나자 크나큰 갈채

24 〈우편물mail〉이 〈남성male〉과 발음이 같은 점을 이용해 말장난을 하고 있다.

가 터져 나왔고, 워밍팬이 미친 듯이 흔들리며 덜그럭거렸다. 시간이 조금 지난 후에야 질서를 되찾을 수 있었다. 긴 토론이 이어졌고, 모두 최선을 다했기 때문에 놀라운 결과가 나왔다. 유난히 활기찼던 이번 모임은 신입 회원을 환영하는 날카로운 만세 삼창과 함께 늦게야 끝났다.

샘 웰러의 가입 승낙을 후회하는 사람은 아무도 없었다. 그보다 헌신적이고 품행이 올바르며 쾌활한 회원은 그 어떤 클럽에도 없었다. 그는 확실히 클럽 회합에는 〈활기〉를, 회지에는 새로운 〈어조〉를 더해 주었다. 그의 연설은 청중을 몸부림치게 했고, 뛰어난 글은 애국적이거나 고전적이거나 익살스럽거나 극적이었지만, 절대 감상적이지 않았다. 조는 로리의 글이 베이컨이나 밀턴, 셰익스피어의 글만큼 훌륭하다고 생각했고, 자기 글에 좋은 영향을 준다고 여겼다.

우체국(P. O.)은 정말 멋진 기관이었고, 진짜 우체국처럼 괴이한 물건들을 수없이 전달하며 멋지게 활약했다. 비극과 넥타이, 시와 피클, 정원에 심을 씨앗과 긴 편지, 악보와 진저 브레드, 덧신, 초대장, 질책, 강아지까지 오갔다. 노신사도 이 재미있는 제도가 마음에 들었는지 이상한 꾸러미와 수수께끼 같은 메시지, 우스운 전보를 보냈다. 로런스가의 정원사는 해나의 매력에 반해서 조를 통해 진짜 연애편지를 보냈다. 이 사실이 밝혀지자 자매들은 앞으로 이 작은 우체국이 얼마나 많은 연애편지를 받을지 꿈에도 생각하지 못한 채 깔깔 웃었다.

11장

실험

「6월 1일이야! 킹 씨네 가족은 내일 해변으로 떠나고 나는 자유야! 석 달의 휴가라니! 뭘 하면서 즐기지?」 어느 따뜻한 날 집으로 돌아온 메그가 소리쳤다. 조는 유난히 지친 모습으로 소파에 누워 있고, 베스는 조의 더러운 신발을 벗기고 있었으며, 에이미는 모두를 위한 간식으로 레모네이드를 만들었다.

「마치 대고모님은 오늘 떠나셨어. 오, 기뻐하라!」 조가 말했다. 「같이 가자고 하실까 봐 진짜 무서웠어. 가자고 하셨으면 거절하지 못했을 거야. 플럼필드는 교회 묘지만큼이나 신나는 곳이니까 사양하고 싶었지. 허둥지둥 떠나실 채비를 돕는 동안 대고모님이 말을 걸 때마다 덜컥 겁이 났지 뭐야. 빨리 끝내려고 유난히 싹싹하게 말을 잘 들었거든. 그래서 대고모님이 나랑 차마 헤어지지 못하겠다고 생각하실까 봐 걱정이었어. 대고모님이 마차에 타실 때까지 덜덜 떨었지. 마차가 출발할 때 대고모님이 고개를 내밀고 〈조세핀, 너도……〉라고 말을 꺼내시는 바람에 마지막까지 섬뜩했어. 얼른 돌아서서 도망치느라 뒷말은 듣지도 못했지. 말 그대로 쏜살같이 달려서 모퉁이를 돌고 나니까 그제야 마음이 놓이더라.」

「불쌍한 조 언니! 곰한테 쫓기는 표정으로 들어오더라.」 베스가 엄마처럼 자상하게 언니의 발을 꼭 끌어안으며 말했다.

「마치 대고모님은 완전 샘파이어 같아, 그치?」 에이미가 자기가 만든 레모네이드를 까다롭게 맛보며 말했다.

「샘파이어는 바닷가에서 나는 해초고, 뱀파이어라는 뜻이겠지. 뭐, 상관없어. 남의 말을 일일이 지적하기에는 날이 너무 따뜻해.」 조가 중얼거렸다.

「휴가 동안 뭐 할 거야?」 에이미가 얼른 화제를 바꾸며 물었다.

「늦게까지 침대에 누워서 아무것도 안 할 거야.」 메그가 흔들의자에 깊숙이 앉아서 대답했다. 「겨우내 일찍부터 일어나서 종일 다른 사람들을 위해서 일했으니까 이제 실컷 쉬면서 즐길 거야.」

「흠.」 조가 말했다. 「그렇게 위험한 방식은 나랑 맞지 않아. 그동안 책을 잔뜩 모아 놨어. 사과나무의 내 지정석에 앉아 책을 읽으면서 빛나는 시간을 이용해야지. 책을 읽지 않을 때는 로리랑…….」

「〈종다리처럼 장난치면서〉 놀 거라고 말하진 마!」 에이미가 〈샘파이어〉를 지적당한 것에 대한 복수로 이렇게 말했다.

「그렇다면 〈나이팅게일처럼 장난치고 놀 거야〉라고 말할

게. 로리는 노래를 잘하니까 나이팅게일이 더 적당하고 어울리긴 해.」

「베스 언니, 우리도 당분간 공부는 쉬고 언니들처럼 놀자.」에이미가 제안했다.

「음, 엄마가 허락하시면. 새로운 곡도 배우고 싶고, 우리 애들 여름 채비도 해야 하거든. 다들 몸도 좋지 않고 옷도 없어서.」

「그래도 돼요, 엄마?」 메그가 어머니에게 물었다. 마치 부인은 자매들이 〈엄마 자리〉라고 부르는 곳에 앉아서 바느질을 하고 있었다.

「일주일 동안 시험 삼아 해보렴. 아마 토요일 밤쯤 되면 일하지 않고 노는 게 놀지도 못하고 일하는 것만큼이나 안 좋다는 것을 깨닫게 될 거야.」

「아, 절대 아니에요! 정말 재미있을 거예요, 확실해요.」 메그가 자신만만하게 말했다.

「나의 〈친구이자 짝패인 세라 갬프[25]〉의 말을 건배사로 제안합니다. 재미는 영원히, 일은 이제 그만!」 모두 레모네이드를 한 잔씩 받자 조가 잔을 들고 일어나서 이렇게 외쳤다.

자매들은 레모네이드를 기분 좋게 마신 다음, 남은 하루 동안 빈둥거리면서 실험을 시작했다. 다음 날 아침, 메그는 10시까지 모습을 드러내지 않았다. 혼자 먹는 아침은 맛이 없었다. 조가 꽃병을 채우지 않았고, 베스는 먼지를 떨지 않

---

25 찰스 디킨슨의 소설 『마틴 처즐위트의 삶과 모험』의 등장인물로, 술을 무척 좋아하는 간호사이다.

으며, 에이미의 책이 사방에 널려 있었기 때문에 방이 쓸쓸하고 지저분하게 느껴졌다. 평소와 똑같아 보이는 〈엄마 자리〉만 빼면 깔끔하고 유쾌한 곳이 어디에도 없었다. 메그는 엄마 자리에 앉아 〈쉬엄쉬엄 책을 읽으려고〉 했다. 즉 하품을 하면서 월급을 받으면 어떤 예쁜 여름 원피스를 살까 생각했다는 뜻이다. 조는 오전에는 로리와 함께 강에서 놀았고, 오후에는 사과나무에 앉아서 『넓고 넓은 세상』을 읽으며 울었다. 베스는 인형 가족이 살고 있는 커다란 벽장을 정리하려고 전부 다 꺼냈지만 절반도 하기 전에 지쳐 버렸다. 그런 다음 어질러진 방을 그대로 놔둔 채, 설거지를 하지 않아도 되어 다행이라고 생각하며 피아노 연습을 하러 갔다. 에이미는 정자를 꾸미고 제일 좋은 흰색 원피스를 입은 다음 고수머리를 정리한 후, 인동덩굴 밑에 앉아서 그림을 그렸다. 내심 누가 자신을 보고 저 젊은 화가는 누구냐고 물어보면 좋겠다고 생각했지만, 에이미의 작품을 흥미롭게 바라보는 호기심 많은 장님 거미 한 마리 외에는 아무도 지나가지 않았다. 그래서 에이미는 산책을 하러 나갔다가 소나기를 만나는 바람에 물을 뚝뚝 흘리며 집으로 돌아왔다.

차 마시는 시간이 되자 자매들은 각자 어떻게 지냈는지 얘기하면서 유난히 길지만 즐거운 하루였다고 한목소리로 말했다. 오후에 쇼핑을 하러 가서 〈사랑스러운 파란색 모슬린〉천을 사 온 메그는 이미 자른 다음에야 세탁이 힘든 옷감임을 깨달았고, 그래서 기분이 상했다. 조는 배를 타다가 콧잔등에 화상을 입었고, 책을 너무 오래 읽어서 격렬한 두통에 시달렸다. 베스는 엉망진창이 된 옷장과 한꺼번에 서너 곡을 동시에 연습하는 어려움 때문에 침울해졌고, 에이미는 흰 원피스를 버려서 크게 후회했다. 다음 날이 케이티 브라운의 파티인데, 이제 에이미는 플로라 맥플림지처럼 〈입을 옷이 없었〉다. 그러나 전부 사소한 일뿐이었고, 네 자매는 어머니에게 실험이 아주 잘 되어 간다고 딱 잘라 말했다. 어머니는 아무 말 없이 미소만 지었고, 해나의 도움을 받아 네 자매가 소홀히 한 집안일을 챙겼다. 따라서 집은 쾌적하게 유지되었고, 집안도 차질 없이 굴러갔다. 〈쉬면서 즐기기〉만 하는데도 이상하고 불편한 일만 생기다니 정말 놀라웠다. 하루는 점점 더 길어졌고, 날씨는 유난히 변덕스러웠으며, 자매들의 성질도 마찬가지였다. 다들 기분이 오락가락했다. 악마는 게으른 자들에게 실컷 장난을 쳤다. 메그는 호사스러운 여유를 누리면서 바느질감을 꺼냈다가 시간이 남아돌아서 모펏이 입었던 옷처럼 꾸미려다가 싹둑 잘라 내는 바람에 다 망쳐 버렸다. 조는 눈알이 빠질 듯 아플 때까지 책을 읽다가 독서에 질려 버렸고, 가만히 있지 못하고 안달하다가 성격 좋은 로리랑도 말다툼을 했다. 어찌나 기분이 저조했는지, 차라리 마치 대고모를 따라갈 걸 그랬다고 간절히 생각했다. 베스는 비교적 잘 지냈다. 일하지 않고 놀기로 한 것을 계속 깜빡해서 가끔 예전처럼 일을 했기 때문이다. 하지만 베스도 집안 분위기에 영향을 받아서 몇 번인가 평정을 잃었다. 그러다가 불쌍한 조애나를 흔들면서 〈이 괴물아〉라는 말까지 해버렸다. 에이미는 최악이었다. 에이미는 할 줄 아는 게 별로 없었는데, 언니들이 상대를 해주지 않았다. 그러다 보니 교양 있고 뛰어난 것도 큰 짐이라는 것을 곧 깨달았다. 에이미는 인형 놀이도 별로 좋아하지 않고 동화도 유치했지만, 항상 그림만 그릴 수도 없는 노릇이었다. 티파티도 피크닉도 제대로 준비하지 않으면 별 재미가 없었다. 「착한 언니들이 가득한 좋은 집이 있고, 여행을 갈 수 있으면 여름이 즐겁겠지. 하지만 이기적인 언니 세 명이랑 다 큰 남자애 하나랑 집에 있으면 보아즈[26]도 인내심이 바닥나 버릴 거야.」 며칠 사이에 즐거워하다가, 초조해하다가, 권태에 파묻혀 버린 맬러프롭 양[27]이 불평했다.

실험에 질렸음을 아무도 인정하지 않으려 했지만, 금요일 밤이 되자 다들 일주일이 거의 끝나 가서 다행이라고 속으로 인정했다. 유머 감각이 뛰어난 마치 부인은 이번 시련을 적절한 방식으로 끝냄으로써 교훈을 더욱 강조하기로 마음먹었다. 그녀는 해나에게 하루 휴가를 주고 딸들이 놀기만 하는 실험을 온전히 즐기게 했다.

토요일 아침에 네 자매가 일어나 보니 부엌 불은 꺼져 있고, 식당에 아침 식사도 차려져 있지 않으며, 어머니도 보이지 않았다.

「이런! 도대체 무슨 일이지?」 당황한 조가 주변을 둘러보며 외쳤다.

메그가 위층으로 달려 올라갔다가 안심한 표정으로, 하지

---

26 구약 성경 「룻기」에 나오는 룻의 두 번째 남편. 에이미는 인내심 많은 욥과 보아즈를 착각하고 있다.

27 아일랜드 극작가 리처드 셰리던의 희곡 「라이벌」에 나오는 인물로, 단어를 잘못 써서 사람들을 웃긴다.

만 당황하고 약간 부끄러운 듯한 분위기로 돌아왔다.

「아프신 건 아니고 그냥 많이 피곤하시대. 종일 방에서 조용히 지내실 테니까 우리끼리 알아서 하래. 엄마가 저러시니까 정말 이상해, 전혀 엄마 같지 않아. 하지만 엄마에게는 힘든 일주일이었다니까, 우리도 불평하지 말고 알아서 하자.」

「그거야 쉽지. 나한테 좋은 생각이 있어. 뭐든지 하고 싶어 죽을 것 같아. 그러니까, 새로운 놀이 말이야.」 조가 얼른 덧붙였다.

사실 네 자매 모두 할 일이 생겨 크게 안심하면서 의욕적으로 시작했지만, 〈집안일은 장난이 아니야〉라는 해나의 말이 사실임을 곧 깨달았다. 식료품 저장실에 음식이 잔뜩 있었기 때문에 베스와 에이미가 테이블을 차리는 동안 메그와 조는 아침 식사 준비를 했다. 두 사람은 이때만 해도 하인들이 왜 일이 힘들다고 하는지 모르겠다고 말했다.

「엄마한테 좀 가져다드려야겠다. 알아서 할 테니 걱정하지 말라고 하셨지만.」 식사 준비를 주도하던 메그가 찻주전자를 앞에 두고 집안의 여주인이 된 기분으로 말했다.

그래서 누가 먼저라고 할 것도 없이 쟁반을 꺼내서 음식을 차렸고, 요리사들의 안부 인사와 함께 올려 보내졌다. 끓인 차는 무척 썼고, 오믈렛은 겉이 탔으며, 비스킷에는 소다가 드문드문 뭉쳐 있었다. 하지만 마치 부인은 고맙다는 인사와 함께 식사를 받았고, 조가 방에서 나가자 쟁반을 내려다보며 실컷 웃었다.

「불쌍한 것들, 고생 좀 하겠는걸. 하지만 크게 힘들지는 않을 테고 애들한테도 좋을 거야.」마치 부인은 이렇게 말하면서 미리 준비해 둔 먹음직스러운 음식을 꺼냈고, 딸들의 기분이 상하지 않도록 형편없는 아침 식사는 버렸다. 딸들이 고마워할 만한 어머니로서의 작은 속임수였다.

아래층에서는 불평의 말이 쏟아져 나왔고, 우두머리 요리사는 자신의 실패가 너무 분했다.「걱정하지 마, 점심 식사는 내가 다 준비하고 대접할게. 언니는 여주인처럼 손에 물 묻히지 말고 손님이나 맞이하고 명령이나 내려.」메그보다도 요리를 잘 모르는 조가 말했다.

이 고마운 제안을 기꺼이 받아들인 마거릿은 거실로 물러나서 주변을 정리했다. 그녀는 쓰레기를 소파 밑에 처박고, 먼지 떠는 수고를 덜기 위해 블라인드를 닫았다. 조는 자신만만했고, 친구와 화해도 하고 싶었기 때문에 로리를 점심 식사에 초대하는 초대장을 우체국에 넣어 두었다.

「손님을 초대하기 전에 뭐가 있는지 먼저 확인하는 게 좋을 거야.」메그가 조의 우호적이지만 경솔한 행동에 대해서 듣고 이렇게 말했다.

「아, 쇠고기 절임이랑 감자가 잔뜩 있어. 해나의 표현에 따르면〈전채 삼아서〉아스파라거스랑 바닷가재를 낼 생각이야. 양상추가 있으니까 샐러드도 만들어야지. 만드는 법은 모르지만 책이 알려 주겠지. 디저트로는 블랑망제랑 딸기를 낼 거야. 우아한 분위기를 즐기고 싶으면 커피도 내고.」

「너무 많이 하려고 애쓰지 마, 조. 네가 그래도 먹을 만하게 만들 수 있는 건 진저브레드랑 당밀 사탕밖에 없잖아. 난 점심 식사 준비에서 손 뗄 거야. 네 마음대로 초대했으니까 로리는 네가 책임져.」

「언니는 로리나 상대하고 푸딩 만드는 것만 도와줘. 내가 하다가 막히면 충고는 해줄 거지?」마음이 약간 상한 조가 물었다.

「그래, 하지만 빵이랑 사소한 거 몇 개 말고는 잘 몰라. 뭘 주문하려면 엄마 허락부터 받는 게 좋을 거야.」메그가 신중하게 대답했다.

「당연히 그래야지. 나 바보 아니거든?」조는 자신의 능력을 의심받자 발끈 화를 내며 나갔다.

「사고 싶은 거 마음대로 사고 난 방해하지 말아 주렴. 점심 식사를 하러 나가야 해서 집안일은 신경 쓸 수가 없구나.」조가 물어보러 가자 마치 부인이 이렇게 말했다. 「나도 집안일은 별로 좋아하지 않아. 오늘은 하루 쉬면서 읽고, 쓰고, 친구 집에 가서 즐길 거야.」

조는 바쁜 어머니가 오전 시간에 흔들의자에 편안하게 앉아서 책을 읽는 보기 드문 광경을 보니 천재지변이라도 일어난 기분이었다. 일식이나 지진, 화산 폭발보다 더 이상했다.

「전부 엉망이야.」조가 아래층으로 내려가면서 혼잣말을 했다. 「베스가 울고 있잖아? 우리 집안에 뭔가가 잘못되었다는 확실한 신호야. 에이미가 괴롭히고 있으면 혼내 줘야겠어.」

조 역시 엉망진창이 된 기분으로 서둘러 거실로 들어갔다. 베스는 새장 안에 죽어 있는 카나리아 핍을 보며 울고 있었고, 굶어 죽은 핍은 마치 먹이를 달라고 애원하는 것처럼 작은 발톱을 불쌍하게 뻗은 채 누워 있었다.

「내 잘못이야, 깜빡했어. 씨앗도 물도 하나도 없었어. 아, 핍! 아, 핍! 내가 너한테 왜 그렇게 잔인했을까?」베스가 불쌍한 새를 양손으로 잡고 살리려 애쓰며 울었다.

조가 핍의 반쯤 뜬 눈을 들여다보고 작은 심장을 느껴 보더니 고개를 저었다. 이미 뻣뻣하고 차가웠다. 조는 고개를 저으며 관으로 쓸 도미노 상자를 주었다.

「오븐에 넣어 보자. 따뜻하면 살아날지도 몰라.」에이미가 희망을 안고 말했다.

「핍은 굶어 죽은 거야. 죽은 새를 굽기까지 할 수는 없어. 수의를 만들어 입히고 정원에 묻을 거야. 이제 새는 두 번 다시 키우지 않을래. 불쌍한 핍! 나같이 못된 애는 새를 키우면 안 돼.」베스가 새를 양손으로 감싸고 바닥에 앉아서 중얼거렸다.

「오후에 장례식을 치르자. 우리 모두 참석할게. 울지 마, 베스. 정말 안됐지만 이번 주에는 제대로 되는 일이 없나 봐. 핍은 이번 실험의 최대 피해자야. 수의를 만들어서 내가 준 상자에 눕혀 놔. 점심 파티가 끝난 다음에 멋진 장례식을 치르자.」조가 말했다. 너무 많은 일을 혼자 떠맡은 기분이었다.

베스를 위로하는 일은 다른 자매들에게 맡겨 둔 다음, 조는 부엌으로 들어갔다. 어찌나 어지러운지 기운이 꺾였다. 조는 커다란 앞치마를 두르고 일을 시작했다. 설거지할 그릇을 모아 놓고 보니 불이 꺼져 있었다.

「앞날이 아주 장밋빛이네!」 조가 이렇게 중얼거리며 스토브 문을 열고 숯을 힘차게 뒤적거렸다.

불을 다시 피운 조는 물이 끓는 동안 시장에 다녀와야겠다고 생각했다. 걷다 보니 기운이 났고, 물건도 싸게 잘 샀다며 우쭐해진 조는 집을 향해 걸어갔다. 아주 어린 바닷가재와 아주 늙은 아스파라거스, 시큼한 딸기 두 상자를 사가지고 돌아오는 길이었다. 씻어 둔 그릇을 정리하고 나니 점심거리가 도착했고, 스토브는 빨갛게 달아올랐다. 해나가 빵 반죽을 해놓고 갔는데, 메그가 일찌감치 2차 발효를 시키려고 아궁이에 얹어 놓았다가 까맣게 잊고 말았다. 메그가 거실에서 샐리 가드너를 접대하고 있는데, 문이 활짝 열리더니 빨개진 얼굴에 머리가 헝클어지고 밀가루를 뒤집어쓴 무능한 형체가 나타나 날카롭게 말했다.

「있잖아, 팬에서 넘칠 정도면 발효가 다 된 거 아니야?」

샐리는 웃음을 터뜨렸지만, 메그는 고개를 끄덕이며 눈썹을 최대한 치켜올렸다. 그러자 유령 같은 형체가 물러가서 시큼해진 빵 반죽을 지체 없이 오븐에 넣었다. 마치 부인은 어떻게 되어 가고 있는지 슬쩍슬쩍 엿보고 베스를 위로한 다음 외출했다. 베스는 죽은 새를 도미노 상자에 안치해 두고 수의를 만들고 있었다. 회색 보닛이 모퉁이를 돌아 사라지자 네 자매는 이상한 무력감을 느꼈고, 몇 분 뒤 크로커 양이 점심 식사를 하러 왔다며 나타나자 절망에 사로잡혔다. 크로커 양은 얼굴이 노랗고 비쩍 마른 노처녀였다. 코는 뾰족하고 눈에는 호기심이 가득한 그녀는 모든 것을 지켜보았고, 자기가 본 모든 것에 대해 소문을 퍼뜨리고 다녔다. 네 자매는 그녀를 싫어했지만, 나이 많고 가난하고 친구가 별로 없으니 친절하게 대하라고 배웠다. 그래서 메그는 그녀를 맞이하며 안락의자를 내주었고, 크로커 양은 이것저것 물어보면서 뭐든지 흠을 잡고 아는 사람들의 얘기를 늘어놓았다.

그날 오전에 조가 겪은 불안과 경험, 노력은 말로 설명할 수 없다. 조가 내놓은 점심 식사는 그 이후 오랫동안 툭하면 언급되는 농담이 되었다. 조는 더 이상 물어보기가 무서워서 혼자 최선을 다했고, 요리사가 되려면 에너지와 선의 이상의 무언가가 필요하다는 사실을 깨달았다. 아스파라거스를 한 시간 넘게 삶았더니 머리는 떨어져 나가고 줄기는 그 어느 때보다 딱딱해서 울고 싶었고, 빵은 까맣게 탔다. 샐러드드레싱은 너무 어려워서 다른 일을 다 제쳐 두고 매달렸지만, 결국 도저히 내놓을 수 없는 상태가 되었다. 바닷가재는 조에게 진홍빛 미스터리였지만, 아무튼 망치로 내려치고 살을 발라냈다. 하지만 살이 너무 적어서 덤불 같은 양상추에 다 가려지고 말았다. 아스파라거스를 언제까지고 그냥 둘 수 없어서 감자를 서둘러 삶아야 했지만, 결국 끝까지 익지 않았다. 블랑망제는 울퉁불퉁했고, 딸기는 사실 익지도 않은 것을 다 익은 것처럼 꾸며 놓은 것이었다.

〈음, 배고프면 쇠고기랑 버터 바른 빵을 먹으면 되겠지. 오전 내내 한 일이 헛수고가 되어 분하지만 말이야.〉 조는 이렇게 생각하며 평소보다 30분 늦게 벨을 울렸다. 덥고 지쳐서 정신이 혼미한 조는 가만히 서서 고급 요리에 익숙한 로리와

203

오늘 이야기를 널리널리 퍼뜨릴 남 말하기 좋아하는 크로커 양 앞에 내놓을 만찬을 찬찬히 살펴보았다.

불쌍한 조는 사람들이 요리를 하나씩 맛보고 남길 때마다 식탁 밑으로 기어 들어가고 싶었다. 에이미는 깔깔 웃었고, 메그는 심란해 보였으며, 크로커 양은 입을 꽉 다물었고, 로리는 어떻게든 분위기를 살리려고 최선을 다해 웃으며 이야기했다. 조가 유일하게 자신 있는 차례는 과일이었다. 딸기에 설탕을 넉넉하게 뿌렸고 곁들일 크림도 피처 하나 가득 있었다. 조의 뜨거운 뺨이 아주 약간 가라앉았다. 사람들 앞에 예쁜 유리 접시가 놓이고, 크림의 바다 위에 둥둥 뜬 장밋빛 섬을 다들 기분 좋게 바라보자 조는 숨을 크게 들이마셨다. 크로커 양이 제일 먼저 맛을 보고 얼굴을 찌푸리더니 얼른 물을 마셨다. 조는 딸기를 손질했더니 가슴 아플 정도로 줄어들어 버려서 혹시나 부족할까 싶어 디저트를 거절했기 때문에 로리를 흘끔거렸다. 로리는 입을 약간 오므린 채 접시만 뚫어져라 쳐다보았지만 대담하게 먹어 치우는 중이었다. 맛있는 음식을 좋아하는 에이미가 디저트를 크게 한 숟가락 떠서 입에 넣더니, 기침을 하면서 냅킨으로 얼굴을 가리고 황급히 나갔다.

「아, 왜 그래?」 조가 떨면서 외쳤다.

「설탕 대신 소금을 넣었구나. 그리고 크림이 시큼해.」 메그가 안됐다는 듯이 대답했다.

조가 신음을 내뱉고 의자에 털썩 주저앉았다. 부엌 조리대에 있던 두 개의 통 중에서 아무거나 하나를 딸기에 급하게 뿌렸던 것과, 깜빡하고 우유를 냉장고에 넣지 않았던 것이 떠올랐다. 얼굴이 새빨개진 조는 울음을 터뜨리기 일보 직전이었다. 바로 그때 로리와 눈을 마주쳤는데, 그는 애써 참고 있었는데도 재미있다는 표정을 숨기지 못했다. 그러자 조는 이 일이 얼마나 우스운지 깨닫고 눈물이 뺨을 타고 흘러내릴 때까지 웃었다. 다른 사람들도, 자매들이 〈불평쟁이〉[28]라고 부르는 크로커 양까지 다 같이 웃음을 터뜨렸다. 결국 버터 바른 빵과 올리브를 먹으면서 즐거운 점심시간을 보냈다.

「지금 당장은 정신이 없어서 치우지 못하겠어. 다 같이 장례식을 치르면서 정신을 차리자.」 사람들이 식탁에서 일어나자 조가 이렇게 말했다. 크로커 양은 또 다른 친구와의 점심 식사 자리에서 이 새로운 이야기를 해주고 싶어서 못 견디겠다는 듯 서둘러 갈 준비를 했다.

자매들과 로리는 베스를 위해서 진지해졌다. 로리가 덤불의 고사리 아래에 무덤을 파자, 마음씨 착한 주인이 눈물을 뚝뚝 흘리며 작은 핍을 눕히고 이끼로 덮었다. 그런 다음 조가 점심 식사를 준비하면서 애써 쓴 묘비명이 새겨진 돌에 제비꽃과 별꽃으로 엮은 화관을 씌웠다.

6월 7일에 세상을 떠난
핍 마치, 여기 고이 잠들다.
깊은 사랑과 애도를 받았으며

---

28 〈크로커crocker〉와 〈불평쟁이croaker〉는 철자가 다르지만 발음이 같다.

오랫동안 잊히지 않으리.

장례식이 끝나자 베스는 슬픔과 바닷가재로 속이 편치 못해 자기 방으로 쉬러 갔지만, 침대가 엉망이라서 쉴 곳이 없었다. 베개를 두드려서 부풀리고 물건을 정리하다 보니 슬픔이 많이 가라앉았다. 메그와 조는 식탁과 부엌을 치우느라 오후의 절반이 날아가 버렸기 때문에, 너무 피곤해서 저녁 식사는 차와 토스트로 간단히 먹자고 정했다. 로리는 친절하게도 시큼한 크림 때문에 기분이 나빠진 에이미를 마차에 태우고 드라이브를 하러 갔다. 마치 부인이 돌아와 보니 위의 세 딸이 한낮에 열심히 일을 하고 있었다. 그녀는 옷장을 얼핏 보고 실험의 일부가 성공했음을 깨달았다.

세 명의 주부가 휴식을 취할 틈도 없이 손님들이 찾아왔기 때문에 허둥지둥 손님맞이 준비를 했다. 그런 다음에는 차도 준비하고 심부름도 해야 했다. 바느질해야 하는 옷도 한두 벌 있었지만, 그것은 마지막까지 미루었다. 땅거미가 져서 이슬이 맺히고 주변이 고요해지자, 6월의 장미가 아름답게 움트는 포치에 한 사람씩 차례로 모여들었다. 각자 자리에 앉을 때마다 피곤해서인지 괴로워서인지 신음을 하거나 한숨을 쉬었다.

「정말 끔찍한 하루였어!」 보통 제일 먼저 말을 꺼내는 조가 말했다.

「평소보다 짧게 느껴지긴 했지만 너무 불편했어.」 메그가 말했다.

「전혀 우리 집 같지가 않더라.」에이미가 덧붙였다.

「엄마랑 핍이 없으니 우리 집 같을 수가 없지.」베스가 눈물이 그렁그렁한 눈으로 머리 위의 텅 빈 새장을 보면서 한숨을 쉬었다.

「엄마 왔다, 애들아. 베스, 네가 원하면 내일 다른 새를 구해 줄게.」

마치 부인이 이렇게 말하며 다가와서 딸들 사이에 앉았다. 그녀의 휴일도 딸들의 휴일보다 썩 즐겁지 않았던 듯한 표정이었다.

「애들아, 실험에 만족하니? 아니면 일주일 더 할까?」마치 부인이 물었다. 베스가 어머니의 곁에 아늑하게 자리를 잡았고, 나머지 딸들은 태양을 바라보는 꽃처럼 밝은 얼굴로 어머니를 바라보았다.

「안 할래요!」조가 단호하게 외쳤다.

「저도요!」다른 자매들도 똑같이 말했다.

「몇 가지 의무를 다하면서 조금쯤은 다른 사람을 위해서 사는 게 나은 것 같니?」

「빈둥대면서 흥청망청 놀면 보람이 없어요.」조가 고개를 저으며 말했다. 「이제 지겨워요, 당장 무슨 일이든 시작할래요.」

「간단한 요리를 배워야겠구나. 익혀 두면 아주 유용해. 여자라면 없어선 안 될 교양이지.」조가 준비한 점심 식사를 떠올리며 마치 부인이 소리 내어 웃었다. 크로커 양을 만나서 다 듣고 온 참이었다.

「엄마! 우리가 어떻게 하나 보시려고 전부 맡기고 외출하신 거예요?」 종일 의심을 떨치지 못했던 메그가 소리쳤다.

「그래. 각자 자기가 맡은 일을 충실히 해야 편안하게 지낼 수 있다는 걸 가르쳐 주고 싶었어. 해나와 내가 너희 일을 대신 해주는 동안은 너희도 잘 지냈지. 아주 행복하거나 즐겁지는 않았겠지만 말이야. 그래서 작은 교훈 삼아서 모두가 자기만 생각하면 어떻게 되는지 보여 주고 싶었단다. 서로 도우면서 매일 해야 할 일을 하는 게 더 낫지 않니? 그러면 여가 시간도 더 달콤해지잖아. 서로 조금씩 참으면서 우리 집을 모든 가족에게 마음 편하고 즐거운 곳으로 만드는 게 더 좋지 않니?」

「맞아요, 엄마. 맞아요!」 딸들이 소리쳤다.

「그러면 너희들의 작은 짐을 다시 짊어지렴. 가끔은 무겁게 느껴지겠지만 우리에게 도움이 될 거야. 그리고 짐을 지는 법을 배우면 더 가벼워지기도 해. 일은 건강에도 좋고, 너희들이 할 일은 얼마든지 있단다. 일을 하면 권태와 해악을 멀리할 수 있고, 건강과 정신에도 좋아. 그리고 돈이나 유행을 쫓는 것보다 일을 할 때 더 큰 독립심과 자신감이 생긴단다.」

「이제 우리는 꿀벌처럼 열심히 일하면서 즐길 거예요. 지켜봐 주세요.」 조가 말했다. 「난 휴일에 간단한 요리를 배울래요. 다음에 점심 식사를 대접할 때는 꼭 성공할 거예요.」

「나는 엄마 대신 아버지의 셔츠를 만들게요. 바느질을 좋아하진 않지만 할 수는 있고, 꼭 할 거예요. 내 옷을 가지고 법석을 떠는 것보다 그게 나을 것 같아요. 내 옷은 지금도 충분히 예쁘니까요.」 메그가 말했다.

「나는 피아노를 치거나 인형을 돌보는 시간을 줄이고 매일 공부할 거예요. 난 머리가 나쁘니까 놀 게 아니라 공부를 해야 돼요.」 이것은 베스의 결심이었다. 에이미도 언니들의 본보기를 따라 용감하게 선언했다. 「난 단춧구멍 만드는 법을 배우고 단어를 쓸 때 좀 더 주의할 거예요.」

「아주 좋아! 만족스러운 실험이었으니까 다시 반복하지 않아도 되겠다. 하지만 반대로 노예처럼 일만 하는 것도 안 돼. 규칙적으로 시간을 정해서 일도 하고 놀기도 하렴. 그렇게 매일을 즐겁고 유용하게 보내면 돼. 시간을 잘 쓴다는 건 시간의 가치를 알고 있다는 뜻이야. 시간의 가치를 알면 젊은 시절을 즐겁게 보낼 수 있고, 나이가 들어도 후회할 일이 별로 없어. 그렇게 살면 가난한 삶이라도 아름답고 성공적인 인생이 된단다.」

「잊지 않을게요, 엄마!」 네 자매는 그렇게 말했다.

12장

로런스 캠프

베스는 거의 집에만 있어 우체국을 자주 들여다볼 수 있었기 때문에 우체국장을 맡았다. 그녀는 매일 작은 문을 열고 우편물 배달하는 일을 좋아했다. 7월 어느 날, 베스가 양손 가득 우편물을 들고 와서 집 안 곳곳을 돌아다니며 우체부처럼 편지와 소포를 배달해 주었다.

「꽃이 왔어요, 엄마! 로리 오빠는 꽃다발 보내는 걸 잊어버리는 법이 없어요.」베스가 〈엄마 자리〉에 놓인 꽃병에 생생한 꽃을 꽂으며 말했다. 애정 넘치는 소년이 항상 채워 주는 꽃병이었다.

「메그 마치 양, 편지 한 통이랑 장갑 한 짝입니다.」베스가 엄마 근처에 앉아서 소매를 꿰매는 언니에게 물건을 전했다.

「어머, 장갑 두 짝을 다 놓고 왔는데 한 짝밖에 없네.」메그가 회색 면장갑을 보며 말했다. 「정원에 한 짝 떨어뜨린 거 아니야?」

「아니, 확실히 아니야. 우체국에 한 짝밖에 없었어.」

「짝이 맞지 않는 장갑은 싫은데! 괜찮아, 한 짝도 곧 어디서 나오겠지. 편지는 내가 원하던 독일어 노래를 번역한 거네. 브룩 씨가 하셨나 봐, 로리의 글씨체가 아니야.」

마치 부인이 메그를 홀긋 바라보았다. 깅엄 실내복을 입은 메그는 무척 예뻤다. 이마에서 작은 고수머리가 흔들렸고, 깔끔한 흰색 실뭉치가 가득한 작은 작업대에 앉아서 바느질을 하는 모습이 무척 여성스러웠다. 메그는 엄마가 무슨 생각을 하는지 전혀 모른 채 노래를 흥얼거리며 바느질을 했다. 손가락이 바쁘게 움직이는 동안 머리는 벨트에 꽂아 둔 팬지만큼이나 순수하고 생생한 공상을 하느라 바빴다. 그 모습을 보고 마치 부인이 흡족하게 미소를 지었다.

「조 박사님 앞으로 편지 두 통, 책 한 권, 낡고 웃긴 모자가 하나 왔습니다. 모자가 우체통을 전부 차지하다 못해 밖으로 비어져 나와 있었어.」조가 글을 쓰고 있는 서재로 들어간 베스가 웃으며 말했다.

「로리는 진짜 장난꾸러기라니까! 날이 더울 때마다 얼굴이 타서 좀 더 큰 모자가 유행하면 좋겠다고 했거든. 그랬더니 〈유행이 무슨 상관이야? 편안하게 큰 모자를 써!〉라기에 그런 모자가 있으면 쓰겠다고 했더니, 날 시험하려고 이걸 보낸 거야. 재미로 쓰고 다니면서 유행 따윈 신경 쓰지 않는다는 걸 보여 줘야겠어.」조는 챙이 넓고 낡은 모자를 플라톤 흉상에 씌운 다음 편지를 읽기 시작했다.

엄마가 보낸 편지를 읽자 뺨이 화끈거리며 눈물이 차올랐다.

사랑하는 조,

네가 성질을 죽이려고 노력하는 모습이 얼마나 대견한
지 말해 주고 싶어서 짧은 편지를 쓴다. 아마도 너는 너의
시련과 실패, 성공에 대해서 아무 말도 하지 않으면 네가
매일 도움을 청하는 하늘에 계신 친구 외에는 아무도 모른
다고 생각할 거야. 표지가 다 닳은 너의 지침서를 보면 알
수 있단다. 하지만 나도 너의 시련과 실패와 성공을 지켜
보고 있고, 네 결심이 진실하다고 진심으로 믿어. 네가 결
실을 맺기 시작했으니까 말이야. 조, 끈질기고 용감하게
계속 나아가렴. 그리고 널 사랑하는 엄마보다 너를 더욱
잘 이해하는 사람은 없다는 사실을 잊지 말기 바란다.

엄마가

「아, 기분 좋아! 아무리 돈이 많고 아무리 칭찬을 많이 받
아도 이 편지보다 더 좋지는 않을 거야. 아, 엄마. 저는 정말
노력하고 있어요! 지치지 않고 계속 노력할게요. 절 도와줄
엄마가 있으니까요.」

조는 팔을 베고 엎드려서 쓰고 있던 소설을 행복의 눈물로
적셨다. 그동안 착하게 살려고 노력하면서 그 노력을 지켜보
는 사람도, 알아주는 사람도 없다고 생각했던 것이 사실이었
기 때문이다. 지켜보고 있다는 엄마의 편지는 예상치도 못했
던 데다가 가장 소중한 사람의 칭찬이었기 때문에 두 배로
소중하고 두 배로 기운이 났다. 조는 자기 마음속의 아폴리
온을 만나면 싸워 이길 수 있다는 느낌이 그 어느 때보다도

강하게 들었다. 그녀는 엄마의 편지를 불시에 습격당하지 않도록 막아 주고 일깨워 주는 부적 삼아서 원피스 안쪽에 핀으로 고정시켰다. 좋은 소식이든 나쁜 소식이든 상관없다는 생각으로 다음 편지를 읽었다. 로리의 크고 위풍당당한 글씨체였다.

친애하는 조,
어이!
내일 영국 친구들이 놀러 오기로 해서 즐거운 시간을 보내고 싶어. 날씨가 좋으면 롱메도에 텐트를 치고 다 같이 배를 타고 가서 점심을 먹고 크로케 경기를 할 생각이야. 집시처럼 불을 피워서 요리도 하고 재미있게 놀 거야. 다들 좋은 친구들이고 그런 걸 좋아하거든. 브룩 선생님이 같이 가서 우리 남자애들을 맡으실 거고, 케이트 본이 여자애들의 보호자야. 너희 자매들도 와줬으면 좋겠어. 베스도 꼭 데리고 와, 아무도 귀찮게 하지 않을 거야. 먹을 건 걱정하지 마, 내가 음식이랑 전부 준비할 테니까. 그러니까 몸만 오면 돼. 꼭이야!

정신없이 서두르고 있는
로리가

「굉장한데!」 조가 이렇게 외친 다음, 메그에게 달려가 소식을 전했다.

「당연히 가도 되죠, 엄마? 로리한테 큰 도움이 될 거예요.

난 노를 저을 수 있고, 메그 언니는 점심 준비를 도울 수 있고, 애들도 어떤 식으로든 도움이 될 거예요.」

「본 집안 사람들이 나이 많은 상류층은 아니었으면 좋겠다. 그 사람들에 대해서 뭐 아는 거 있니, 조?」메그가 물었다.

「네 명이라는 것밖에 몰라. 케이트는 언니보다 나이가 많고, 쌍둥이인 프레드랑 프랭크는 나랑 비슷하고, 꼬마 여자애 그레이스는 아홉 살인가 열 살이래. 로리가 외국에서 알게 됐는데, 남자애들이 마음에 들었대. 케이트에 대해서 말할 때는 입을 삐죽거리는 걸로 봐서 썩 좋아하지는 않는 것 같아.」

「프랑스제 프린트 천으로 만든 옷이 깨끗해서 다행이다. 이럴 때 딱 어울려!」메그가 만족스럽게 말했다. 「넌 괜찮은 옷 있니, 조?」

「진홍색이랑 회색이 섞인 뱃놀이용 옷이 있어. 난 그거면 충분해. 노도 저어야 하고 여기저기 돌아다녀야 하니까 격식 있는 옷은 생각도 하기 싫어. 너도 갈 거지, 베스?」

「남자애들이 나한테 말 걸지 못하게 해주면 갈게.」

「한 명도 못 걸게 해줄게!」

「난 로리 오빠를 기쁘게 해주고 싶어. 브룩 씨도 아주 친절하니까 무섭지 않고. 하지만 사람들이랑 같이 놀거나 노래하거나 얘기하고 싶지는 않아. 난 귀찮게 굴지 않고 일도 열심히 할 거야. 그리고 조 언니도 날 보살펴 줄 테니까 같이 갈게.」

「착하기도 하지. 수줍음 타는 성격을 극복하려고 열심히 노력하는구나. 난 그래서 베스가 좋아. 결점을 고치려고 애쓰는 게 쉽지 않다는 건 나도 잘 알거든. 그럴 때 응원의 말을 들으면 진짜 도움이 돼. 고마워요, 엄마.」 조가 이렇게 말한 다음 어머니의 홀쭉한 뺨에 감사의 입맞춤을 했다. 마치 부인에게는 젊은 시절의 통통하고 발그레한 뺨을 돌려받는 것보다 더 소중한 선물이었다.

「난 초콜릿 볼 한 상자랑 따라 그리고 싶었던 그림을 받았어.」 에이미가 자기 우편물을 보여 주며 말했다.

「나는 로런스 할아버지의 편지를 받았는데, 오늘 저녁에 램프를 켜기 전에 와서 피아노를 쳐달라고 하시네. 가야겠다.」 베스가 덧붙였다. 베스와 노신사의 우정은 점점 더 깊어지고 있었다.

「자, 이제 빨리 가서 오늘 할 일을 두 배씩 해놓자. 그래야 내일 홀가분한 마음으로 놀지.」 조가 펜을 놓고 빗자루를 들 준비를 하며 말했다.

다음 날 이른 아침, 멋진 날씨를 약속하려고 자매들의 방을 들여다본 태양은 우스꽝스러운 장면을 목격했다. 네 자매는 어제 잠자리에 들기 전에 각자의 생각에 따라 휴일을 준비했는데, 그 방식이 제각각이었다. 메그는 이마에 작은 컬용 종이를 한 줄 더 말아 놓았고, 조는 햇볕에 탄 얼굴에 콜드크림을 잔뜩 바르고 잤다. 베스는 하루 동안 떨어져 지내야 하는 보상으로 조애나를 데리고 잤다. 그중에서도 제일 우스꽝스러운 것은 에이미였는데, 보기 싫은 코를 높이려고 집게로 집어 놓았다. 화판에 종이를 고정시킬 때 쓰는 집게였기 때문에, 이러한 목적에 적당하고 효과적이라고 할 수 있었다. 이 우스운 광경이 재미있었는지 태양이 환하게 빛나자 조가 잠에서 깼고, 에이미가 달고 있는 장신구를 보더니 깔깔 웃으며 자매들을 깨웠다.

햇빛과 웃음은 즐거운 모임을 알리는 좋은 징조였고, 곧 양쪽 집 모두 활기차고 분주해졌다. 제일 먼저 준비를 끝낸 베스가 옆집을 지켜보면서 무슨 일이 일어나고 있는지 일일이 보고했다. 창가에서 자꾸 날아드는 소식에 자매들은 더욱 활기차게 몸단장을 했다.

「어떤 남자가 텐트를 들고 가고 있어! 바커 부인이 커다란 바구니에 점심을 준비하는 게 보여! 로런스 할아버지가 하늘이랑 풍향기를 올려다보고 계셔. 같이 가시면 좋겠다. 로리 오빠는 선원처럼 차려입었어, 멋있다! 아, 세상에! 사람들이 가득 탄 마차가 왔어. 키 큰 숙녀, 작은 여자애, 끔찍한 남자애 두 명. 한 명은 불쌍하게도 다리를 절고 있어. 목발을 짚었네. 로리 오빠한테 그런 말은 듣지 못했는데. 서둘러, 다들! 늦겠어. 어, 네드 모펏도 왔네. 진짜야. 메그 언니, 봐봐! 전에 우리가 쇼핑하러 갔을 때 언니한테 허리 숙여 인사했던 그 남자 아니야?」

「맞아. 네드가 왜 왔지, 이상하네. 산에 간 줄 알았는데. 샐리도 왔어. 때마침 돌아왔네, 잘됐다. 나 괜찮아, 조?」 메그가 허둥대며 외쳤다.

「아주 멋져. 드레스는 조금 더 위로 하고 모자를 똑바로 쓰는 게 좋겠어. 그렇게 살짝 기울이면 분위기가 있긴 한데, 바람이 불자마자 날아갈 거야. 자, 됐다!」

「아, 조. 설마 그 끔찍한 모자를 쓰고 가려는 건 아니지? 너무 이상해! 남자처럼 하고 가면 안 되잖아.」메그가 타일렀지만, 조는 로리가 장난으로 보낸 챙 넓은 구식 밀짚모자를 빨간 리본으로 고정시켰다.

「쓸 거야. 멋지고 그늘도 많이 지는 데다 가볍고 크잖아. 재미있을 거야. 난 편하기만 하면 돼, 남자 같아도 상관없어.」조가 이렇게 말한 다음 당당하게 걸어갔고, 나머지 자매들도 그 뒤를 따랐다. 제일 좋은 여름옷을 차려입고 말쑥한 모자챙 밑에서 행복한 얼굴을 빛내는 눈부신 자매들이었다.

로리가 달려와서 맞이하더니 아주 정중한 태도로 친구들에게 소개했다. 잔디밭이 응접실로 변하더니, 몇 분 동안 활기찬 장면이 연출되었다. 메그는 케이트 양이 스무 살인데도 간소한 옷차림이라서 다행이라고 생각했고, 미국 여자들도 좀 따라 하면 좋겠다고 생각했다. 게다가 네드 씨가 메그를 보려고 일부러 왔다고 하자 무척 우쭐해졌다. 조는 로리가 케이트에 대해서 말할 때 〈입을 삐죽거리는〉 이유를 깨달았다. 자유롭고 편안한 분위기의 다른 여자애들과 달리 케이트 양은 〈물러서요, 다가오지 마세요〉라는 분위기를 풍겼다. 베스는 새로운 남자아이들을 관찰한 다음 다리를 저는 아이는 〈끔찍〉하지 않고 조용하고 허약하다고, 그러므로 친절하게 대해 주어야겠다고 마음먹었다. 에이미는 그레이스가 예의 바르고 명랑한 아이라고 생각했고, 두 사람은 잠시 서로 멍하니 바라보다가 갑자기 아주 친한 친구가 되었다.

일행은 텐트와 점심, 크로케 장비를 먼저 보낸 다음, 바로 출발해서 보트 두 척을 동시에 띄웠다. 로런스 씨가 강가에서 모자를 흔들었다. 한 척은 로리와 조가 노를 젓고, 다른 한 척은 브룩 씨와 네드가 노를 저었다. 쌍둥이 중에서 소란스러운 쪽인 프레드 본은 혼자 1인용 배를 타고서 누가 건드린 수생 곤충처럼 미친 듯이 노를 저어 다른 사람들이 탄 배 두 척을 모두 뒤집으려고 애를 썼다. 조의 우스꽝스러운 모자는 여러 가지로 쓸모가 많았기 때문에 감사의 인사를 받을 만했다. 처음에는 웃음을 유발시켜 어색한 분위기를 깨뜨렸고, 조가 노를 저을 때는 앞뒤로 펄럭거리며 시원한 바람을 일으켰다. 조는 비가 오면 다 같이 쓸 수 있는 멋진 우산도 되겠다고 말했다. 케이트 양은 조의 행동에 다소 놀란 표정이었고, 조가 노를 떨어뜨리고 〈크리스토퍼 콜럼버스!〉라고 외쳤을 때는 특히나 놀랐다. 로리는 자기 자리에 앉으려다 조의 발에 걸리자 〈이런, 너 안 다쳤냐?〉라고 남자아이를 대하듯이 말했다. 그러나 케이트는 안경을 쓰고 이 신기한 여자아이를 여러 번 살펴본 다음, 조가 〈특이하지만 꽤 똑똑하다〉는 결론을 내리고 멀리서 그녀를 보며 미소를 지었다.

다른 배에 탄 메그는 노를 젓는 두 사람 모두와 마주 보는 기분 좋은 자리에 앉아 있었다. 두 남자 모두 눈앞에 보이는 사람에게 감탄하며 유난히 〈능숙한 솜씨〉로 깃털처럼 가볍게 노를 저었다. 브룩 씨는 진지하고 말 없는 청년으로, 멋진 갈색 눈에 목소리가 좋았다. 메그는 그의 조용한 태도가 마음에 들었고, 그를 유용한 지식을 많이 아는 걸어다니는 백

과사전으로 생각했다. 그는 메그에게 자주 말을 걸지는 않았지만 그녀를 자주 쳐다보았고, 메그는 그가 자신을 싫어하지는 않는다고 확실히 느꼈다. 이제 막 대학에 들어가 신입생 특유의 잘난 척하는 분위기를 풍기는 네드는 썩 영리하지는 않았지만 성격이 무척 좋았고, 전체적으로 피크닉을 이끄는 솜씨가 뛰어났다. 샐리 가드너는 흰색 피케 원피스를 더럽히지 않도록 신경 쓰느라, 그리고 불쑥불쑥 등장하는 프레드와 이야기를 나누느라 정신이 없었다. 프레드는 계속 장난을 쳐서 베스를 겁먹게 만들었다.

롱메도까지 그리 멀지는 않았지만 일행이 도착해 보니 텐트도 이미 쳐져 있고, 크로케용 철주문도 세워져 있었다. 아름다운 초록색 들판 한가운데에 가지를 넓게 뻗은 오크 나무가 세 그루 서 있고, 크로케를 하기에 딱 좋은 평평한 잔디밭이 있었다.

「로런스 캠프에 오신 것을 환영합니다!」 일행이 멋지다고 감탄하며 배에서 내리자 젊은 피크닉 주최자 로리가 말했다. 「브룩 선생님이 총사령관이고 저는 병참 총감, 나머지 남자들은 참모 장교, 숙녀 여러분은 손님입니다. 텐트는 여러분 모두를 위해 특별히 설치했습니다. 저 오크 나무는 여러분의 응접실, 이 나무는 식당, 세 번째 나무는 부엌입니다. 자, 더워지기 전에 경기를 한 다음 정찬을 준비하도록 하죠.」

프랭크와 베스, 에이미, 그레이스는 자리에 앉아서 나머지 여덟 명의 크로케 경기를 구경했다. 브룩 씨는 메그, 케이트, 프레드를 뽑았고, 로리는 샐리, 조, 네드를 뽑았다. 영국인들도 잘했지만 미국인들은 더 잘했고, 1776년 독립 전쟁 정신의 영향을 받은 것처럼 한 치의 양보도 없이 싸웠다. 조와 프레드는 작은 충돌을 몇 번 일으켰고, 한 번은 험한 말이 오갈 뻔했다. 조는 마지막 철주문까지 통과했지만 공을 놓치는 바람에 신경이 곤두서 있었다. 조를 바짝 뒤쫓는 프레드의 차례가 되었다. 그가 친 공이 철주문에 맞고 튕겨서 반대편으로 3센티미터 정도 떨어진 곳에 멈췄다. 그 근처에 아무도 없었기 때문에 프레드가 확인하러 달려갔다가 발가락으로 공을 슬쩍 밀어서 통과시켰다.

「들어갔다! 조 양, 내가 앞질렀으니까 내가 먼저 친다.」젊은 신사가 이렇게 외치면서 다시 공을 치려고 나무망치를 휘둘렀다.

「네가 슬쩍 밀었잖아. 내가 봤어. 내 차례야.」조가 날카롭게 말했다.

「난 건드리지 않았어, 맹세해. 저절로 굴러갔을지도 모르지만 그건 허용되잖아. 자, 공 좀 치게 그만 물러서지.」

「반칙하려거든 마음대로 해. 미국에서는 원래 반칙을 쓰지 않지만 말이야.」조가 화를 내며 말했다.

「속이는 거야 미국인이 최고라는 거 모르는 사람도 있나. 자, 간다!」프레드가 조의 공을 멀리 날리며 대꾸했다.

조가 무례한 말을 하려고 입을 열었지만 늦지 않게 얼른 참았다. 조는 이마까지 시뻘게진 채로 잠시 그 자리에 서서 온 힘을 다해 망치로 철주문을 내리쳤다. 그사이 프레드는 마지막 말뚝을 치고 뛸 듯이 기뻐하며 끝났다고 선언했다.

조는 공을 찾으러 가서 덤불 속에서 한참 있다가, 침착하고 조용한 표정으로 돌아와 자기 차례를 기다렸다. 조는 공을 여러 번 친 다음에야 아까의 자리로 돌아왔는데, 이제 상대편이 거의 이긴 셈이었다. 케이트의 공이 마지막인 데다가 말뚝 근처에 있었기 때문이다.

「우와, 우린 다 끝났네! 잘해, 케이트 누나. 조 양은 한 번 남았으니까 누나가 끝내.」 모두가 마지막 결과를 보려고 가까이 다가오자, 프레드가 흥분해서 소리쳤다.

「미국인은 적에게 관대하죠.」 조가 말했다. 이때 조의 표정을 보고 프레드의 얼굴이 빨개졌다. 「특히 상대방을 이기면 더욱 관대해진답니다.」 조가 이렇게 덧붙이면서 케이트의 공을 건드리지도 않고 멋지게 공을 쳐서 이겼다.

로리가 모자를 위로 던졌지만, 손님들을 이기고 기뻐하면 안 된다는 생각이 들어서 환호를 멈추고 친구에게 속삭였다.

「잘했어, 조! 쟤가 반칙한 거 맞아, 내가 봤어. 반칙이라고 따질 수는 없지만, 프레드도 다시는 그러지 않을 거야. 내 말 믿어.」

메그가 느슨해진 머리를 고정시켜 주겠다는 핑계를 대며 조를 한쪽 옆으로 데려가서 칭찬했다.

「정말 도발적이었는데 잘 참았어. 정말 다행이야, 조.」

「칭찬하지 마, 메그 언니. 지금이라도 뺨을 때릴 수 있을 것 같아. 험한 말이 나올까 봐 덤불 속에서 화를 억누를 수 있을 때까지 기다리지 않았으면 분명히 폭발했을 거야.」 조가 입술을 깨물고 커다란 모자 밑에서 프레드를 노려보며 대답했다.

「점심시간입니다.」 브룩 씨가 손목시계를 보며 말했다. 「병참 총감, 불을 피우고 물을 좀 가져올래? 그동안 마치 양과 샐리 양, 나는 식탁을 차릴게. 커피 잘 만드는 사람은 누구지?」

「조가 할 수 있어요.」 메그가 동생을 추천할 수 있어서 기뻐하며 말했다. 조는 최근에 요리 공부를 한 보람이 있겠다고 생각하면서 커피 주전자 쪽으로 갔다. 그동안 아이들은 마른 나뭇가지를 모았고, 남자애들은 불을 피우고 근처 샘에 가서 물을 길어 왔다. 케이트 양은 그림을 그렸고, 프랭크는 베스와 이야기를 나누었다. 베스는 접시로 쓰려고 골풀을 엮어 작은 매트를 만들고 있었다.

총사령관과 보좌관들이 곧 식탁보를 펼치고 음식과 마실 것을 먹음직스럽게 놓은 다음 초록색 잎으로 장식했다. 조가 커피도 다 됐다고 알렸고, 모두 자리에 앉아서 마음껏 식사를 했다. 젊은이가 소화 불량에 시달리는 경우는 거의 없는 데다 운동을 했으므로 식욕이 더욱 왕성해졌기 때문이다. 정말 즐거운 점심 식사였다. 모든 것이 신선하고 즐거웠으며, 종종 웃음이 터져 나와서 근처에서 풀을 뜯던 늙은 말이 깜짝 놀라기도 했다. 잔디밭에 식탁보를 깔아서 만든 탁자가 평평하지 않아서 컵과 접시가 자꾸 쓰러졌다. 우유에 도토리가 떨어지고, 초대도 받지 않은 작고 까만 개미들이 음식을 나눠 먹었으며, 솜털이 부숭부숭한 애벌레가 무슨 일인지 궁금해서 나무에서 휙 내려왔다. 울타리 너머에서 머리가 하얀

222

세 아이가 이쪽을 엿보았고, 강 건너에서 심기 불편한 개가 일행을 향해서 온 힘을 다해 짖었다.

「필요하면 소금도 줄게.」로리가 조에게 딸기 한 접시를 건네며 말했다.

「고맙지만 난 거미가 더 좋아.」조가 크림에 파묻혀 죽은 경솔한 거미 두 마리를 건져 내며 대답했다. 「어떻게 감히 그 끔찍했던 점심 식사 얘기를 꺼낼 수 있어? 자기는 모든 면에서 이렇게 훌륭한 식사를 차려 놓고.」조가 이렇게 덧붙였고, 두 사람은 깔깔 웃었다. 그릇이 부족했기 때문에 두 사람은 접시 하나를 같이 썼다.

「그날은 정말 드물게도 재미있었기 때문에 아직도 잊을 수가 없어. 오늘은 내가 차린 것도 아닌데 뭐. 알겠지만 난 아무것도 안 했잖아. 너랑 메그, 브룩 선생님이 다 했지. 내가 정말 큰 신세를 졌어. 다 먹고 나면 뭐 할까?」로리가 물었다. 점심 식사까지 마치고 나면 이제 준비한 프로그램은 끝이었다.

「좀 시원할 때까지 게임을 하자. 내가 〈작가들〉 게임[29]을 가져왔어. 케이트 양이 새롭고 재미있는 놀이를 알 거야. 가서 물어봐. 손님이니까 케이트 양이랑 시간을 더 많이 보내야지.」

「너도 손님이잖아. 케이트 양은 브룩 선생님이랑 잘 어울

---

29 작가 열한 명의 작품 네 편이 각각 적힌 카드를 나눠 갖고 한 명씩 지명해 카드를 빼앗으면서 같은 작가의 작품 세트를 모으는 게임. 네 세트를 가장 많이 가진 사람이 이긴다.

릴 줄 알았는데, 선생님은 메그한테만 말을 걸고 케이트는 우스꽝스러운 안경을 쓰고 두 사람을 빤히 보고 있네. 너한 테 예절에 대한 잔소리를 듣고 싶지는 않으니까 가볼게. 네가 예절에 대해서 뭐라고 할 처지는 아니잖아, 조.」

케이트 양은 과연 새로운 게임을 많이 알았다. 여자들은 더 이상 먹지 않으려 하고, 남자들은 더 이상 먹을 수 없게 되자, 모두 응접실에 모여서 〈리그머롤〉[30]이라는 게임을 했다.

「우선 한 명이 이야기를 시작해. 말이 되지 않아도 상관없고 원하는 만큼 얘기를 하다가 흥미진진한 순간에 딱 멈추는 거야. 그러면 다음 사람이 이야기를 이어 가면서 역시 중요한 순간에 멈춰. 그런 식으로 이어 가는 건데, 잘만 하면 굉장히 재미있어. 비극이랑 희극이랑 마구 섞여서 진짜 웃겨. 그럼 시작해요, 브룩 씨.」 케이트가 명령하듯 말했다. 메그는 가정 교사를 다른 신사와 마찬가지로 존중했기 때문에 케이트의 말투에 깜짝 놀랐다.

두 숙녀의 발치 근처 잔디밭에 누워 있던 브룩 씨가 멋진 갈색 눈으로 햇빛이 반짝이는 강물을 보면서 시키는 대로 이야기를 시작했다.

「옛날에 한 기사가 자신의 운을 시험하러 세상에 나갔습니다. 가진 것이라고는 창과 방패밖에 없었지요. 그는 한참 동안, 거의 28년을 방랑하며 힘든 시간을 보냈고, 그러다가 늙고 착한 왕의 궁전에 도착했습니다. 왕에게는 무척 아끼는 수망아지가 있었는데, 굉장히 좋은 말이었지만 길들여지지

30 rigmarole. 〈길고 복잡한 이야기〉라는 뜻이다.

않은 상태였습니다. 왕은 수망아지를 길들여서 훈련시키는 자에게 상을 내리겠다고 했습니다. 기사가 도전했고, 느리지만 확실하게 점차 길들여 갔습니다. 아주 씩씩했던 망아지는 변덕스럽고 거칠었지만 곧 새로운 주인을 사랑하는 법을 배웠습니다. 기사는 매일 왕이 아끼는 말을 타고 도시를 돌아다니며 가르쳤습니다. 그는 망아지를 타고 다니면서 아름다운 얼굴을 찾아서 모든 곳을 샅샅이 뒤졌습니다. 꿈에서는 수도 없이 보았지만 아직 찾아내지 못한 얼굴이었지요. 어느 날 기사가 망아지를 타고 조용한 거리를 껑충껑충 지나가는데, 황폐한 성의 창문에서 그 사랑스러운 얼굴을 보았습니다. 그는 무척 기뻐하며 낡은 성에 누가 사는지 물어보았습니다. 그러자 여러 명의 공주가 마법에 걸려 그곳에 갇혀 있다고, 자유를 살 돈을 모으기 위해 매일 실을 잣는다는 대답이 돌아왔습니다. 기사는 공주님들을 정말 풀어 주고 싶었습니다. 하지만 그는 가난했기 때문에 매일 나가서 그 아름다운 얼굴을 보는 수밖에 없었습니다. 기사는 그 얼굴을 햇살 속에서 보고 싶다고 간절히 바랐습니다. 결국 그는 성안으로 들어가서 어떻게 하면 공주님들을 도울 수 있는지 물어보기로 결심했습니다. 기사는 성으로 가서 문을 두드렸습니다. 커다란 문이 열리고, 그때 그의 눈에 들어온 것은 바로…….」

「넋을 잃을 정도로 사랑스러운 숙녀였어요. 그녀는 기쁨에 겨워 〈드디어! 드디어!〉라고 외쳤습니다.」 케이트가 이야기를 이었다. 그녀는 프랑스 소설을 읽었고, 그런 양식을 무척 좋아했다. 「〈그녀다!〉 귀스타브 백작이 이렇게 외치며 기쁨

225

에 넘쳐 그녀의 발치에 쓰러졌습니다. 〈아, 일어나세요!〉 그녀가 대리석처럼 하얀 손을 내밀며 말했습니다. 〈당신을 구할 방법을 알려 주기 전까지는 절대 일어나지 않겠습니다!〉 기사가 무릎을 꿇은 채 맹세했지요. 〈아아, 저의 폭군이 파멸할 때까지 이곳을 떠나지 못하는 것이 저의 잔인한 운명이랍니다.〉 〈그 악당은 어디 있지요?〉 〈옅은 자주색 방에요. 가세요, 용맹한 이여. 저를 이 절망에서 구해 주세요.〉 〈분부대로. 승리 아니면 죽음뿐입니다!〉 기사는 이 섬뜩한 말을 남기고 황급히 달려가 옅은 자주색 방 문을 열었습니다. 그가 안으로 들어가려는 순간……」

「거대한 그리스어 사전이 휙 날아왔습니다. 검은 가운을 입은 노인이 던진 것이었지요.」 네드가 말했다. 「어쩌고 경은 즉시 정신을 차리고 폭군을 창밖으로 던져 당당하게 승리를 거둔 다음 숙녀를 만나러 가려고 했지만, 이마가 쾅 부딪치더니 문이 잠긴 것을 발견했고, 커튼을 찢어 밧줄 사다리를 만들어서 내려갔지만, 반쯤 지났을 때 사다리가 망가져 버렸고, 그래서 18미터 아래의 해자에 거꾸로 떨어졌습니다. 오리처럼 헤엄을 칠 수 있었던 그는 팔다리를 허우적거리며 성 주변을 돌다가 건장한 두 남자가 지키는 작은 문에 다다랐고, 그들의 머리를 쾅 부딪치게 하자 호두처럼 머리가 깨졌죠. 어마어마하게 힘이 셌던 그는 그 힘을 아주 살짝만 이용하여 문을 부수고 돌계단을 올라갔는데, 먼지가 30센티미터나 쌓여 있고 당신 주먹만 한 두꺼비들과, 마치 양, 당신이 비명을 지를 정도로 무서운 거미들이 계단을 뒤덮고 있었습니다. 그는 계단 꼭대기에서 숨을 멎게 하고 피를 차갑게 식히는 광경을 보고 털썩 주저앉았으니…….」

「새하얀 옷을 입은 길쭉한 형체가 베일로 얼굴을 가린 채 쇠약한 손에 램프를 들고 서 있었습니다.」메그가 이야기를 이었다. 「그 형체가 따라오라고 손짓을 하더니 무덤처럼 춥고 어두운 복도를 소리 없이 미끄러지듯 걸어갔습니다. 양옆에는 갑옷을 입은 그늘진 조각상들이 늘어서 있고, 완전한 침묵이 내려앉았으며, 램프는 파랗게 타올랐습니다. 유령 같은 형체는 가끔 고개를 돌려 그를 보았는데, 흰 베일 너머로 무시무시한 눈이 반짝였습니다. 그들이 커튼으로 가려진 문 앞에 도착하자 그 너머에서 아름다운 음악이 들려왔습니다. 그가 뛰어 들어가려 했지만, 유령이 그를 잡아당겨 눈앞에서 위협적으로 흔든 것은 바로…….」

「코담뱃갑이었습니다.」조가 음산한 목소리로 말하자 귀를 기울이던 사람들이 깔깔 웃었다. 「〈고맙소.〉기사가 예의 바르게 말하고 조금 집어서 들이마시다가 세찬 기침을 일곱 번 하더니 머리가 툭 떨어졌습니다. 유령이 〈하! 하!〉웃고서 열쇠 구멍을 통해 필사적으로 실을 잣고 있는 공주들을 본 다음, 자기에게 희생된 기사를 들어서 커다란 양철 상자에 넣었습니다. 거기에는 기사 열한 명의 머리가 떨어져 나간 채 새끼 정어리처럼 나란히 들어 있었는데, 그들이 일어나서…….」

「혼파이프 춤을 추었습니다.」조가 한숨 돌리는 사이 프레드가 끼어들었다. 「그들이 춤을 추는 사이 쓰레기 같은 오래

된 성이 돛을 모두 올린 군함으로 변했습니다. 〈지브를 올려라, 톱 세일 핼리어드를 축범하라, 키를 아래로, 포병을 배치하라!〉 앞 돛대에 잉크처럼 까만 깃발을 나부끼는 포르투갈 해적선이 시야에 들어오자 선장이 고함을 질렀습니다. 〈가서 이겨라, 동료들이여!〉 선장이 말했고, 엄청난 싸움이 시작되었습니다. 물론 영국이 이겼습니다…… 항상 영국이 이기니까요. 그리고 해적선의 선장을 포로로 잡고 스쿠너선 정면으로 다가가자 갑판에는 시체가 높다랗게 쌓여 있었고, 바람이 불지 않는 쪽 배수구에는 피가 흘렀으니 〈단검을 휘두르며 끝까지 버텨라〉는 명령이 내려왔기 때문이었습니다. 〈갑판장, 지브 밧줄을 동그랗게 감아서 저 악당이 지금 당장 자백하지 않으면 혼쭐을 내라.〉 영국 선장이 말했습니다. 신이 난 선원들이 미친 듯이 환호하자 포르투갈인은 입을 꾹 다물고 뱃전 밖으로 내민 판자 위를 걸어갔습니다. 그러나 그 교활한 놈은 바닷속으로 뛰어들어 군함 밑으로 가서 배를 침몰시키려고 구멍을 뚫었고, 군함은 돛을 모두 편 채 아래로, 아래로, 바다의 밑바닥으로 가라앉았습니다. 그곳에는…….」

「이런! 어떻게 해야 되지?」 프레드가 항해 용어와 자기가 좋아하는 책에서 본 이야기들을 아무렇게나 섞어서 뒤죽박죽으로 만든 이야기를 끝내자 샐리가 이렇게 외쳤다.

「음, 바다 밑바닥에 도착하자 예쁜 인어가 그들을 환영했지만, 머리 없는 기사들이 든 상자를 발견하고는 무척 슬퍼하면서 소금물로 절였습니다. 언젠가 그들에 대한 수수께끼를 발견하기를 바라면서요. 여자라서 호기심이 많았기 때문이지요. 얼마 후 잠수부가 내려오자 인어가 말했습니다. 〈진주가 가득 든 상자예요. 육지로 끌어올릴 수 있으면 가지세요.〉 불쌍한 기사들을 되살리고 싶었지만 무거운 상자를 혼자서 옮길 수는 없었습니다. 그래서 잠수부가 상자를 가지고 올라갔지만, 상자를 열어 보니 실망스럽게도 진주는 하나도 없었습니다. 그는 넓고 황량한 들판에 상자를 놔두었고, 그것을 발견한 사람은 바로⋯⋯.」

「들판에서 통통한 거위 백 마리를 키우는 거위치기 소녀였습니다.」 샐리의 이야기가 끝나자 에이미가 말했다. 「소녀는 기사들이 불쌍해서 노파에게 어떻게 하면 그들을 도울 수 있는지 물었습니다. 〈네 거위가 말해 줄 거야, 거위는 모르는 게 없거든.〉 노파가 말했습니다. 그래서 소녀는 머리가 없으니 무엇을 새 머리로 달아 줘야 할지 물었습니다. 그러자 거위들이 일제히 백 개의 입을 열고 이렇게 소리 질렀습니다⋯⋯.」

「〈양배추!〉」 로리가 바로 이야기를 이었다. 「〈바로 그거야.〉 소녀는 텃밭으로 달려가서 양배추 열두 개를 가져왔습니다. 소녀가 양배추를 달아 주자 기사들은 즉시 살아나서 소녀에게 감사의 인사를 하고 기뻐하며 제 갈 길로 떠났습니다. 머리가 양배추로 바뀐 것도 모른 채로요. 세상에는 그런 머리도 많았기 때문에 아무도 이상하게 생각하지 않았습니다. 우리의 기사는 예쁜 얼굴을 찾으러 돌아갔다가 공주들이 자기 힘으로 실을 자아 자유의 몸이 되었으며, 한 사람만 빼고 모두 결혼했다는 소식을 들었습니다. 그 소식에 기사는 가슴이 벅차올라서 좋은 일이 있을 때나 그렇지 않을 때나 항상 그의 곁에 서 있던 망아지에 올라타고 누가 남았는지 보려고 황급히 성으로 달려갔습니다. 산울타리 너머를 살짝 보니 그가 사랑하는 여인이 자신의 정원에서 꽃을 꺾고 있었습니다. 〈저에게 장미를 한 송이 주시겠습니까?〉 그가 말했습니다. 〈와서 가져가세요. 저는 당신에게 갈 수 없습니다. 그건 예의에 어긋나요.〉 그녀가 꿀처럼 달콤하게 말했습니다. 기사는 산울타리를 넘어가려 했지만 울타리는 점점 더 높이 자라는 듯했습니다. 그래서 뚫고 들어가려 했지만 울타리는 점점 더 두꺼워졌고, 그는 절망에 빠졌습니다. 기사는 인내심을 발휘해서 가지를 일일이 부러뜨려 작은 구멍을 낸 다음 그 안을 들여다보면서 애원했습니다. 〈저를 들여보내 주십시오! 제발 들여보내 줘요!〉 그러나 예쁜 공주님은 그 말이 들리지 않는지 말없이 장미를 꺾으면서 애를 쓰는 그를 가만히 내버려 두었습니다. 기사가 울타리 안으로 들어갔는지 못 들어갔는지는 프랭크가 말해 줄 겁니다.」

「못 해. 난 게임 참가자도 아닌데. 한 번도 해보지 않았단 말이야.」 프랭크가 그 이상한 기사와 공주를 구해야 할 곤경에 처하자 깜짝 놀라며 말했다. 베스는 조의 뒤로 숨었고, 그레이스는 잠이 들었다.

「그러면 그 불쌍한 기사는 지금도 산울타리에 고개를 처박고 있겠군, 그렇지?」 브룩 씨가 여전히 강을 바라보면서, 단춧구멍에 꽂은 야생화를 만지작거리며 물었다.

「얼마 후에 공주가 그에게 꽃다발을 주고 문을 열어 줬을 거예요.」로리가 가정 교사에게 도토리를 던지면서, 슬그머니 미소를 지으며 말했다.

「진짜 말도 안 되는 이야기가 됐잖아! 연습을 좀 하면 꽤 괜찮은 이야기를 만들 수 있겠다. 〈진실〉을 알아?」이야기 때문에 실컷 웃은 다음 샐리가 물었다.

「그러고 싶어.」메그가 진지하게 말했다.

「아니, 게임 말이야.」

「그게 뭐야?」프레드가 말했다.

「음, 전원이 손을 포갠 다음 숫자를 하나 정하고 나서 차례대로 손을 빼는 거야. 정해진 숫자에 손을 뺄 차례가 된 사람은 다른 사람들의 질문에 진실만을 말해야 돼. 진짜 재미있어.」

「해보자.」새로운 실험을 좋아하는 조가 말했다.

케이트 양과 브룩 씨, 메그, 네드는 거절했지만 프레드, 샐리, 조, 로리는 다 같이 손을 포갰다가 한 사람씩 뺐고, 결국 로리가 걸렸다.

「너의 영웅은 누구야?」조가 물었다.

「할아버지랑 나폴레옹.」

「여기 있는 여자들 중 누가 제일 예쁜 것 같아?」샐리가 말했다.

「마거릿.」

「누가 제일 좋아?」프레드가 물었다.

「그거야 당연히 조.」

「진짜 실없는 질문이다!」조가 경멸하듯 어깨를 으쓱했고,

나머지는 로리의 당연하다는 말투에 웃음을 터뜨렸다.

「또 하자. 이 게임 나쁘지 않네.」프레드가 말했다.

「너한테는 아주 좋은 게임이지.」조가 낮은 목소리로 대꾸했다. 다음은 조가 걸렸다.

「너의 가장 큰 단점은 뭐야?」프레드가 물었다. 자신이 갖지 못한 덕목을 조는 가지고 있는지 시험하려는 것이었다.

「성질이 급한 거.」

「가장 바라는 건 뭐야?」로리가 말했다.

「부츠 끈 한 쌍.」조가 로리의 의도를 짐작하고 기대를 꺾었다.

「진실한 대답이 아니네. 네가 정말로 제일 원하는 걸 말해야 돼.」

「천재성. 나한테 천재성을 주고 싶지 않아, 로리?」조가 로리의 실망한 얼굴을 보며 교활한 미소를 지었다.

「남자가 가져야 할 덕목 중 제일 중요하게 생각하는 건 뭐야?」샐리가 물었다.

「용기와 정직.」

「이제 내 차례야.」프레드가 마지막 남은 자기 손을 보며 말했다.

「한 방 먹이자.」로리가 속삭이자 조가 고개를 끄덕이고 바로 물었다.

「크로케 경기 때 반칙하지 않았어?」

「응, 맞아, 살짝.」

「좋아! 네가 지은 이야기 『바다사자』에서 가져오지 않았어?」로리가 말했다.

「조금.」

「넌 영국이 모든 면에서 완벽하다고 생각하는 거 아니야?」
샐리가 물었다.

「그렇게 생각하지 않으면 나 자신이 부끄럽겠지.」

「진정한 존 불[31]이네. 샐리, 혼자 남았으니까 숫자 정할 필
요도 없네. 기분 나쁘겠지만 먼저 묻고 싶은 건, 남자한테 관
심이 많다고 생각하지 않아?」로리가 말했다. 조는 화해의 표
시로 프레드를 향해 고개를 끄덕였다.

「건방지게! 당연히 아니야.」샐리가 외쳤다. 그녀의 대답
과 정반대되는 태도였다.

「제일 싫어하는 게 뭐야?」프레드가 물었다.

「거미랑 쌀 푸딩.」

「제일 좋아하는 건 뭐야?」조가 물었다.

「춤추는 거랑 프랑스제 장갑.」

「음, 〈진실〉은 정말 실없는 게임 같아. 그래도 좀 지적인
〈작가들〉게임으로 기분 전환 하자.」조가 제안했다.

네드와 프랭크, 꼬마 여자애들이 참가했다. 그동안 나이
많은 세 사람은 따로 앉아서 이야기를 나누었다. 케이트 양
은 그림을 다시 꺼냈고, 마거릿은 그림 그리는 케이트를 구
경했으며, 브룩 씨는 책을 들고 누워 있었지만 읽지는 않
았다.

「정말 예뻐요! 나도 그림 잘 그리면 좋겠다.」메그가 감탄

31 영국을 의인화하여 일반적으로 부르는 이름이다.

과 아쉬움이 섞인 목소리로 말했다.

「배워 보지 그래요? 취향도 재능도 있을 것 같은데.」케이트 양이 상냥하게 대답했다.

「시간이 없어요.」

「어머니가 다른 교양을 더 좋아하시나 봐요. 저희 어머니도 그러셨지만, 따로 레슨을 몇 번 받고 재능이 있다는 걸 보여 드렸더니 기꺼이 허락해 주셨어요. 당신도 가정 교사한테 부탁해 보는 게 어때요?」

「난 가정 교사가 없어요.」

「미국 여성은 학교에 다니는 경우가 더 많다는 사실을 깜빡했네요. 학교가 아주 훌륭하다면서요, 아버지한테 들었어요. 사립 학교에 다니시나 보죠?」

「학교 안 다녀요. 제가 가정 교사예요.」

「아, 그렇군요!」케이트 양은 이렇게 말했지만 〈세상에, 그렇게 끔찍한 일이!〉라고 말한 것과 다름없었다. 말투가 그랬고 표정도 묘했기 때문에 메그는 얼굴을 붉히며 너무 솔직하게 말하지 말걸 그랬다고 생각했다.

브룩 씨가 얼른 고개를 들고 말했다. 「미국의 젊은 여성들은 우리 선조만큼이나 독립을 사랑하고 스스로를 부양하기 때문에 존경과 찬사를 받는답니다.」

「아, 네. 물론이죠! 정말 멋지고 마땅한 일이에요. 우리 나라에서도 아주 훌륭하고 뛰어난 젊은 여성들이 그런 식으로 자립하거든요. 신사의 딸이라 가정 교육도 훌륭하고 교양도 잘 갖췄으니 귀족 가문에서 일하죠.」케이트 양이 안됐다는

투로 말했기 때문에 메그는 자존심이 상했다. 이 말을 들으니 메그의 일이 더욱 별로일 뿐 아니라 품위 없는 일처럼 느껴졌다.

「독일 노래는 괜찮았어요, 마치 양?」 브룩 씨가 어색한 침묵을 깨뜨리며 물었다.

「아, 네! 아주 좋았어요. 누가 번역을 해주셨는지 모르겠지만, 정말 고마웠어요.」 메그가 숙이고 있던 고개를 들어 환하게 웃으며 말했다.

「독일어 못 해요?」 케이트 양이 깜짝 놀란 표정으로 물었다.

「잘은 못 해요. 독일어를 가르쳐 주시던 아버지가 멀리 가셨거든요. 혼자 공부하면 발음을 교정해 줄 사람이 없어서 진도가 느리네요」

「지금 해보세요. 여기 실러의 〈마리아 슈투아르트〉가 있고, 가르치는 걸 아주 좋아하는 가정 교사도 있으니까요.」 브룩 씨가 메그의 무릎에 책을 올려놓고 어서 해보라는 듯 미소를 지었다.

「이렇게 어려운 걸 읽으려니 무섭네요.」 메그가 고마우면서도 교양 있는 젊은 여성 앞이라서 부끄러워하며 말했다.

「내가 조금 읽어 볼 테니 용기를 내요.」 케이트 양이 이렇게 말하더니 가장 아름다운 구절을 하나도 틀리지 않게, 하지만 아무런 감정도 없이 읽었다.

그녀가 메그에게 책을 돌려주자 브룩 씨는 아무 말도 하지 않았고, 메그는 순진하게 말했다. 「저는 시를 읽는 줄 알았어요.」

「일부는 시예요. 이 부분을 읽어 보세요.」

브룩 씨는 불쌍한 마리아가 한탄하는 부분을 펼치면서 묘한 미소를 지었다.

메그는 그녀의 새로운 가정 교사가 손에 든 기다란 풀잎으로 짚어 주는 대로 순순히 따라가며 한 줄씩 천천히 소심하게 읽었다. 노래하는 듯한 목소리와 부드러운 억양 때문에 딱딱한 말이 어느새 시가 되었다. 초록색 길잡이가 페이지를 따라 내려갔고, 곧 메그는 아름답고 슬픈 장면에 푹 빠져서 누가 듣고 있다는 사실도 잊었다. 그녀는 주변에 아무도 없다는 듯이 불행한 여왕의 말에 비극적인 느낌을 약간 실어 가며 읽었다. 그때 메그가 갈색 눈을 보았다면 딱 멈췄을 것이다. 그러나 메그는 한 번도 고개를 들지 않았고, 다행히 수업은 망쳐지지 않았다.

「정말 잘하네요!」 메그가 멈추자, 브룩 씨가 수많은 실수는 무시한 채 가르치는 것을 정말 좋아하는 표정으로 말했다.

케이트 양이 안경을 들어 눈앞의 인상적인 장면을 찬찬히 보더니 스케치북을 덮고 신중하게 말했다. 「억양이 아주 좋아요. 조금만 더 하면 술술 읽겠어요. 독일어는 교사에게 무척 소중한 교양이니 배우기를 권하고 싶군요. 저는 그레이스한테 가봐야겠어요. 지나치게 날뛰고 있네요.」 그녀는 두 사람을 두고 멀어지면서 어깨를 으쓱하고 혼잣말을 덧붙였다. 「젊고 예쁘긴 하지만, 내가 가정 교사의 보호자 역할을 하러 온 건 아니니까. 미국 사람들은 정말 이상해. 로리도 이 사람들 사이에 있다가 물들까 봐 걱정이야.」

「영국인들은 우리랑 달리 여자 가정 교사를 깔본다는 걸 깜빡했어요.」 메그가 멀어지는 사람을 보며 화난 표정으로 말했다.

「슬프지만 제가 알기로 영국에서는 남자 가정 교사도 마찬가지예요. 우리처럼 일하는 사람들한테는 미국만 한 곳이 없지요, 마거릿 양.」 브룩 씨가 너무나 만족스럽고 유쾌해 보였기 때문에 메그는 자신의 힘든 운명을 한탄한 것이 부끄러워졌다.

「그렇다면 제가 미국에 살아서 다행이네요. 제 일을 좋아하지는 않지만, 어쨌거든 큰 만족을 얻고 있으니 불평하진 않을 거예요. 저도 브룩 선생님처럼 가르치는 것을 좋아하면 얼마나 좋을까요.」

「로리를 가르치면 당신도 그럴 겁니다. 내년에 헤어지면 무척 슬플 거예요.」 브룩 씨가 잔디에 열심히 구멍을 파며 말했다.

「로리가 대학에 가나 봐요?」 메그의 입은 이렇게 물었지만, 그녀의 눈빛은 〈당신은 어떻게 되는 거죠?〉라고 덧붙였다.

「네, 로리는 준비도 됐고 대학에 가기 딱 적당한 때예요. 로리가 대학에 들어가자마자 저는 입대할 겁니다. 그래야죠.」

「정말 잘됐네요!」 메그가 말했다. 「젊은 청년들은 누구나 입대하고 싶어 하는 것 같아요. 집에 남는 어머니와 누이들은 힘들지만요.」 그녀가 슬픈 듯 덧붙였다.

「저는 어머니도 누이도 없고, 제가 죽든 살든 신경 쓰는 친구도 거의 없습니다.」 브룩 씨가 직접 판 구멍에 죽은 장미를 멍하니 넣고 작은 무덤처럼 덮으며 씁쓸하게 말했다.

「로리와 로런스 씨는 많이 신경 쓸 거예요, 선생님께 무슨 일이 생기면 우리 모두 무척 슬플 거예요.」 메그가 진심으로 말했다.

「고마워요, 기분 좋네요.」 브룩 씨가 다시 유쾌한 표정으로 입을 열었지만, 그가 말을 끝내기도 전에 늙은 말을 탄 네드가 젊은 여성들 앞에서 마술을 선보이려고 경중경중 다가왔다. 이것으로 그날의 고요한 시간은 끝났다.

「말 타는 거 안 좋아해?」 그레이스가 에이미에게 물었다. 두 사람은 네드가 이끄는 대로 다른 사람들과 함께 풀밭을 한 바퀴 돌며 경주한 다음, 서서 쉬고 있었다.

「아주 좋아해. 아빠가 부자였을 때 메그 언니는 말을 탔었지만, 지금은 말이 없어. 엘런 트리만 빼고.」 에이미가 웃으며 덧붙였다.

「엘런 트리 얘기해 줘. 당나귀 이름이야?」 그레이스가 호기심을 보이며 물었다.

「음, 조 언니는 말을 정말 좋아하고 나도 마찬가지야. 그런데 우리는 낡은 곁안장만 하나 있고 말이 없어. 우리 집 정원 사과나무에 낮고 아주 좋은 가지가 있거든. 조 언니가 거기에 안장을 얹고 위로 뻗은 가지에 고삐를 묶어 놨어. 우리는 언제든지 엘런 트리를 탈 수 있어.」

「진짜 재미있다!」 그레이스가 웃었다. 「난 집에 망아지가 있어서 프레드 오빠랑 케이트 언니랑 같이 거의 매일 타. 친구들도 같이 가고, 로[32]에는 신사 숙녀들도 많아서 아주 좋아.」

「와, 정말 멋지다! 나도 언젠가 다른 나라에 가보고 싶지만, 로보다는 로마에 가고 싶어.」 에이미가 말했다. 에이미는 로가 뭔지 전혀 몰랐지만 물어보고 싶지 않았다.

바로 뒤에 앉아 있던 프랭크는 두 사람의 이야기를 들었다. 그가 온갖 재미있는 운동을 하며 노는 남자애들을 보다가 짜증스러운 몸짓으로 자기 목발을 멀리 밀어 버렸다. 베스가 흩어진 〈작가들〉 카드를 모으고 있다가 고개를 들고 수줍지만 다정하게 말했다. 「너 피곤하겠다. 내가 뭐 해줄 수 있는 건 없을까?」

「나랑 얘기 좀 하자. 혼자 앉아 있으니까 너무 지루해.」 프랭크가 대답했다. 집에서 오냐오냐 떠받들려 지내는 데 익숙한 것 같았다. 숫기 없는 베스에게는 프랭크가 라틴어로 웅변을 해달라고 했어도 이보다 더 불가능하게 느껴지지 않았을 것이다. 그러나 도망칠 곳도, 숨겨 줄 조도 없었고, 불쌍한 소년이 너무나 간절한 표정으로 바라보았기 때문에 베스는 용감하게 시도해 보기로 결심했다.

「어떤 이야기를 하고 싶어?」 베스가 카드를 만지작거리며 말했다. 베스는 카드를 묶으려다가 반 정도를 떨어뜨렸다.

「음, 크리켓이랑 요트, 사냥에 대한 이야기를 듣고 싶어.」 자기 체력에 맞는 취미를 찾는 법을 아직 배우지 못한 프랭

32 런던 하이드 파크 안의 승마 도로인 로튼 로Rotten Row를 가리킨다.

크가 말했다.

〈세상에! 어쩌지? 그런 건 하나도 모르는데.〉 베스가 생각
했다. 당황한 나머지 프랭크의 불행을 깜빡 잊고 이야기를
하게 만들자는 생각만 하며 이렇게 말했다. 「난 사냥을 한 번
도 보지 못했지만 너는 사냥에 대해서 잘 알 것 같아.」

「한 번 해봤어. 하지만 이제 두 번 다시 못 해. 빌어먹을 가
로대 다섯 개짜리 게이트를 뛰어넘다가 다쳤거든. 이제 말도,
사냥개도 영영 안녕이야.」 프랭크가 한숨을 쉬며 말하자, 베
스는 악의 없는 실수를 저지른 자신이 미웠다.

「너희 사슴이 우리 못생긴 버펄로보다 훨씬 더 예뻐.」 베스
가 이렇게 말하며 대초원으로 화제를 돌렸다. 조가 좋아하는
남자애들 책 중에서 한 권을 읽은 것이 정말 다행스러웠다.

버펄로는 프랭크가 흥미도 있고 기분이 좋아지는 화제인
것으로 드러났다. 다른 사람을 즐겁게 해주려고 노력하다 보
니 베스는 어느새 수줍음도 잊었다. 남자애들이 말을 걸지
못하게 지켜 달라던 베스가 그 끔찍하다는 남자애들 중 하나
와 하염없이 이야기를 하는 보기 드문 광경에 자매들이 얼마
나 놀라고 기뻐했는지 본인은 전혀 알지 못했다.

「세상에! 쟤가 불쌍해서 잘해 주나 봐.」 크로케장에서 조
가 베스를 보고 얼굴을 빛내며 말했다.

「꼬마 성녀라고 내가 늘 말했잖아.」 메그가 당연하다는 듯
이 덧붙였다.

「프랭크 오빠가 저렇게 깔깔 웃는 소리는 진짜 오랜만에
들어.」 그레이스가 에이미에게 말했다. 두 사람은 자리에 앉

아서 인형에 대해 이야기하며 도토리 컵으로 찻잔 세트를 만들고 있었다.

「베스 언니는 마음만 먹으면 아주 까탈스러워.」 에이미가 베스의 성공에 무척 기뻐하며 말했다. 〈까탈스러운〉 것이 아니라 〈소탈하다〉는 뜻이었지만, 그레이스는 두 단어 모두 알지 못했기 때문에 〈까탈스럽다〉는 말이 괜찮게 들렸고 좋은 인상을 받았다.

즉흥 서커스, 여우와 거위 게임, 우호적인 크로케 경기로 오후가 마무리되었다. 해가 질 때쯤 되자 텐트를 걷고, 바구니를 싸고, 철주문을 뽑고, 보트에 짐을 실은 다음, 다 같이 목청껏 노래하며 강을 따라 흘러갔다. 감상에 젖은 네드가 후렴구가 구슬픈 세레나데를 불렀다.

나 홀로, 나 홀로, 아! 오오, 나 홀로.

이런 가사가 있었다.

우리는 둘 다 젊고, 우리는 둘 다 심장이 있는데
오, 우리는 왜 차갑게 떨어져 서 있어야 할까요?

네드가 무척 나른한 표정으로 바라보았기 때문에 메그는 일부러 웃음을 터뜨려 그의 노래를 망쳤다.

「나한테 어쩌면 그렇게 잔인할 수 있죠?」 사람들이 활기차게 합창하는 틈을 타 네드가 속삭였다. 「종일 딱딱한 영국 여자한테 딱 붙어 있더니 지금은 나를 무시하는군요.」

「일부러 그런 건 아니었는데, 당신 표정이 너무 웃겨서 어쩔 수 없었어요.」메그가 그의 첫 번째 비난을 어물쩍 넘어가며 대답했다. 모펏가(家)에서 열렸던 파티와 그 이후에 떠도는 소문 때문에 그를 피한 것은 사실이었기 때문이다.

기분이 상한 네드는 샐리에게 위로를 받으려고 토라진 척 그녀에게 말했다. 「메그는 남자한테 관심이 전혀 없군요, 그렇죠?」

「한 톨도 없죠. 하지만 귀여운 사람이에요.」샐리가 친구의 단점을 인정하면서도 친구를 감쌌다.

「어쨌든 쓰러진 사슴은 아니군요.」[33] 네드가 재치 있게 말하려 애썼지만, 아주 젊은 신사들이 보통 그렇듯 크게 재치가 번득이지는 않았다.

본 가족은 캐나다로 떠날 예정이었기 때문에 일행은 처음 만났던 잔디밭에서 친근한 작별 인사를 나누고 헤어졌다. 케이트 양은 정원을 지나 집으로 가는 네 자매를 보면서 안됐다는 느낌이 전혀 없는 목소리로 말했다. 「미국 여자들은 감정 표현이 분명하긴 해도 알고 나면 참 좋은 사람들이네요.」

「저도 동의합니다.」브룩 씨가 말했다.

---

33 〈귀여운 사람dear〉과 〈사슴deer〉의 발음이 같은 것을 이용한 말장난이다.

13장
허공의 성채

어느 따뜻한 9월 오후, 로리는 흔들리는 해먹에 누워서 빈 둥거리고 있었다. 옆집 사람들은 뭘 하고 있을지 궁금했지만 귀찮아서 찾아가고 싶지는 않았다. 그는 기분이 별로 좋지 않았다. 아무 보람도 없고 만족스럽지도 않은 하루였기 때문에, 처음으로 돌아가서 다시 시작할 수 있으면 좋겠다고 생각했다. 더운 날씨 때문에 나른해져 공부도 열심히 하지 않아서 브룩 선생님의 인내심을 한계까지 시험했다. 오후 반나절 동안 피아노를 쳐서 할아버지는 화가 났고, 장난삼아 개 한 마리가 광견병에 걸린 것 같다고 말해서 하녀들이 거의 정신을 못 차리게 만들었으며, 마부가 자기 말을 제대로 돌보지 않는다고 마음대로 생각하고는 소리를 지르며 싸웠다. 그런 다음 해먹에 털썩 누워서 세상 전반의 어리석음에 대해서 화를 냈다. 그러나 맑은 날의 평화로움 덕분에 자기도 모르게 차분해졌다. 로리는 머리 위 마로니에 나무의 초록색 그늘을 올려다보면서 온갖 공상에 빠졌다. 세계 일주를 하다가 대양에 둥둥 떠 있는 상상을 하고 있었는데, 여러 사람의

243

목소리가 들려오는 바람에 순식간에 뭍으로 나왔다. 해먹 그
물망 사이로 엿보니 마치가의 딸들이 소풍이라도 가는 것처
럼 밖으로 나왔다.

〈도대체 뭘 하려는 거지?〉 이렇게 생각하며 로리는 제대로
살펴보려고 졸린 눈을 떴다. 옆집 사람들의 모습이 뭔가 특
이했기 때문이었다. 네 사람 모두 크고 펄럭거리는 모자를
쓰고, 어깨에 갈색 리넨 파우치를 멨으며, 긴 지팡이를 들고
있었다. 그리고 메그는 쿠션, 조는 책, 베스는 바구니, 에이미
는 작품집을 들고 있었다. 넷이서 조용히 정원을 지나 작은
뒷문으로 빠져나가더니 집과 강 사이의 언덕을 올라가기 시
작했다.

「음, 너무하네!」 로리가 혼잣말을 했다. 「나를 부르지도 않
고 자기들끼리 소풍을 가다니! 열쇠가 없어서 보트는 타지
못할 텐데. 깜빡했나 봐. 내가 열쇠를 갖다주고 어쩌나 봐야
겠다.」

로리는 모자가 여섯 개나 있었지만 하나를 찾는 데도 시간
이 좀 걸렸다. 그다음으로 열쇠를 애타게 찾다가 결국 주머
니에서 발견했다. 그래서 마침내 로리가 울타리를 뛰어넘어
쫓아갔을 때 자매들의 모습은 이미 보이지 않았다. 로리는
가장 빠른 지름길로 보트 하우스에 가서 자매들이 나타나기
를 기다렸지만, 아무도 오지 않아서 언덕을 올라가 보았다.
작은 소나무 숲이 언덕의 일부를 뒤덮었는데, 이 푸르른 숲
한가운데로 가자 소나무의 낮은 한숨 소리나 귀뚜라미의 활
기 없는 울음소리보다 더 뚜렷한 소리가 들렸다.

〈경치가 참 좋군!〉 로리가 이렇게 생각하며 덤불 사이를 엿보자, 잠이 확 달아나고 벌써 기분이 풀렸다.

정말 작고 예쁜 그림이었다. 그늘진 구석에 앉은 네 자매의 머리 위로 햇빛과 그림자가 어른거렸고, 향기로운 바람이 머리카락을 흩트리고 더운 뺨을 식혀 주었다. 숲의 주민들은 이들이 이방인이 아니라 오랜 친구라도 되는 것처럼 제각각 할 일을 했다. 메그는 쿠션에 앉아서 흰 손으로 고상하게 바느질을 하고 있었는데, 분홍색 원피스를 입고 있었기 때문에 파릇파릇한 배경 속에서 장미꽃처럼 싱싱하고 사랑스러워 보였다. 베스는 솔방울로 예쁜 것들을 만들었기 때문에 근처 솔송나무 아래 잔뜩 떨어진 솔방울을 분류하고 있었다. 에이미는 양치식물을 스케치하는 중이었고, 조는 책을 소리 내어 읽으면서 뜨개질을 하고 있었다. 네 자매를 바라보는 소년의 얼굴에 그림자가 스쳤다. 초대받지 않았으니 돌아가야 한다는 느낌이 들었기 때문이다. 그러나 집은 너무 쓸쓸하게 느껴졌고, 이 고요한 숲속 모임이 그의 불안한 영혼에 너무나도 매력적으로 보였기 때문에 머뭇거리고 있었다. 로리가 너무나 미동도 없이 서 있었기 때문에 바쁘게 추수하던 다람쥐 한 마리가 근처 소나무를 타고 내려오다가 불현듯 그를 발견하고 재빨리 올라가면서 날카로운 소리로 꾸짖었다. 그 소리에 고개를 든 베스가 자작나무 뒤에서 부러워하는 얼굴을 알아보고 괜찮다는 듯 미소를 지으며 손짓해 불렀다.

「나도 들어가도 돼? 내가 방해가 되지 않을까?」 로리가 천천히 다가가며 물었다.

메그가 눈썹을 치켜올렸지만 조가 메그를 향해 반항적으로 얼굴을 찌푸린 다음 얼른 말했다. 「당연히 있어도 되지. 우리가 먼저 같이 오자고 했어야 하는 건데, 이렇게 여자애 같은 놀이는 별로 좋아하지 않을 줄 알았어.」

「난 너희 자매들이 하는 놀이는 다 좋아. 하지만 메그가 싫다고 하면 난 갈게.」

「무슨 일이든 하면 나도 괜찮아. 여기서 아무것도 안 하면 규칙에 어긋나거든.」메그가 진지하지만 관대하게 대답했다.

「정말 고마워. 잠깐만 머물게 해주면 뭐든지 할게. 저 밑은 정말 사하라 사막처럼 지루하거든. 바느질, 책 읽기, 솔방울 모으기, 그림 그리기 중에 뭘 할까? 한꺼번에 다 할까? 뭐든 시키기만 해. 난 준비됐어.」로리가 이렇게 말하고 아주 보기 좋은 유순한 표정으로 자리에 앉았다.

「내가 발꿈치 부분을 뜨는 동안 이 단편소설을 마저 읽어 줘.」조가 책을 건네며 말했다.

「네.」온순한 대답이 돌아왔다. 로리는 〈바쁜 꿀벌회〉에 가입시켜 줘서 얼마나 고마운지 보여 주려고 책을 아주 열심히 읽기 시작했다.

소설은 길지 않았다. 끝까지 다 읽은 로리는 이 공로에 대한 보상으로 몇 가지 질문을 던졌다.

「무척 교육적이고 매력적인 이 제도가 혹시 새로 생긴 건지 여쭤봐도 될까요?」

「말해 줄까?」메그가 동생들에게 물었다.

「웃을 거야.」에이미가 경고하듯 말했다.

「무슨 상관이야?」조가 말했다.

「로리 오빠는 좋아할 것 같아.」베스가 덧붙였다.

「당연하지! 웃지 않겠다고 약속할게. 조, 겁내지 말고 말해 줘.」

「내가 널 겁낸다니 무슨 소리야! 음, 우린 예전에 〈천로 역정〉 놀이를 했었거든. 그걸 이번 겨울이랑 여름에도 진지하게 하는 중이야.」

「응, 알아.」로리가 알고 있다는 뜻으로 고개를 끄덕였다.

「누구한테 들었어?」조가 물었다.

「정령.」

「아니, 내가 말했잖아. 어느 날 저녁에 다들 외출하고 집에 없었는데, 로리 오빠가 우울하다고 했었거든. 재미있게 해주고 싶어서 내가 얘기했어. 로리 오빠도 좋아했으니까 뭐라고 하지 마, 조 언니.」베스가 온화하게 말했다.

「넌 비밀을 지키지 못하는구나. 괜찮아, 수고를 덜었으니까.」

「계속 얘기해 줘.」조가 약간 기분 나쁜 표정으로 다시 하던 일에 몰두했기 때문에 로리가 말했다.

「아, 베스가 새로운 계획은 얘기해 주지 않았어? 음, 우리는 휴가를 낭비하지 않기로 했어. 각자 할 일을 정해서 열심히 했지. 휴가는 거의 끝났고, 할 일도 다 끝났어. 빈둥거리지 않기를 잘했어.」

「정말 그렇겠다.」로리는 게으르게 보낸 나날을 후회하며 떠올렸다.

「엄마는 우리가 최대한 바깥에서 시간을 보내길 바라시거든. 그래서 우리는 일감을 들고 여기 와서 좋은 시간을 보내. 재미로 이 가방에 물건을 넣고 낡은 모자를 쓰고 지팡이를 짚고 와서, 몇 년 전처럼 순례자 놀이를 하면서 언덕을 오르는 거야. 우린 이 언덕을 〈기쁨의 산〉이라고 불러. 저 멀리 우리가 언젠가 가서 살고 싶은 시골이 보이거든.」

조가 손가락으로 가리키자 로리가 똑바로 앉아서 바라보았다. 숲속의 공터 너머로 넓고 푸른 강 — 그 너머의 초원 — 과 대도시 외곽 저 멀리 우뚝 솟아 푸른 하늘과 맞닿을 듯한 녹색 산들이 보였다. 해가 낮게 떠 있고, 하늘이 가을 석양을 화려한 빛으로 물들였다. 금빛과 자줏빛 구름이 산꼭대기에 걸려 있었다. 불그레한 빛을 향해 높이 솟은 은빛 봉우리들은 천상의 도시[34]에 있는 첨탑처럼 반짝거렸다.

「정말 아름답다!」 로리가 부드럽게 말했다. 그는 어떤 종류든 아름다움을 금방 알아보고 느꼈다.

「이럴 때가 많아. 우린 이 장면을 보는 게 좋아. 매일 다르지만 항상 웅장하거든.」 에이미가 이 광경을 그릴 수 있으면 좋겠다고 생각하며 대답했다.

「조 언니가 언젠가 우리가 살고 싶은 시골 이야기를 했잖아…… 진짜 시골을 말하는 거야. 돼지랑 닭을 키우고 건초를 만드는 시골 말이야. 정말 좋을 거야. 저 하늘 위의 아름다운 시골이 진짜라서 우리가 저기에 갈 수 있으면 좋겠어.」 베스

---

34 『천로 역정』의 주인공 크리스천이 긴 순례 끝에 마지막으로 도달하는 도시.

가 생각에 잠겨 말했다.

「저곳보다 아름다운 시골도 있어, 우리가 착하게 살면 언젠가 갈 수 있을 거야.」메그가 다정한 목소리로 대답했다.

「기다리는 시간이 너무 길게 느껴져서 힘들어. 저 제비들처럼 곧장 날아가서 저 웅장한 문으로 들어가고 싶어.」

「넌 언젠가 가게 될 거야, 베스. 걱정할 필요 없어.」조가 말했다. 「힘들게 싸우면서 노력하고, 기어오르고 기다리고 해야 할 사람은 바로 나야. 난 어쩌면 영영 못 들어갈지도 모르고.」

「위안이 될지는 모르겠지만 나도 아마 그 옆에 있을 거야. 나는 한참 올라가야 너희들이 말하는 천상의 도시를 구경이라도 하겠지. 내가 늦게 도착하면 네가 말 좀 잘 해줘. 알았지, 베스?」

베스는 소년의 표정을 보니 왠지 마음이 무거웠지만, 차분한 눈으로 끊임없이 바뀌는 구름을 보면서 경쾌하게 말했다. 「정말로 가고 싶어 하면, 그리고 평생 열심히 노력하면 누구나 갈 수 있을 거야. 저 문에는 자물쇠도 없고, 지키는 사람도 없을 테니까. 난 그림이랑 똑같을 거라고 늘 상상해. 크리스천이 강에서 올라오면 빛나는 이들[35]이 손을 내밀어서 그를 환영하잖아.」

「우리가 각자 상상하는 허공의 성채[36]를 전부 실현시킬 수

35 『천로 역정』에서 주인공을 마중 나오는 천사.
36 castles in the air. 〈백일몽〉이라는 뜻이다. 여기에서는 천국의 도시와 연결시켜 각자의 소원을 이야기하고 있다.

있다면, 우리가 그 안에서 살 수 있다면 재미있을 것 같지 않아?」잠시 침묵이 흐른 뒤에 조가 말했다.

「난 그동안 너무 다양하게 상상해서 뭘로 정할지 고르기 힘들 거야.」로리가 벌렁 드러누워서 자기 존재를 폭로한 다람쥐에게 솔방울을 던지며 말했다.

「제일 좋아하는 걸 골라야지. 뭐가 제일 좋아?」메그가 묻는다.

「내가 말하면 다들 말해 줄 거야?」

「응, 다른 애들도 말하면.」

「우리도 얘기할게. 자, 로리부터.」

「나는 원하는 만큼 세상을 본 다음, 독일에 정착해서 음악을 실컷 하고 싶어. 유명한 음악가가 되어서 다들 내 음악을 들으려고 밀려드는 거야. 나는 돈이나 사업 걱정 없이 즐기면서 내가 좋아하는 음악을 위해 사는 거지. 그게 내가 제일 좋아하는 성이야. 메그는 어때?」

마거릿은 자기 이야기를 하기가 조금 힘든 것 같았고, 있지도 않은 각다귀를 쫓는 사람처럼 양치식물로 얼굴에 부채질을 하면서 천천히 말했다. 「나는 온갖 호화로운 물건들로 가득한 사랑스러운 집이 좋겠어. 맛있는 음식, 예쁜 옷, 멋진 가구, 좋은 사람들, 많은 돈. 그 집의 여주인이 되어서 내 마음대로 꾸리고, 하인이 잔뜩 있어서 나는 아무 일도 할 필요가 없는 거야. 얼마나 즐거울까! 나는 게으름을 피우지 않고 모두가 나를 무척 사랑하도록 잘 해낼 거야.」

「그 허공의 성채에 바깥사람은 없어?」로리가 장난스럽게 물었다.

「〈좋은 사람들〉이라고 했잖아.」메그가 신발 끈을 묶으면서 말했기 때문에 아무도 그녀의 표정을 보지 못했다.

「멋지고 현명하고 착한 남편이랑 천사 같은 작은 아이들을 갖고 싶다는 말은 왜 안 해? 그게 없으면 언니의 성은 완벽하지 않다는 거 알잖아.」퉁명스러운 조가 말했다. 조는 아직 사랑에 대한 환상이 없었고, 책에 나오는 것만 빼면 로맨스를 경멸했다.

「네 성에는 말, 잉크스탠드, 소설밖에 없잖아.」메그가 토라져서 대답했다.

「그게 어때서? 나는 아라비아 말들로 가득한 마구간, 책이 높다랗게 쌓인 여러 개의 방을 가지고 싶어. 그리고 마법의 잉크스탠드로 로리의 음악만큼이나 유명한 작품을 쓸 거야. 나는 성에 들어가기 전에 근사한 일을, 내가 죽은 뒤에도 잊히지 않을 영웅적인 일이나 멋진 일을 하고 싶어. 그게 뭔지는 모르겠지만 기회를 기다리고 있어. 언젠가 모두를 깜짝 놀라게 해줄게. 난 책을 써서 유명해지고 부자가 될 거야. 나한테는 그게 어울리는 것 같아. 그러니까 그게 내가 제일 좋아하는 꿈이야.」

「내 꿈은 아빠랑 엄마랑 같이 집에서 안전하게 지내면서 가족들을 돌보는 거야.」베스가 만족스럽게 말했다.

「다른 건 전혀 바라지 않아?」

「피아노도 생겼으니까 이제 완벽하게 만족해. 우리가 다 같이 건강하게 지내면 좋겠어, 그것뿐이야.」

「나는 소원이 너무 많지만 제일 좋아하는 건 화가가 되는 거랑 로마에 가는 거, 그리고 멋진 그림을 그려서 세계 최고의 화가가 되는 거야.」 이것이 에이미의 겸손한 소망이었다.

「우린 야심이 참 커, 그렇지? 베스를 빼면 다들 부자가 되고, 유명해지고 싶고, 모든 면에서 호화롭기를 바라지. 우리 중 누구든 소원을 이룰 수 있을까 궁금하다.」 로리가 생각에 잠긴 송아지처럼 풀을 씹으며 말했다.

「난 내 허공의 성채에 들어갈 열쇠가 있지만 문을 열 수 있을지 없을지는 두고 봐야지.」 조가 수수께끼처럼 말했다.

「나도 열쇠가 있지만 열어 볼 수도 없어. 빌어먹을 대학!」 로리가 초조하게 한숨을 쉬며 중얼거렸다.

「이게 내 열쇠야!」 에이미가 연필을 흔들어 보였다.

「난 없어.」 메그가 쓸쓸하게 말했다.

「아니, 있어.」 로리가 즉시 대답했다.

「어디?」

「메그 얼굴에.」

「말도 안 돼. 얼굴은 아무 소용 없어.」

「가질 만한 가치가 있는 것을 가져다줄지 어떨지 두고 보면 알겠지.」 로리는 이렇게 말하고 자기가 안다고 생각하는 작고 멋진 비밀을 떠올리며 웃었다.

메그는 양치류 잎사귀 뒤에서 얼굴을 붉혔지만, 아무것도 묻지 않고 이야기 만들기 게임을 할 때 브룩 씨가 기사 이야기를 하면서 지었던 표정처럼 기대가 가득한 표정으로 강 건너를 보았다.

「10년 후에 우리가 모두 살아 있으면 다 같이 만나서 몇 명이나 소원을 이뤘는지, 아니면 지금보다 소원에 얼마나 더 가까워졌는지 확인해 보자.」 항상 계획을 세우는 조가 말했다.

「세상에! 10년 후면 몇 살이지, 스물일곱 살이네!」 메그가 외쳤다. 이제 막 열일곱 살이 된 메그는 벌써 어른이 된 기분이었다.

「테디, 너랑 나는 스물여섯 살이고, 베스는 스물네 살, 에이미는 스물두 살이겠네. 엄청 나이 많은 사람들의 모임이잖아!」 조가 말했다.

「그때쯤에는 자랑스러워할 만한 것을 이루었으면 좋겠지만, 난 너무 게을러서 빈둥대고 있을까 봐 걱정이야, 조.」

「우리 엄마 말씀처럼 넌 동기가 필요해. 동기가 생기면 분명히 잘해 낼 거라고 하시던데.」

「그러셨어? 와, 진짜 그럴 거야! 기회만 있으면 말이야!」 로리가 갑자기 솟아오르는 에너지를 느끼고 똑바로 앉으면서 외쳤다. 「난 할아버지를 기쁘게 해드리는 것으로 만족해야 하고, 그러려고 노력하지만 진짜 내 성미에 맞지 않아. 그래서 힘들어. 할아버지는 내가 당신처럼 인도 무역상이 되기를 바라시지만, 난 차라리 총에 맞는 게 낫겠어. 차〔茶〕도 비단도 향신료도, 할아버지의 낡은 배에 실려 오는 온갖 잡동사니들도 다 싫어. 내가 그 배들을 갖게 되면 침몰하든 말든 신경도 쓰지 않을 거야. 할아버지께서 내가 대학에 가는 걸로 만족하시면 좋겠어. 내가 할아버지를 위해 4년이나 참으면 사업에서는 해방시켜 주셔야 하는데. 하지만 할아버지는 완고하셔. 난 할아버지처럼 살든지, 아버지처럼 도망쳐서 내 마음대로 살든지 선택해야 돼. 노친네 곁을 지켜 줄 사람만 있으면 내일이라도 당장 도망칠 텐데.」

로리가 흥분하며 말했다. 아주 약간만 도발해도 자신의 위협을 바로 실행에 옮길 준비가 된 표정이었다. 로리는 무척 빨리 자라고 있었고, 게으르긴 하지만 청년답게 지배당하는 것을 싫어하며 혼자 세상에 나가 보고 싶다는 갈망으로 들썩였기 때문이다.

「너희 배를 타고 멀리 떠나서 네 방식을 시험해 보기 전까지는 돌아오지 마.」 조가 말했다. 그토록 과감한 모험을 생각하자 상상력이 발동했고, 스스로 〈테디가 겪는 부당함〉이라고 부르는 것을 생각하자 동정심이 샘솟았다.

「그러면 안 돼, 조. 그렇게 말하면 안 돼. 로리도 조의 잘못된 충고를 받아들이면 안 돼. 할아버지가 바라시는 대로 해야지, 로리.」 메그가 더없이 엄마 같은 말투로 말했다. 「대학에서 최선을 다해 할아버지를 기쁘게 해드리려고 노력하고, 할아버지도 그 모습을 보시면 널 부당하게 대하지 않으실 거야. 네 말처럼 할아버지 곁에서 사랑해 드릴 사람이 없잖아. 만약 허락도 받지 않고 떠나면 너도 네 자신을 절대 용서하지 못할 거야. 우울해하거나 초조해하지 말고 의무를 다하면 그 보상으로 존경과 사랑을 받을 거야. 브룩 씨처럼 말이야.」

「메그가 브룩 선생님에 대해서 뭘 아는데?」 조언은 고마웠지만 설교에 반발심이 생긴 로리가 평소와 달리 감정을 폭발시켰고, 화제가 자신에게서 다른 사람에게로 넘어가서 다행이라고 생각했다.

「너희 할아버지께서 말씀해 주신 것밖에 몰라. 어머니가 돌아가실 때까지 잘 보살피셨고, 해외에 아주 괜찮은 가정교사 자리가 있었지만 어머니 곁을 지키기 위해서 거절하셨다고 들었어. 그리고 지금은 어머니를 간호했던 노부인을 부양하고 있지만, 아무한테도 그런 말을 하지 않는다고 말이야. 정말 너그럽고 인내심 많고 훌륭하신 것 같아.」

「맞아, 정말 좋은 사람이야!」 메그가 열심히 이야기를 하다가 얼굴을 붉히며 말을 멈추자, 로리가 진심으로 말했다. 「할아버지도 똑같아. 몰래 선생님에 대해서 알아낸 다음, 선생님의 선행을 사람들한테 말하고 다녀. 그래서 다들 선생님을 좋아하게 만들지. 마치 부인도 브룩 선생님을 무척 친절하게 대하시고 나랑 같이 오라고 초대해서 잘해 주셨지만, 선생님은 그 이유를 몰라. 마치 부인은 완벽하다면서 며칠이고 그 얘기만 했어. 메그에 대해서도 무척 열을 내면서 얘기하더라. 내가 소원을 이루면 브룩 선생님한테도 정말 잘할 거야.」

「지금 당장 괴롭히지 않는 것부터 시작하지 그래?」 메그가 날카롭게 말했다.

「내가 괴롭히는지 아닌지는 어떻게 아시죠, 마치 양?」

「퇴근하실 때 표정을 보면 알아. 네가 말을 잘 들은 날은 만족스러운 표정으로 빠르게 걷지만, 네가 괴롭힌 날은 근엄한 표정으로 천천히 걸어가시거든. 다시 돌아가서 자기 일을 더 잘해 내고 싶은 것처럼 말이야.」

「음, 마음에 드는데? 그러니까 메그는 브룩 선생님의 표정을 보고 내 점수를 매기는 거구나? 선생님이 메그네 창문 앞을 지나갈 때 미소 지으면서 인사하는 건 알았지만, 그런 식으로 신호를 주고받는 줄은 몰랐네.」

「그런 적 없어. 화내지 마. 아, 그리고 브룩 씨한테는 절대 말하지 마! 네가 어떻게 지내는지 나도 신경 쓰고 있다는 말이 하고 싶었던 거야. 여기서 한 말은 전부 비밀인 거 알지?」 메그가 자신의 경솔한 발언이 어떤 일로 이어질지 모른다는 생각에 깜짝 놀라며 말했다.

「아무 얘기나 하고 다니진 않아.」 로리가 〈도도하고 거만하게〉 — 로리가 가끔 짓는 표정을 조는 이렇게 표현했다 — 대답했다. 「하지만 브룩 선생님이 온도계 같은 역할이라면, 선생님이 날씨가 좋았다고 보고할 수 있도록 나도 신경을 써야겠네.」

「기분 나쁘게 생각하지 마. 난 잔소리를 하거나 남 이야기를 할 생각도, 어리석게 굴려는 생각도 없었어. 그냥 네가 언젠가 후회하게 될 감정을 조가 부추기는 것 같아서 그런 거야. 네가 우리한테 너무 다정하니까 우리도 네가 진짜 오빠나 동생 같아서 생각나는 대로 다 말하나 봐. 미안해. 진심이야.」 메그가 소심하면서 애정 어린 태도로 손을 내밀었다.

로리는 잠깐 욱했던 것이 부끄러워져서 작고 다정한 손을 꽉 잡고 솔직하게 말했다. 「용서받을 사람은 나야. 종일 기분이 언짢아서 뿌루퉁했거든. 난 메그가 내 잘못을 가르쳐 주고 누나처럼 대해 주는 게 좋아. 그러니까 내가 가끔 심술을 내도 신경 쓰지 마. 아무튼 고마워.」

로리는 기분이 상하지 않았음을 보여 주려고 최대한 싹싹하게 굴었다. 그는 메그를 위해 실을 감고, 조를 재미있게 해 주려고 시를 암송하고, 베스를 위해 나무를 흔들어서 솔방울을 떨어뜨리고, 양치식물을 그리는 에이미를 도와주면서 자신이 〈바쁜 꿀벌회〉에 어울리는 사람임을 증명했다. 거북이의 습성(귀여운 거북이들이 강에서 어슬렁어슬렁 올라오고 있었다)에 대해서 활발하게 이야기를 나누고 있는데, 희미한 종소리가 들려왔다. 해나가 차를 준비하기 시작했다는 뜻이었다. 이제 모두 저녁 식사를 하러 집으로 돌아갈 시간이었다.

「또 와도 돼?」 로리가 물었다.

「그래. 착하게 굴고 공부 열심히 하면. 이제 학교에 막 들어간 아이한테 하는 말 같네.」 메그가 미소를 지으며 말했다.

「노력할게.」

「그렇다면 와도 돼. 스코틀랜드 남자들처럼 뜨개질하는 법을 가르쳐 줄게. 요즘 양말이 많이 필요하거든.」 조가 이렇게 덧붙였고, 대문 앞에서 헤어지며 양말을 커다란 파란색 소모사 깃발처럼 흔들었다.

그날 해 질 무렵 베스가 로런스 씨를 위해 피아노를 연주할 때 로리는 커튼 뒤에 숨어서 꼬마 다윗[37]의 음악에 귀를 기울였다. 베스의 연주를 들으면 항상 언짢았던 기분이 가라

---

37 구약 성서에서 다윗은 사울왕을 위해 하프를 연주해서 그의 마음을 가라앉힌다.

앉았다. 희끗희끗한 머리를 손으로 받치고 앉아 있는 할아버지를 보면서 로리는 할아버지가 그토록 사랑했던 죽은 아이의 사랑스러운 기억을 떠올렸다. 소년은 오후에 나눈 대화를 생각하며 기분 좋게 희생하자고 결심했고, 이렇게 혼잣말을 했다. 「내 성채는 포기하고 할아버지가 날 필요로 하시는 동안은 곁에 있어 드려야지. 할아버지한테는 나밖에 없으니까.」

14장

비밀

10월에 접어들면서 점점 추워지고 오후가 짧아졌기 때문에 조는 다락방에서 뭔가 하느라 분주했다. 태양이 높은 창을 통해서 따뜻하게 머무는 두세 시간 동안 조가 낡은 소파에 앉아 앞에 놓인 트렁크에 종이를 펼쳐 놓고 바쁘게 쓰는 모습이 보였다. 그동안 애완 쥐 스크래블은 자기 수염을 자랑스러워하는 멋진 청년 쥐가 된 큰아들과 함께 머리 위 들보를 돌아다녔다. 조는 글쓰기에 푹 빠져서 마지막 페이지를 채웠고, 장식체로 이름을 서명한 다음 펜을 내려놓고 외쳤다.

「됐어, 난 최선을 다했어! 이걸로 안 되면 더 잘하게 될 때까지 기다려야지, 뭐.」

조는 소파에 누워 원고를 끝까지 꼼꼼하게 읽으면서 군데군데 줄표를 넣고 작은 풍선 같은 느낌표를 잔뜩 덧붙였다. 그런 다음 멋진 빨간색 리본으로 묶고 잠시 앉아서 침착하고 간절한 표정으로 원고를 바라보았다. 그녀가 얼마나 진지하게 열심히 썼는지를 분명히 보여 주는 표정이었다. 다락방에 있는 조의 책상은 벽에 걸린 낡은 양철 조리대였다. 조는 여기에 원고와 책 몇 권을 보관했다. 역시 문학을 좋아하는 스크래블은 자기가 돌아다니는 구역에 책이 있으면 책장을 갉아먹어 이동 도서관을 만들었기 때문에 스크래블이 접근하지 못하도록 안전하게 보관했다. 조는 양철 보관소에서 또 다른 원고를 꺼내 둘 다 주머니에 넣고 친구들이 펜을 갉아먹고 잉크를 맛보도록 내버려 둔 채 조용히 아래층으로 내려갔다.

조는 최대한 소리 없이 모자를 쓰고 재킷을 입은 다음, 집 뒤쪽 창문을 통해 낮은 포치 지붕 위로 나가서 풀이 우거진 제방으로 뛰어내린 후, 빙 둘러서 큰길가로 나갔다. 그러고는 매무새를 가다듬고 손을 흔들어 지나가는 승합 마차를 잡아 탄 다음, 아주 즐겁고도 수수께끼 같은 표정으로 시내로 향했다.

누가 조를 지켜보고 있었다면 아주 기묘하다고 생각했을 것이다. 마차에서 내린 그녀는 성큼성큼 걸어서 번화가의 어느 번지수에 도착했다. 약간 헤매다가 원하던 건물을 찾은 조는 복도로 들어가서 더러운 계단을 올려다보았고, 잠시 미동도 없이 서 있다가 갑자기 밖으로 다시 나와서 올 때와 마찬가지로 최대한 빠르게 걸어갔다. 조는 이런 행동을 몇 번 되풀이했다. 반대편 건물 창가에서 어슬렁거리던 검은 눈의 젊은 신사가 이 모습을 무척 재미있다는 듯 바라보았다. 세 번째로 건물 앞에 돌아온 조가 몸을 부르르 떨더니 모자를 푹 눌러쓰고 이빨을 모조리 다 뽑으러 가는 표정으로 계단을 올라갔다.

입구를 장식한 여러 개의 간판 중에는 치과 간판도 있었다. 젊은 신사는 천천히 열렸다 닫혔다 하면서 멋진 치아를 보여 주는 가짜 입을 잠시 바라보더니, 외투를 입고 모자를 쓰고 밑으로 내려가서 맞은편 건물 문 앞을 지키고 섰다. 그가 미소를 짓고 몸을 살짝 떨면서 혼잣말을 했다.

「혼자 오다니 조답네. 하지만 혹시 힘들면 집에 데려다줄 사람이 필요할 거야.」

10분 후 조가 새빨개진 얼굴에 무엇인지 모르겠지만 힘든 시련을 막 겪은 듯한 분위기를 풍기며 계단을 달려 내려왔다. 젊은 신사를 발견한 조는 전혀 반가운 표정이 아니었고, 고개만 살짝 끄덕이더니 그를 지나쳤다. 그러나 신사가 그녀를 졸졸 쫓아가면서 안됐다는 듯이 물었다.

「힘들었어?」

「별로.」

「빨리 끝났네.」

「응, 다행히도!」

「왜 혼자 갔어?」

「아무한테도 알리고 싶지 않았어.」

「넌 내가 아는 사람들 중에서 제일 이상해. 몇 개나 뽑았어?」

조가 무슨 말인지 모르겠다는 듯 친구를 보았다. 그런 다음 정말 재미있다는 듯이 깔깔 웃기 시작했다.

「뽑혔으면 하는 게 두 개 있지만, 일주일은 기다려야 돼.」

「왜 웃어? 또 무슨 장난치는 거지, 조.」로리가 어리둥절한 표정으로 말했다.

「너도 마찬가지잖아. 저기 저 당구장에서 뭘 하고 계셨나요?」

「죄송합니다만 당구장이 아니라 체육관인데요. 펜싱 수업을 듣고 있었지요.」

「그거 참 잘됐다.」

「왜?」

「너한테 펜싱을 배워서 같이 『햄릿』을 하면 되겠다. 네가 레어티스 역할을 맡으면 둘이서 멋진 펜싱 장면을 연출할 수 있을 거야.」

로리가 소년다운 웃음을 터뜨리자, 지나가던 사람들 몇 명이 자기도 모르게 미소를 지었다.

「『햄릿』을 하든 안 하든 펜싱은 가르쳐 줄게. 정말 재미있고 자세도 아주 꼿꼿해져. 하지만 단지 그것 때문에 〈참 잘됐다〉고 말한 거 아니잖아. 굉장히 확고한 말투였는데. 내 말이 맞지?」

「응. 네가 당구장에 가지 않았다기에 잘됐다고 한 거야. 네가 그런 데 가지 않았으면 좋겠어. 너도 당구장 가?」

「자주는 안 가.」

「아예 안 가면 좋겠어.」

「이상한 거 아니야, 조. 집에 당구대가 있지만 잘 치는 사람이랑 쳐야 재미있거든. 난 당구를 좋아하니까 가끔 당구장에 가서 네드 모펏이나 뭐 그런 사람들이랑 한 게임 치는 것뿐이야.」

262

「아, 세상에, 정말 안타깝다. 당구가 점점 좋아져서 시간과 돈을 낭비하다가 그 끔찍한 남자들처럼 될 테니까. 친구들이 자랑스러워하고 존중할 만한 사람으로 남아 있기를 바랐는데.」 조가 고개를 절레절레 흔들며 말했다.

「가끔 해로울 것 없는 오락을 즐기면서 존중을 잃지 않을 수는 없는 거야?」 로리가 신경 쓰인다는 표정으로 물었다.

「어디서 어떻게 즐기느냐에 달려 있지. 난 네드랑 그 친구들이 마음에 안 들어, 넌 거기 끼지 않으면 좋겠어. 네드는 우리 집에 오고 싶어 하지만 엄마가 못 오게 하셔. 네가 네드처럼 되면 엄마는 지금처럼 어울리지 못하게 하실 거야.」

「그러실까?」 로리가 걱정스럽게 물었다.

「응, 엄마는 유행을 쫓는 청년을 못 견뎌 하시거든, 우리가 그런 사람들이랑 어울리게 두느니 상자에 가둬 버리실 거야.」

「음, 아직은 상자를 안 꺼내셔도 돼. 난 유행을 쫓지도 않고, 그렇게 될 생각도 없거든. 하지만 가끔 해로울 것 없는 오락거리는 즐겨. 넌 안 그래?」

「그래, 그 정도는 아무도 신경 안 써. 그러니까 오락거리는 실컷 즐기되 정신 못 차리게 빠지지는 마, 알았지? 그랬다가는 우리의 좋은 시절도 끝날 거야.」

「두 배로 순수한 성인(聖人)이 될게.」

「난 성인은 못 견뎌. 그냥 단순하고 정직하고 존경할 만한 소년이 되어 줘, 그럼 우린 널 절대 버리지 않을 거야. 네가 킹 씨네 아들처럼 굴면 어떻게 해야 할지 모르겠어. 그 사람

263

은 돈은 엄청 많은데 쓰는 방법을 모르잖아. 술 마시고, 도박하고, 도망다니고, 자기 아버지의 이름을 팔고. 정말 끔찍했어.」

「내가 그렇게 될 거라고 생각하는 거야? 그것참, 고맙네.」

「아니, 그렇게 생각 안 해 — 세상에, 절대 아니야! — 하지만 사람들이 그러잖아, 돈이 무척 큰 유혹이라고. 가끔 난 네가 가난하면 좋겠어. 그러면 걱정하지 않을 텐데.」

「내가 걱정돼, 조?」

「가끔. 네가 우울하고 불만스러워 보일 때. 가끔 그럴 때 있잖아. 넌 의지력이 대단하니까, 한번 잘못된 길로 빠져들면 말리기 힘들까 봐 걱정이야.」

로리는 몇 분 동안 말없이 걸었고, 조는 그를 보면서 입 다물고 있을걸 하고 후회했다. 조의 경고에 로리의 입은 미소를 짓고 있었지만 눈은 화난 듯했기 때문이다.

「집으로 가는 내내 잔소리할 거야?」 로리가 즉시 물었다.

「당연히 아니지. 왜?」

「그럴 거면 승합 마차 타려고. 잔소리 안 하면 너랑 같이 걸어가면서 아주 재미있는 이야기를 해줄게.」

「이제 잔소리 안 할게. 무슨 이야기인지 진짜 궁금하다.」

「아주 좋아. 그럼 가자. 비밀 이야기야. 내가 말해 주면 너도 네 비밀 말해 주는 거다?」

「난 비밀 없는데.」 조가 이렇게 말하다가 비밀이 있다는 사실이 떠올라서 멈췄다.

「있으면서 뭘…… 넌 아무것도 못 숨겨, 그러니까 어서 털어봐. 아니면 나도 말하지 않을 거야.」로리가 외쳤다.

「네 비밀, 좋은 거야?」

「아, 당연하지! 네가 아는 사람들에 대한 거고, 아주 재밌어! 꼭 들어야 돼. 한참 전부터 말하고 싶어서 죽는 줄 알았어. 자, 너부터 시작해.」

「집에 가서 아무 말도 하면 안 돼, 알았지?」

「한마디도 하지 않을게.」

「우리 둘이 있을 때도 놀리지 않기다?」

「절대 안 놀릴게.」

「그래, 알았어. 넌 누구에게서든 원하는 걸 반드시 얻어 낸다니까. 비결이 뭔지는 모르겠지만 사람을 구슬리는 재주를 타고났어.」

「고마워. 얼른 말해 봐.」

「음, 신문사에 단편소설을 두 편 내고 왔는데, 다음 주에 답을 준대.」조가 절친한 친구의 귀에 속삭였다.

「저명한 미국 작가 마치 양 만세!」로리가 모자를 던졌다가 받으며 외치자 오리 두 마리, 고양이 네 마리, 암탉 다섯 마리, 아일랜드 아이들 여섯 명이 무척 좋아했다. 이제 두 사람은 시내에서 벗어난 참이었다.

「쉿! 아마 둘 다 안 되겠지만, 시도는 해봐야지 가만히 있을 수가 없었어. 아무도 실망시키고 싶지 않아서 말 안 했고.」

「잘될 거야. 조, 매일 발표되는 소설의 절반은 쓰레기야, 그에 비하면 네 소설은 셰익스피어 작품이나 마찬가지야. 실

265

제로 인쇄된 걸 보면 정말 재미있겠다. 우리 모두 작가님이 얼마나 자랑스러울까?」

조의 눈이 반짝거렸다. 믿음을 얻는 것은 늘 즐거운 일이고, 친구의 칭찬은 신문에 실린 과장된 찬사 열두 편보다 더 달콤한 법이다.

「네 비밀은 뭐야? 공평해야지, 테디. 말해 주지 않으면 이제 네 말은 두 번 다시 안 믿을 거야.」조가 응원의 말 한마디에 환하게 타오르는 희망을 꺼뜨리려고 애쓰며 말했다.

「말하면 내가 곤란해질지도 모르지만, 말 안 하겠다고 약속하진 않았으니까 그냥 할래. 좋은 소식을 들었을 때 너한테 말하지 않으면 마음이 불편하니까. 나, 메그의 장갑이 어디 있는지 알아.」

「그게 다야?」조가 실망한 표정으로 말하자, 로리가 고개를 끄덕이고 뭔가 안다는 듯이 얼굴을 반짝였다.

「지금은 그 정도면 충분해. 어디 있는지 말하면 너도 동의할 거야.」

「그럼 말해 봐.」

로리가 몸을 숙이고 조의 귀에 세 단어를 속삭이자, 이상한 변화가 생겼다. 조가 걸음을 멈추더니 놀라고 기분 나쁘다는 표정으로 로리를 잠시 본 다음, 다시 걸어가며 날카롭게 말했다.「어떻게 알아?」

「봤어.」

「어디서?」

「호주머니.」

「지금까지 계속 거기 있었던 거야?」

「응, 낭만적이지 않아?」

「아니, 끔찍해.」

「마음에 들지 않아?」

「당연히 안 들지. 어처구니없어, 그러면 안 돼. 세상에! 메그 언니가 뭐라고 하겠어?」

「아무한테도 말하면 안 돼. 잊지 마.」

「난 약속하지 않았어.」

「암묵적으로 동의했잖아. 널 믿고 말한 건데.」

「음, 어쨌든 당장은 말하지 않겠지만 역겨워. 듣지 말걸 그랬어.」

「네가 좋아할 줄 알았는데.」

「누가 와서 메그 언니를 데려가는 걸 말이야? 고맙지만 됐어.」

「누가 와서 널 데려가면 괜찮아질 거야.」

「어디, 누가 시도하는지 보고 싶네.」 조가 맹렬하게 외쳤다.

「나도!」 로리가 그 생각에 낄낄 웃었다.

「난 비밀이 맞지 않는 것 같아. 네가 그 얘기를 한 다음부터 마음이 헝클어진 기분이야.」 조가 불쾌하다는 듯 말했다.

「이 언덕을 누가 더 빨리 내려가나 내기하자. 그러면 괜찮아질 거야.」 로리가 제안했다.

아무도 보이지 않았고, 눈앞에서 매끈한 길이 얼른 하라는 듯이 비탈져 있었기 때문에 불가항력적인 유혹이었다. 조가 재빨리 달리기 시작했다. 곧 모자와 빗이 날아갔고, 핀이 뚝뚝 떨어졌다. 목표 지점에 먼저 도착한 로리는 자기가 내린 처방이 성공해서 흡족했다. 그의 아탈란테[38]가 숨을 헐떡이며 따라왔기 때문이다. 머리카락은 바람에 흩날리고, 눈은 반짝반짝 빛나고, 뺨은 붉게 상기되고, 그녀의 얼굴에서 불만의 징후는 찾아볼 수 없었다.

「내가 말이면 좋겠다, 그러면 이 근사한 공기 속에서 몇 킬로미터씩 달려도 숨을 헐떡거리지 않을 텐데. 정말 대단했어. 하지만 꼴이 말이 아니네. 가서 내가 떨어뜨린 것들 좀 주워다 줘, 넌 천사잖아.」 조가 단풍나무 밑에 주저앉으며 말했다. 심홍색 낙엽이 카펫처럼 깔려 있었다.

로리는 조가 떨어뜨린 것들을 주우러 느긋하게 떠났고, 조는 머리를 다시 묶으면서 매무새를 깔끔하게 가다듬을 때까지 아무도 지나가지 않기만을 바랐다. 하지만 한 사람이 지나갔는데, 다름 아닌 메그였다. 이웃집을 방문하며 다니느라 멋지게 차려입었기 때문에 유난히 숙녀 같았다.

「도대체 여기서 뭐 하는 거니?」 메그가 엉망진창이 된 여동생을 보고 가정 교육을 잘 받은 아가씨답게 깜짝 놀라며 물었다.

「낙엽을 줍고 있어.」 조가 이제 막 쓸어 모은 장밋빛 낙엽 한 줌을 정리하며 얌전히 대답했다.

38 그리스 신화에서 결혼에 관심이 없던 처녀 사냥꾼 아탈란테는 달리기 경주에서 자신을 이기는 남자와 결혼하겠다고, 자신이 이길 경우에는 구혼자를 죽이겠다고 공언한다. 그래서 많은 청년들이 죽었지만, 멜라니온은 아탈란테가 앞지르려고 할 때마다 아프로디테에게서 받은 황금 사과를 던져 관심을 끌어 경주에서 이겼다.

「머리핀도 줍고.」로리가 핀 여섯 개를 조의 무릎에 던지며 덧붙였다.「메그, 핀이 길가에서 막 자라. 빗이랑 갈색 밀짚 모자도 그렇고.」

「달리기를 했구나, 조. 어떻게 그럴 수 있니? 이런 말괄량이 짓은 언제쯤 그만둘래?」메그가 나무라며 조의 소맷부리를 정리하고 바람이 마음껏 헝클어뜨린 머리카락을 가다듬어 주었다.

「늙고 뻣뻣해져서 목발을 짚어야 할 때. 나를 빨리 어른으로 만들려고 하지 마, 메그 언니. 언니가 갑자기 변하는 것만 해도 힘들어. 최대한 오래 어린애로 남게 해줘.」

조는 이렇게 말하면서 떨리는 입술을 감추려고 몸을 숙여 낙엽을 주웠다. 최근 마거릿이 빠르게 어른이 되어 가는 것을 느꼈고, 로리의 비밀 때문에 언젠가 반드시 올, 이제 무척 가까워진 듯한 이별을 두려워하게 되었다. 로리가 조의 괴로워하는 표정을 보고 메그의 관심을 돌리려고 얼른 질문을 던졌다.「이렇게 멋지게 차려입고 어디 다녀오는 거야?」

「가드너 씨 댁에 갔었어. 샐리한테 벨 모펏의 결혼식이 어떠했는지 전부 들었지. 정말 근사했대. 두 사람은 파리에서 겨울을 보낼 거래. 얼마나 재미있을까!」

「벨이 부러워, 메그?」로리가 말했다.

「그런 것 같아.」

「다행이다!」조가 모자를 쓰고 끈을 묶으며 중얼거렸다.

「왜?」메그가 놀란 표정으로 물었다.

「언니가 부자를 좋아하면 가난한 남자랑 결혼해서 떠날 일은 절대 없을 테니까.」조가 이렇게 말하며 로리를 향해 얼굴을 찌푸렸다. 로리는 말없이 입조심하라는 신호를 보내고 있었다.

「난 누구와도 〈결혼해서 떠나지〉 않을 거야.」메그가 이렇게 말하고 무척 품위 있게 걸어갔다. 두 사람은 그 뒤를 따르며 웃고, 속삭이고, 돌을 차고, 메그의 혼잣말처럼 〈어린아이같이 굴었다〉. 그러나 메그도 제일 좋은 옷을 입고 있지 않았다면 두 사람과 함께 어울리고 싶었을지도 몰랐다.

그 후 1~2주 동안 조가 너무 이상하게 굴어서 자매들은 무척 당황했다. 조는 우체부가 초인종을 울리면 얼른 뛰어나갔고, 브룩 씨를 만날 때마다 무례하게 굴었다. 또 비탄에 잠긴 표정으로 앉아서 메그를 바라보다가 가끔 벌떡 일어나서 수수께끼 같은 태도로 메그의 뺨에 입맞춤을 했다. 로리와 조는 계속 신호를 주고받으며 『스프레드 이글』이 어쨌다는 말만 해서 결국 자매들은 두 사람이 제정신이 아니라는 결론을 내렸다. 조가 창문을 통해서 외출한 날로부터 두 번째 토요일에 메그는 창가의 자기 자리에 앉아서 바느질을 하고 있었는데, 로리가 조를 쫓아서 온 정원을 뛰어다니다가 에이미의 정자에서 드디어 붙잡는 모습을 보고 아연실색했다. 정자에서 무슨 일이 벌어지는지 보이지는 않았지만 비명을 지르며 웃는 소리가 들렸고, 곧이어 중얼거리는 목소리와 함께 신문을 요란하게 펄럭거리는 소리가 들렸다.

「쟤를 어쩌면 좋지? 쟨 절대 숙녀답게 굴지 못할 거야.」메그가 한숨을 쉬면서 못마땅한 얼굴로 두 사람의 경주를 지켜보았다.

「난 그랬으면 좋겠어. 조 언니는 지금 그대로 너무 재미있고 사랑스러워.」 베스가 말했다. 베스는 조가 자신 외에 다른 사람과 비밀을 공유해서 약간 서운했지만 절대 티를 내지 않았다.

「정말 짜증나지만 우린 절대 조 언니를 〈코미 라 포〉하게 만들지 못할 거야.」 에이미가 말했다. 고수머리를 아주 잘 어울리게 묶고서 새 프릴 장식을 만들고 있으려니, 오늘따라 우아하고 숙녀가 된 것 같은 기분이 들었다.

몇 분 후 조가 집 안으로 뛰어 들어오더니 소파에 누워서 신문을 읽는 척했다.

「뭐 재미있는 거라도 있니?」 메그가 일부러 예의 바른 척 물었다.

「단편소설 하나 말고는 없어. 그것도 별로 대단하지는 않은 것 같지만.」 조가 신문에 실린 이름이 보이지 않도록 조심하면서 대답했다.

「소리 내서 읽어 봐. 그럼 우리도 재미있고 그동안은 언니도 장난을 치지 못할 테니까.」 에이미가 아주 어른스럽게 말했다.

「제목이 뭐야?」 베스는 조가 왜 신문으로 얼굴을 가릴까 의아해하며 물었다.

「〈라이벌 화가들〉.」

「재미있겠는데? 읽어 봐.」 메그가 말했다.

조가 〈흠!〉 하고 큰 소리를 낸 다음 길게 숨을 내쉬더니, 아주 빠르게 읽기 시작했다. 이야기는 낭만적이었고 가슴 아프게도 끝에 등장인물 대부분이 죽었기 때문에 자매들은 재미있게 들었다.

「화려한 그림에 대해 나오는 부분이 마음에 든다.」조가 낭독을 끝내자 에이미가 마음에 든다는 듯 말했다.

「난 연인이 나오는 부분이 더 좋은데. 비올라랑 안젤로는 우리가 제일 좋아하는 이름이잖아, 신기하지 않아?」연인 이야기가 비극적이었기 때문에 메그가 눈물을 닦으며 말했다.

「누가 썼어?」베스가 조의 표정을 흘끔 보고 물었다.

낭독자가 벌떡 일어나 앉더니 신문을 옆으로 던지고 상기된 얼굴을 드러냈고, 진지함과 흥분이 뒤섞인 목소리로 크게 대답했다.「네 언니가.」

「네가?」메그가 바느질감을 떨어뜨리며 외쳤다.

「아주 좋은 작품이야.」에이미가 비평가처럼 말했다.

「그럴 줄 알았어! 그럴 줄 알았다니까! 아, 조 언니. 정말 자랑스러워!」베스가 달려가서 언니를 끌어안고 놀라운 성공을 크게 기뻐했다.

아아, 네 자매는 얼마나 기뻐했는지 모른다! 메그는 자신의 두 눈으로 확인할 때까지 믿으려 하지 않았다. 신문에 정말로 〈조세핀 마치 양〉이라고 인쇄되어 있었다. 에이미는 미술이 등장하는 부분을 관대하게 평하면서 후속 편에서 쓸 힌트를 주었지만, 남녀 주인공 모두 죽었기 때문에 아쉽게도 쓸모는 없었다. 베스는 흥분해서 뛰어다니며 기쁨의 노래를 불렀다. 때마침 들어온 해나는 〈조가 해낸 일〉에 깜짝 놀라면서 〈아이고, 이런 일이!〉라고 소리쳤다. 마치 부인은 이 소식을 듣고 무척 자랑스러워했다. 조는 눈물을 글썽거리면서 웃더니, 공작새처럼 뽐낼 만하지 않냐며 으쓱으쓱 걸어다녔다. 신문이 이 사람의 손에서 저 사람의 손으로 날아다녔으니, 『스프레드 이글』[39]이 마치가의 저택 위에서 의기양양하게 날개를 펄럭였다고 말할 수 있으리라.

「다 얘기해 줘.」 「언제 나왔어?」 「얼마나 받았어?」 「아버지는 뭐라고 하실까?」 「로리가 웃지 않을까?」 가족들이 조의 주변으로 모여들어 하고 싶은 말을 한꺼번에 쏟아 냈다. 이 바보 같고 애정 넘치는 사람들은 아무리 작은 일이라도 집안에 기쁜 일이 생길 때마다 야단법석을 떨었다.

「다들 재잘대지 말아 봐, 다 얘기해 줄게.」 조가 말했다. 버니 양이 『이블리나』[40]를 발표했을 때도 지금 자신이 「라이벌 화가들」에 대해서 느끼는 것만큼 위대해진 기분은 아니었을 것 같았다. 조는 단편소설을 어떻게 제출했는지 설명한 다음, 이렇게 덧붙였다. 「결과를 알아보러 갔더니, 신문사 사람이 둘 다 마음이 들긴 하는데 신인 작가한테는 원고료를 주지 않는다고, 신문에 싣고 평만 해준대. 좋은 연습이 될 거래. 신인 작가도 실력이 늘면 어느 신문사에서든 돈을 낼 거라면서. 그래서 두 편 다 놓고 왔고, 오늘 이게 도착했어. 신문을 가지고 있다가 로리한테 들켰는데, 꼭 읽고 싶다고 해서 보여 준

39 조의 단편소설이 실린 신문 이름으로, 〈날개를 편 독수리〉라는 뜻이다.

40 영국 소설가 패니 버니의 유명한 서한체 소설로, 1778년에 익명으로 발표된 후 격찬을 받았다.

거야. 로리는 재미있다면서 나보고 소설을 더 쓰래. 다음 소설은 자기가 꼭 돈을 받게 해주겠대. 아, 너무 행복해. 언젠가는 글을 써서 먹고살면서 언니랑 너희들을 도와줄 수 있을지도 몰라.」

조는 여기까지 단번에 이야기하느라 숨이 찼다. 그녀는 신문으로 머리를 감싸고 자연스럽게 흘러내리는 눈물 몇 방울로 자신의 단편소설을 적셨다. 독립하는 것과 사랑하는 사람들의 칭찬을 받는 것은 조가 가슴속에 가장 소중하게 품고 있던 소망이었고, 이것은 그 행복한 결말을 향한 첫걸음 같았다.

15장

전보

「1년 중에서 11월이 제일 싫어.」어느 지루한 날, 창가에 서 있던 마거릿이 서리가 내린 정원을 내다보며 말했다.

「그래서 내가 11월에 태어난 거야.」조가 코에 잉크가 묻은 것도 모르고 생각에 잠겨 말했다.

「지금 아주 좋은 일이 일어나면 11월이 정말 즐거운 달이라고 생각하게 될 거야.」무엇이든, 심지어는 11월까지도 희망적으로 보는 베스가 말했다.

「하지만 우리 집에서는 좋은 일이 하나도 생기지 않아.」기분이 언짢았던 메그가 말했다. 「매일매일 악착같이 일하러 갈 뿐 달라질 건 하나도 없고, 재미있는 일도 거의 없잖아. 바퀴 돌리는 형벌을 받는 죄수나 마찬가지야.」

「세상에, 다들 너무 우울하잖아!」조가 외쳤다. 「놀랄 일은 아니지, 불쌍한 메그 언니. 다른 여자애들은 호화롭게 지내는데, 언니는 그 모습을 보면서 해가 가도 다음 해가 와도 죽기 살기로 일만 하니까. 아, 내 소설 속 주인공처럼 언니도 마음대로 하게 만들어 줄 수 있으면 얼마나 좋을까! 언니는 이

275

미 충분히 예쁘고 착하니까, 돈 많은 친척이 뜻밖의 재산을 물려주게 하는 거야. 그러면 상속녀가 돼서 그동안 언니를 무시했던 사람들을 전부 비웃어 주고, 외국에 나갔다가 무슨무슨 귀부인이 돼서 화려하고 우아하게 돌아오는 거지.」

「요즘 그런 식으로 재산을 물려받는 사람이 어디 있어. 돈을 가지려면 남자는 일을 하고 여자는 결혼을 해야 돼. 정말 끔찍할 만큼 불공평한 세상이야.」 메그가 씁쓸하게 말했다.

「조 언니랑 내가 우리 모두를 위해서 돈을 벌게. 10년만 기다려 봐.」 에이미가 한쪽 구석에 앉아 〈진흙 파이〉를 만들면서 이렇게 말했다. 해나는 에이미가 점토로 만드는 작은 새와 과일, 얼굴을 〈진흙 파이〉라고 불렀다.

「못 기다려. 그리고 너의 선의는 고맙지만 잉크랑 진흙이 썩 믿음직스럽진 않네.」

메그가 한숨을 쉬고 서리 내린 정원을 향해 다시 고개를 돌렸다. 조가 신음을 하더니 풀이 죽어서 탁자에 양쪽 팔꿈치를 올렸지만, 에이미는 기운차게 점토를 두드렸다. 반대쪽 창가에 앉아 있던 베스가 미소를 지으며 말했다. 「곧 두 가지 좋은 일이 생길 거야. 엄마가 큰길을 따라 오고 계시고, 로리 오빠가 좋은 소식이 있는지 정원에서 달려오고 있어.」

두 사람이 집 안으로 들어왔다. 마치 부인은 평소와 똑같이 〈아버지한테 편지 오지 않았니, 애들아?〉라고 물었고, 로리는 특유의 설득력 있는 말투로 이렇게 말했다. 「같이 마차 타러 가지 않을래? 수학 공부를 했더니 머리가 뒤죽박죽이야. 한 바퀴 돌면서 머리를 식혀야겠어. 날은 흐리지만 공기는 나쁘지 않아. 브룩 선생님을 집에 모셔다 드릴 거니까 바깥은 몰라도 마차 안은 즐거울 거야. 가자, 조. 너랑 베스는 갈 거지?」

「당연히 가야지.」

「정말 고맙지만 난 바빠.」 메그가 얼른 반짇고리를 꺼냈다. 메그만이라도 젊은 신사와 너무 자주 드라이브를 가지 않는 것이 좋겠다는 어머니의 말에 동의했기 때문이다.

「제가 뭐 도와드릴 일이 있을까요, 어머니?」 로리가 마치 부인의 의자 위로 몸을 숙이고 늘 그러듯이 애정 어린 표정과 말투로 물었다.

「고맙지만 괜찮아. 아, 우체국에 좀 들러 주겠니? 우리 집에 우편물이 오는 날인데, 우체부가 아직 다녀가지 않았네. 아저씨는 태양처럼 규칙적인 사람인데, 배달이 좀 늦어지나 봐.」

그때 날카로운 초인종 소리가 마치 부인의 말을 끊었고, 잠시 후 해나가 편지를 한 통 가지고 들어왔다.

「전보인지 뭔지, 끔찍한 그거예요.」 해나는 전보가 폭발해서 무슨 해라도 끼칠까 봐 무서운 것처럼 마치 부인에게 건넸다.

마치 부인이 〈전보〉라는 말을 듣고 얼른 낚아채서 종이에 적힌 두 줄을 읽더니, 의자에 털썩 주저앉았다. 이 작은 종잇조각이 심장에 총알이라도 쏜 것처럼 하얗게 질린 얼굴이었다. 로리가 물을 가지러 얼른 계단을 내려갔고, 메그와 해나는 마치 부인을 부축했다. 조는 겁에 질린 목소리로 전보를 소리 내어 읽었다.

마치 부인께
부군이 위독하니 즉시 오십시오.
                                    워싱턴 블랭크 병원
                                         S. 헤일

　모두 숨을 멈추고 귀를 기울이는 동안 거실에는 정적이 흘렀다. 바깥은 이상하게 어두워졌고, 온 세상이 갑자기 변한 것 같았다. 자매들이 어머니 주변으로 모여들었다. 삶의 모든 행복과 버팀목을 금방이라도 빼앗길 듯한 기분이 들었다.
　마치 부인은 바로 정신을 차리고 전보를 다시 읽었다. 그런 다음 딸들을 향해 두 팔을 벌리더니, 딸들이 절대 잊지 못할 어조로 이렇게 말했다. 「당장 가야겠어, 너무 늦었을지도 모르겠구나. 자, 얘들아. 얘들아, 엄마가 이겨 내게 도와주렴!」
　몇 분 동안 거실에서는 흐느끼는 소리밖에 들리지 않았고, 위로의 말과 꼭 돕겠다는 애정 어린 약속, 희망의 속삭임이 드문드문 섞였지만, 그 역시 곧 눈물에 삼켜졌다. 불쌍한 해나가 제일 먼저 정신을 차리고, 자기도 모르게 현명하게 몸을 움직이며 다른 사람들에게 모범을 보였다. 해나에게는 일을 하는 것이 모든 고통을 고치는 만병통치약이었기 때문이다.
　「주님께서 마치 씨를 지켜 주시길! 울면서 시간을 낭비할게 아니라 당장 준비를 시작해야겠어요.」 해나가 진심으로 말하며 앞치마로 얼굴을 닦더니, 단단한 손으로 여주인의 손을 잡고 따뜻하게 흔들었다. 그런 다음 여자 셋을 합친 것처럼 씩씩하게 일을 하러 나갔다.

「해나 말이 맞아, 울 시간이 없어. 진정해, 얘들아. 생각을 좀 해야겠다.」

불쌍한 자매들은 마음을 진정시키려 애썼다. 어머니는 창백하지만 흐트러짐 없는 표정으로 똑바로 앉아서 슬픔은 잠시 제쳐 둔 채 생각을 정리하고 계획을 세웠다.

「로리는 어디 있니?」 생각을 정리하고 제일 먼저 해야 할 일들을 결정하자마자 마치 부인이 물었다.

「여기 있어요. 뭐든지 시켜 주세요!」 옆방에 있던 소년이 얼른 들어왔다. 소식을 들은 직후 가족들의 슬픔이 너무나 커서 아주 가까운 자신조차 있으면 안 될 것 같아 자리를 피했던 것이다.

「당장 가겠다고 전보를 보내 주겠니. 다음 기차는 내일 아침에 있으니까 그걸 타야겠어.」

「그러고요? 말은 준비되어 있어요. 어디든 갈 수 있고, 뭐든 할 수 있어요.」 로리가 세상 끝까지도 날아갈 수 있다는 표정으로 말했다.

「마치 대고모님께 쪽지를 전해 주렴. 조, 종이랑 펜을 다오.」

조가 원고를 베껴 적던 공책에서 깨끗한 페이지를 뜯어내고 어머니 앞으로 테이블을 당겼다. 조는 길고 슬픈 여행을 위한 여비를 빌려야 한다는 것을 잘 알았다. 아버지를 위해 조금이라도 보탤 수 있다면 뭐든 할 수 있을 것 같았다.

「이제 가봐. 너무 빨리 달리다가 사고나지 않도록 하고. 그럴 필요는 없어.」

그러나 마치 부인의 경고는 무시당했다. 5분 뒤에 로리는 자기 목숨이 걸린 것처럼 말들을 달려 빠른 속도로 창가를 지나쳤다.

「조, 사무실에 달려가서 킹 부인에게 난 못 간다고 전해 줘. 돌아오는 길에 물건도 좀 사 오고. 뭘 사야 할지 적어 줄게. 간호할 준비를 해서 가야 하니까 여러 가지가 필요할 거야. 병원에서 파는 물건이 항상 좋지는 않거든. 베스, 로런스 씨에게 가서 오래된 포도주를 몇 병 부탁해 줘. 아버지를 위해서라면 부탁하는 것도 부끄럽지 않아. 로런스 씨라면 뭐든지 제일 좋은 걸 가지고 계실 거야. 에이미, 해나한테 검은색 트렁크를 내려 달라고 하고, 메그는 짐 싸는 걸 도와다오. 정신이 하나도 없구나.」

불쌍한 마치 부인은 한꺼번에 적고, 생각하고, 지시를 내리느라 허둥거릴 수밖에 없었다. 메그는 자기들이 알아서 할 테니 어머니는 잠시 방에 들어가서 조용히 앉아 계시라고 애원했다. 모두들 돌풍 앞의 낙엽처럼 흩어졌고, 전보라는 사악한 주문 때문에 조용하고 행복한 집안 분위기가 갑작스럽게 깨졌다.

로런스 씨가 베스와 함께 바로 찾아왔다. 친절한 노신사는 병자에게 필요할 것 같은 물건들을 전부 가지고 왔고, 어머니가 자리를 비우는 동안 딸들을 지켜 주겠다고 상냥하게 약속했다. 마치 부인에게는 무척 마음이 놓이는 말이었다. 로런스 씨는 실내복 가운부터 시작해서 뭐든지 빌려주겠다면 서, 심지어는 자신이 직접 마치 부인을 에스코트하겠다고 제안했다. 하지만 마지막 제안은 안 될 말이었다. 마치 부인은 직접 먼 길을 가겠다는 노신사의 제안을 승낙할 수 없었다. 그러나 그 말을 들었을 때 마치 부인의 얼굴에 안도하는 표정이 살짝 비쳤다. 불안한 마음을 안고 먼 길을 가는 것은 힘든 일이었기 때문이다. 로런스 씨가 그 표정을 알아차리고 눈살을 찌푸리며 손을 비비더니, 금방 돌아오겠다는 말을 남기고 어딘가로 가버렸다. 다들 바빠서 로런스 씨에 대해서 생각할 시간이 없었다. 그러나 잠시 후 메그가 한 손에는 덧신을, 다른 손에는 차 한 잔을 들고 현관문 앞을 지날 때 브룩 씨가 불쑥 나타났다.

「정말 가슴 아픈 일이군요, 마치 양.」 다정하고 조용한 목소리가 메그의 불안한 마음에 무척 듣기 좋게 울렸다. 「제가 어머님을 에스코트하러 왔습니다. 로런스 씨가 마치 부인과 함께 워싱턴에 가라고 하셨어요. 제가 어머님께 도움이 되면 정말 좋겠군요.」

덧신이 바닥으로 떨어졌고, 찻잔 역시 그 뒤를 따를 뻔했다. 한쪽 손을 내미는 메그의 얼굴에 고마움이 가득했기 때문에, 브룩 씨는 이보다 훨씬 큰 희생을 했어도 보답받은 느낌이 들었을 것이다. 마치 부인을 위해서 시간과 편안함을 희생하는 것이 아주 사소한 일처럼 느껴졌다.

「다들 너무 친절하시군요! 엄마도 분명히 승낙하실 거예요. 누가 곁에서 엄마를 돌봐 주시면 한결 마음이 놓일 것 같아요. 정말, 정말 감사해요!」

진심으로 말하던 메그는 자신을 내려다보는 갈색 눈에 떠오른 뭔가를 보고 차가 식고 있음을 깨달았다. 그녀가 어머니를 불러오겠다고 말하며 브룩 씨를 응접실로 안내했다.

모든 준비가 끝났을 때 로리가 마치 대고모의 답장을 가지고 돌아왔다. 부탁했던 액수의 돈과 마치 대고모가 예전부터 종종 하던 말이 동봉되어 있었다. 즉 자신은 마치가 입대하다니 말도 안 되는 일이라고 늘 말했고, 입대해서 좋을 게 하나도 없을 줄 알고 있었으니, 다음에는 자기 충고를 받아들이기 바란다는 내용이었다. 마치 부인은 쪽지를 난로에 넣어 태우고, 돈을 지갑에 넣은 다음 여행 준비를 계속했다. 그녀는 입을 꾹 다물고 있었는데, 조가 그 자리에 있었다면 그 표정이 무슨 뜻인지 이해했을 것이다.

짧은 오후가 다 지나갔다. 잡다한 일들은 모두 끝났고, 메그와 어머니는 몇 가지 필요한 바느질을 하느라 바빴다. 베스와 에이미는 차를 끓였고, 해나는 다림질을 본인의 표현대로 〈뚝딱〉 끝냈다. 하지만 조가 아직 돌아오지 않았다. 조가 무슨 엉뚱한 생각을 했을지 아무도 몰랐기 때문에 가족들은 걱정하기 시작했고, 로리는 조를 찾으러 나갔다. 그러나 로리는 조와 길이 엇갈렸고, 조는 즐거움과 두려움, 만족감과 후회가 뒤섞인 이상한 표정으로 들어왔다. 가족들은 조의 표정과 그녀가 어머니 앞에 내려놓은 지폐 뭉치 때문에 당황했다. 조는 이렇게 말했다. 「아버지를 편안하게 해드리고 집으로 모셔 오시도록 제가 보태는 거예요!」

「애, 이 돈이 어디서 났니? 25달러나! 조, 경솔한 행동을 한 건 아니겠지?」

「아니에요. 이건 제가 정직하게 마련한 돈이에요. 구걸을 하지도 않았고, 빌리지도 않았고, 훔치지도 않았어요. 제가 제 걸 팔아서 번 돈이니까 엄마도 뭐라고 하지 마세요.」

조가 이렇게 말하며 보닛을 벗자 모두 소리를 질렀다. 풍성했던 머리카락이 아주 짧게 잘려 있었던 것이다.

「네 머리! 그 아름답던 머리가!」「조 언니, 어떻게 그럴 수가 있어? 언니한테서 유일하게 예쁜 부분이었는데.」「조, 이럴 필요는 없었단다.」「나의 조 언니 같지 않아서 낯설지만, 그래도 이런 행동을 하다니 정말 사랑해!」

모두가 소리를 질렀고, 베스가 짧게 자른 머리를 사랑스럽게 끌어안았다. 조는 아무렇지도 않은 척했지만 아무도 속지 않았다. 조가 갈색 덤불 같은 머리카락을 헝클어뜨리며 마음에 드는 척하려 애썼다. 「나라의 운명이 걸린 일도 아니잖아. 울지 마, 베스. 허영심을 없애기 좋은 방법 같아. 머리카락 때문에 교만해지고 있었거든. 대걸레 같던 머리카락을 잘라 냈으니까 두뇌에도 좋을 거야. 머리가 가볍고 시원해서 기분 좋아. 이발사 아저씨 말로는 금방 곱슬곱슬하게 자랄 거래. 그러면 남자애 같아서 나한테 잘 어울리고 관리하기도 편하겠지. 난 만족해. 그러니까 엄마는 이 돈 넣어 두시고, 이제 저녁 먹자.」

「자세히 말해 보렴, 조. 난 조금 불만스럽지만 널 탓하지는 못하겠구나. 네가 사랑하는 사람을 위해서, 네 표현에 따르면, 허영심을 얼마나 기꺼이 희생했는지 아니까 말이야. 하지만 조, 이럴 필요는 없었어. 금방 후회할까 봐 걱정이다.」 마치 부인이 말했다.

「아니, 후회 안 해요!」 조가 완강하게 대답했다. 자신이 저지른 엉뚱한 짓이 순전히 비난만 받지는 않아서 무척 마음이 놓였다.

「왜 그랬어?」 에이미가 물었다. 에이미는 예쁜 머리카락을 자르느니 차라리 목을 자르겠다고 생각했다.

「음, 아버지를 위해서 뭔가 하고 싶었어.」 조가 대답했다. 건강한 젊은이들은 아무리 괴로워도 먹을 수 있는 법이기에 다들 식탁 앞에 모여 있었다. 「나도 엄마처럼 남한테 돈을 빌리는 건 싫어. 마치 대고모님한테 부탁하면 투덜거리실 게 뻔했어. 9펜스만 빌려달라고 해도 늘 그러시거든. 메그 언니는 3개월 치 월급을 전부 집세로 냈는데, 내 돈으로는 옷만 샀잖아. 내가 너무 못됐다는 기분이 들었고, 그래서 코를 베어 팔아서라도 돈을 마련할 생각이었어.」

「못됐다고 생각할 필요는 없어, 조! 넌 겨울옷이 없었고, 힘들게 번 돈으로 아주 소박한 옷만 샀잖니.」 이렇게 말하는 마치 부인의 표정을 보고 조는 마음이 따뜻해졌다.

「처음에는 머리카락을 판다는 생각을 전혀 못 했어. 걸어가면서 내가 뭘 할 수 있을까 생각하고 또 생각하다 보니까 값비싼 가게에 뛰어들어서 슬쩍하고 싶다는 생각까지 드는 거야. 그때 이발소 진열장에 가격이 표시된 머리채가 보였어. 나보다 길지만 숱은 더 적은 검은 머리였는데, 40달러라고 적혀 있었어. 갑자기 나한테도 돈을 받고 팔 수 있는 게 하나 있구나 싶어서 더 생각해 보지도 않고 얼른 들어가서 물어봤지. 내 머리카락을 살 생각이 있냐고, 얼마나 줄 수 있냐고 말이야.」

「언니는 정말 용기가 대단해.」 베스가 감탄하며 말했다.

「아, 이발사는 키가 작은 남자였는데, 삶의 낙이라고는 자기 머리카락에 기름을 바르는 것밖에 없는 듯 보였어. 처음에는 여자가 자기 가게에 들어와서 머리카락을 살 거냐고 묻는 것이 익숙하지 않은 것처럼 빤히 쳐다보기만 했어. 그러더니 내 머리카락이 마음에 들지 않는다고, 유행하는 색이 아니라고 그러는 거야. 원래 머리카락을 비싸게 사지는 않는다고, 가발로 멋지게 만드는 데 손이 많이 가는 거라고, 그런 말을 계속했어. 시간은 점점 흐르고, 당장 자르지 않으면 못 자를 것 같다는 생각이 들었어. 난 일단 뭔가 시작하면 끝을 봐야 직성이 풀리는 성격인 거 다들 알잖아. 그래서 제발 머리카락을 사달라고 부탁하면서, 내가 왜 그렇게 서두르는지 설명했어. 정말 웃기지만, 이발사가 그 얘기를 듣고 생각을 바꿨지 뭐야. 내가 흥분해서 뒤죽박죽으로 설명하고 있는데, 이발사의 아내가 내 얘기를 듣고 친절하게 말했거든. 〈토머스, 저 숙녀 분을 위해서 그냥 사 드려요. 나도 팔 수 있는 머리카락만 있으면 우리 지미를 위해서 언제든지 팔 거예요.〉」

「지미가 누구야?」 이야기를 하는 중간중간 설명 듣는 것을 좋아하는 에이미가 물었다.

「입대한 아들이래. 그런 공통점이 있으면 낯선 사람도 친하게 느껴지잖아. 이발사가 머리를 자르는 내내 부인이 친절하게도 나한테 말을 걸면서 주의를 돌려 줬어.」

「처음 자를 때 오싹하지 않았어?」 메그가 몸을 부르르 떨며 물었다.

「이발사가 도구를 준비하는 동안 마지막으로 내 머리카락을 봤고, 그걸로 끝이었어. 난 이렇게 사소한 일로 훌쩍거리지 않아. 하지만 솔직히 말해서, 내 소중한 머리카락이 테이블에 놓여 있고, 머리를 만지면 짧고 거친 그루터기만 느껴지니까 기분이 이상하긴 했어. 팔이나 다리가 하나 잘린 기분이더라. 내가 머리카락을 보고 있으니까 이발사 부인이 간직하라면서 긴 타래를 하나 줬어. 지나간 영광을 기억하실수 있도록 엄마한테 드릴게요. 난 짧은 머리가 너무 편해서다시 기르지도 않을 것 같아.」

마치 부인이 구불구불한 밤색 머리카락을 접어서 책상 위에 있던 짧고 희끗희끗한 타래와 같이 넣어 두었다. 어머니는 〈고맙다, 조〉라고 말했지만, 그녀의 얼굴에 떠오른 표정때문에 딸들이 얼른 화제를 바꾸었다. 네 자매는 브룩 씨가너무 친절하다고, 내일 날씨가 좋을 것 같다고, 아버지가 간병을 받으러 집에 돌아오시면 정말 행복하겠다고 최대한 활달하게 말했다.

다들 잠자리에 들지 않으려고 했다. 10시가 되자 마치 부인이 마지막 일을 마치고 〈이리 오렴, 애들아〉 하고 말했다. 베스가 피아노 앞으로 가서 아버지가 제일 좋아하는 찬송가를 연주했다. 모두 씩씩하게 노래를 시작했지만 차례차례 울음을 터뜨리더니, 결국 베스만 혼자 남아 진심으로 노래를 불렀다. 베스에게는 늘 음악이 가장 달콤한 위로였다.

「이제 잡담은 그만하고 자러 가자. 아침 일찍 일어나야 하니까 최대한 푹 자야 해. 잘 자렴, 얘들아.」찬송가가 끝나고 아무도 다른 노래를 더 부르려 하지 않았기 때문에 마치 부인이 이렇게 말했다.

딸들은 어머니에게 말없이 입맞춤을 했고, 사랑하는 부상병이 옆방에 누워 있기라도 한 것처럼 조용히 침대에 들어갔다. 이렇게 큰일이 닥쳤는데도 베스와 에이미는 금방 잠들었다. 그러나 메그는 잠을 이루지 못하며 짧은 일생 중에서 가장 심각한 문제들을 생각하고 있었다. 그녀는 조가 미동도 없이 누워 있었기 때문에 잠든 줄 알았지만, 숨죽인 흐느낌이 들려서 깜짝 놀라 가보니 축축한 뺨이 만져졌다.

「조, 왜 그래? 아버지 때문에 우는 거야?」

「아니, 지금은 그것 때문이 아니야.」

「그러면 뭐 때문인데?」

「내…… 내 머리카락.」불쌍한 조가 이렇게 불쑥 내뱉은 다음, 베개로 감정을 억누르려 했지만 소용없었다.

메그는 전혀 우습다고 생각하지 않았기 때문에 괴로워하는 여주인공을 더없이 다정하게 어루만지며 입을 맞췄다.

「아쉬운 건 아니야.」조가 목이 메어 항변했다.「할 수만 있으면 내일 또 자를 거야. 이렇게 바보같이 우는 건 이기적이고 허영심 많은 또 다른 나일 뿐이야. 아무한테도 말하지 말아 줘, 이제 다 울었으니까. 언니가 자는 줄 알고 내 유일한 아름다움을 혼자 애도한 것뿐이야. 그런데 언니는 왜 안 자?」

「너무 걱정돼서 잠이 안 와.」메그가 말했다.

「즐거운 일을 생각해 봐, 금방 잠들 거야.」

「해봤는데 눈만 더 말똥말똥해졌어.」

「무슨 생각했는데?」

「잘생긴 얼굴…… 특히 눈.」메그가 어둠 속에서 슬며시 미소 지으며 대답했다.

「무슨 색이 제일 좋아?」

「갈색…… 가끔은 그래. 파란색도 사랑스럽고.」

조가 웃었다. 메그는 이제 더 이상 말하지 말라고 날카롭게 명령한 다음 머리카락을 곱슬곱슬하게 말아 주겠다고 다정하게 약속했고, 곧 잠이 들어 자신의 허공의 성채에서 사는 꿈을 꾸었다.

시계가 자정을 알렸고, 집 안은 아주 고요했다. 어느 형체가 침대에서 침대로 미끄러지듯 이동하며 여기서는 침대보를 매만지고 저기서는 베개를 정리했다. 그 형체는 잠시 멈춰 서서 잠든 얼굴을 하나하나 한참 동안 다정하게 바라본 다음 소리 없이 축복하며 입맞춤을 했고, 어머니들만이 할 수 있는 열정적인 기도를 올렸다. 커튼을 걷고 황량한 밤을 내다보자 구름 뒤에 숨어 있던 달이 불쑥 나타나서 밝고 인자한 얼굴처럼 그녀를 비추었다. 달은 소리 없이 이렇게 속삭이는 것 같았다. 〈힘을 내요, 소중한 분! 구름 뒤에는 항상 빛이 있답니다.〉

16장
편지

추운 잿빛 새벽이 되자 자매들은 램프를 켜고 유난히 진지한 태도로 각자의 책을 읽었다. 이제 진짜 고난의 그림자가 다가오고 보니 작은 책은 도움과 위로의 말로 가득했다. 네 자매는 옷을 입으면서 쾌활하고 희망차게 작별 인사를 하자고, 그러지 않아도 불안한 여행이니 눈물이나 불평으로 더 슬프게 만들지 말고 어머니를 보내 주자고 입을 모았다. 아래층으로 내려가 보니 모든 것이 무척 낯설게 느껴졌다. 바깥은 너무나 어두침침하고 고요했고, 안은 너무나 밝고 부산했다. 이렇게 이른 시간에 아침 식사를 하니 느낌이 이상했고, 수면 모자를 쓴 채 부엌에서 바쁘게 움직이는 해나의 친숙한 얼굴조차 부자연스러워 보였다. 복도에는 커다란 트렁크가, 소파에는 어머니의 외투와 보닛이 놓여 있었다. 어머니는 식탁 앞에 앉아서 뭐라도 먹으려 애썼지만, 얼굴이 너무 창백하고 수면 부족과 걱정으로 매우 지쳐 보였다. 그래서 딸들은 결심을 지키기가 무척 어려웠다. 메그는 참으려고 해도 눈물이 자꾸 차올랐고, 조는 몇 번이나 반죽용 밀대 뒤로 얼굴을 숨겨야 했으며, 두 동생은 슬픔을 처음 겪어 보는 것처럼 심각하고 괴로운 표정이었다.

다들 말이 별로 없었다. 그러나 출발 시간이 다가와 다 같이 모여 앉아서 마차를 기다리고 있을 때 마치 부인이 딸들을 향해 말했다. 네 자매는 어머니 주변에서 한 명은 숄을 개고, 한 명은 보닛 끈을 펴고, 한 명은 덧신을 신겨 주고, 한 명은 여행 가방을 닫으며 분주하게 움직이고 있었다.

「애들아, 해나가 너희를 돌보고 로런스 씨가 보호해 주시기로 했어. 해나는 언제나 믿을 수 있고, 다정한 로런스 씨가 너희를 자기 딸들처럼 지켜 주실 거야. 그래서 걱정은 없지만 너희가 이번 일을 제대로 받아들이면 좋겠구나. 내가 없는 동안 슬퍼하거나 애태우지 마. 위안을 얻으려고 게으르게 지내거나 잊으려고 애쓰지도 말고. 평소처럼 각자 할 일을 하렴, 일은 큰 위안을 준단다. 희망을 가지고 계속 바쁘게 지내야 한다. 무슨 일이 있어도 너희가 아빠를 잃는 일은 결코 없다는 거 잊지 말고.」

「네, 엄마.」

「메그, 신중함을 잃지 말고 동생들을 잘 보살피고, 무슨 일이든 해나한테 상의하고, 곤란한 일이 있으면 로런스 씨를 찾아가렴. 조, 인내심을 가지고 너무 낙심하거나 경솔한 짓을 하면 안 돼. 엄마한테 편지 자주 보내고, 씩씩한 딸답게 모두를 도우면서 기운을 북돋워 줘. 베스, 피아노를 치면서 기운을 내고, 사소한 집안일들을 충실히 하렴. 에이미, 너는 있는 힘껏 언니들을 돕고, 말 잘 듣고, 집에서 행복하고 안전하게 지내야 한다.」

「그럴게요, 엄마! 그렇게 할게요!」

덜컹거리며 다가오는 마차 소리에 모두 깜짝 놀라 귀를 기울였다. 힘든 순간이었지만 자매들은 잘 견뎠다. 아무도 울지 않았고, 아무도 도망치거나 한탄하지 않았다. 그러나 아버지에게 사랑의 안부를 전해 달라고 부탁하다가 이미 너무 늦었을지도 모른다는 생각이 떠오르자 마음이 무거워졌다. 딸들은 어머니에게 말없이 입을 맞추고 다정하게 끌어안았으며, 어머니가 마차를 타고 출발하자 씩씩하게 손을 흔들었다.

로리와 그의 할아버지가 마치 부인을 배웅하러 왔다. 브룩 씨가 너무나 든든하고 현명하고 친절해 보였기 때문에 자매들은 즉석에서 그에게 〈담대 씨〉[41]라는 별명을 붙여 주었다.

「잘 지내렴, 얘들아! 하느님께서 우리 모두를 보호하고 축복해 주실 거야!」 마치 부인이 딸들의 작은 얼굴에 일일이 입을 맞추며 이렇게 속삭인 다음, 서둘러 마차에 올랐다.

마차가 출발하자 해가 떠올랐고, 마치 부인이 뒤를 돌아보니 곧 좋은 일이 생기리라는 징조처럼 해가 대문 앞에 선 일행을 비추고 있었다. 배웅하던 사람들도 해를 보고 미소를 지으며 손을 흔들었다. 마치 부인이 모퉁이를 돌면서 마지막으로 본 것은 네 딸의 환한 얼굴과 그 뒤에 경호원처럼 서 있는 로런스 씨와 충실한 해나, 그리고 헌신적인 로리였다.

「다들 어찌나 친절한지!」 마치 부인이 이렇게 말하며 고개

---

41 『천로 역정』 2부에서 주인공 크리스티애너를 도와주는 인도자.

를 돌렸다. 그러자 이 말을 새삼스럽게 증명하듯 청년의 얼굴에 예의 바른 동정의 빛이 떠올랐다.

「친절하게 대할 수밖에 없지요.」브룩 씨가 이렇게 대답하며 전염력이 강한 미소를 지었기 때문에 마치 부인도 미소를 짓지 않을 수 없었다. 이렇게 해서 여행은 햇빛과 미소, 쾌활한 대화라는 좋은 징조와 함께 시작되었다.

「지진이라도 일어난 것 같아.」로리와 로런스 씨는 아침 식사를 하러 집으로 돌아가고, 자매들끼리 잠시 쉬면서 기운을 되찾을 때 조가 이렇게 말했다.

「집의 절반이 사라진 것 같아.」메그가 쓸쓸하게 덧붙였다.

베스가 무슨 말을 하려고 입을 열었지만, 어머니의 탁자 위에 놓인 말끔하게 수선된 스타킹 더미를 가리키는 것밖에 할 수 없었다. 어머니가 서둘러 떠나면서도 마지막 순간까지 딸들을 생각하며 애를 썼음을 보여 주는 증거였다. 사소한 일이었지만 딸들의 가슴속 깊이 와닿았다. 네 자매는 그렇게 굳게 결심했음에도 불구하고 마음이 무너져 내려서 슬피 울지 않을 수 없었다.

해나는 현명하게도 자매들이 감정을 풀어내도록 내버려두었고, 울음이 그칠 때쯤 커피 주전자를 들고 네 자매를 구원하러 왔다.

「자, 아가씨들, 어머니의 말씀을 기억하고 안달하지 말아야지. 다들 커피 한 잔씩 마시고 일 열심히 하면서 가족에게 도움이 되자고.」

커피는 특별한 경우에만 마셨고, 그날 아침에 해나는 커피를 무척 맛있게 만들었다. 고개를 끄덕이며 설득하는 해나와 커피 주전자 주둥이에서 퍼져 나오는 향기로운 초대에 저항할 수 있는 사람은 아무도 없었다. 네 자매는 테이블 앞에 당겨 앉아서 손수건 대신 냅킨을 들었고, 10분 뒤에는 다시 모든 것이 괜찮아졌다.

「〈희망을 가지고 바쁘게 지내자.〉 이제부터 이게 우리 좌우명이야. 누가 제일 잘 기억하는지 보자. 나는 평소처럼 마치 대고모님 댁에 갈 거야. 아, 하지만 또 잔소리를 늘어놓으시겠지!」 조가 기운을 점차 되찾아 커피를 홀짝이며 말했다.

「나는 킹 씨네 집으로 갈 거야. 여기 남아서 집안일을 돌보고 싶지만 말이야.」 메그가 눈이 너무 빨개지지 않았기를 바라며 말했다.

「그럴 필요 없어. 베스 언니랑 내가 집안일을 완벽하게 할 수 있어.」 에이미가 으스대며 말했다.

「무슨 일을 해야 하는지 해나가 가르쳐 줄 거야. 언니들이 집에 돌아올 때까지 완벽하게 해놓을게.」 베스가 지체 없이 대걸레와 설거지통을 집어 들며 덧붙였다.

「걱정이란 참 흥미로운 것 같아.」 에이미가 생각에 잠겨 설탕을 먹으며 말했다.

언니들은 웃음을 터뜨리지 않을 수 없었고, 그래서 기분이 조금 나아졌다. 메그는 설탕 그릇에서 위안을 찾을 수 있는 꼬마 숙녀를 보며 고개를 저었다.

삼각 파이를 보자 조는 다시 진지해졌다. 메그와 조는 일터로 출발하면서 평소에는 어머니의 얼굴이 있었던 익숙한 창문을 슬프게 돌아보았다. 이제 어머니의 얼굴은 없지만, 이 작은 의식을 잊지 않은 베스가 장밋빛 얼굴을 가진 만다린 인형[42]처럼 두 사람을 보며 고개를 끄덕이고 있었다.

「정말 베스다워!」조가 고마운 표정으로 베스를 향해 모자를 흔들며 말했다.「잘 가, 메그 언니. 오늘은 킹 씨네 아이들이 말썽을 부리지 않으면 좋겠다. 아버지는 너무 걱정하지 마.」두 사람이 헤어질 때 조가 덧붙였다.

「마치 대고모님이 투덜거리지 않으시면 좋겠다. 머리카락도 이제 자리를 잡고 있어, 남자애 같고 멋져.」메그가 이렇게 대답하면서 곱슬거리는 머리를 보고 미소를 짓지 않으려고 애썼다. 키 큰 여동생의 어깨 위로 머리가 너무 작아서 우스워 보였다.

「그게 유일한 위안이야.」조가 로리처럼 모자를 살짝 건드리며 인사한 후, 겨울날 털 깎인 양이 된 기분으로 멀어졌다.

아버지의 소식이 들려오자 네 자매는 크게 안심했다. 위독하긴 했지만 어머니와 브룩 씨라는 더없이 상냥한 최고의 간호사들이 왔기 때문에 벌써 좋아지고 있었다. 브룩 씨는 일종의 병상 보고서를 매일 보냈고, 메그는 가족의 수장인 자신이 읽어 주겠다고 했다. 일주일 동안 보고서는 점점 밝아졌다. 처음에는 다들 편지를 열심히 써서 자매들 중 한 사람이 두툼한 봉투를 우체통에 조심스럽게 넣었다. 워싱턴으로 보내는 편지였기 때문에 뭔가 중요한 사람이 된 기분이었다. 이런 식으로 보낸 봉투 중 하나에 보내는 사람들의 특징을

42 고개를 끄덕이는 중국 전통 복장의 도자기 인형.

잘 보여 주는 편지들이 들어 있었으므로, 살짝 가로채서 읽어 보기로 하자.

　사랑하는 어머니께

　어머니의 지난 편지를 받고 우리가 얼마나 행복했는지 도저히 말로 표현할 수가 없어요. 너무 좋은 소식이라서 우리는 그 편지를 읽으면서 웃고 울지 않을 수 없었어요. 브룩 씨는 정말 친절하세요. 로런스 씨의 사업 덕분에 브룩 씨가 어머니 주변에서 오래 머물게 되었다니 정말 다행이에요. 어머니와 아버지에게 큰 도움이 되니까요. 아이들은 정말 착하게 지내고 있어요. 조는 저를 도와서 바느질을 하고, 온갖 힘든 일을 하겠다고 나서요. 조의 〈착한 시기〉가 오래가지 않는다는 사실을 몰랐다면, 저러다가 기진맥진할까 봐 걱정했을 정도예요. 베스는 시계처럼 규칙적으로 자기 할 일을 하고, 어머니가 하신 말씀을 절대 잊지 않아요. 아버지 때문에 슬퍼하고 있고, 작은 피아노 앞에 앉을 때만 빼면 진지해 보여요. 에이미는 제 말을 잘 듣고 저도 에이미를 잘 돌보고 있어요. 에이미는 자기 머리를 직접 손질해요. 그리고 제가 단춧구멍 만드는 법과 스타킹 고치는 법을 가르치는 중이에요. 에이미는 무척 열심히 노력하고 있어요. 어머니가 돌아오시면 에이미가 얼마나 좋아졌는지 보고 분명 기뻐하실 거예요. 로런스 씨는 조의 표현에 따르면 자애롭고 나이 많은 암탉처럼 우리를 돌봐 주시고, 로리는 아주 친절한 이웃 역할을 하고 있어요. 로리와 조는 우리를 즐겁게 해줘요. 가끔 우울해지고 어머니가 너무 멀리 계셔서 고아가 된 기분이 들 때마다 말이에요. 해나는 완벽한 성녀예요. 전혀 야단도 치지 않고 저를 항상 마거릿 양이라고 부르는데, 아시겠지만 그게 예의에 맞죠. 그리고 저를 존중해 줘요. 우리 모두 건강하고 바쁘게 지내요. 하지만 밤이고 낮이고 어머니가 돌아오시기만을 기다리고 있어요. 아버지에게 제 사랑을 전해 주시고 저를 믿어 주세요.

언제나 어머니의 딸
메그

향기 나는 종이에 예쁘게 쓴 메그의 편지와 대조적으로, 다음 편지는 크고 얇은 외국산 종이에 휘갈겨 쓴 다음 잉크 자국과 온갖 장식체로 꾸며져 있었다.

소중한 엄마께

사랑하는 아버지를 위해서 만세 삼창! 아버지가 나아지자마자 바로 전보를 보내서 알려 주다니, 브룩 씨는 참 믿음직스럽네요. 편지가 왔을 때 저는 얼른 다락방으로 올라가서 우리에게 이렇게 잘해 주시는 하느님께 감사를 드리려 했어요. 하지만 〈잘됐다! 잘됐다!〉라고 소리치는 것밖에 할 수 없었어요. 그것도 제대로 된 기도만큼 괜찮지 않았을까요? 왜냐하면 마음속으로 감사를 잔뜩 느꼈거든요. 우리는 정말 재미있게 보내고 있어요. 이제 저도 즐길 수 있어요. 다들 너무 착해서 꼭 비둘기 둥지에 사는 것 같아요. 식탁에서 메그 언니가 어른처럼 굴면서 엄마 노릇을 하려고 애쓰는 모습을 보면 엄마도 아마 웃으실 거예요. 언니는 매일 더 예뻐지고, 저는 가끔 언니와 사랑에 빠져요. 아이들은 완전히 대천사 같고 저는…… 음, 저는 조예요, 다른 건 절대 되지 않겠죠. 아, 로리랑 말다툼할 뻔한 이야기를 해야겠네요. 별것 아닌 일에 대해서 제 생각을 솔직히 말했더니 로리가 기분 나빠 했어요. 제 말이 맞긴 했지만 말하는 방법이 틀렸고, 로리는 제가 미안하다고 할 때까지 절대 오지 않겠다면서 자기 집으로 가버렸죠. 저는 절대 미안하다는 말을 하지 않기로 했고, 화가 났어요. 종일 그 상태가 계속되었죠. 전 정말 기분이 나빴고, 엄마가 너무 보고 싶었어요. 로리랑 저는 둘 다 자존심이 강해서 사과하기가 어려워요. 하지만 전 제가 옳았으니까 로리가 결국 사과하러 올 거라고 생각했어요. 하지만 로리는 오지 않았어요. 그런데 밤이 되자 에이미가 강에 빠졌던 날 엄마가 해주신 말씀이 떠올랐어요. 저는 작은 책을 읽고서 기분이 좀 나아지자, 하루가 저물기 전에 화를 풀기로 결심했어요. 그래서 로리한테 사과하러 달려 나갔다가 역시 사과하러 온 로리랑 대문에서 마주쳤어요. 우리 둘 다 깔깔 웃으면서 서로 용서를 빌었고, 다시 아주 편안해졌어요.

어제 해나를 도와서 빨래를 하다가 시를 한 편 썼는데, 아빠는 저의 바보 같은 짓들을 좋아하시니 즐거우시라고 동봉해요. 아빠에게는 그 어느 때보다 사랑이 넘치는 포옹을 전해 주시고, 엄마에게 열두 번의 입맞춤을 보내요.

엉망진창인 엄마의 조

비눗물의 노래

나는 내 욕조의 여왕, 흰 거품이 솟는 동안
즐거이 노래하면서
옷을 힘차게 빨고 헹구고
짜고 널어서 말린다네.
옷이 햇살 밝은 하늘 아래
자유롭고 신선한 공기 속에서 흔들리네.

마음과 영혼에서도 일주일의 때를 씻어 낸다면
물과 공기가 마법을 부려
우리를 순수하게 만들어 준다면
얼마나 좋을까.
정말로 영광스러운 빨래의 날이
이 땅에 찾아올 텐데!

쓸모 있는 삶의 길을 따라서
야생 팬지[43]가 꽃을 피우리.
슬픔도 걱정도 우울도
바쁜 마음은 생각할 시간이 없네.

43 heart's-ease. 〈마음의 평화〉라는 뜻도 있다.

용감하게 빗자루를 휘두르면
초조한 생각은 쓸려 가리라.

매일매일 노력해야 하는 일이
나에게 주어진 것을 기뻐하네.
일은 건강과 힘과 희망을 주고
나는 명랑하게 말하는 법을 배우네.
〈머리야, 생각해라. 마음아, 느껴라.
하지만 손아, 너는 항상 일을 해라!〉

사랑하는 어머니께

저에게는 제 사랑과 팬지 압화를 보낼 공간밖에 없어요. 아버지가 보실 수 있도록 집 안에서 키우던 팬지 꽃이에요. 저는 아침마다 책을 읽고 종일 착하게 지내려 노력하며 아버지가 좋아하시는 노래를 부르다가 잠들어요. 이제 「천국」은 눈물이 나서 못 부르겠어요. 다들 무척 다정하고, 엄마가 없는 것치고는 정말 행복하게 지내요. 남은 공간에는 에이미가 편지를 쓰고 싶다고 해서 이제 줄여야 해요. 저는 매일 잊지 않고 그릇을 꼭 덮고, 시계태엽을 감고, 환기를 시키고 있어요.

아버지의 뺨에 입맞춤을 전해 주세요. 아, 부디 빨리 오세요.

사랑하는 딸
꼬마 베스

299

마 셰르 마마,[44]

우리 모두 잘 지내고 있고 저는 항상 공부를 하고 절대 언니들 말에 긍정하지 않아요 — 메그 언니가 그러는데 반발이래요. 그래서 엄마가 적당한 걸 고를 수 있도록 그냥 둘 다 쓸게요. 메그 언니가 저를 많이 위로해 주고 매일 저녁 차 마시는 시간에 젤리도 먹게 해주는데, 조 언니 말로는 그러면 제가 착해지니까 저한테 아주 좋대요. 저는 이제 10대가 다 되었는데도 로리 오빠는 저를 좋중해 주지 않고 병아리라고 부르면서 제가 해티 킹처럼 〈메르시〉나 〈봉주르〉라고 말하면 프랑스어로 아주 빠르게 말해서 상처를 줘요. 파란 원피스 소매가 다 해져서 메그 언니가 새로 달아 줬지만 앞면이 이상해졌고 소매만 색깔이 더 짙어요. 저는 기분이 좋지 않지만 안달하지 않고 제 문제를 잘 견디고 있어요. 하지만 해나가 제 앞치마에 풀을 더 빳빳하게 먹여 주고 매일 메밀 팬케이크를 먹으면 좋겠어요. 그렇게는 안 되나요? 으문부호 잘 쓰지 않았어요? 메그 언니는 저보고 구둣점이랑 맞춤법이 엉망이래요. 저는 글욕적이지만 할 일이 너무 많아서 멈출 수가 없어요. 아듀, 아빠에게 사랑을 잔뜩 보내요.

엄마의 애정 넘치는 딸
에이미 커티스 마치

마치 부인에게

44 Ma Chère Mamma. 〈나의 사랑하는 엄마〉라는 뜻의 프랑스어.

아주 잘 지낸다는 말을 전하려고 한 줄 남깁니다. 아이들은 아주 영리하고 아주 바쁘게 돌아다니고 있습니다. 메그 양은 아주 좋은 주부가 될 거예요. 주부의 일을 좋아하고, 일의 핵심을 아주 깜짝 놀랄 만큼 빨리 파악해요. 조는 뭐든지 제일 먼저 나서지만 잠시 멈춰서 생각하지 않기 때문에 뭘 하려는 건지 항상 알 수가 없지요. 월요일에는 욕조 가득 빨래를 했는데 짜기도 전에 풀을 먹이고, 분홍색 캘리코 원피스를 파랗게 물들여서 웃겨 죽는 줄 알았어요. 베스는 제일 착하고 항상 미리 대비하며 믿을 수 있어서 저에게 아주 큰 도움이 됩니다. 뭐든지 배우려고 하며, 아직 어린데도 시장에 가고, 제가 도와주면 가계부도 아주 잘 써요. 지금까지는 아끼면서 잘 지내고 있습니다. 말씀하신 대로 커피는 일주일에 한 번만 마시고, 소박하고 건강에 좋은 음식을 먹고 있어요. 에이미도 제일 좋은 옷을 입겠다거나 달콤한 것을 먹겠다며 투덜대지 않고 잘 지냅니다. 로리 씨는 평소처럼 장난을 치고 종종 집안을 발칵 뒤집어 놓지만, 아이들에게 용기를 주기 때문에 저는 아무 말도 하지 않습니다. 노신사분은 이런저런 것들을 잔뜩 보내 주셔서 곤란할 정도지만, 그것도 좋은 뜻으로 하시는 거니까 저는 아무 말도 할 입장이 아니지요. 빵이 부풀고 있어서 이제 그만 줄입니다. 마치 씨에게도 안부 전해 주시고, 폐렴이 얼른 나으시길 바랍니다.

충실한

해나 멀릿

301

제2병동 수간호사 귀하

래퍼해넉은 이상 없습니다. 전군 최상의 상태이며, 병참부 운영도 정상입니다. 테디 대령의 지휘하에 경비대가 항상 근무 중이며, 로런스 총사령관이 매일 군대를 시찰하십니다. 멀릿 병참 장교가 캠프를 지휘하고, 라이언 소령이 야간 보초를 서고 있습니다. 워싱턴에서 낭보가 도착하자 축포를 24발 쏘아 올렸으며, 사령부에서는 예복을 차려입고 열병식을 실시했습니다. 총사령관님의 안부 인사를 전합니다.

테디 대령

마치 부인께

아이들은 모두 잘 지냅니다. 베스와 손자가 저에게 매일 알려 주고 있습니다. 해나는 더없이 훌륭한 하인이고, 어여쁜 메그를 드래건처럼 지킵니다. 날씨가 계속 좋아서 다행입니다. 브룩을 유용하게 쓰시고, 비용이 예상보다 많이 들면 저에게 말씀해 주십시오. 남편분에게 부족한 것이 없도록 하시고요. 회복하는 중이라니 정말 다행입니다.

당신의 진정한 친구이자 하인

제임스 로런스

17장

충실한 베스

일주일 동안 그 낡은 집에 미덕이 얼마나 많이 쌓였는지 이웃에 나눠 줘도 될 정도였다. 모두 천사 같은 마음을 가진 듯했고 자제심이 유행이었으니 정말 놀라웠다. 아버지에 대한 처음의 불안이 사라지자 자매들은 칭찬받아 마땅한 노력을 자기도 모르게 약간 늦추었고, 예전으로 돌아가기 시작했다. 좌우명은 잊지 않았지만 희망을 가지고 바쁘게 지내는 것이 더 쉬워진 것 같았다. 또 그토록 어마어마한 실천을 했으니 노력한 만큼 휴일을 줄 만하다고 생각했고, 그래서 상당히 많은 휴일을 주었다.

조는 짧게 자른 머리를 잘 감싸고 다니지 않아서 심한 감기에 걸렸는데, 마치 대고모는 감기 걸린 사람이 책 읽어 주는 소리를 좋아하지 않았으므로 다 나을 때까지 집에서 쉬라는 명령을 내렸다. 그래서 조는 좋았고, 다락방부터 지하실까지 열정적으로 휘젓고 다닌 끝에 소파에 누워서 비상 희석액과 책으로 감기를 다스렸다. 에이미는 집안일과 예술이 잘 어울리지 않는다는 사실을 깨닫고 진흙 파이로 돌아갔다. 메

303

그는 매일 학생들을 가르치러 갔다가 집에 돌아오면 바느질을 했다, 고 본인은 생각했다. 하지만 집에 있을 때면 어머니에게 기나긴 편지를 쓰거나 워싱턴에서 온 병상 보고서를 읽고 또 읽는 데 많은 시간을 썼다. 베스는 게으름이나 슬픔에 아주 약간 빠졌을 뿐 계속 노력했다. 그녀는 매일 작은 의무들을 충실하게 이행했고, 다른 자매들의 의무도 대부분 자기가 했다. 자매들이 자신의 의무를 자꾸 깜빡 잊어서 집이 추없는 괘종시계 같았기 때문이다. 어머니가 보고 싶거나 아버지가 걱정되어서 마음이 무거워질 때면, 베스는 옷장 안으로 들어가서 어머니의 낡은 드레스에 얼굴을 묻고 작게 흐느끼며 조용히 기도를 드렸다. 베스가 이렇게 우울함에 빠진 후무엇으로 기운을 차리는지 아무도 몰랐지만, 다들 베스가 얼마나 사랑스럽고 주변 사람들을 잘 돕는지 절실히 느꼈고, 점차 사소한 일이 생기면 베스에게 위로나 조언을 청하게 되었다.

이 경험이 덕성 시험이라는 사실은 아무도 의식하지 못했다. 처음의 흥분이 지나가자 다들 자기가 잘했다고, 칭찬받아 마땅하다고 생각했다. 그것은 사실이었지만, 자매들의 실수는 계속해서 잘 하지 못했다는 것이었다. 자매들은 크나큰 걱정과 후회를 겪으면서 이 교훈을 배웠다.

「메그 언니, 훔멜 씨네 집에 좀 다녀와 줘. 엄마가 훔멜 씨네를 잊지 말라고 하셨잖아.」 마치 부인이 떠나고 열흘 뒤 베스가 말했다.

「오늘은 너무 피곤해.」 메그가 흔들의자에 편안하게 앉아서 바느질을 하며 대답했다.

「조 언니는 못 가?」베스가 물었다.

「나한테는 너무 버거워, 감기 걸렸잖아.」

「거의 다 나은 줄 알았는데.」

「로리랑 외출할 정도로는 나았지만, 훔멜 씨네 갈 정도로 낫진 않았어.」조가 웃으면서, 하지만 모순된 말을 약간 부끄러워하는 표정으로 말했다.

「네가 가보지 그래?」메그가 물었다.

「매일 갔는데 아기가 아파. 어떻게 해야 할지 모르겠어. 훔멜 부인은 일하러 가시고 롯첸이 아기를 돌보고 있는데, 상태가 점점 더 안 좋아져서 언니나 해나가 가봐야 할 것 같아.」

베스가 진지하게 말하자, 메그는 내일 가보겠다고 약속했다.

「해나한테 먹을 걸 좀 만들어 달라고 해서 가져가, 베스. 바람을 쐬면 너한테도 좋을 거야.」조가 이렇게 말하고 미안하다는 듯이 덧붙였다. 「나도 가고 싶지만 글을 끝내고 싶어.」

「난 머리가 아프고 피곤해서 다른 사람이 가면 좋겠다고 생각했어.」베스가 말했다.

「에이미가 곧 와, 걔가 우리 대신 다녀와 줄 거야.」메그가 제안했다.

「그러면 난 조금 쉬면서 에이미를 기다릴게.」

그래서 베스는 소파에 누웠고, 메그와 조는 각자의 일로 돌아갔으며, 훔멜 씨네는 잊혔다. 한 시간이 지났지만 에이미는 돌아오지 않았다. 메그는 새 원피스를 입어 보러 방으로 들어갔고, 조는 글쓰기에 푹 빠졌으며, 해나는 부엌 불 앞에서 곤히 잠들어 있었다. 베스는 조용히 두건을 쓰고 불쌍한 아이들에게 줄 물건들을 바구니에 챙겨 넣은 다음, 차가운 공기 속으로 나갔다. 머리는 무겁고 참을성 많은 눈에는 슬픔이 어른거렸다. 베스는 늦게야 돌아왔고, 위층으로 올라가서 어머니 방에 틀어박혔지만 아무도 그 모습을 보지 못했다. 30분 뒤에 조가 뭔가를 찾으러 〈어머니의 옷장〉에 갔다가 베스가 심각한 표정으로 약상자 위에 앉아 있는 것을 보았다. 눈이 빨갛고 손에는 장뇌 병을 들고 있었다.

「크리스토퍼 콜럼버스! 무슨 일이야?」 조가 소리치자 베스가 하지 말라는 듯이 손을 내밀며 얼른 물었다.

「언니는 성홍열을 앓았었지?」

「예전에 메그 언니랑. 왜?」

「그럼 언니한텐 말할게. 아, 조 언니, 아기가 죽었어!」

「무슨 아기?」

「훔멜 씨네 아기. 훔멜 부인이 돌아오기 전에 내 품에서 죽었어.」 베스가 흐느끼며 말했다.

「불쌍한 것, 정말 끔찍했겠다! 내가 갔어야 하는 건데.」 조가 동생을 끌어안고 어머니의 커다란 의자에 앉아서 후회스러운 표정으로 말했다.

「끔찍하지는 않았어, 언니. 하지만 너무 슬펐어! 보자마자 상태가 나빠졌다는 걸 알았는데, 훔멜 부인이 의사를 부르러 갔다고 롯첸이 그러기에 내가 아기를 받아 안고 롯첸은 좀 쉬라고 했어. 아기는 잠든 것 같았는데, 갑자기 작게 소리를 지르고 덜덜 떨더니 움직이지 않았어. 내가 아기 발을 데워 주고 롯첸이 우유를 줬는데도 꼼짝도 하지 않아서 죽었다는 걸 알았어.」

「울지 마, 베스! 그래서 어떻게 했어?」

「훔멜 부인이 의사 선생님을 모시고 돌아올 때까지 가만히 안고 있었어. 의사 선생님이 아기는 죽었다고 하신 다음, 목이 아픈 하인리히랑 미나를 살펴보셨어. 〈성홍열입니다, 부인. 저를 진작 부르셨어야지요.〉 선생님이 화난 것처럼 말씀하셨어. 훔멜 부인은 돈이 없어서 집에서 치료하려고 했는데, 너무 늦어 버렸다고 했어. 다른 애들을 도와달라고, 치료비는 선생님의 자비심에 맡길 수밖에 없다고. 그랬더니 의사 선생님이 미소를 지었고, 조금 더 친절해지셨어. 하지만 난 정말 슬퍼서 모두와 같이 울고 있었는데, 선생님이 갑자기 나를 돌아보더니 당장 집에 가서 벨라도나 진액을 먹으라고, 아니면 열이 날 거라고 하셨어.」

「아니, 괜찮을 거야!」 조가 겁에 질린 표정으로 베스를 끌어안으며 외쳤다. 「아, 베스. 네가 아프면 나 자신을 절대 용서하지 못할 거야. 어떻게 하지?」

「걱정하지 마, 심하지는 않을 거야. 엄마 책을 보니까 나처럼 두통이랑 인후통, 이상한 느낌으로 시작한대. 그래서 벨라도나 진액을 먹었더니 좀 나아졌어.」 베스가 차가운 손을 뜨거운 이마에 올린 채 괜찮은 듯한 표정을 지으려고 애썼다.

「엄마가 집에 계시면 얼마나 좋을까!」 조가 책을 붙잡고 외쳤다. 워싱턴이 너무 멀게만 느껴졌다. 조가 책을 한 페이지 읽고, 베스를 쳐다보며 이마를 짚어 보고 목구멍을 들여다본 다음 심각하게 말했다. 「넌 일주일 넘게 매일 아기를 보살폈어. 같이 있던 다른 애들도 곧 성홍열에 걸릴 거야. 그러니까 너도 성홍열이 옮았을 것 같아, 베스. 해나를 불러올게, 해나는 병에 대해서 모르는 게 없어.」

「에이미는 못 오게 해. 성홍열에 걸린 적 없잖아, 옮기고 싶지 않아. 언니랑 메그 언니도 다시 걸릴까?」 베스가 걱정스럽게 물었다.

「아닐 거야. 난 걸려도 괜찮아. 너 혼자 거길 보내고 집에 남아서 쓰레기 같은 글이나 쓰다니, 나같이 이기적인 돼지는 걸려도 싸.」 조가 이렇게 중얼거리며 해나에게 의논하러 갔다.

착한 해나는 금방 일어나 즉시 진두지휘를 하면서 걱정할 필요 없다고, 누구나 성홍열에 걸린다고, 제대로 치료하면 죽지 않는다고 안심시켰다. 조는 그 말을 믿고 한결 산뜻해진 기분으로 메그를 부르러 같이 올라갔다.

「이제 어떻게 할 건지 말해 줄게.」 해나가 베스를 살펴보고 질문을 몇 가지 한 다음 말했다. 「뱅스 선생님을 불러 진찰을 받고 우리가 제대로 하고 있는지 확인할 거야. 그런 다음 에이미는 옮지 않도록 당분간 마치 대고모님 댁으로 보내고, 메그 양이랑 조 둘 중 한 명이 하루 이틀 정도 집에서 베스를 돌봐 줘.」

「장녀니까 당연히 내가 돌볼게요.」 메그가 걱정스럽고 자책하는 표정으로 말했다.

「내가 돌볼게, 베스가 아픈 건 나 때문이야. 내가 엄마한테 하겠다고 한 일을 하지 않았어.」조가 단호하게 말했다.

「누가 돌봐 주면 좋겠니, 베스? 한 명만 있으면 돼.」해나가 말했다.

「조 언니가 있어 줘.」그런 다음 베스는 만족스러운 표정으로 언니에게 어깨를 기댔고, 문제는 그렇게 해결되었다.

「내가 에이미한테 가서 말할게.」메그가 말했다. 약간 상처를 받았지만, 그녀는 병간호를 좋아하지 않는데 조는 좋아했으므로 마음이 놓이기도 했다.

에이미는 즉시 반발했고, 마치 대고모님 댁에 가느니 차라리 성홍열에 걸리겠다고 선언했다. 메그가 설득하고, 애원하고, 심지어 명령까지 했지만 소용없었다. 에이미는 가지 않겠다고 고집을 부렸고, 메그는 절망에 빠져 에이미를 내버려 둔 채 해나에게 어떻게 해야 할지 물어보러 갔다. 메그가 돌아오기 전에 로리가 응접실에 들어왔다가 소파 쿠션에 머리를 묻고 흐느끼는 에이미를 발견했다. 에이미는 위로를 기대하며 무슨 일인지 설명했지만, 로리는 주머니에 양손을 넣고 조용히 휘파람을 불면서 깊은 생각에 잠겨 눈썹을 찌푸린 채 서성이기만 했다. 그러다가 곧 에이미 옆에 앉아서 더없이 상냥한 목소리로 구슬렸다. 「자, 어른스럽게 언니들이 시키는 대로 해야지. 아니, 울지 말고 내가 얼마나 신나는 계획을 세웠는지 들어 봐. 네가 마치 대고모님 댁에 가면 내가 매일 찾아가서 외출시켜 줄게. 마차를 타거나 산책을 하면서 정말 신나는 시간을 보내는 거야. 그게 여기서 걸레질이나 하는 것보다 낫지 않아?」

「내가 방해되는 것처럼 보내는 건 싫어.」에이미가 상처받은 목소리로 말했다.

「왜 그래, 에이미. 네 건강을 위해서 그러는 거야. 아픈 건 너도 싫잖아, 안 그래?」

「물론 아픈 건 싫지만, 베스 언니랑 계속 붙어 있었으니까 어차피 나도 옮을 거야.」

「그러니까 당장 가야 하는 거야, 병이 옮지 않게 말이야. 다른 곳으로 가서 조심하면 걸리지 않을 거야. 만약에 성홍열에 걸려도 비교적 가볍게 앓을 거고. 나라면 최대한 빨리 도망치라고 조언하겠어, 성홍열은 장난이 아니거든.」

「하지만 마치 대고모님 댁은 지루하고, 대고모님은 너무 심술궂단 말이야.」에이미가 약간 겁먹은 표정으로 말했다.

「내가 매일 찾아가서 베스의 상태를 알려 주고 외출시켜 주면 지루하지 않을 거야. 대고모님은 나를 좋아하시고, 나도 최대한 착하게 굴 거니까, 우리가 뭘 하든 뭐라 하지 않으실걸.」

「퍽이 모는 마차에 태워서 데리고 나가 줄 거야?」

「신사의 명예를 걸고 약속해.」

「매일 올 거야?」

「당연하지!」

「베스 언니가 나으면 바로 데리러 올 거야?」

「낫자마자.」

310

「극장에도 데려가 주고?」

「허락만 받으면 열두 번도 데려갈게.」

「음…… 그럼 갈게.」 에이미가 느릿느릿 말했다.

「착하기도 하지! 메그를 불러서 항복하겠다고 말해.」 로리가 잘했다는 듯 토닥이며 말했다. 에이미는 그 행동이 〈항복〉이라는 말보다 더 거슬렸다.

메그와 조가 달려 내려와 방금 일어난 기적을 보았다. 에이미는 대단한 희생이라도 하는 기분으로 베스 언니가 아프다고 의사 선생님이 말씀하시면 가겠다고 약속했다.

「우리 귀염둥이는 어때?」 로리가 물었다. 로리는 베스를 무척 귀여워했고, 겉으로 드러내지는 않았지만 베스가 무척 걱정되었다.

「엄마 침대에 누워 있는데, 아까보다 나은 것 같아. 아기가 죽어서 힘들었을 거야. 하지만 그냥 감기일지도 몰라. 해나도 그런 것 같다고는 했지만, 걱정스러운 표정이어서 나도 초조해.」 메그가 말했다.

「세상 참 살기 힘드네!」 조가 초조하게 머리카락을 헝클어뜨리며 말했다. 「곤경에서 벗어나자마자 또 다른 곤경이 닥치다니. 엄마가 안 계시니까 의지할 사람이 없어. 망망대해에 떠 있는 기분이야.」

「고슴도치처럼 바늘을 세우지 마, 안 어울려. 조, 머리 제대로 정리하고 어머니한테 전보를 보낼 건지, 다른 할 일은 없는지 알려 줘.」 친구가 유일한 아름다움을 잃은 것에 아직 적응하지 못한 로리가 물었다.

「그것 때문에 고민이야.」메그가 말했다. 「난 베스가 정말 아프면 말씀드려야 한다고 생각하지만, 해나는 그러면 안 된대. 엄마가 아빠 곁을 떠날 수도 없는데 두 분께 걱정만 끼친다고. 베스가 오래 앓지는 않을 거고, 어떻게 해야 하는지는 해나가 알아. 엄마가 해나 말을 잘 들으라고 하셨으니 그래야겠지만, 왠지 내 생각에는 옳지 않은 것 같아.」

「흠, 나도 잘 모르겠다. 의사 선생님이 다녀가신 뒤에 우리 할아버지한테 여쭤봐.」

「그러려고. 조, 얼른 가서 뱅스 선생님을 모셔 와.」메그가 시켰다. 「선생님이 오실 때까지는 아무 결정도 내릴 수가 없어.」

「넌 가만히 있어, 조. 내가 이 집 심부름꾼이니까.」로리가 모자를 집어 들며 말했다.

「너 바쁘잖아.」메그가 말했다.

「아니, 오늘 공부는 다 했어.」

「방학 때도 공부해?」조가 물었다.

「우리 이웃의 좋은 모범을 따르고 있지.」로리가 이렇게 대답하고 달려 나갔다.

「우리 로리는 크게 될 거야.」울타리 밖으로 달려가는 로리를 보고 조가 흡족한 미소를 지으며 말했다.

「아주 잘하고 있지…… 남자애치고는.」그런 일에 별 흥미 없는 메그가 무뚝뚝하게 대답했다.

뱅스 선생님이 오셔서 베스에게 성홍열 증세가 있다고 말했고, 진지한 표정으로 홈멜가(家)에서 일어난 일에 귀를 기울렸지만 가볍게 앓고 지나갈 거라고 했다. 에이미는 당장 다른 곳으로 가라는 명령에 따라 조와 로리의 호위를 받으며 성홍열을 막아 줄 약과 함께 떠났다.

마치 대고모는 평소와 똑같은 태도로 그들을 맞이했다.

「오늘은 또 뭐가 필요하니?」 마치 대고모가 안경 너머로 날카롭게 쳐다보면서 물었고, 의자 등받이에 앉은 앵무새가 외쳤다.

「꺼져. 남자애는 못 들어와.」

로리가 창가로 물러가고 조가 무슨 일인지 이야기했다.

「이럴 줄 알았다. 가난한 사람들을 참견하고 다니더니. 에이미가 아프지만 않으면 여기서 지내며 이것저것 도와도 된다. 지금 표정을 보니 아플 것 같지는 않지만 말이다. 울지 마라, 에이미. 훌쩍거리는 소리를 들으면 괴로우니까.」

에이미가 울음을 터뜨리려 했지만 로리가 앵무새 꼬리를 슬쩍 잡아당기자, 폴리가 깜짝 놀라서 꽥 소리를 지르며 너무나 우스꽝스럽게 〈맙소사!〉라고 외쳤다. 그러자 에이미가 웃음을 터뜨렸다.

「어머니는 뭐라고 하시든?」 노부인이 퉁명스럽게 물었다.

「아버지가 많이 좋아지셨대요.」 조가 평정을 잃지 않으려고 애쓰며 대답했다.

「아, 그래? 음, 하지만 오래가지는 않을 거다. 마치는 원래 체력이 없으니까.」 경쾌한 대답이 돌아왔다.

「하하! 죽는다는 말은 하는 거 아니야. 코담배라도 좀 줄까. 잘 가! 잘 가!」 로리가 엉덩이를 꼬집자 폴리가 횃대에서 춤을 추며 꽥꽥 소리를 질렀고, 노부인의 모자를 발톱으로 꽉 붙잡았다.

「말조심해, 이 버르장머리 없는 새 같으니! 조, 너는 어서 가거라. 이렇게 늦은 시간에 저렇게 〈정신 빠진〉 녀석이랑 돌아다니는 거 아니다.」

「말조심해, 이 버르장머리 없는 새 같으니!」 폴리가 이렇게 소리를 지르면서 의자에서 우당탕탕 내려와 〈정신 빠진〉 소년을 쪼려고 달려갔고, 로리는 마치 대고모의 마지막 말에 몸을 흔들며 깔깔 웃었다.

〈견디기 힘들겠지만 노력할 거야.〉 마치 대고모와 단둘이 남겨진 에이미가 생각했다.

「저리 가, 꼴 보기 싫은 놈아!」 폴리가 소리쳤다. 이 무례한 말에 에이미는 콧방귀를 뀌지 않을 수 없었다.

18장

암울한 나날

베스는 결국 성홍열에 걸렸고, 해나와 의사를 제외한 사람들이 생각했던 것보다 훨씬 더 아팠다. 자매들은 성홍열에 대해서 아무것도 몰랐고, 로런스 씨는 베스를 만나는 것이 허락되지 않았기 때문에 해나가 혼자서 모든 일을 다 해야 했다. 바쁜 뱅스 선생님은 최선을 다했지만 뛰어난 간병인에게 많은 부분을 맡겼다. 메그는 킹 씨네 아이들에게 성홍열을 옮길까 봐 집에 남아서 집안일을 돌봤고, 편지를 쓰면서 베스가 아프다는 말을 전하지 못할 때면 무척 불안하고 죄책감도 약간 느꼈다. 어머니를 속이는 것이 옳지 않은 것 같았다. 그러나 어머니가 해나의 말을 잘 들으라고 했고, 해나는 〈마치 부인한테 이렇게 사소한 일로 걱정을 끼치는 것〉에 절대 반대했다. 조는 밤이고 낮이고 베스의 곁을 지켰지만 힘든 일은 아니었다. 베스는 인내심이 무척 강해서 스스로 통제할 수 있는 한 고통을 불평 없이 참았기 때문이다. 그러나 열이 심하게 오르면 거칠고 뚝뚝 끊어지는 목소리로 말을 하거나, 사랑하는 피아노를 치는 것처럼 이불보를 두드리며 너무 많이 부어서 아무 소리도 나오지 않는 목으로 노래를 하려고 했다. 또 주변에 모여든 익숙한 얼굴들을 알아보지 못하고 엉뚱한 이름을 부르며 엄마를 애타게 찾았다. 그러자 조는 겁을 먹었고, 메그는 사실을 알리게 해달라고 애원했으며, 해나마저도 〈아직 위험하지는 않지만 생각해 보겠다〉고 말했다. 게다가 워싱턴에서 온 편지가 걱정거리를 하나 더 보태 주었다. 마치 씨의 용태가 다시 나빠져서 한참 동안 집으로 돌아올 수 없다는 것이었다.

한때 행복했던 집에 죽음의 그림자가 어른거리자 하루하루가 얼마나 암울했는지. 집이 슬프고 쓸쓸하게만 느껴졌고, 일을 하며 기다리는 자매들의 마음은 무겁기만 했다. 혼자 앉아서 바느질감에 종종 눈물을 떨어뜨리던 마거릿은 자신이 돈으로 살 수 있는 그 어떤 사치품보다 더 소중한 것들 — 사랑, 보호, 평화, 그리고 진정한 축복인 건강 — 을 얼마나 많이 가지고 있었는지 깨달았다. 조는 종일 어두운 방에서 고통스러워하는 동생을 보고 그 불쌍한 목소리를 들으면서 베스의 천성이 얼마나 아름답고 상냥한지 깨달았고, 베스가 모두의 마음 깊은 곳에서 얼마나 소중한 자리를 차지하고 있는지 느꼈다. 항상 다른 사람을 위해 살면서 누구나 가지고 있는 단순한 미덕을 실천하여 집을 행복하게 만들고 싶다는 베스의 이타적인 바람이 얼마나 소중한지도 깨달았다. 모두가 재능이나 부, 아름다움보다 더 사랑하고 귀하게 여겨야 하는 것이었다. 유배 중인 에이미는 집으로 돌아와서 베스 언니를 위해 뭔가 하고 싶은 마음이 간절했고, 이제 어떤 일도 힘들거나 귀찮지 않을 것 같았다. 에이미는 자신이 소홀히 했던 일을 베스 언니가 기꺼이 해준 적이 얼마나 많았는지 후회와 슬픔이 가득한 마음으로 떠올렸다. 로리는 가만히 있지 못하는 유령처럼 마치가를 돌아다녔고, 로런스 씨는 해질 녘을 즐겁게 만들어 주었던 어린 이웃을 떠올리는 것을 견딜 수가 없어서 그랜드 피아노에 자물쇠를 채웠다. 모두가 베스를 그리워했다. 우유 배달부, 제빵사, 식료품점 주인, 정육점 주인이 베스의 안부를 물었고, 불쌍한 훔멜 부인이 찾아와 자신의 경솔한 행동에 용서를 구하고 미나의 수의를 얻어 갔다. 이웃 사람들은 위로와 안부 인사를 전했다. 베스를 제일 잘 아는 가족들조차 수줍음 많은 베스가 얼마나 많은 친구들을 사귀었는지 깨닫고 깜짝 놀랐다.

그동안 베스는 고열로 헛소리를 하면서도 쓸쓸한 조애나를 잊지 않고 옆에 눕혀 놓았다. 베스는 고양이들도 보고 싶었지만 병이 옮을까 봐 데려오지 말라고 했고, 몸이 좀 괜찮을 때는 조를 걱정했다. 그리고 에이미에게 사랑이 넘치는 메시지를 보냈고, 어머니에게는 곧 편지를 쓰겠다고 전해 달라며 부탁했다. 또 혹시나 아버지가 당신한테 무관심하다고 생각하실까 봐 한마디라도 써보겠다며 종이와 연필을 달라고 종종 졸랐다. 그러나 이렇게 가끔 의식이 돌아왔다가도 베스는 몇 시간이고 뒤척이면서 앞뒤가 맞지 않는 말을 했고, 기운을 되찾아 주지도 않는 무거운 잠 속으로 가라앉았다. 뱅스 선생님이 하루에 두 번 찾아왔고, 해나는 밤을 새웠다. 메그는 언제든지 바로 전보를 보낼 수 있도록 전보용지를 책상 서랍에 넣어 두었고, 조는 베스의 곁을 떠나지 않았다.

12월 1일이 되자 모두 겨울이 왔음을 실감했다. 살을 에는 듯한 바람이 불고 눈이 펑펑 내리면서 한 해가 죽음을 준비하는 것 같았다. 그날 아침에 뱅스 선생님이 와서 베스를 한참 동안 바라본 후, 양손으로 베스의 뜨거운 손을 꼭 잡았다가 조심스럽게 내려놓더니 낮은 목소리로 해나에게 말했다.

「마치 부인이 남편 곁을 비울 수 있는 상황이라면 부르는 게 좋겠습니다.」

해나는 입술이 파르르 떨려서 아무 말 없이 고개를 끄덕였고, 메그는 팔다리에 힘이 빠져서 의자에 털썩 주저앉았다. 조는 창백한 얼굴로 잠깐 서 있다가 응접실로 달려가 전보를 집어 들고 급히 외출 채비를 한 다음, 눈보라 속으로 달려 나갔다. 금방 집으로 돌아온 조가 소리 없이 외투를 벗고 있을 때, 로리가 편지를 가지고 왔다. 마치 씨의 용태가 다시 좋아졌다는 소식이었다. 조는 감사한 마음으로 편지를 읽었지만 마음은 여전히 무거워 보였다. 조의 얼굴에 수심이 가득했기 때문에 로리가 얼른 물었다.

「무슨 일이야? 베스 상태가 안 좋아?」

「엄마한테 돌아오시라고 전보를 보냈어.」 조가 슬픈 표정으로 고무장화를 벗으며 말했다.

「잘했어, 조! 너 혼자 생각해서 그렇게 한 거야?」 로리가 이렇게 물으면서 조를 복도 의자에 앉히고 말을 듣지 않는 장화를 벗겨 주었다. 조가 고개를 저었다.

「아니, 의사 선생님이 그렇게 하라셨어.」

「아아, 조. 상태가 심각한 건 아니지?」로리가 깜짝 놀란 얼굴로 외쳤다.

「아니, 심각해. 우리를 알아보지도 못하고 초록 비둘기들이라고 부르던 담벼락의 포도 잎 얘기도 안 해. 내 동생 베스 같지가 않아. 그런데 우리가 이 상황을 견뎌 내도록 도와줄 사람이 아무도 없어. 부모님도 안 계시고, 하느님은 너무 멀어서 보이지도 않는 것 같아.」

눈물이 뺨을 타고 뚝뚝 흘러내리자 불쌍한 조는 막막한 어둠 속에서 길을 찾아 헤매는 것처럼 손을 뻗었다. 로리는 목구멍에 커다란 덩어리가 걸린 것 같았지만, 조의 손을 잡고 최선을 다해 속삭였다.

「내가 여기 있잖아. 나를 잡아, 조!」

조는 아무 말도 할 수 없었지만 로리를 〈잡았〉다. 따뜻하고 힘찬 친구의 손이 조의 쓰라린 심장을 달래 주었고, 괴로워하는 조를 유일하게 지탱해 줄 하느님에게 더 가까이 인도하는 것 같았다. 로리는 다정한 위로의 말을 해주고 싶었지만 적당한 말이 떠오르지 않았기 때문에, 말없이 서서 그녀의 어머니가 하던 것처럼 푹 숙인 조의 머리를 부드럽게 쓰다듬었다. 그것이 로리가 할 수 있는 최선이었고, 더없이 유창한 말보다 훨씬 더 큰 위로가 되었다. 조는 말 없는 연민을 느꼈고, 슬픔에 빠졌을 때 애정이 주는 상냥한 위로를 침묵 속에서 배웠다. 곧 조는 가벼워진 마음으로 눈물을 닦고 고마워하는 표정으로 고개를 들었다.

「고마워, 테디. 이제 좀 낫다. 이제 별로 쓸쓸하지 않아. 쓸쓸해져도 견디려고 노력할래.」

「희망을 버리지 말자. 그러면 도움이 될 거야, 조. 곧 어머니가 오실 거고, 그러면 다 괜찮아질 거야.」

「아빠가 나아지셔서 다행이야. 엄마가 아빠를 두고 오셔도 마음이 불편하지 않으실 거야. 아, 세상에! 문제가 한꺼번에 밀려들어서 내가 제일 무거운 짐을 어깨에 지고 있는 것 같아.」 조가 무릎에 축축한 손수건을 펼쳐서 말리며 한숨을 쉬었다.

「메그가 안 도와줘?」 로리가 화난 표정으로 물었다.

「아, 물론 언니도 그러려고 하지만, 메그 언니는 나만큼 베스를 사랑하지 않아. 나만큼 베스를 그리워하지 않을 거야. 베스는 내 양심이야, 난 베스를 포기할 수 없어. 못 해! 못 해!」

지금까지 용감하게 참으면서 눈물 한 방울 흘리지 않았던 조가 축축한 손수건에 얼굴을 파묻고 구슬프게 엉엉 울었다. 로리가 손으로 눈을 가렸다. 목구멍에서 치미는 감정을 삼키고 떨리는 입술이 잠잠해질 때까지 아무 말도 할 수 없었다. 남자답지 않을지도 모르지만 로리는 어쩔 수 없었다. 나는 오히려 그래서 흐뭇하다. 조의 흐느낌이 가라앉자마자 로리가 희망차게 말했다. 「죽지 않을 거야. 베스는 너무 착하고, 우리 모두 베스를 너무 사랑하잖아. 하느님이 아직은 베스를 데려가지 않으실 거야.」

「항상 착하고 소중한 사람들이 죽잖아.」 조가 신음했다. 그러나 의심과 두려움에도 불구하고 친구의 말에 기운을 얻고 울음을 멈추었다.

「불쌍한 조, 지쳐서 그래. 쓸쓸해하다니 너답지 않아. 잠깐 쉬어. 바로 기운 나게 해줄게.」

로리가 한 번에 두 단씩 계단을 성큼성큼 올라갔다. 조는 베스가 놓아둔 그대로 아무도 치울 생각을 못 했던 작은 갈색 두건에 지친 머리를 얹었다. 거기에 무슨 마법이 있었던 것이 틀림없다. 다정한 주인의 순종적인 영혼이 조에게 스며든 것 같았다. 그래서 로리가 포도주를 한 잔 들고 계단을 달려 내려오자, 조는 미소를 지으며 그 잔을 받아 들고 용감하게 말했다. 「베스의 건강을 위하여! 테디, 넌 대단한 의사이자 정말 편안한 친구야. 내가 어떻게 갚을 수 있을까?」 조가 덧붙였다. 다정한 말이 괴로운 마음에 활기를 주었듯이 포도주는 그녀의 몸에 활기를 불어넣었다.

「곧 청구서를 보낼게. 오늘 밤에는 포도주를 몇 병 마신 것보다 더 기운 날 선물을 줄 테니까 기다려.」 로리가 어떤 흡족함을 억누르는 듯한 표정으로 조를 보며 얼굴을 빛냈다.

「뭔데?」 조가 너무 궁금해서 괴로움을 잠시 잊고 외쳤다.

「내가 어제 너희 어머니에게 전보를 보냈는데, 브룩 선생님한테서 답장이 왔어. 어머니가 당장 출발하신다고, 오늘 밤에 도착하실 거래. 다 잘될 거야. 내가 전보를 보내서 다행이지?」

재빨리 말을 쏟아 낸 로리는 흥분해서 얼굴이 새빨개졌다. 자매들을 실망시키거나 베스에게 나쁜 영향을 줄까 봐 지금까지 비밀에 부치고 있었기 때문이다. 조가 창백해지더니 의자에서 벌떡 일어났고, 로리가 말을 마치자마자 그의 목을 끌어안고 기뻐하며 소리를 질러서 로리는 흠칫 놀랐다. 「아, 로리! 아, 엄마! 너무 다행이다!」 조는 이제 울음을 그치고 히스테릭하게 웃음을 터뜨렸고, 갑작스러운 소식에 약간 당황했는지 덜덜 떨면서 친구에게 매달렸다. 로리는 깜짝 놀랐지만 아주 침착하게 행동했다. 그는 조의 등을 두드리며 달랬고, 조가 점차 진정하는 것을 보자 한두 차례 수줍은 입맞춤을 했다. 그러자 조가 바로 정신을 차렸다. 조는 난간을 붙잡고 로리를 가볍게 떼어 내며 숨 찬 목소리로 말했다. 「아, 이러지 마! 이러려던 게 아니었는데. 내 잘못이야. 해나가 반대하는데도 가서 전보를 쳤다니 너무 고마워서 네 품에 뛰어들지 않을 수가 없었어. 전부 다 말해 줘. 그리고 포도주는 두 번 다시 주지 마, 이상한 행동을 하게 되잖아.」

「난 괜찮은데!」 로리가 타이를 매만지며 웃었다. 「음, 난 너무 불안했고 할아버지도 마찬가지셨어. 우린 해나가 월권을 하는 거라고, 너희 어머니한테 알려야 한다고 생각했어. 만약 베스가…… 음, 만약에 무슨 일이라도 생기면 너희 어머니는 우리를 절대 용서하지 않으실 거라고 말이야. 할아버지도 지금이야말로 우리가 뭔가 해야 한다고 하셨고, 그래서 어제 우체국으로 달려갔어. 의사 선생님의 표정이 심각했는데, 전보를 치자고 했더니 해나는 펄펄 뛰더라고. 난 누가 이래라저래라 하는 걸 못 견디잖아. 그래서 결심을 하고 저질러 버렸지. 너희 어머니가 오고 계셔. 새벽 기차는 2시에 도착이야. 내가 모시고 올 테니까, 넌 아무리 기뻐도 조금 참으면서 어머니가 오실 때까지 베스를 보살피고 있어.」

「로리, 넌 천사야! 이 은혜를 어떻게 갚지?」

「내 품에 또 뛰어들어 봐. 난 좋던데.」 로리가 2주일 만에 처음으로 장난스러운 표정을 지으며 말했다.

「고맙지만 사양할래. 너 대신 너희 할아버지가 오시면 안아 드릴래. 그만 놀리고 집에 가서 쉬어. 오늘 밤에는 잠도 잘 못 잘 거 아냐. 고마워, 테디. 고마워!」

구석으로 물러서 있던 조가 이 말을 끝내자마자 황급히 부엌으로 들어갔다. 그런 다음 찬장에 앉아서 옹기종기 모여든 고양이들에게 〈행복해, 아, 정말 행복해!〉라고 말했다. 로리는 소식을 잘 전했다고 생각하며 떠났다.

「그렇게까지 남의 일에 끼어드는 사람은 처음 보지만 용서해 줘야지. 마치 부인이 빨리 오셔야 할 텐데.」 조가 기쁜 소식을 알리자 해나가 한시름 놓은 듯 이렇게 말했다.

메그는 말없이 기뻐하더니 편지를 읽으며 생각에 잠겼다. 조는 베스가 누워 있는 방을 정리했고, 해나는 〈뜻밖의 손님이 오실 경우를 대비해 파이를 몇 개 만들〉었다. 집 안에 신선한 바람이 부는 것 같았고, 햇살보다 더 좋은 것이 고요한 집을 환하게 비추었다. 모든 것이 희망찬 변화를 느끼는 것만 같았다. 베스의 새가 다시 지저귀기 시작했고, 창가에 놓인 에이미의 화분에서 반쯤 핀 장미가 발견되었다. 불은 유난히 경쾌하게 타오르는 듯했고, 두 자매는 마주칠 때마다 창백한 얼굴로 미소를 짓고 끌어안으며 〈엄마가 오셔! 엄마가 오신대!〉라고 서로 격려하며 속삭였다. 베스만 빼고 모두가 기뻐했다. 베스는 희망과 기쁨도, 의심과 위험도 모른 채 의식 없이 누워 있었다. 애처로운 광경이었다. 장밋빛이었던 얼굴은 활기를 완전히 잃었고, 분주하게 움직이던 손은 힘이 빠지고 쇠약해졌으며, 미소를 짓던 입술은 아무 말이 없었고, 예쁘고 단정하던 머리카락은 헝클어져서 베개 위에 아무렇게나 흩어져 있었다. 베스는 종일 누워 있다가 가끔 잠에서 깨어, 바싹 말라서 소리가 나오지도 않는 입술로 〈물!〉이라고 중얼거릴 뿐이었다. 조와 메그는 온종일 베스의 주변을 맴돌며 지켜보고, 기다리고, 바라고, 하느님과 어머니에게 의지했다. 하루 내내 눈이 내리고 매서운 바람이 무섭게 불었으며, 시간은 느릿느릿 흘렀다. 그러나 드디어 밤이 왔다. 시계가 정각을 알릴 때마다 베스의 침대 양쪽에 앉아 있던 두 자매는 눈을 반짝이며 서로 마주 보았다. 도움의 손길이 점점 더 가까워지고 있었기 때문이다. 진찰을 하러 온 의사가 자정 즈음에 좋든 나쁘든 변화가 있을 거라며 그때 다시 오겠다고 말했다.

많이 지친 해나는 침대 발치의 소파에 누워서 금방 잠이 들었다. 로런스 씨는 응접실에서 서성이며 마치 부인이 들어왔을 때 그 표정을 보느니 차라리 남부군 포병 중대를 마주하는 게 낫겠다고 생각했다. 로리는 깔개에 누워서 쉬는 척했지만, 사실은 생각에 잠긴 표정으로 불을 멍하니 바라보았다. 검고 아름다운 눈이 차분하고 맑았다.

두 자매는 이날 밤을 절대 잊지 못했다. 이럴 때 누구나 느끼는 끔찍한 무력함 때문에 환자를 지키면서 한숨도 자지 못했다.

「하느님이 베스를 살려 주시면 난 두 번 다시 불평하지 않을 거야.」메그가 진지하게 속삭였다.

「하느님이 베스를 살려 주시면 난 평생 하느님을 섬기며 사랑하도록 노력할래.」조가 똑같이 열정적으로 대답했다.

「심장이 없었으면 좋겠어, 너무 아파.」잠시 침묵이 흐른 뒤에 메그가 한숨을 쉬며 말했다.

「이렇게 힘든 일이 자주 일어나는 거라면 우리가 삶을 어떻게 헤쳐 나갈 수 있는지 모르겠어.」조가 시무룩하게 덧붙였다.

그때 시계가 12시를 알렸고, 두 사람 모두 자신을 잊고 베스를 보았다. 파리한 얼굴에 변화가 생기는 것 같았기 때문이다. 집은 죽음처럼 고요했고, 깊은 침묵을 깨뜨리는 것은 으르렁거리는 바람 소리밖에 없었다. 지친 해나는 잠에서 깨지 않았고, 두 자매만이 작은 침대에 드리워지는 창백한 그림자를 보았다. 한 시간이 흘렀지만 로리가 조용히 역으로 출발했을 뿐, 아무 일도 일어나지 않았다. 또 한 시간이 지났지만 아무도 오지 않았다. 두 자매는 눈보라 때문에 기차가 연착되었거나, 오는 길에 사고가 났거나, 최악의 경우 워싱턴에서 슬픈 일이 생겼을지도 모른다는 두려움 때문에 초조함을 떨쳐 버릴 수가 없었다.

2시가 넘었다. 조는 창가에 서서 휘날리는 눈을 보며 세상이 정말 황량해 보인다고 생각했다. 그러다가 침대에서 뭔가 움직이는 소리가 나서 얼른 돌아보니, 메그가 무릎을 꿇고서 어머니의 안락의자에 얼굴을 묻고 있었다. 무시무시한 두려움이 조를 덮쳤고, 그녀는 이렇게 생각했다. 〈베스가 죽었는데, 메그 언니가 나한테 차마 말을 못 하는 거야.〉

조가 즉시 자기 자리로 돌아갔다. 흥분한 그녀가 보기에는 크나큰 변화가 일어난 것 같았다. 고열로 인한 홍조와 고통스러운 표정이 사라지고, 사랑하는 베스의 얼굴이 완벽한 평안 속에서 너무나 창백하고 평화로워 보였다. 그래서 조는 울거나 한탄하고 싶지 않았다. 조는 제일 사랑하는 자매를 향해 몸을 숙이고 마음을 담아 축축한 이마에 입맞춤을 한 다음, 조용히 속삭였다. 「잘 가, 나의 베스. 잘 가!」

조의 움직임 때문에 잠에서 깼는지 해나가 얼른 일어나서 침대로 다가와 베스를 보고, 손을 만져 보고, 입술에 귀를 대 보았다. 그런 다음 앞치마를 머리에 뒤집어쓰고 털썩 주저앉아 몸을 앞뒤로 흔들면서 소리 죽여 외쳤다. 「열이 내렸어, 그냥 자고 있는 거야. 피부도 촉촉하고 호흡도 편안해졌어. 고맙습니다! 아, 세상에!」

두 자매가 이 기쁜 소식을 믿지 못하고 있을 때 의사가 와서 그렇다고 확인해 주었다. 그는 잘생긴 남자가 아니었지만 아버지 같은 표정으로 미소를 지으며 두 사람에게 다음과 같이 말했을 때, 메그와 조는 그의 얼굴이 하늘에서 내려온 천사처럼 아름답다고 생각했다. 「그래요, 맞습니다. 이번에는 고비를 넘긴 것 같군요. 계속 조용히 하고 잠을 자게 내버려 두었다가 일어나면……」

무엇을 줘야 하는지 메그와 조 모두 듣지 못했다. 어두운 복도로 살며시 나와 서로를 끌어안고 계단에 앉아서 말로 표현할 수 없을 만큼 벅찬 마음으로 기쁨을 나눴기 때문이다. 두 사람은 다시 방으로 들어가 충실한 해나와 끌어안고 입맞춤을 나누었다. 베스는 예전처럼 손으로 뺨을 괴고서 끔찍한 창백함이 가신 얼굴로 그냥 깊이 잠든 것처럼 조용히 숨을 쉬고 있었다.

「이제 엄마만 오시면 얼마나 좋을까!」 겨울밤이 물러가기 시작할 때 조가 말했다.

「봐.」 메그가 반쯤 핀 흰 장미를 들고 다가오며 말했다. 「이 꽃이 아직 피지 않아서 내일 베스가…… 만약에 우리를 떠나도 손에 놓아 주지 못할 줄 알았어. 그런데 밤사이에 피었네. 여기 내 꽃병에 꽂아 둘래. 베스가 잠에서 깨면 장미꽃과 엄마의 얼굴이 제일 먼저 보이게 말이야.」

그렇게 아름다운 해돋이는 처음이었다. 길고 슬픈 밤이 끝나고 메그와 조는 무거운 눈으로 이른 아침을 내다보았다. 세상이 이렇게 사랑스러워 보이는 것은 처음이었다.

「동화 속 세상 같아.」 메그가 커튼 뒤에 서서 눈부신 광경을 보며 혼자 미소 지었다.

「들어 봐!」 조가 벌떡 일어나며 외쳤다.

그랬다. 아래층에서 초인종 소리와 해나의 고함 소리, 그리고 로리가 기쁘게 속삭이는 소리가 들렸다. 「여러분! 어머니가 오셨어! 어머니가 오셨다고!」

19장
에이미의 유언장

집에서 이런 일이 벌어지는 동안 에이미는 마치 대고모 댁에서 힘든 시간을 보내고 있었다. 에이미는 유배 중이라는 사실을 깊이 실감했고, 자기가 집에서 얼마나 사랑받고 귀여움을 받았는지 평생 처음으로 깨달았다. 마치 대고모는 누구도 귀여워하지 않았다. 그런 것을 못마땅하게 여겼다. 그러나 품행이 올바른 에이미가 그녀를 기쁘게 해주었기 때문에 친절하게 대하려 했다. 마치 대고모는 자기 조카의 아이들에게 약했지만, 그런 말을 하는 것은 옳지 않다고 생각했다. 대고모는 에이미를 행복하게 만들어 주려고 정말 최선을 다했지만 안타깝게도 실수투성이였다. 어떤 노인들은 주름과 희끗희끗한 머리카락에도 불구하고 마음만은 젊기 때문에 사소한 걱정과 즐거움에 공감하면서 아이들을 편안하게 만들어 주고, 즐거운 놀이에 현명한 교훈을 숨겨 더없이 다정하게 우정을 주고받는다. 그러나 그런 재능이 없던 마치 대고모는 규칙과 명령, 깐깐한 방식, 길고 지루한 말로 에이미를 무척 괴롭게 만들었다. 에이미가 조보다 붙임성 있고 고분고분하다는 사실을 깨달은 노부인은 그 집안의 자유와 방종의 악영향을 최대한 없애는 것이 자신의 의무라고 느꼈다. 그래서 60년 전에 자신이 배운 방식대로 에이미를 가르쳤다. 에이미는 경악했고, 아주 엄격한 거미의 거미줄에 걸린 파리가 된 기분이었다.

에이미는 매일 아침 컵을 씻고 오래된 숟가락과 볼록한 은 찻주전자, 유리잔을 반짝거릴 때까지 닦아야 했다. 그러고 나서 먼지를 떨어야 했는데, 정말 힘든 일이었다. 마치 대고모는 작은 얼룩 하나 놓치지 않았고, 가구 다리는 전부 갈고리 발가락 모양에다가 조각이 새겨져 있었기 때문에 먼지를 완전히 떨어내는 것이 불가능했다. 그다음에는 폴리에게 먹이를 주고 개의 털을 빗었다. 노부인은 다리가 많이 불편해서 커다란 의자에 앉아 거의 움직이지 않았기 때문에, 에이미가 아래위층을 수십 번씩 오르내리며 물건을 가져오거나 명령을 전달해야 했다. 이렇게 힘든 일이 끝난 후에는 공부를 해야 했는데, 정말이지 에이미의 모든 미덕을 매일 시험하는 일이었다. 공부를 마치면 한 시간 동안 운동을 하거나 놀 수 있었으니, 에이미에게는 너무나 즐거운 시간이었다. 로리가 매일 찾아와서 마치 대고모를 구슬려 에이미를 데리고 나갔고, 두 사람은 산책을 하거나 마차를 타고 다니면서 정말 즐거운 시간을 보냈다. 점심 식사를 마친 다음에는 에이미가 소리 내어 책을 읽어 드려야 했고, 노부인이 자는 동안 가만히 앉아 있어야 했다. 대고모는 보통 첫 번째 장을 읽을 때 잠들어서 한 시간 동안 깨지 않았다. 그 후에는 패치워

크나 수건을 만들어야 했다. 에이미는 겉으로 고분고분했지만 속으로는 불만을 가득 안고 해가 질 때까지 바느질을 했다. 해가 지고 나면 차를 마실 때까지 자유 시간이었다. 저녁이 최악이었는데, 대고모가 저녁마다 자신의 젊은 시절 이야기를 길게 늘어놓았기 때문이다. 정말 형언할 수 없을 만큼 지루한 이야기였기 때문에 에이미는 항상 나중에 잠자리에 들면 자신의 힘든 운명에 한탄하며 울어야겠다고 생각했지만, 보통 눈물을 한두 방울 짜내고 나면 금방 잠이 들었다.

에이미는 로리와 나이 많은 하녀 에스더가 없으면 이 끔찍한 시간을 견디지 못할 것 같았다. 에이미가 자기를 좋아하지 않는다는 사실을 금방 간파한 앵무새가 최대한 말썽을 부리면서 복수했기 때문에, 그것만으로도 충분히 힘들었다. 앵무새는 에이미가 가까이 가기만 하면 머리카락을 잡아당겼고, 에이미가 새장 청소를 끝내자마자 일부러 빵과 우유를 엎어 버렸으며, 대고모가 졸 때 몹을 쪼아서 짖게 만들고, 사람들 앞에서 에이미에게 욕을 하면서 어느 모로 보나 늙고 괘씸한 새처럼 굴었다. 에이미는 개 역시 견딜 수 없었다. 이 뚱뚱하고 심사가 꼬인 짐승은 에이미가 몸단장을 해줄 때마다 으르렁거리며 짖었고, 간식을 먹고 싶으면 네 다리를 허공에 든 채 바닥에 등을 대고 누워서 더없이 바보 같은 표정을 지었다. 하루에 열두 번이나 그랬다. 요리사는 심술궂었고, 나이 많은 마부는 귀가 먹었으며, 에이미를 무시하지 않는 사람은 에스더밖에 없었다.

에스더는 프랑스 여자로, 그녀가 〈마담〉이라고 부르는 마치 대고모와 오랫동안 같이 살았고, 이제 자기 없이 살 수 없게 된 노부인을 약간 마음대로 휘둘렀다. 본명은 에스텔이었지만 마치 대고모가 이름을 바꾸라고 하자, 개종을 요구하지 않는 조건으로 그렇게 했다. 에스더는 마드무아젤 에이미를 좋아하게 되었고, 에이미를 옆에 앉혀 놓고 마담의 레이스를 만들면서 프랑스에서 겪었던 신기한 이야기를 무척 재미있게 들려주곤 했다. 에스더는 또 에이미가 대저택을 돌아다니면서 커다란 옷장과 오래된 상자에 넣어 둔 신기하고 예쁜 물건들을 구경해도 좋다고 허락했다. 마치 대고모는 까치처럼 물건을 모았다. 에이미가 제일 좋아하는 것은 인디언 장식장으로, 신기한 서랍과 작은 칸막이 서랍, 비밀 서랍으로 가득했고 온갖 장식품이 보관되어 있었다. 장식품은 거의 골동품이었는데, 귀한 것도 있고 신기한 것도 있었다. 에이미는 이런 물건들을 구경하고 정리하면서 크나큰 만족감을 느꼈다. 40년 전 사교계의 미녀를 장식했던 장식품이, 벨벳 쿠션 위에 놓여 있는 보석 케이스들이 특히 좋았다. 마치 대고모가 사교계에 데뷔했을 때 착용했던 가닛 세트, 결혼식 날 아버지에게 받은 진주, 연인의 다이아몬드, 흑옥 애도 반지와 브로치, 죽은 친구의 초상과 그들의 머리카락으로 만든 버드나무 그림이 든 신기한 로켓,[45] 마치 대고모의 외동딸이 찼던 아기 팔찌들, 수많은 아이들이 가지고 놀았던 빨간 인장이 달린 마치 할아버지의 커다란 시계도 있었고, 작은 상

---

45 뚜껑을 열면 사진 등을 넣을 수 있는 작은 케이스로, 주로 목걸이로 쓴다.

자에는 마치 대고모의 결혼반지 하나만 들어 있었다. 이제 대고모의 뚱뚱한 손가락에는 너무 작았지만 가장 귀중한 보석처럼 조심스럽게 넣어 놓은 것이었다.

「마음대로 고를 수 있다면 마드무아젤은 뭘 고를 거지?」 에이미가 구경할 때면 옆에서 지켜보다가 귀중품을 넣고 잠그는 에스더가 물었다.

「다이아몬드가 제일 좋지만, 전 목걸이가 잘 어울려서 좋아하는데 이 세트에는 목걸이가 없어요. 만약 제가 고른다면 이걸로 할래요.」 에이미가 금줄에 흑단 구슬과 역시 흑단으로 만든 묵직한 십자가가 달린 목걸이를 무척 감탄 어린 눈으로 바라보며 대답했다.

「나도 그게 탐나지만 나한테는 목걸이가 아니야. 오, 절대 아니지! 나에게는 묵주거든. 나라면 독실한 가톨릭 신자답게 묵주로 쓸 거야.」 에스더가 그 멋진 물건을 탐난다는 듯 쳐다보며 말했다.

「이것도 에스더의 거울에 걸려 있는 향기 좋은 나무 구슬 꾸러미처럼 쓰는 거예요?」 에이미가 물었다.

「그럼, 기도할 때 쓰는 거야. 이렇게 멋진 묵주를 보석으로 착용하고 허영을 부리는 대신 기도를 드릴 때 쓰면 성인들께서 기뻐하실 거야.」

「에스더는 기도에서 많은 위안을 얻나 봐요. 방에서 내려오실 때 보면 항상 차분하고 만족스러운 표정이에요. 저도 그럴 수 있으면 좋겠어요.」

「마드무아젤이 가톨릭 신도라면 진정한 위안을 찾을 수 있을 거야. 하지만 그렇지 않으니까 매일 혼자서 명상하고 기도를 드리는 것도 좋아. 내가 마담 이전에 모셨던 착한 부인도 그렇게 했었거든. 그분은 작은 예배실을 만들어 놓고 거기서 수많은 고통을 위로받았지.」

「저도 그렇게 해도 될까요?」 에이미가 말했다. 혼자 외로운 에이미는 도움이 필요했지만, 옆에서 알려 주는 베스가 곁에 없으니 작은 책 읽는 것을 자꾸 깜빡 잊었다.

「정말 좋을 거야. 원하면 작은 옷 방을 정리해 줄게. 마담에게는 아무 말도 하지 마. 마담이 잠자리에 들면 거기 혼자 앉아서 좋은 생각을 하고 주님께 언니를 지켜 달라고 기도드리렴.」

신앙심이 정말 깊었던 에스더가 진심으로 조언했다. 그녀는 마음씨가 따뜻했고, 괴로워하는 자매들을 진심으로 안타까워했다. 에이미는 이 생각이 마음에 들어서 자기 방 옆의 작은 옷장을 정리해 달라고 부탁했고, 그것이 도움이 되기를 바랐다.

「마치 대고모님께서 돌아가시면 이렇게 예쁜 물건들은 다 어디로 가는지 궁금해요.」 에이미가 반짝이는 묵주를 꾸물꾸물 돌려놓고 보석 상자를 하나씩 닫으며 말했다.

「너랑 네 언니들한테 가겠지. 난 알아, 마담이 나한테 털어놓았거든. 유언장도 봤는데 그렇게 적혀 있더구나.」 에스더가 미소를 지으며 속삭였다.

「정말 멋져요! 하지만 지금 주시면 좋겠어요. 미루는 건 좋지 않아요.」 에이미가 다이아몬드를 마지막으로 한 번 더 보면서 말했다.

「젊은 아가씨들이 이런 걸 착용하기에는 아직 이르지. 제일 처음으로 약혼하는 사람한테 진주를 주겠다고 하셨어. 그리고 네가 집으로 돌아갈 때 아마 작은 터키석 반지를 주실 거야. 네가 품행도 바르고 예의범절도 잘 지켜서 마담이 아주 좋아하시거든.」

「정말 주실까요? 아, 그 예쁜 반지를 가질 수 있다면 저는 순한 양이 될래요! 키티 브라이언트의 반지보다 훨씬 더 예뻐요. 어쨌든 저도 마치 대고모님이 좋아요.」 에이미는 기쁜 얼굴로 파란 반지를 껴보며 이것을 꼭 받아야겠다고 굳게 결심했다.

그날부터 에이미는 아주 고분고분해졌고, 노부인은 흡족해하며 자신의 교육이 거둔 성공을 바라보았다. 에스더는 옷방에 작은 탁자와 발판을 마련하고, 그 위에 잠긴 방에서 가져온 그림을 걸어 주었다. 귀하지는 않지만 적당한 그림이라고 생각해서 빌려 왔는데, 마담은 절대 모를 것이고 알아도 신경 쓰지 않을 것임을 그녀는 잘 알았다. 그러나 사실 그 그림은 세계적으로 유명한 그림의 비싼 복제화였다. 아름다움을 사랑하는 에이미는 눈으로 성모님의 사랑스러운 얼굴을 올려다보면서, 마음으로 자신의 어머니를 떠올릴 수 있어 질리지도 않고 좋았다. 에이미는 탁자에 작은 성경과 찬송가를 올려놓았고, 꽃병에는 로리가 가져다주는 제일 좋은 꽃을 항상 꽂아 놓았다. 그녀는 매일 〈혼자 앉아서 좋은 생각을 하고 주님께 언니를 지켜 달라고 기도〉드렸다. 에스더가 은 십자가가 달린 까만 구슬 묵주를 주었지만, 에이미는 그것이 신교도의 기도에 어울리는지 잘 모르겠기에 걸어만 놓고 쓰지는 않았다.

에이미는 이 모든 일에 무척 진지하게 임했다. 집이라는 안전한 둥지를 떠나 홀로 남겨지자 자신을 잡아 줄 다정한 손이 너무나 간절히 필요했기 때문에, 자애로운 사랑으로 어린아이들을 제일 꼭 안아 주시는 강하고 다정한 친구인 주님께 본능적으로 다가갔다. 에이미는 스스로를 이해하고 바른 길로 가기 위해서 어머니의 도움이 간절히 필요했지만, 어디를 향해야 하는지 배웠기 때문에 길을 찾으려고, 그리고 굳게 믿으며 그 길을 걸으려고 최선을 다했다. 하지만 에이미는 아직 어린 순례자였고, 지금 이 순간 그녀의 짐은 아주 무겁게 느껴졌다. 에이미는 지켜보면서 칭찬해 주는 사람이 아무도 없었지만, 자신을 잊고 활발하게 지내며 옳은 일을 하는 것에 만족하려고 노력했다. 그녀는 착해지기 위한 첫 번째 노력으로 혹시 병에 걸려 죽을 경우 자기 물건을 정당하고 관대하게 나눠 주기 위해서 마치 대고모처럼 유언장을 쓰기로 했다. 에이미의 눈에는 노부인의 보석만큼이나 귀중한 작은 보물들을 포기하는 것은 생각만 해도 가슴이 아팠다.

에이미는 노는 시간을 이용해서 이 중요한 문서를 최대한 열심히 썼고, 법률 용어는 에스더의 도움을 받았다. 천성이 착한 프랑스 여인 에스더가 증인으로 서명해 주자, 에이미는 마음이 놓였다. 그녀는 로리에게도 보여 주고 두 번째 증인이 되어 달라고 부탁하려고 유언장을 잘 놓아두었다. 비가 오는 날이었기 때문에 에이미는 혼자서 놀려고 폴리를 데리고 커다란 방으로 올라갔다. 거기에 옛날 옷이 잔뜩 든 옷장이 있었는데, 에스더가 가지고 놀아도 된다고 허락했다. 에이미가 제일 좋아하는 놀이는 낡은 양단 옷을 걸치고 당당하게 인사를 하면서 치마를 끌고 긴 거울 앞을 서성이는 것이었다. 바스락거리는 소리가 무척 듣기 좋았다. 에이미는 이날 너무 분주해서 로리가 초인종을 울리는 소리도 듣지 못했고, 자신을 몰래 들여다보는 그의 얼굴도 보지 못했다. 에이미는 파란색 양단 원피스와 노란색 퀼트 페티코트를 입고, 이와 기묘한 대조를 이루는 커다란 분홍색 터번을 머리에 쓰고서 부채질을 하고 고개를 흔들며 진지하게 걸어다녔다. 굽 높은 신발을 신고 있었기 때문에 조심조심 걸어야 했다. 나중에 로리는 조에게 정말 우스꽝스러운 광경이었다고 말했다. 화려한 옷을 입은 에이미가 뽐내며 걸어가면 바로 뒤에서 폴리가 최대한 에이미를 흉내 내어 고개를 들고 종종걸음을 쳤고, 가끔 멈춰 서서 웃거나 이렇게 소리쳤다. 「우리 멋지지? 저리 가, 꼴 보기 싫은 놈아! 닥쳐! 키스해 줘요, 당신. 하! 하!」

　로리가 여왕 폐하의 심기를 거스르지 않도록 터져 나오려는 웃음을 힘겹게 참으면서 문을 똑똑 두드리자 에이미가 정중하게 맞이했다.

　「이거 치우는 동안 잠깐 앉아서 쉬어. 그런 다음 아주 중대한 문제를 의논하고 싶어.」 에이미가 화려한 옷을 보여 주고 폴리를 구석으로 몬 다음 말했다. 「저 새는 정말 내 인생 최대의 시련이야.」에이미가 머리에 얹힌 분홍색 산을 내리며 말했고, 로리는 의자에 걸터앉았다.

「어제 대고모님이 잠드셨을 때 내가 생쥐처럼 꼼짝도 하지 않으려고 애를 쓰고 있는데, 폴리가 새장에서 큰 소리를 내면서 날개를 파닥거리는 거야. 그래서 꺼내 주려고 가보니까 새장 안에 커다란 거미가 있더라고. 내가 쿡쿡 찔러서 거미를 내보냈더니 책장 밑으로 재빨리 들어갔어. 그러니까 폴리가 몸을 구부려서 책장 밑을 들여다보고 눈짓을 하면서 우스꽝스럽게 말하는 거야. 〈나와요, 산책하러 가요.〉난 웃음을 터뜨리지 않을 수 없었어. 폴리가 욕을 하는 바람에 대고모님이 잠에서 깨서 우리 둘 다 혼났지.」

「거미가 폴리의 초대를 받아들였어?」로리가 하품을 하며 물었다.

「응. 거미가 나오니까 폴리가 완전히 겁에 질려서 도망쳤어. 내가 거미를 쫓아다니는 내내 대고모님 의자에 기어 올라가서 〈잡아! 잡아! 잡아!〉라고 소리쳤어.」

「거짓말! 세상에!」앵무새가 로리의 발가락을 쪼며 외쳤다.

「내가 네 주인이었으면 목을 비틀었을 거야, 이 짜증 나는 녀석아.」로리가 새를 향해 주먹을 흔들며 소리치자, 앵무새가 고개를 갸웃거리면서 진지하게 꽥꽥거렸다. 「알렐루야! 이런 깜짝이야!」

「이제 준비됐어.」에이미가 옷장을 닫고 주머니에서 종이를 한 장 꺼내며 말했다. 「이걸 읽고 나서 법적으로 옳은지 말해 줘. 유언장을 꼭 써야 할 것 같았어. 삶은 불확실하고 내가 죽은 뒤에 사람들이 싸우는 건 싫으니까.」

로리가 입술을 깨물더니 수심에 잠긴 에이미에게서 고개를 살짝 돌린 채 틀린 철자를 고려하면서 칭찬해도 좋을 만큼 진지한 얼굴로 다음과 같은 글을 읽었다.

유언장

나 에이미 커티스 마치는 맑은 정신으로 이 땅에서 가진 모든 재산을 다음과 같이 유증한다.

아버지에게는 제일 좋은 그림과 스케치, 지도, 작품을 액자와 함께 남긴다. 내 돈 1백 달러도 마음대로 쓰도록 드린다.

어머니에게는 주머니가 달린 파란색 앞치마를 제외한 모든 옷을 남긴다. 내 초상화, 메달, 크나큰 사랑을 드린다.

사랑하는 마거릿 언니에게는 터키석 반지(만약 받는다면)와 비둘기가 그려진 녹색 상자, 목에 장식하는 진짜 레이스, 그리고 〈막냇동생〉을 기억할 기념품으로 내가 그린 언니의 스케치를 남긴다.

조 언니에게는 봉랍으로 수선한 브로치, 청동 잉크스탠드 — 조 언니가 뚜껑을 잃어버림 — 와 원고를 태운 것에 대한 미안함을 담아 나의 가장 소중한 토끼 석고상을 남긴다.

베스 언니에게는(나보다 오래 산다면) 내 인형과 작은 책상, 부채, 리넨 옷깃, 그리고 병이 나았을 때 살이 빠져서

신을 수 있을 경우 새 슬리퍼를 남긴다. 그리고 조애나를 놀린 것을 여기에서 진심으로 사과한다.

이웃집의 친구 시어도어 로런스에게는 지점토 포트폴리오, 그가 목이 없다고 지적한 적이 있지만 점토로 만든 말을 남긴다. 또 힘들 때 베풀어 준 크나큰 다정함에 대한 보답으로 내 작품 중 원하는 것 무엇이든 한 점을 남긴다. 〈노트르담〉이 제일 좋다.

우리의 소중한 은인 로런스 씨에게는 뚜껑에 거울이 달린 자주색 상자를 남긴다. 펜을 넣어 두고 우리 가족, 특히 베스 언니에게 베풀어 주신 호의에 감사하는, 세상을 떠난 소녀를 생각하면 좋을 것이다.

제일 좋아하는 친구 키티 브라이언트에게는 파란색 실크 앞치마와 금색 구슬 반지를 입맞춤과 함께 남긴다.

해나에게는 갖고 싶어 했던 판지 상자와 나의 패치워크를 전부 남기며, 〈그것을 볼 때 나를 기억하기를〉 바란다.

이제 내 귀중한 재산을 모두 처분했으니 다들 만족하며 죽은 자를 탓하지 않기를 바란다. 나는 모두를 용서하며, 최후의 나팔 소리가 울릴 때 모두 다시 만나리라 믿는다. 아멘.

1861년 11월 20일, 이 유언장에 서명하고 봉인함.

에이미 커티스 마치

증인: 에스텔 발노르, 시어도어 로런스

마지막 이름은 연필로 적혀 있었는데, 에이미는 로리에게 그 이름을 잉크로 다시 쓰고 적절한 방식으로 봉인해 달라고 설명했다.

「어쩌다 이런 생각을 했어? 베스가 자기 물건을 나눠 줬다는 말이라도 들었어?」 로리가 진지하게 물었다. 에이미는 빨간 테이프, 봉랍, 초, 잉크스탠드를 그의 앞에 내려놓고 있었다.

에이미가 자초지종을 설명한 다음 걱정스럽게 물었다. 「베스 언니는 어때?」

「말하지 말걸 그랬네. 하지만 이미 말을 꺼냈으니 얘기해 줄게. 하루는 베스가 너무 아파서 조한테 그랬대. 피아노는 메그에게, 고양이들은 너한테, 불쌍한 인형은 조에게 주고 싶다고. 조가 자기를 위해서 인형을 대신 사랑해 줄 것 같다면서 말이야. 줄 게 별로 없어 미안하다면서 다른 사람들한테는 자기 머리카락 타래를 남기고, 우리 할아버지에게는 최고의 사랑을 전한다고 했대. 유언장은 생각도 안 했지만.」

로리가 이렇게 말하며 유언장에 서명한 다음 봉인했고, 커다란 눈물이 떨어진 후에야 고개를 들었다. 에이미의 얼굴은 괴로움으로 가득했지만 이렇게만 말했다. 「유언장에 추신도 쓸 수 있어?」

「응. 〈유언 보충서〉라고 해.」

「그럼 내 유언장에도 덧붙일래. 내 머리카락을 전부 잘라서 친구들에게 전해 달라고. 깜빡 잊었는데, 내 꼴은 엉망이 되겠지만 그렇게 하고 싶어.」

로리는 에이미의 크나큰 마지막 희생에 미소를 지으며 그렇게 덧붙였다. 그런 다음 에이미와 한 시간 동안 놀아 주었고, 에이미의 시련에 큰 관심을 보였다. 그러나 로리가 가려고 할 때 에이미가 그를 붙잡고 떨리는 입술로 속삭였다. 「베스 언니가 정말 위험한 거야?」

「그런 것 같지만 우린 희망을 버리면 안 돼. 그러니까 울지 마.」 로리가 오빠처럼 안아 주자 무척 큰 위로가 되었다.

로리가 돌아간 뒤, 에이미는 자기 예배실로 가서 저무는 햇살 속에 앉아 베스 언니를 위해 기도드렸다. 눈물이 흘러 넘치고 심장이 아팠다. 다정한 언니가 죽으면 터키석 반지 백만 개가 있어도 위로가 되지 않을 것 같았다.

20장
비밀 상담

나는 어머니와 딸들의 만남을 어떻게 설명해야 할지 모르겠다. 그러한 시간을 경험하는 것은 너무나 아름답지만 설명하기는 너무 어려우므로 독자들의 상상에 맡기기로 하겠다. 집 안에 진정한 행복이 가득하고, 메그의 다정한 바람이 이루어졌다는 말만 하도록 하자. 베스가 기나긴 치유의 잠에서 깨어났을 때 어머니의 얼굴과 장미꽃이 제일 먼저 눈에 들어왔으니 말이다. 그 무엇에도 놀랄 힘이 없던 베스는 미소를 짓고 사랑이 넘치는 품에 더욱 단단히 안겨 간절한 허기가 드디어 채워지는 것을 느꼈다. 그런 다음 베스는 다시 잠들었다. 잠결에도 꼭 붙잡고 있는 가녀린 손을 어머니가 풀려고 하지 않았기 때문에 자매들이 어머니의 시중을 들었다. 흥분한 마음을 표현할 다른 방법을 찾지 못했던 해나는 여행을 마치고 온 어머니를 위해 깜짝 놀랄 만한 아침을 내놓았고, 메그와 조는 충실한 젊은 황새[46]처럼 어머니에게 음식을 먹이며 어머니의 말에 귀를 기울였다. 어머니는 아버지의 상

46 황새는 나이 많은 부모에게 먹이를 잡아다 먹인다고 알려져 있다.

태가 어떤지 가르쳐 주었다. 또 브룩 씨가 남아서 아버지를 돌보겠다고 약속했고, 집으로 오는 길에 폭풍으로 인해 여행이 지연되었으며, 피로와 불안, 추위로 녹초가 되어 도착했을 때 로리의 희망찬 얼굴을 보고 말로 표현할 수 없는 위안을 느꼈다고 설명했다.

정말 이상하지만 기분 좋은 날이었다! 온 세상이 첫눈을 환영하러 나온 것처럼 바깥은 너무나 눈부시고 쾌활한데, 집 안은 너무나 조용하고 평화로웠다. 모두들 환자를 돌보느라 지쳐서 잠들었고, 꾸벅꾸벅 조는 해나가 문 앞을 지키는 동안 안식일의 고요함이 집 안을 지배했다. 짐을 덜어서 너무나 행복해진 메그와 조는 폭풍에 시달리다가 고요한 항구에 안전하게 정박한 배처럼 지친 눈을 감고 누워서 쉬었다. 마치 부인은 베스의 곁을 떠나지 않고 커다란 의자에 앉아서 쉬었다. 그녀는 가끔 잠에서 깨면 구두쇠가 되찾은 보물을 어루만지듯 딸을 바라보고 어루만지며 따뜻하게 품었다.

에이미를 위로하러 간 로리가 이 이야기를 어찌나 감동적으로 했는지 마치 대고모마저도 〈훌쩍거리고〉 말았고, 〈내가 뭐랬니〉라는 말을 한 번도 하지 않았다. 이때 에이미는 어찌나 의연한지, 내 생각에는 작은 예배실에서 했던 좋은 생각이 결실을 맺기 시작했던 것 같다. 에이미는 재빨리 눈물을 닦고 당장 어머니를 보고 싶은 마음을 꾹 눌렀다. 에이미가 〈정말 대단히 어른스럽게〉 행동한다는 로리의 말에 노부인이 진심으로 동의했을 때에도, 에이미는 터키석 반지를 생각조차 하지 않았다. 폴리도 감명을 받았는지 에이미를 〈착한 아이〉라고 부르며 〈이런 깜짝이야〉라고 말했고, 가장 상냥한 목소리로 〈산책하러 가요〉라고 애원했다. 에이미는 기꺼이 밖으로 나가 맑은 겨울 날씨를 즐기고 싶었다. 그러나 로리가 남자답게 숨기려 애쓰면서도 꾸벅꾸벅 졸고 있음을 깨닫고, 어머니에게 편지를 쓸 테니 그동안 소파에 누워서 쉬라고 설득했다. 에이미가 한참 동안 편지를 쓰고 돌아와 보니 로리는 양팔을 베고 깊이 잠들어 있었고, 마치 대고모는 드물게도 인자함을 발휘하여 커튼을 치고 가만히 앉아 있었다.

잠시 후 에이미와 마치 대고모는 로리가 밤이 될 때까지 일어나지 못하는 게 아닐까 생각하기 시작했다. 에이미가 어머니를 보고 기뻐서 소리를 지르는 바람에 로리가 잠에서 깨지 않았다면 정말 그랬을지도 모르겠다. 그날 그 도시에 행복한 소녀가 무척 많았겠지만, 내 개인적인 생각으로는 에이미가 제일 행복했을 것 같다. 에이미는 어머니의 무릎에 앉아서 그동안 겪은 시련을 이야기했고, 잘했다는 미소와 다정한 손길을 위로와 보상으로 받았다. 에이미와 어머니는 예배실에 단둘이 있었는데, 예배실을 왜 만들었는지 설명하자 어머니도 반대하지 않았다.

「오히려 정말 마음에 드는구나, 에이미.」어머니가 먼지 쌓인 묵주부터 낡은 책, 상록수 화환을 씌운 사랑스러운 그림까지 살펴보며 말했다. 「짜증이 나거나 슬픈 일이 있을 때 차분하게 앉아 있을 장소를 만드는 건 정말 좋은 방법이지. 살면서 힘들 때가 아주 많지만 올바른 방법으로 도움을 요청하면 항상 견뎌 낼 수 있단다. 우리 막내딸이 그걸 배우고 있구나.」

「네, 엄마. 집으로 돌아가면 커다란 옷장 한구석에 책들을 놓고 이 그림을 따라 그려서 걸어 두려고요. 그동안 따라 그려 봤는데, 이 여자의 얼굴은 너무 아름다워서 제가 따라 그릴 수가 없어요. 하지만 아기는 좀 나아요, 정말 마음에 들어요. 예수님도 한때는 작은 아기였다고 생각하고 싶어요. 그러면 별로 멀게 느껴지지 않고 도움이 돼요.」

에이미가 성모님의 무릎에 앉아서 미소 짓는 예수님을 가리켰을 때 마치 부인이 그 손에서 뭔가를 보고 미소를 지었다. 어머니는 아무 말도 하지 않았지만 에이미는 그 표정을 알아보았고, 잠시 정적이 흐른 다음 진지하게 덧붙였다. 「이것에 대해서 말씀드리려고 했는데 깜빡했어요. 대고모님께서 오늘 주셨어요. 저를 불러서 입맞춤을 하시더니 손가락에 끼워 주시면서 제가 자랑스럽다고, 늘 곁에 두고 싶다고 하셨어요. 터키석 반지가 너무 커서 빠지지 않도록 가드링까지 주셨어요. 전 이걸 끼고 싶어요, 그래도 돼요?」

「정말 예쁘구나, 하지만 넌 이런 걸 끼기에는 너무 어린 것 같아, 에이미.」 마치 부인이 검지에 하늘색 돌이 늘어선 반지와 두 개의 손이 마주 잡은 모양의 기묘한 금반지를 낀 통통하고 작은 손을 보면서 말했다.

「뽐내지 않도록 노력할게요.」 에이미가 말했다. 「단순히 예뻐서 좋아하는 게 아니에요. 이야기 속에 나오는 팔찌를 낀 여자애처럼 이 반지를 끼고 항상 기억하고 싶어요.」

「마치 대고모님 말이니?」 어머니가 웃으며 물었다.

「아니요. 이기적으로 굴면 안 된다는 거요.」에이미가 너무나 진지하고 열심이었기 때문에, 어머니는 웃음을 멈추고 막내딸을 존중하며 작은 계획에 귀를 기울였다.

「최근에 저의 〈나쁜 점〉에 대해서 많이 생각해 봤는데, 이기심이 가장 큰 것 같아요. 그래서 가능하면 그걸 고치려고 노력할 거예요. 베스 언니는 이기적이지 않기 때문에 모두 언니를 사랑하고 언니를 잃는다는 생각에 슬퍼하잖아요. 제가 아프면 사람들이 그렇게 슬퍼할 것 같지 않아요. 저는 그럴 자격이 없지만 많은 친구들이 저를 사랑하고 그리워하면 좋겠어요. 그러니까 베스 언니처럼 되려고 최대한 노력할 거예요. 저는 결심을 곧잘 잊어버리지만, 생각나게 해줄 것을 몸에 지니고 있으면 더 잘할 수 있을 것 같아요. 그렇게 한번 해보면 안 돼요?」

「그래, 하지만 난 옷장에 만들 예배실이 더 믿음직스럽구나. 에이미, 반지를 끼고 최선을 다하렴. 넌 꼭 성공할 거야. 착해지고 싶다고 진심으로 바라면 이미 반은 성공한 거야. 이제 엄만 베스한테 돌아가 봐야겠다. 에이미, 용기를 잃지 마. 곧 집으로 돌아올 수 있을 거야.」

그날 저녁, 메그가 아버지에게 어머니는 잘 도착했다고 편지를 쓰고 있을 때 위층에서 조가 베스의 방으로 살그머니 들어갔더니 어머니가 평소와 같은 자리에 앉아 있었다. 조는 잠깐 그 자리에 서서 걱정스러운 몸짓과 우물쭈물하는 표정으로 머리를 손가락으로 배배 꼬았다.

「무슨 일이니, 조?」마치 부인이 비밀을 털어놔도 된다는 표정으로 손을 내밀며 물었다.

「말씀드리고 싶은 게 있어요.」

「메그 일이니?」

「정말 빨리 맞히시네요! 네, 메그 언니 얘긴데, 사소하지만 신경이 쓰여서요.」

「베스가 자고 있으니 작게 말하렴. 다 말해 봐. 모핏가 사람이 집으로 찾아온 건 아니겠지?」 마치 부인이 약간 날카롭게 물었다.

「안 왔어요. 찾아왔어도 제가 면전에서 문을 닫았을 거예요.」 조가 어머니의 발치에 자리를 잡으며 말했다. 「지난여름 메그 언니가 로런스 씨 댁에 장갑을 놓고 왔는데 한 짝만 돌아왔어요. 그런 다음 잊고 있었는데, 브룩 씨가 그걸 가지고 있다고 테디가 알려 줬어요. 메그 언니를 좋아하지만 언니는 너무 어리고 자기는 너무 가난해서 감히 말을 못 한대요. 정말 끔찍하지 않아요?」

「메그가 그 사람을 좋아하는 것 같니?」 마치 부인이 걱정스러운 표정으로 물었다.

「세상에! 전 사랑이니 뭐니 하는, 말도 안 되는 건 아무것도 몰라요!」 조가 관심과 경멸이 섞인 묘한 표정으로 외쳤다. 「소설을 보면 사랑에 빠진 여자는 깜짝 놀라거나 얼굴을 붉히고, 기절하고, 살이 빠지고, 바보같이 굴잖아요. 하지만 메그 언니는 그렇지 않아요. 분별 있는 사람처럼 잘 먹고 잘 마시고 잘 자요. 제가 브룩 씨 얘기를 해도 제 얼굴을 똑바로 보고, 테디가 연인들에 대한 농담을 하면 얼굴을 약간 붉힐 뿐

이에요. 제가 테디한테 절대 하지 말라고 했지만 걘 내 말을
안 들어요.」

「그럼 메그가 존에게 관심이 없는 것 같니?」

「누구요?」 조가 어머니를 빤히 보며 외쳤다.

「브룩 씨 말이야. 우린 이제 〈존〉이라고 불러. 병원에서 그
렇게 부르게 됐는데, 좋아하더구나.」

「아, 이런! 엄마가 그 사람 편을 드실 줄 알았어요. 아빠한
테 정말 잘했으니까요. 그렇다면 브룩 씨를 멀리 보내는 게
아니라, 메그 언니가 원하면 그 사람이랑 결혼시킬 생각이신
거죠. 비열한 사람이에요! 자기를 좋아하게 만들려고 아빠한
테 잘해 주고 엄마를 도운 거예요.」 조가 다시 화를 내며 머
리카락을 잡아당겼다.

「조, 화내지 마. 어떻게 된 일인지 설명해 줄게. 존은 로런
스 씨의 부탁을 받아서 나와 함께 간 거고, 불쌍한 아버지에
게 너무 헌신적이었기 때문에 우린 그를 좋아하지 않을 수가
없었어. 존은 메그에 대해서 아주 솔직하고 올바르게 얘기했
어. 우리한테 메그를 사랑한다고, 하지만 안락한 집을 구한
뒤에 청혼을 하겠다고 말했거든. 우리한테 부탁한 건 메그를
사랑하고 메그를 위해 열심히 일하도록 허락해 달라고, 가능
하면 메그가 자신을 사랑하게 만들도록 허락해 달라는 것밖
에 없었어. 존은 정말 훌륭한 청년이야. 우린 그의 말을 듣지
않겠다고 거절할 수 없었단다. 하지만 난 메그가 약혼하는
건 반대야, 아직 너무 어려.」

「당연하죠. 약혼이라니, 바보 같은 일이에요! 좋지 않은 일

이 벌어지고 있을 줄 알았어요. 저도 느끼고 있었는데, 생각했던 것보다 더 나빠요. 제가 메그 언니랑 결혼해서 우리 가족 안에서 안전하게 지킬 수 있으면 좋겠어요.」

마치 부인은 조의 말도 안 되는 얘기에 미소를 지었지만 곧 진지하게 말했다. 「조, 너한테는 비밀을 이야기했지만 아직 메그에게는 아무 말도 하지 말았으면 좋겠구나. 존이 돌아왔을 때 두 사람이 함께 있는 모습을 보면 메그가 존을 어떻게 생각하는지 알 수 있을 거야.」

「메그 언니는 자기가 맨날 얘기하는 그 잘생긴 눈을 바라볼 거고, 그러면 끝장이겠죠. 언니는 마음이 너무 약해서 누가 감상적으로 바라보기만 해도 햇살 속의 버터처럼 녹을 거예요. 언니는 엄마가 보낸 편지보다 브룩 씨가 보낸 짧은 보고서를 더 많이 읽었어요. 제가 그 사실을 지적했더니 꼬집더군요. 갈색 눈을 좋아하고, 존이라는 이름이 촌스럽다고 생각하지도 않아요. 메그 언니는 사랑에 빠져 버릴 거고, 그러면 평화와 즐거움도, 편안했던 시절도 이제 끝이에요. 전 다 알아요! 둘이서 연인처럼 속닥거리며 돌아다닐 거고, 우리가 피해야겠죠. 메그 언니는 그 사람에게 완전히 푹 빠져서 저한테는 신경도 안 쓸 거예요. 브룩 씨는 어떻게든 돈을 모아서 언니를 데려갈 거고, 그러면 우리 가족은 구멍이 뻥 뚫리겠죠. 전 정말 마음이 아플 거예요. 모든 게 지독하게 불편할 거예요. 아, 세상에! 우리가 전부 남자면 얼마나 좋을까요? 그러면 아무도 방해하지 않을 텐데.」

조가 수심에 잠긴 몸짓으로 무릎에 턱을 괴고는 괘씸한 존을 향해 주먹을 흔들었다. 마치 부인이 한숨을 쉬자 조가 마음이 놓이는 듯 올려다보았다.

「엄마도 싫죠? 다행이에요. 그 사람을 내쫓아요. 메그 언니한테는 아무 말도 하지 말고 항상 그랬던 것처럼 다 같이 행복하게 살아요.」

「한숨을 쉰 건 내가 잘못한 거야, 조. 때가 되면 너희 모두 각자의 가정을 꾸리는 것이 자연스럽고 옳은 일이란다. 하지만 우리 딸들을 최대한 오래 곁에 두고 싶긴 하지. 이런 일이 너무 빨리 일어나서 아쉬워. 메그는 열일곱 살밖에 안 됐고, 존이 메그를 위한 가정을 꾸리려면 몇 년은 지나야 할 테니까. 네 아버지랑 나는 메그가 스무 살이 되기 전까지는 결혼을 하거나 어떤 방식으로든 얽매이면 안 된다고 얘기했어. 메그와 존이 서로 사랑한다면 기다릴 수 있고, 그동안 두 사람의 사랑을 시험할 수 있을 거야. 메그는 세심하니까 존을 불친절하게 대할까 봐 걱정하지는 않아. 착하고 예쁜 우리 딸! 메그가 행복하면 좋겠구나.」

「메그 언니가 부자랑 결혼하기를 바라신 적은 없어요?」 마지막 말을 하는 어머니의 목소리가 조금 떨렸기 때문에 조가 이렇게 물었다.

「조, 돈은 유익하고 좋은 것이란다. 난 우리 딸들이 돈이 너무 많이 부족한 것도 싫고, 돈에 너무 유혹당하는 것도 싫어. 나는 존이 좋은 회사에서 확실히 자리를 잡았는지 확인하고 싶어, 빚을 지지 않고 메그가 편하게 살 수 있을 정도의 수입이 있는지 말이야. 우리 딸들이 대단한 부나 근사한 지위, 커다란 명성을 갖기를 바라지는 않는단다. 사랑과 미덕에 지위와 돈이 따라온다면 감사히 받아들이고 너희들의 행운을 기뻐할 거야. 하지만 난 겪어 봐서 알아. 일을 해서 일용할 양식을 버는 작고 소박한 집에서도 진정한 행복을 누릴 수 있고, 부족하면 몇 안 되는 즐거움이 더욱 달콤해진단다. 난 메그가 검소하게 시작해도 만족할 거야. 내가 잘못 안 게 아니라면, 메그는 착한 남자의 마음을 가진 부자일 테니까. 그게 큰 재산보다 낫단다.」

「무슨 말씀인지 알아요, 엄마. 저도 그렇게 생각해요. 하지만 메그 언니를 위해서는 실망이에요. 저는 언니가 언젠가 테디와 결혼해서 평생 호사를 누리며 살기를 바랐거든요. 그러면 좋지 않을까요?」 조가 환한 얼굴로 올려다보며 물었다.

「로리는 메그보다 어리잖니.」 마치 부인이 말을 시작했지만 조가 끼어들었다.

「아, 그건 상관없어요. 로리는 나이에 비해 조숙하고, 키도 크고, 내키면 아주 어른스럽게 행동할 수도 있어요. 게다가 부자고, 인정 많고, 착하고, 우리 모두를 좋아하잖아요. 제 계획이 틀어져서 안타까워요.」

「메그에 비하면 로리가 어른스럽다고 말하기는 힘들지. 그리고 지금은 너무 변덕스러워서 누구에게도 의지가 안 되잖니. 조, 계획을 세우지 말고 시간이 흐르는 것을 기다리면서 두 사람의 마음에 맡기렴. 그런 일에 끼어드는 건 위험해. 우리의 우정을 망치지 않으려면 네 말처럼 〈로맨스 같은 말도 안 되는 소리〉는 생각하지 않는 게 좋아.」

「음, 안 그럴게요. 하지만 이쪽을 조금 당기고 저쪽을 약간 자르면 좍 펴질 텐데, 모든 게 얽히고설키는 걸 보고 싶진 않아요. 머리에 다리미를 올려놓아서 어른이 되지 않는다면 좋겠어요. 하지만 봉오리는 장미가 되고, 새끼 고양이는 고양이가 되죠, 안타깝게도요!」

「다리미랑 고양이가 어쨌다고?」 메그가 다 쓴 편지를 손에 들고 방으로 들어오며 물었다.

「그냥 헛소리한 거야. 난 가서 잘래. 가자, 언니.」 조가 생명을 얻은 퍼즐처럼 몸을 펴며 말했다.

「다 맞고 잘 썼구나. 존에게 안부를 전한다고 덧붙여 주렴.」 마치 부인이 편지를 훑어보고 돌려주며 말했다.

「〈존〉이라고 부르세요?」 메그가 순진한 눈으로 어머니의 눈을 내려다보며 미소 띤 얼굴로 물었다.

「응. 존은 우리한테 아들이나 마찬가지였고, 우린 존을 아주 좋아하거든.」 마치 부인이 예리한 눈으로 마주 보며 대답했다.

「잘됐네요, 브룩 씨는 너무 외로워요. 안녕히 주무세요, 엄마. 엄마가 오시니까 말로 표현할 수 없을 만큼 기분이 좋아요.」 메그가 대답했다.

어머니는 메그에게 아주 다정한 입맞춤을 했고, 큰딸이 나가자 만족감과 아쉬움이 뒤섞인 목소리로 말했다. 「아직 존을 사랑하진 않지만 곧 그렇게 되겠구나.」

21장
로리가 장난을 치고 조가 화해를 주선하다

　다음 날 조의 얼굴은 무척 볼 만했다. 비밀이 마음을 무겁게 짓눌러서 진지하고 수수께끼 같은 얼굴을 하지 않기가 어려웠기 때문이다. 메그도 뭔가 있다는 사실을 알아차렸지만 조를 대할 때는 반대로 하는 것이 제일 좋다는 사실을 알고 있었기 때문에 굳이 물어보지 않았다. 그러면 전부 다 말해 줄 것이라고 굳게 믿었다. 그러므로 침묵이 깨지지 않자 메그는 깜짝 놀랐고, 조가 뭔가 안됐다는 듯한 분위기를 풍겨서 더욱 기분이 나빠졌다. 그래서 메그 역시 당당한 태도로 말을 아끼며 어머니에게만 전념했다. 따라서 조는 혼자 시간을 보내게 되었다. 마치 부인이 간병인 역할을 자처하면서, 조에게 오랫동안 갇혀 지냈으니 쉬며 운동도 하고 즐기라고 말했기 때문이다. 에이미가 없으니 기댈 곳은 로리밖에 없었다. 조는 로리와 시간을 보내는 것이 좋았지만 지금은 만나기가 무서웠다. 로리는 못 말릴 만큼 끈질겼기 때문에 조를 구슬려서 비밀을 캐낼까 봐 두려웠다.

　조의 생각대로였다. 장난을 너무나 좋아하는 로리는 뭔가 비밀이 있다는 의심이 들자마자 알아내려 들면서 조를 괴롭혔다. 로리는 구슬리고, 뇌물을 주고, 비웃고, 위협하고, 꾸짖고, 사실을 불쑥 말하게 하려고 일부러 무관심한 척했다. 또 무슨 일인지 다 안다고, 그러니까 상관없다고 말했다. 결국 끈질긴 성격 덕분에 메그와 브룩 씨와 관계된 비밀임을 알아냈다. 로리는 가정 교사가 자신에게 비밀을 털어놓지 않아서 화가 났고, 이런 냉대에 걸맞은 복수를 하려고 머리를 짜냈다.

그동안 메그는 그 일을 잊고 돌아오실 아버지를 맞이할 준비에 푹 빠진 것 같았지만, 갑자기 뭔가 변화가 생겼고 하루 이틀 정도 메그답지 않게 굴었다. 누가 말을 걸면 깜짝 놀랐고, 쳐다보면 얼굴을 붉혔으며, 아주 조용했고, 불안하고 수심이 가득한 표정으로 바느질감을 들고 앉아 있었다. 어머니가 무슨 일인지 물어보면 괜찮다고 대답했고, 조가 물어보면 혼자 있게 해달라고 애원하며 입을 막았다.

「언니가 뭔가 느낀 거예요 — 사랑 말이에요 — 게다가 무척 빨리 변하고 있어요. 사랑에 빠진 사람의 증상이 전부 다 보여요…… 안절부절못하면서 화를 내고, 잘 먹지도 않고, 잠도 못 자고, 구석에서 의기소침하게 앉아 있어요. 메그가 〈은빛 목소리를 가진 시냇물〉[47]에 대한 노래를 흥얼거리는 것도 봤고, 엄마처럼 〈존〉이라고 했다가 얼굴이 양귀비처럼 빨개지는 것도 봤어요. 어떻게 해야 하죠?」 조가 당장 강력한 조치라도 취할 준비가 된 표정으로 말했다.

47 〈시냇물brook〉과 〈브룩〉은 발음이 같다.

「기다려야지. 메그를 가만히 내버려 두고, 친절하게 인내심을 발휘하렴. 아버지가 오시면 모든 게 정리될 거야.」어머니가 대답했다.

「편지 왔어, 메그 언니. 그런데 봉인되어 있네. 너무 이상해! 테디는 나한테 편지 보낼 때 봉인하지 않는데.」다음 날 조가 작은 우체국에 들어온 우편물을 나눠 주며 말했다.

마치 부인과 조가 각자의 일에 푹 빠져 있는데, 메그가 무슨 소리를 내서 두 사람이 고개를 들었다. 메그가 겁에 질린 얼굴로 편지를 빤히 보고 있었다.

「메그, 무슨 일이니?」어머니가 메그에게 달려가며 외쳤고, 조는 그 사악한 편지를 빼앗으려고 했다.

「전부 착각이래, 그런 편지 보낸 적 없대요. 오, 조. 너 어떻게 이럴 수가 있니?」메그가 양손으로 얼굴을 가리고 가슴이 미어지게 울었다.

「내가 뭘? 나 아무 짓도 안 했어! 도대체 무슨 소리를 하는 거야?」당황한 조가 외쳤다.

메그가 순한 눈을 분노로 불태우며 주머니에서 구깃구깃한 편지를 꺼내 조에게 던지며 책망하듯 말했다. 「네가 썼지, 그리고 못된 로리가 도와줬겠지. 우리 두 사람한테 어쩜 그렇게 무례하고 비열하고 잔인한 짓을 할 수가 있니?」

조는 어머니와 함께 편지를 읽느라 메그의 말을 거의 듣지 못했다. 편지는 독특한 필체로 적혀 있었다.

사랑하는 마거릿에게

나는 더 이상 열정을 억누를 수 없어요, 돌아가기 전에
내 운명을 알아야겠습니다. 아직 당신 부모님께 말씀드리
지 못했지만, 우리가 서로 깊이 사랑한다는 사실을 아시면
부모님도 찬성하실 거예요. 제가 괜찮은 집을 마련하도록
로런스 씨가 도와주실 겁니다. 그런 다음에는 당신이 나를
행복하게 만들어 주겠지요. 아직 가족에게 아무 말도 하지
말아 줘요. 그 대신 로리를 통해서 희망적인 말을 전해 주
길 바라오.

당신만의 헌신적인
존

「꼬마 악당 같으니! 내가 엄마랑 한 약속을 지켰다고 이런
식으로 복수하는군. 크게 혼을 내고, 끌고 와서 용서를 빌게
만들겠어.」 조가 즉시 처벌하겠다는 의지를 활활 불태우며
외쳤다. 그러나 어머니가 평소에 거의 짓지 않는 표정으로
조를 말렸다.

「잠깐만, 조. 네 혐의부터 벗어야지. 그동안 워낙 장난을
많이 쳤으니 너도 이 일에 한몫한 건 아닌가 싶구나.」

「엄마, 맹세코 아니에요! 저는 저 편지를 본 적도 없고, 아
무것도 몰라요. 정말이에요!」 조가 너무나 진지하게 말했기
때문에 두 사람은 그 말을 믿었다. 「제가 끼었으면 이보다는
잘했을 거예요, 그럴듯한 편지를 썼을 거라고요. 난 언니라
면 브룩 씨가 이런 편지를 쓰지 않으리라는 걸 알 거라고 생
각했을 거야.」 조가 이렇게 덧붙이면서 경멸하듯 편지를 내

던졌다.

「글씨체가 비슷해.」메그가 손에 든 편지와 그 편지를 비교하며 중얼거렸다.

「아, 메그. 답장을 보낸 건 아니겠지?」마치 부인이 얼른 외쳤다.

「보냈어요!」수치심에 휩싸인 메그가 다시 얼굴을 가렸다.

「큰일 났네! 이 못된 로리를 내가 당장 데려올 테니까 해명을 듣고 혼내 줘. 로리를 잡을 때까지는 가만히 못 있겠어.」조가 다시 문을 향해 달려갔다.

「잠깐만! 내가 알아서 하마. 생각했던 것보다 심각하구나. 마거릿, 무슨 일이 있었는지 다 말해 보렴.」마치 부인은 조가 뛰쳐나가지 못하도록 붙잡고 메그의 옆에 앉아 명령했다.

「로리가 첫 번째 편지를 줬는데, 아무것도 모르는 표정이었어요.」메그가 고개도 들지 못하고 이야기를 시작했다. 「처음에는 당황해서 엄마한테 말씀드리려고 했어요. 그런데 엄마가 브룩 씨를 좋아하신다는 것이 생각나서, 며칠 동안 작은 비밀을 간직해도 뭐라 하지 않으실 거라고 생각했어요. 너무 어리석게도 아무도 모른다고 생각하고 싶었어요. 뭐라고 쓸까 고민하면서 책에 나오는 그런 소녀들이 된 기분이었어요. 용서해 주세요, 엄마. 지금 전 어리석음의 대가를 치르고 있어요. 이제 브룩 씨 얼굴을 두 번 다시 쳐다보지 못할 거예요.」

「답장을 뭐라고 보냈니?」마치 부인이 물었다.

「전 아직 어려서 아무것도 모른다고, 엄마에게 비밀을 만들고 싶지 않다고 했어요. 아버지랑 먼저 얘기하셔야 된다고요. 친절에 무척 감사드리고 친구가 되고 싶지만, 앞으로 한참 동안 그 이상은 아닐 거라고 했어요.」

마치 부인이 무척 흡족하다는 듯 미소를 지었고, 조는 웃음을 터뜨리고 박수를 치면서 이렇게 외쳤다. 「언니는 캐롤라인 퍼시[48]랑 똑같아, 정말 신중해! 말해 봐, 언니. 그랬더니 뭐래?」

「편지가 완전히 달라져서 자기는 연애편지를 보낸 적이 없다고, 짓궂은 여동생 조가 우리 이름을 마음대로 쓰다니 정말 유감이라고 했어. 정말 친절하고 착실한 편지였지만, 난 얼마나 끔찍했겠니!」

메그가 절망적인 표정으로 어머니에게 기댔고, 조는 방 안을 성큼성큼 걸어다니며 로리를 욕했다. 그러다가 갑자기 우뚝 서더니 편지 두 장을 집어 들고 자세히 살펴본 다음, 단호하게 말했다. 「내 생각에 브룩 씨는 이 두 장 다 본 적도 없을 거야. 둘 다 테디가 쓴 거야. 언니가 쓴 답장은 나한테 자랑하려고 가지고 있겠지. 내가 비밀을 말해 주지 않아서.」

「비밀 같은 거 만들지 마, 조. 엄마한테 다 말씀드리고 말썽에 휘말리지 마. 나도 그랬어야 했는데.」 메그가 경고했다.

「무슨 소리를 하는 거야! 엄마한테 들은 비밀이야.」

「그만 됐다, 조. 내가 메그를 달랠 테니 너는 가서 로리를 데려오렴. 철저히 알아보고 장난을 당장 그만두게 해야겠어.」

조가 달려 나가자 마치 부인이 메그에게 브룩 씨의 진심을

48 마리아 에지워스의 소설 『후원』의 여주인공.

다정하게 가르쳐 주었다.「자, 메그. 넌 어떠니? 그 사람이 집을 마련할 때까지 기다릴 만큼 사랑하니? 아니면 당분간은 자유롭게 지내고 싶니?」

「그동안 너무 무섭고 불안했어요. 아주 한참 동안은 사랑이니 뭐니 하는 것과 관련되고 싶지 않아요. 어쩌면 영영요.」 메그가 토라져서 대답했다.「만약 존이 이 말도 안 되는 일에 대해서 전혀 모른다면, 그 사람한테 말하지 말아 주세요. 그리고 조랑 로리한테도 아무 말 하지 말라고 해주세요. 나를 속이고 괴롭히고 바보로 만드는 건 견딜 수 없어요. 정말 짜증 나요!」

평소에 성질이 온순하던 메그가 이 짓궂은 장난에 자존심을 다쳐서 흥분한 것을 보고 마치 부인은 메그를 달래며 절대 아무 말도 하지 않겠다고, 앞으로 아주 조심하겠다고 약속했다. 복도에서 로리의 발소리가 들리자마자 메그는 서재로 피하고, 마치 부인 혼자서 범인을 맞이했다. 조는 로리가 오지 않으려고 할까 봐 무슨 일인지 말해 주지 않았다. 그러나 로리는 마치 부인의 표정을 보자마자 무슨 일인지 알아차렸고, 찔리는 사람처럼 모자를 빙빙 돌렸기 때문에 범인임이 금세 밝혀졌다. 마치 부인은 조에게 그만 가보라고 했지만, 조는 죄수가 뛰쳐나올 경우에 대비해 파수꾼처럼 복도를 서성였다. 30분 동안 응접실에서 높아졌다 낮아졌다 하는 목소리가 흘러나왔지만, 무슨 이야기가 오갔는지 두 자매는 알지 못했다.

메그와 조가 불려 들어가 보니, 로리가 무척 뉘우치는 표정으로 어머니 곁에 서 있었다. 조는 그 모습을 보자마자 로리를 용서했지만, 그렇게 말하는 것은 현명하지 않다고 생각했다. 메그는 로리의 겸허한 사과를 받아들였고, 브룩 씨에게 이 장난에 대해서 입도 뻥긋하지 않겠다는 약속을 받아낸 후에야 마음을 놓았다.

「죽을 때까지 절대 말 안 할게. 무슨 일이 있어도 절대 말 안 할게. 그러니까 용서해 줘, 메그. 내가 얼마나 미안한지 보여 줄 수 있다면 무슨 일이든 할게.」로리가 무척 창피한 표정으로 덧붙였다.

「용서하도록 노력해 볼게. 하지만 정말 신사답지 못한 행동이었어. 네가 그렇게 교활하고 악의적인 행동을 할 수 있다고는 생각도 못 했어, 로리.」메그는 어린 아가씨답게 당황했지만 짐짓 진지하게 나무라며 말했다.

「정말 가증스러운 짓이었어. 메그가 나한테 한 달 동안 말을 하지 않는다고 해도 난 할 말이 없어. 하지만 그러진 않을 거지?」로리가 양손을 포개고 진심으로 애원하면서 저항할 수 없을 만큼 설득력 있는 목소리로 말했다. 그러자 정말 지독한 짓을 했음에도 불구하고 로리에게 계속 얼굴을 찌푸리기란 불가능했다.

메그는 로리를 용서했다. 마치 부인은 냉정한 태도를 유지하려 애썼지만 로리가 모든 방법을 다해 속죄하겠다고, 상처받은 아가씨 앞에서 벌레처럼 자세를 낮추겠다고 선언하자 근엄한 표정이 풀어지고 말았다.

그동안 조는 멀찍이 서서 로리에게 모진 마음을 먹으려 애썼고, 입을 꾹 다물고 비난하는 표정을 짓는 데 성공했다. 로리는 조를 한두 번 바라보았지만, 마음이 풀리는 기색이 보이지 않자 상처를 받았다. 그는 다른 사람들의 말이 끝날 때까지 조에게 등을 돌리고 있었다. 그런 다음 로리가 조에게 허리 숙여 인사를 하고 한마디 말도 없이 걸어 나갔다.

조는 로리가 가자마자 조금 더 관대하게 대할 걸 그랬다고 후회했다. 메그와 어머니가 위층으로 올라가니 외로운 기분이 들었고, 테디가 보고 싶어졌다. 조는 충동에 잠시 저항했지만 결국 굴복하고 말았고, 돌려줄 책으로 무장한 다음 커다란 저택으로 향했다.

「로런스 씨 계신가요?」 조가 아래층으로 내려오는 하녀에게 물었다.

「네. 하지만 지금은 만나실 수 없을 거예요.」

「왜죠? 편찮으신가요?」

「어머나, 아니에요. 하지만 로리 씨가 무슨 일 때문인지 또 성질을 부리는 바람에 화가 나셔서 한바탕하셨거든요. 저라면 가까이 가지 않겠어요.」

「로리는 어디 있죠?」

「자기 방에 틀어박혀 있는데, 문을 아무리 두드려도 대답이 없어요. 식사 준비가 끝났는데 아무도 먹을 사람이 없으니, 어떻게 해야 할지 모르겠네요.」

「무슨 일인지 제가 가볼게요. 저는 두 사람 다 무섭지 않거든요.」

조가 위층으로 올라가서 로리의 작은 서재 문을 세차게 두드렸다.

「그만 좀 두드려. 자꾸 두드리면 문 열고 혼내 준다!」로리
가 위협적인 목소리로 외쳤다.

조는 곧장 다시 문을 두드렸다. 문이 활짝 열리자 깜짝 놀
란 로리가 정신을 차리기도 전에 조가 얼른 들어갔다. 로리
를 다루는 법을 잘 아는 조는 로리가 정말 화가 났음을 깨닫
고, 얼른 뉘우치는 표정을 지으면서 멋지게 무릎을 꿇고 온
순하게 말했다. 「내가 너무 화를 냈지, 용서해 줘. 화해하러
왔어. 화해를 받아 주기 전까지는 안 갈 거야.」

「괜찮아. 일어나, 조, 바보같이 굴지 말고.」대범한 대답이
돌아왔다.

「고마워, 그럴게. 무슨 일인지 물어봐도 돼? 마음이 편해
보이지 않네.」

「사람을 들들 볶잖아, 못 참겠어!」로리가 분개하며 으르
렁거렸다.

「누가 그랬는데?」조가 물었다.

「할아버지. 다른 사람이 그랬으면…….」상처받은 로리는
오른팔을 힘차게 흔드는 것으로 말을 대신 끝맺었다.

「그게 뭐 어때서. 나도 널 들들 볶을 때가 많지만 넌 신경
도 안 쓰잖아.」조가 달래듯 말했다.

「흥! 넌 여자애고 그건 장난이잖아. 하지만 남자가 그러는
건 용납할 수 없어!」

「네가 지금처럼 먹구름 같은 얼굴을 하면 아무도 그럴 생
각 못 하겠다. 할아버지가 왜 그러셨는데?」

「너희 어머니한테 왜 불려갔는지 말 안 해서. 말하지 않기로 약속했으니까, 당연히 약속을 지키려고 한 거야.」

「다른 방법으로 납득시킬 수는 없었어?」

「응. 할아버지는 진실을, 오직 진실만을 원하셨어. 메그를 끌어들이지 않을 수만 있으면 내가 어쩌다가 곤경을 자초했는지 말했을 거야. 하지만 그럴 수가 없어서 아무 말 없이 꾸지람을 참고 들었더니 목덜미를 붙잡으시잖아. 그래서 자제력을 잃을까 봐 뛰쳐나왔어.」

「좀 심하셨네. 하지만 할아버지도 미안하게 생각하실 거야. 그러니까 내려가서 화해해. 내가 도와줄게.」

「절대 안 해! 장난 좀 쳤다고 온갖 사람들한테 잔소리를 듣고 두들겨 맞지는 않을 거야. 메그한테는 미안하게 생각하고, 남자답게 용서도 빌었어. 하지만 할아버지한테는 내가 잘못한 것도 아니니까 그러지 않을 거야.」

「할아버지는 모르셨잖아.」

「나를 아기 취급하지 말고 믿으셔야지. 조, 소용없어. 할아버지도 아셔야 해. 내 일은 내가 알아서 할 수 있고, 쓸데없는 참견은 필요 없다는 걸 말이야.」

「너 정말 못 말리겠구나!」 조가 한숨을 쉬었다. 「그럼 어떻게 해결할 건데?」

「음, 할아버지가 먼저 사과를 하셔야지. 그리고 내가 무슨 일인지 말할 수 없다고 하면 믿으셔야지.」

「세상에! 절대 안 하실 거야.」

「사과하실 때까지 안 내려갈 거야.」

「테디, 정신 차려. 그냥 넘어가. 내가 최대한 설명해 볼게. 어차피 여기서 영영 있을 수도 없는데 뭐 하러 그렇게 극단적으로 굴어?」

「여기 오래 있을 생각도 없어. 몰래 빠져나가서 떠날 거야. 내가 보고 싶어지면 화도 가라앉으시겠지.」

「집을 나가면 안 돼, 할아버지가 걱정하시잖아.」

「잔소리하지 마. 워싱턴으로 가서 브룩 선생님을 만날 거야. 거긴 재미있거든. 이렇게 고생했으니까 거기 가서 즐길 거야.」

「진짜 재미있겠다! 나도 도망칠 수 있으면 좋겠다.」 조는 로리를 타일러야 한다는 생각도 잊고, 수도에서의 용감한 생활을 생생하게 그려 보았다.

「그럼 가자! 안 될 게 뭐 있어? 넌 워싱턴에 가서 너희 아버지를 놀래 드리고 나는 브룩 선생님을 놀래 주는 거야. 정말 재미있겠다. 가자, 조. 우린 걱정하지 말라는 쪽지를 남기고 당장 떠나자. 돈은 충분해. 너도 좋을 거고, 아버지한테 가는 거니까 해가 될 것도 없잖아.」

잠깐이었지만 조가 찬성할 듯한 표정을 지었다. 너무 기막힌 계획이었고, 조의 마음에도 들었다. 조는 집에 갇혀 간병을 하느라 지쳐서 변화를 간절히 원했고, 아버지에 대한 생각이 캠프와 병원, 자유와 재미라는 새로운 매력과 매혹적으로 뒤섞였다. 조의 눈이 꿈꾸듯 창문을 향하며 활활 타올랐지만, 건너편의 낡은 집을 보더니 슬픈 결정을 내리고 고개를 저었다.

「내가 남자라면 너랑 같이 도망쳐서 멋진 시간을 보내겠지만, 불쌍한 여자애라서 얌전히 집에 있어야 돼. 유혹하지 마, 테디. 말도 안 되는 생각이야.」

「그러니까 재미있는 거잖아.」로리가 말을 시작했다. 고집이 발동해서 어떻게든 속박에서 벗어날 생각밖에 없었다.

「그만해!」조가 귀를 막으며 소리쳤다.「얌전한 척하면서 사는 게 내 운명이야. 그러니까 난 그렇게 살 거야. 난 너한테 설교를 하러 온 거지, 생각만 해도 기분 좋은 얘기를 들으러 온 게 아니야.」

「메그라면 이런 제안에 흥을 깨뜨리겠지만, 넌 좀 더 배짱이 있을 줄 알았는데.」로리가 넌지시 말했다.

「못됐어, 조용히 해! 앉아서 네 잘못이 뭔지나 생각해. 나까지 죄를 더 짓게 만들지 말고. 내가 너희 할아버지의 사과를 받게 해주면 도망치지 않을 거지?」조가 진지하게 물었다.

「응. 하지만 그렇게는 안 될걸.」로리가 대답했다. 로리는 화해를 하고 싶었지만, 깎인 체면을 회복하는 것이 먼저라고 생각했다.

「손자를 다룰 수 있으면 그 할아버지도 다룰 수 있는 법이지.」조가 이렇게 중얼거리며 방을 나섰다. 혼자 남겨진 로리는 몸을 숙여 양손으로 턱을 받치고 철도 노선도를 쳐다보았다.

「들어와요!」조가 문을 두드리자 로런스 씨가 그 어느 때보다도 더 걸걸한 목소리로 대답했다.

「저예요, 책을 돌려드리려고 왔어요.」조가 가볍게 말하며 들어갔다.

「또 빌려 가겠니?」 노신사는 험상궂고 짜증 난 표정이었지만, 그런 티를 내지 않으려고 노력하며 물었다.

「네, 부탁드려요. 새뮤얼 아저씨가 마음에 들어서 두 번째 권도 읽어 보려고요.」 조가 대답했다. 그 인상적인 작품을 권해 준 사람이 로런스 씨였기 때문에 조는 보즈웰의 존슨 전기[49]를 한 권 더 빌려 노신사의 비위를 맞추려 했다.

로런스 씨가 새뮤얼 존슨 관련 책을 꽂아 둔 선반으로 사다리를 굴려 갈 때, 그의 무성한 눈썹이 약간 펴졌다. 조가 얼른 사다리로 올라가 맨 위에 앉아서 책을 찾는 척했지만, 사실은 자신이 여기에 찾아온 위험한 목적에 대해서 어떻게 말을 꺼내는 게 좋을지 생각하고 있었다. 로런스 씨는 조가 무슨 일을 꾸미고 있는 것이 아닌가 의심하는 듯했다. 그가 빠른 걸음으로 서재를 몇 바퀴 돈 다음 조를 마주 보더니 불쑥 말을 꺼내는 바람에, 조는 새뮤얼 존슨의 『라셀라스』를 바닥에 떨어뜨리고 말았다.

「로리는 뭘 하고 있더냐? 감쌀 생각 하지 말고. 그 녀석이 집에 왔을 때 태도를 보니 무슨 장난을 친 게 틀림없었으니까. 나한테는 한마디도 하지 않더군. 내가 들들 볶아서 사실을 알아내려고 했더니, 위층으로 달려 올라가서 자기 방에 틀어박혔지.」

「로리가 잘못을 했지만 우리가 용서했고, 아무한테도 말하지 않겠다고 약속하게 만들었어요.」 조가 머뭇거리며 말했다.

49 제임스 보즈웰의 새뮤얼 존슨 전기가 유명하다.

「그걸론 안 되지. 마음 약한 너희들한테서 받아 낸 약속 뒤에 숨으면 안 돼. 못된 짓을 했으면 사실을 털어놓고 용서를 빈 다음 벌을 받아야지. 그만 나가 봐라, 조. 난 아무것도 모른 채 가만히 있을 수는 없다.」

로런스 씨가 너무 무서운 표정으로 날카롭게 말했기 때문에, 조는 그럴 수만 있었다면 기꺼이 물러났을 것이다. 그러나 조는 사다리 꼭대기에 앉아 있고 로런스 씨가 길을 가로막는 사자처럼 발치에 앉아 있었기 때문에, 조는 용감하게 말할 수밖에 없었다.

「정말이에요, 말씀드릴 수가 없어요. 어머니께서 말하지 말라고 하셨거든요. 로리는 사실을 털어놓고 용서를 빌었고, 벌도 충분히 받았어요. 우리가 침묵을 지키는 건 로리가 아니라 다른 사람을 위해서예요. 할아버지가 끼어드시면 더 곤란해져요. 그러지 말아 주세요. 제 잘못도 있었고, 이제 괜찮아요. 그러니까 그건 잊어버리고, 『램블러』[50]나 뭐 그런 얘기나 해요.」

「『램블러』는 무슨 얼어 죽을! 이리 내려와서 경솔한 내 손자가 배은망덕하거나 건방진 짓을 하지 않았는지 확실히 말하거라. 너희 가족들이 그렇게 친절하게 대해 주었는데도 로리가 그런 짓을 했다면 내가 직접 호되게 때려 줘야겠다.」

무시무시한 위협이었지만, 조는 이 성미 급한 노신사가 무슨 말을 하든 자기 손자에게 손가락 하나 대지 않을 것임을 알았기 때문에 놀라지 않았다. 사다리에서 순순히 내려온 조

50 새뮤얼 존슨이 1750년부터 1752년까지 2주마다 발행했던 산문지.

는 메그를 언급하거나 사실을 말하지 않는 선에서 로리의 장난을 최대한 가볍게 설명했다.

「흠…… 하…… 로리가 고집을 부리느라 그러는 게 아니라, 약속을 했기 때문에 입을 다문 거라면 용서하마. 로리는 고집이 세고 다루기가 힘들지.」로런스 씨가 이렇게 말하고 머리카락을 마구 헝클어뜨리자, 꼭 거센 바람을 맞은 사람 같았다. 하지만 마음이 놓인 것처럼 찌푸렸던 눈썹을 폈다.

「저도 그래요. 하지만 왕의 말과 신하들이 전부 달려들어도 제 고집을 꺾지 못하지만 다정한 말 한마디면 저를 꺾을 수 있죠.」조가 자신의 친구를 위해서 다정하게 말하려고 애썼다. 로리는 하나의 곤경에서 빠져나오자마자 또 다른 곤경에 처한 것 같았다.

「내가 로리에게 다정하지 않다고 생각하는 거냐?」날카로운 대답이 돌아왔다.

「오, 아니에요. 오히려 가끔은 너무 다정하시지만, 로리가 할아버지의 인내심을 시험할 때는 약간 성급하시죠. 그렇게 생각하지 않으세요?」

조는 다 얘기하기로 굳게 결심했고, 대담한 말을 하고 나니 조금 떨렸지만 차분한 표정을 지으려고 노력했다. 그러나 놀랍고 다행스럽게도 노신사는 책상에 안경을 덜거덕 내던지며 솔직하게 소리쳤다.

「네 말이 맞다. 내가 그렇긴 하지! 난 손자를 사랑하지만, 로리는 견딜 수 없을 만큼 내 인내심을 시험해. 계속 이런 식이면 마지막에는 어떻게 될지 나도 모르겠구나.」

「제가 가르쳐 드릴게요. 로리는 도망칠 거예요.」 조는 이 말을 꺼내자마자 후회했다. 조는 로리가 구속을 견디지 못할 거라고 경고할 생각이었다. 로런스 씨가 로리를 좀 더 참아 주기를 바랐다.

로런스 씨의 혈색 좋은 낯빛이 갑자기 변하더니 자리에 앉아서 책상 위에 걸려 있는 잘생긴 남자의 사진을 괴로운 눈빛으로 흘깃 쳐다보았다. 로리의 아버지였는데, 젊은 시절에 정말로 도망쳐서 고압적인 노인이 반대하는 결혼을 했다. 조는 로런스 씨가 옛일을 떠올리며 후회하고 있다고 느꼈고, 아무 말도 하지 말걸 그랬다고 생각했다.

「아주 크게 기분이 상하지 않는 한 도망치지는 않을 거예요. 가끔 공부에 많이 지쳤을 때만 도망가겠다는 말을 해요. 저도 도망치고 싶다는 생각을 자주 해요, 특히 머리카락을 자른 뒤부터요. 그러니 우리가 사라지면 두 소년을 찾는 광고를 내시고, 인도행 선박을 잘 살펴보세요.」

조가 웃으며 말하자, 로런스 씨는 이 모든 말을 장난으로 받아들였는지 마음이 놓인 표정이었다.

「말괄량이군, 어떻게 감히 그런 말을 하지? 나에 대한 존중은 어디 가고 예의 바른 가정 교육은 어떻게 된 거지? 세상에! 애들은 정말 골칫덩이지만 또 애들이 없으면 살 수가 없으니 참.」 로런스 씨가 기분 좋은 듯 조의 양쪽 뺨을 꼬집으며 말했다.

「가서 로리한테 식사하러 내려오라고 해라. 괜찮다고, 할아버지 앞에서 슬픈 척할 필요 없다고 해. 그런 건 정말 못 참

겠으니.」

「로리는 내려오지 않을 거예요. 무슨 일인지 말할 수 없다
고 했을 때 할아버지가 믿어 주지 않으셔서 기분이 상했어요.
할아버지가 다그치셔서 감정이 많이 상한 것 같아요.」

조는 가슴 아픈 표정을 지으려 애썼지만 실패한 것이 분명
했다. 로런스 씨가 웃음을 터뜨렸기 때문이다. 조는 자신이
이겼음을 알았다.

「나도 그건 미안하게 생각한다. 나를 다그치지 않아서 고
맙다고 해야겠구나. 로리가 나한테 도대체 뭘 바라는 거지?」
노신사는 자신의 급한 성미가 약간 부끄러운 것 같았다.

「제가 할아버지라면 로리에게 사과의 편지를 쓰겠어요. 로
리는 사과를 받을 때까지 내려오지 않겠대요. 워싱턴에 가겠
다면서 말도 안 되는 소리를 하고 있어요. 정식으로 사과하
시면 로리도 자신이 얼마나 어리석은지 깨닫고 온순해질 거
예요. 한번 해보세요. 로리는 재미있는 걸 좋아하니까 말로
하는 것보다 그게 더 나아요. 제가 편지를 가지고 가서 잘 타
이를게요.」

로런스 씨가 날카로운 표정으로 조를 쓱 보고 안경을 쓰더
니 느릿느릿 말했다. 「넌 정말 방심할 수 없는 아이구나! 하
지만 너랑 베스한테 휘둘리는 건 괜찮지. 자, 종이를 한 장 다
오. 이 말도 안 되는 일을 끝내도록 하자.」

그것은 어느 노신사가 다른 노신사를 크게 모욕한 다음 쓸
법한 편지였다. 조는 로런스 씨의 벗겨진 정수리에 입을 맞
추고 위층으로 달려 올라갔다. 그런 다음 로리의 방문 아래

틈으로 쪽지를 밀어 넣은 후 열쇠 구멍에 대고 고분고분하고 예의 바르게 행동하라고, 그 밖에도 로리에게는 불가능한 충고를 몇 가지 했다. 조는 문이 다시 잠겨 있음을 확인하고 쪽지가 알아서 일을 해결하도록 내버려 둔 채 조용히 물러났다. 그때 로리가 나와서 계단 난간을 타고 아래층으로 내려가더니 조를 기다리면서 아주 착한 얼굴로 말했다. 「넌 정말 좋은 친구야, 조! 할아버지한테 혼났어?」로리가 깔깔 웃으며 덧붙였다.

「아니, 대체로 무척 온화하셨어.」

「아! 난 사방에서 혼만 났어! 너까지 날 저기 두고 가면 죽어 버려야겠다고 생각했다니까.」로리가 사과하듯 말했다.

「그런 말 하지 마. 이제 새로운 페이지를 열고 시작해 보는 거야, 테디.」

「나는 매번 새로운 페이지를 열지만, 예전에 연습장을 망쳤던 것처럼 매번 망쳐. 새로운 시작을 너무 많이 해서 끝이라는 게 없을 거야.」로리가 침울하게 말했다.

「가서 식사나 하고 기분 풀어. 남자는 배가 고프면 늘 침울해진다니까.」조는 이렇게 말하고 얼른 현관문 쪽으로 갔다.

「그건 우리 남자들에 대한 〈헌담〉이야.」로리는 에이미를 흉내 내어 이렇게 말하며, 할아버지에게 얌전히 잘못을 인정하러 갔다. 남은 하루 내내 로런스 씨는 성인처럼 온화했고, 당황스러울 정도로 점잖은 태도를 유지했다.

다들 이 일이 끝났다고, 자그마한 구름이 사라졌다고 생각했다. 그러나 로리의 장난은 흔적을 남겼다. 다른 사람들은 잊었을지 몰라도 메그는 기억했기 때문이다. 메그는 누군가를 절대 입에 올리지 않았지만 그를 많이 생각했고, 그 어느 때보다도 꿈을 많이 꾸었다. 한 번은 조가 우표를 찾아서 언니의 책상을 뒤지다가 〈존 브룩 부인〉이라고 몇 번이고 휘갈겨 쓴 종이를 한 장 발견했다. 그것을 본 조는 탄식했고, 로리의 장난이 그녀에게 너무나 끔찍한 날을 앞당겼다고 생각하며 불 속에 던져 넣었다.

22장
아름다운 초원

그 후 이어진 평화로운 몇 주일은 폭풍이 지나간 뒤의 햇살 같았다. 환자들은 빠르게 건강을 회복했고, 마치 씨는 연초에 돌아올지도 모른다는 이야기를 전해 오기 시작했다. 베스는 곧 서재 소파에 온종일 앉아 있을 수 있게 되었다. 처음에는 사랑하는 고양이들과 함께 놀다가 나중에는 슬프게도 미뤄 두었던 인형 옷도 만들게 되었다. 일이 한참이나 밀려 있었다. 민첩하던 팔다리가 너무 뻣뻣하고 약해져서, 조가 강인한 팔로 부축해서 집 주변을 돌아다니며 매일 바람을 쏘여 주었다. 메그는 〈귀여운 베스〉를 위해서 맛있는 음식을 하느라 흰 손이 까매지고 화상을 입었으며, 반지의 충성스러운 종 에이미는 집에 돌아온 기념으로 언니들을 설득하여 자기 보물을 잔뜩 나눠 주었다.

크리스마스가 다가오자 늘 그렇듯 집 안에 비밀스러운 분위기가 감돌았고, 조는 특히나 즐거운 이번 크리스마스를 기념해서 불가능하거나 화려하면서 말도 안 되는 의식을 자꾸 제안해서 식구들을 깔깔 웃게 만들었다. 로리도 마찬가지로

실행이 불가능한 계획만 세웠는데, 그의 계획대로라면 모닥
불을 피우고, 폭죽을 쏘고, 개선문을 세워야 했다. 수없이 반
대에 부딪치고 무시당한 끝에 야심 찬 두 사람은 완전히 기
가 꺾인 것 같았고, 쓸쓸한 얼굴로 돌아다녔다. 그러나 둘이
있을 때 웃음이 터져 나오는 것을 보면 뭔가 숨기는 것이 있
는 듯했다.

유난히 날씨가 따뜻한 며칠이 지나고 멋진 크리스마스가
되었다. 해나는 〈유별나게 좋은 날이 될 거라는 느낌이 뼛속
까지 느껴진다〉고 했고, 진정한 예언자임이 증명되었다. 모
든 이들과 모든 것들이 대단한 성공을 거둘 수밖에 없는 것
같았다. 우선 마치 씨가 곧 돌아올 예정이라는 편지를 보내
왔고, 그날 아침 베스의 상태도 몹시 좋았다. 어머니에게 선
물받은 부드러운 심홍색 메리노 실내복을 입은 베스는 조와
로리의 선물을 보기 위해서 아주 의기양양한 분위기 속에서
창가로 옮겨졌다. 불굴의 2인조는 그 이름을 헛되게 하지 않
으려고 최선을 다했다. 두 사람은 꼬마 요정처럼 밤을 새서
익살스럽고 깜짝 놀랄 만한 것을 만들어 놓았다. 정원에 눈
으로 만든 멋진 소녀가 서 있었던 것이다. 소녀는 감탕나무
관을 쓰고 한 손에는 과일과 꽃이 든 바구니를, 다른 손에는
커다란 악보를 들고 있었고, 차가운 어깨에는 완벽한 무지개
색 아프간 담요를 둘렀다. 입에는 크리스마스 캐럴이 적힌
길쭉한 분홍색 종이가 꽂혀 있었다.

베스에게 바치는 융프라우[51]

사랑하는 여왕 베스에게 하느님의 축복이 있기를!
이번 크리스마스에는
그 무엇에도 놀라지 않고,
건강과 평화와 행복이 함께하길.

여기 우리의 바쁜 꿀벌을 먹일 과일과,
그녀의 코를 즐겁게 할 꽃이 있네.
여기 그녀의 피아노를 위한 악보와,
그녀의 발가락을 위한 아프간 담요가 있네.

보라, 제2의 라파엘로가 그린
조애나의 초상화를,
아름답고 사실적으로 그리기 위해
힘들게 노력했다네.

마담 퍼러[52]의 꼬리에 달 빨간 리본과
사랑스러운 메그가 만든 아이스크림,
양동이에 담긴 몽블랑을
부디 받아 주오.

나를 만든 이들의 다정한 사랑이

---

51 Jungfrau. 〈젊은 여자〉라는 뜻의 독일어로, 스위스 알프스의 눈 덮인
정상의 이름이기도 하다.
52 Purrer. 〈가르랑거리는 이〉라는 뜻으로 고양이를 말한다.

눈으로 만든 내 가슴에 담겨 있으니,

로리와 조가 만든 알프스 소녀와 함께

그것을 받아 주오.

이것을 보자마자 베스가 얼마나 웃었는지! 로리는 오르락 내리락하며 선물을 날랐고, 조는 우스꽝스러운 연설과 함께 선물을 건넸다.

「나 정말 너무 행복해. 여기에 아버지까지 오시면 행복이 정말 가득 차서 한 방울도 더 담지 못할 거야.」 베스가 만족 스러운 한숨을 내쉬며 말했다. 조는 흥분한 베스가 쉴 수 있 도록 서재로 데려가 〈융프라우〉가 보낸 맛있는 포도를 먹였다.

「나도 그래.」 조가 오래전부터 갖고 싶었던 『운디네와 신 트람』이 든 주머니를 툭툭 치며 덧붙였다.

「나도 진짜 행복해.」 에이미가 어머니에게 받은, 예쁜 액자 에 넣은 성모자(聖母子) 판화 사본을 유심히 보며 말했다.

「나도 물론이야!」 메그가 처음 가져 보는 반짝이는 실크 드레스를 어루만지며 외쳤다. 로런스 씨가 꼭 주고 싶다며 보낸 선물이었다.

「나도 어떻게 행복하지 않을 수 있겠니?」 마치 부인이 고 마워하며 말했다. 그녀의 시선이 남편의 편지에서 미소 짓는 베스의 얼굴로 옮겨 갔고, 손은 회색과 금색, 밤색, 진갈색 머 리카락으로 만든 브로치를 쓰다듬었다. 딸들이 조금 전 어머 니의 가슴에 달아 준 것이었다.

이 단조로운 세상에서 가끔 일어나는 재미있는 동화 같은 일들은 얼마나 큰 위안인지. 모두가 너무 행복해서 딱 한 방울의 행복밖에 더 담지 못하겠다고 말하고 나서 30분 뒤, 그 마지막 한 방울이 왔다. 로리가 응접실 문을 열고 아주 조용히 고개를 들이밀었다. 그러나 그의 표정은 억눌린 흥분으로 가득해서 재주를 넘고 인디언처럼 함성을 지르는 것과 다를 바가 없었다. 기쁨을 전혀 감추지 못했기 때문에 로리가 이상하고 숨찬 목소리로 〈마치가에 크리스마스 선물이 하나 더 왔습니다〉라고 말했을 뿐인데도 모두 벌떡 일어났다.

로리가 말을 채 끝내기도 전에 휙 물러나자, 그 자리에 눈 밑까지 목도리를 두른 키 큰 남자가 또 다른 키 큰 남자의 팔에 기대어 서 있었다. 또 다른 남자가 무슨 말인가를 하려고 했지만 할 수 없었다. 당연히 모두가 우르르 몰려들었다. 몇 분 동안 다들 제정신이 아닌 듯했고, 전부 이상한 행동을 하면서 아무 말도 하지 못했다. 마치 씨는 사랑이 넘치는 네 쌍의 팔에 끌어안겨 보이지 않았다. 조는 수치스럽게도 까무러칠 뻔하는 바람에 도자기를 넣어 두는 방에서 로리의 보살핌을 받아야 했다. 브룩 씨는 순전히 실수로 메그에게 입을 맞추고는 횡설수설하며 말을 늘어놓았다. 품위 있는 에이미는 등받이 없는 의자에 걸려 넘어졌지만, 일어날 생각도 못 한 채 감동적이게도 아버지의 장화를 끌어안고 엉엉 울었다. 제일 먼저 정신을 차린 사람은 마치 부인이었다. 그녀가 한 손을 들고 경고했다. 「쉿! 베스를 잊지 마.」

하지만 너무 늦었다. 서재 문이 활짝 열리더니 문간에 작고 빨간 실내복이 나타났다. 기쁨이 연약한 팔다리에 힘을 불어넣었고, 베스는 아버지의 품으로 곧장 달려들었다. 그 직후에 어떻게 되었는지는 신경 쓰지 말자. 모두의 마음에 행복이 넘쳐흘러 과거의 괴로움을 씻어 가고 현재의 달콤함만을 남겨 두었으니 말이다.

전혀 낭만적이지 않았지만 모두 깔깔 웃으며 정신을 차렸는데, 해나가 문 뒤에서 퉁퉁한 칠면조를 끌어안은 채 흐느끼고 있었기 때문이다. 부엌에서 달려 나오며 자기도 모르게 들고 온 것이었다. 웃음이 가라앉자 마치 부인이 브룩 씨에게 남편을 충실하게 돌봐 주어서 감사하다고 인사했다. 그러자 브룩 씨는 마치 씨가 쉬어야 한다는 사실을 문득 기억해 내고서 로리를 데리고 급히 물러갔다. 두 환자는 쉬라는 명령을 받고 커다란 의자에 같이 앉아서 열심히 이야기를 나누며 휴식을 취했다.

마치 씨는 가족들을 놀래 주고 싶었다고, 날씨가 좋아지자 의사의 허락을 받았다고 말했다. 그리고 브룩이 정말 헌신적이었다고, 정말 존경할 만하고 고결한 청년이라고 했다. 마치 씨가 여기서 잠시 말을 멈추고 불을 과격하게 쑤시는 메그를 흘깃 본 다음, 아내를 향해 뭔가를 묻는 듯 눈썹을 치켜 올린 이유가 무엇인지는 여러분의 상상에 맡기겠다. 또 마치 부인이 고개를 살짝 끄덕이고는 갑자기 뭘 좀 먹지 않겠냐고 물은 이유도 마찬가지이다. 조는 그 모습을 알아보고 침울한 표정으로 포도주와 맑은 쇠고기 수프를 가지러 나갔고, 문을 쾅 닫으며 혼자 중얼거렸다. 「갈색 눈을 가진 훌륭한 청년 따위 정말 싫어!」

그날과 같은 크리스마스 정찬은 처음이었다. 해나가 속을 채워서 노릇노릇하게 굽고 먹음직스럽게 장식해서 내놓은 통통한 칠면조는 정말 볼 만했다. 젤리처럼 입에서 살살 녹는 건포도 푸딩도 마찬가지였는데, 에이미는 꿀단지에 빠진 파리처럼 실컷 먹었다. 모든 것이 좋았고, 그래서 다행이었다. 해나는 〈어찌나 정신이 없던지, 내가 푸딩을 굽거나 칠면조에 건포도로 속을 채우지 않은 게 기적이라니까요. 하마터면 칠면조를 행주로 싸서 구울 뻔했지 뭐예요〉라고 말했는데, 정말 그랬다.

로런스 씨와 로리, 브룩 씨도 마치 가족과 식사 자리에 함께했다. 조는 그를 음울하게 노려보았고, 로리는 그 모습을 보며 한없이 즐거워했다. 식탁 상석에 나란히 놓인 안락의자 두 개에 베스와 아버지가 앉아서 닭고기 요리를 적당히 먹고 과일을 조금 먹었다. 일동은 건강을 위해 건배하고, 이야기를 나누고, 노래를 부르고, 나이 든 사람들의 말처럼 〈회상에 잠기며〉 정말 즐거운 시간을 보냈다. 원래는 썰매를 타러 가기로 했지만 딸들이 아버지에게서 떨어지려 하지 않았기 때문에 손님들은 일찍 돌아갔고, 황혼이 되자 행복한 가족이 난롯가에 둘러앉았다.

「1년 전만 해도 비참한 크리스마스가 되겠다면서 투덜거리고 있었는데. 기억나?」 수많은 것들에 대한 기나긴 대화 끝에 잠시 찾아온 침묵을 깨뜨리며 조가 물었다.

「전체적으로 즐거운 한 해였어!」 메그가 말했다. 메그는 불을 보고 미소를 지으며 브룩 씨를 품위 있게 대한 자신에게 축하를 보냈다.

「난 꽤 힘든 한 해였던 것 같아.」에이미가 생각에 잠긴 눈으로 환하게 반짝이는 반지를 보며 말했다.

「아버지가 우리에게 돌아오신 걸로 마무리되어 기뻐요.」아버지의 무릎에 앉은 베스가 속삭였다.

「우리 꼬마 순례자들, 너희에게는 좀 험한 길이었을 거야. 특히 마지막 부분이 말이야. 하지만 용감하게 버텨 냈지. 이제 곧 짐이 저절로 벗겨져 굴러떨어질 것 같구나.」마치 씨가 아버지로서 주변에 모여 앉은 어린 네 딸의 얼굴을 보며 무척 흡족한 듯 말했다.

「어떻게 아세요? 엄마한테 들었어요?」조가 물었다.

「그런 건 아니야. 지푸라기를 보면 바람이 어느 방향으로 부는지 알 수 있지. 난 오늘 여러 가지를 알아차렸단다.」

「뭘 알아차렸는지 말해 주세요!」옆에 앉아 있던 메그가 외쳤다.

「여기 하나 있구나.」마치 씨가 팔걸이에 올려져 있던 손을 잡고 거칠어진 검지, 손등의 화상 자국, 손바닥에 생긴 두세 군데의 굳은살을 가리켰다. 「이 손이 희고 매끄럽던 때가, 네가 특별히 신경 써서 관리하던 때가 기억나는구나. 그때도 정말 예뻤지만 내가 보기에는 지금이 훨씬 더 예쁘단다. 얼핏 흠처럼 보이지만 난 여기서 작은 역사를 읽을 수 있거든. 이 딱딱해진 손바닥은 허영을 번제로 바치고 물집보다 더 나은 것을 얻었지. 이렇게 바늘에 찔린 손가락으로 만든 건 오래갈 거야. 한 땀 한 땀 정성이 들어갔으니까. 메그, 난 가정을 행복하게 만드는 여성의 기술을 하얀 손이나 상류층의 교양보다 더 소중하게 생각한단다. 나는 이 훌륭하고 부지런하고 자그마한 손을 잡을 수 있어서 자랑스럽고, 빠른 시일 내에 다른 사람에게 넘겨주고 싶지는 않구나.」

만약 메그가 부지런히 일한 시간에 대한 보답을 바랐다면 그녀의 손을 꽉 쥐는 따뜻한 아버지의 손으로, 그리고 그녀를 인정해 주는 아버지의 미소로 이미 받은 것 같았다.

「조 언니는요? 좋은 말씀 좀 해주세요. 진짜 열심히 노력하고 있고, 저한테 정말 정말 잘해 줬어요.」 베스가 아버지의 귀에 속삭였다.

아버지가 껄껄 웃더니 맞은편에 앉아서 유난히 온순한 표정을 짓고 있는 키 큰 소녀를 보았다.

「곱슬머리가 짧긴 하지만, 1년 전 내가 떠날 때 봤던 〈우리 아들 조〉는 보이지 않는구나.」 마치 씨가 말했다. 「옷깃에 브로치를 똑바로 꽂고 신발 끈을 깔끔하게 묶은 젊은 숙녀만 보여. 예전이랑 달리 휘파람도 불지 않고, 상스러운 말도 쓰지 않고, 바닥에 눕지도 않고 말이다. 베스를 간호하고 걱정하느라 얼굴이 창백하고 야위었지만, 더 부드러워져서 보기 좋고 목소리도 더 작아졌구나. 뛰어다니지도 않고, 조용히 움직이며, 어린 동생을 엄마처럼 돌보는 것을 보니 정말 기쁜단다. 말괄량이 딸이 그립긴 하지만, 강하고 마음이 따뜻하고 주변 사람들을 돕는 여인이 그 자리를 대신 차지한다면 난 아주 만족해. 털이 깎여서 검은 양이 정신을 차렸는지는 모르겠지만, 워싱턴을 다 뒤져도 우리 착한 딸이 보낸 25달러를 주고 살 만큼 아름다운 건 없더구나.」

아버지의 칭찬을 받자 조의 날카로운 눈빛이 잠시 부드러워지고, 야윈 얼굴이 불빛을 받아 장밋빛으로 빛났다. 칭찬받을 자격이 있다는 느낌이 들었다.

「이제 베스 언니예요.」에이미가 자기 차례가 오기를 간절히 바라며, 그러나 기꺼이 기다리며 말했다.

「베스에 대해서는 할 말이 별로 없구나, 예전처럼 수줍음을 타지는 않지만 슬쩍 빠져나갈까 봐 말이야.」아버지가 경쾌하게 말을 시작했다. 그러나 딸을 잃을 뻔했다는 생각이 떠오르자, 그는 베스를 꼭 끌어안고 뺨을 맞대며 다정하게 말했다. 「우리 베스, 무사해서 정말 다행이야. 앞으로도 내가 무사하게 지킬 테니, 주님 부탁드립니다.」

잠시 침묵이 흐른 뒤, 아버지가 발치의 낮은 의자에 앉아 있는 에이미를 내려다보고 반짝이는 머리카락을 쓰다듬으며 말했다.

「오늘 보니 에이미는 식사를 할 때 칠면조의 맛있는 부분을 양보하고, 오후 내내 어머니를 도와 심부름을 하고, 오늘 밤에는 메그에게 자기 자리를 내주고, 인내심을 가지고 기분 좋게 모두의 시중을 들더구나. 게다가 짜증도 별로 내지 않고, 거울도 자주 보지 않고, 손가락에 끼고 있는 아주 예쁜 반지 얘기를 한 번도 하지 않았지. 그런 걸 보니 자기보다 남들을 더 생각하는 법을 배워서, 작은 점토 작품을 만들 때처럼 네 성격을 조심스럽게 만들어 가기로 한 것 같아. 정말 기쁘단다. 난 에이미가 만든 우아한 작품도 자랑스럽지만, 자신과 남들을 위해서 삶을 아름답게 만드는 재능을 가진 사랑스러운 딸이 훨씬 더 자랑스럽거든.」

「무슨 생각해, 베스?」에이미가 아버지에게 고맙다고 인사한 다음 반지에 대해서 얘기할 때 조가 물었다.

「오늘 『천로 역정』에서 읽었는데, 크리스천과 소망은 수많은 고생 끝에 사시사철 백합이 피는 아름답고 푸른 초장에 도착해서 여행을 끝내기 전에 지금 우리처럼 행복하게 쉬었대.」베스가 아버지의 품에서 빠져나와 피아노로 가면서 대답했다. 「이제 노래할 시간이야, 예전의 내 자리로 가고 싶어. 순례자들이 들었던 목자의 노래를 할 거야. 아버지가 좋아하시는 가사라서 아버지를 위해 만들었어.」

베스는 사랑스럽고 작은 피아노 앞에 앉아서 조심스럽게 연주하며, 두 번 다시 듣지 못할 줄 알았던 사랑스러운 목소리로 고풍스러운 찬송가를 불렀다. 베스에게 딱 맞는 노래였다.

낮은 곳에 임한 자는 떨어질 염려가 없고
비천한 이는 교만하지 않으니,
겸손한 이는 언제나
하느님께서 인도하시리라.

내게 있는 것 많든 적든
나는 만족하리라.

주여 당신께서 저를 구원하셨으니
더함 없이 만족하옵니다.

무거운 짐 가득 지고
순롓길을 가는 자는
지금 보잘것없더라도
훗날 세세토록 축복받으리.[53]

---

53 존 버니언, 『천로 역정』, 이동일 옮김 (파주: 열린책들, 2010).

23장

마치 대고모가 문제를 정리하다

다음 날, 어머니와 딸들은 여왕벌 주위에 떼 지어 모여든 꿀벌처럼 마치 씨 주변을 맴돌았다. 그들이 모든 것을 제쳐 둔 채 새로운 환자를 보고, 그의 말에 귀를 기울이고, 그의 시중을 들었기 때문에 그는 친절함에 빠져 죽을 지경이었다. 마치 씨는 베스의 소파 옆 커다란 의자에 기대어 앉아 있고, 세 자매가 그 옆에 딱 달라붙어 있었으며, 해나가 〈주인어른을 들여다보러〉 가끔 고개를 내밀었다. 이들의 행복은 그 자체로 완벽해 보였다. 그러나 뭔가 빠진 것이 있었으니, 위의 언니들은 입 밖에 내지 않았지만 그것을 느끼고 있었다. 마치 부부는 눈으로 메그를 쫓으면서 초조한 표정으로 마주 보았다. 조가 갑자기 심각해졌고, 복도에 남겨진 브룩 씨의 우산을 향해 주먹을 휘두르는 모습이 목격되었다. 메그는 멍하고 수줍어하며 말이 없었고, 초인종이 울리면 깜짝 놀라고 존의 이름이 언급될 때마다 얼굴을 붉혔다. 에이미는 〈다들 뭔가를 기다리면서 초조해하는 것 같아, 이상해. 아버지는 집에 무사히 돌아오셨잖아〉라고 말했고, 베스는 순진하게도 왜 평소와 다르게 이웃 사람들이 찾아오지 않는지 궁금해했다.

오후에 로리가 마치가 앞을 지나가다가 창가의 메그를 보더니 갑자기 과장된 연기를 했다. 눈밭에서 한쪽 무릎을 꿇고 가슴을 치며 머리카락을 쥐어뜯더니 뭔가 간청하는 것처럼 두 손을 애원하듯 맞잡았다. 메그가 까불지 말고 가라고 하자, 로리는 손수건으로 눈물을 닦는 척하며 깊은 절망에 빠진 사람처럼 비틀비틀 모퉁이를 돌았다.

「왜 저러는 거야?」 메그가 깔깔 웃으면서 애써 모르겠다는 표정을 지으며 말했다.

「언니의 존이 조만간 어떻게 할지 보여 주는 거야. 정말 감동적이네, 안 그래?」 조가 비꼬듯 대답했다.

「〈나의 존〉이라고 하지 마. 예의에 어긋나고 사실도 아니야.」 그러나 그 말이 듣기 좋은지 메그의 목소리가 늘어졌다. 「나 좀 괴롭히지 마, 조. 그렇게 좋아하지 않는다고, 딱히 말할 것도 없다고, 다들 예전처럼 서로 친하게 지내야 한다고 말했잖아.」

「그럴 수는 없어. 말이 나와 버렸고, 내가 보기에는 로리의 장난이 언니를 망쳤으니까. 나도 알고 엄마도 아셔. 언니는 예전과 전혀 다르고, 나랑 너무 멀어진 것 같아. 언니를 괴롭히려는 건 아니야, 남자처럼 참을 거야. 하지만 빨리 정리되면 좋겠어. 기다리는 게 싫어. 그러니까 결정할 거면 서둘러하고 빨리 끝내.」 조가 토라져서 말했다.

「그 사람이 말하기 전까지 난 아무 말도 할 수가 없어. 하지만 아버지가 난 너무 어리다고 하셨으니까, 그는 아무 말도 하지 않을 거야.」메그가 이렇게 말하고 살짝 묘한 미소를 지으며 바느질감 위로 몸을 구부렸다. 그녀가 그 문제에 대해서는 아버지의 생각에 동의하지 않는다는 것을 보여 주는 태도였다.

「만약 브룩 씨가 청혼하면 언니는 뭐라고 대답해야 할지 몰라, 울면서 얼굴을 붉히거나 브룩 씨 마음대로 하게 가만히 놔두겠지. 제대로 확실하게 거절하는 대신 말이야.」

「난 네 생각처럼 멍청하고 나약하지 않아. 뭐라고 말해야 할지 알아. 불시에 당하지 않으려고 계획을 다 세워 놨단 말이야. 무슨 일이 어떻게 될지 알 수 없으니까 대비하고 싶었어.」

조는 메그가 무의식적으로 풍기는 진지한 분위기에 미소를 짓지 않을 수 없었다. 그 분위기는 메그의 뺨을 물들이는 다양하고 예쁜 색깔만큼이나 잘 어울렸다.

「뭐라고 말할 건지 얘기해 주면 안 돼?」조가 더욱 점잖게 물었다.

「당연히 되지. 너도 이제 열여섯 살이잖아. 내가 비밀을 털어놓을 만한 나이야. 조만간 너한테도 비슷한 일이 생기면 내 경험이 도움이 될지도 몰라.」

「그럴 생각 전혀 없어. 다른 사람의 연애를 보는 건 재미있지만, 막상 내 일로 닥치면 바보가 된 기분이 들 거야.」조가 생각만 해도 싫다는 표정으로 말했다.

「그렇지 않을 거야. 네가 누군가를 아주 많이 좋아하고 그 사람도 널 좋아한다면 말이야.」메그가 자신에게 하듯이 말했다. 그리고 여름 해 질 녘이면 연인들이 자주 보이던 길을 흘끔거렸다.

「브룩 씨한테 뭐라고 설교할 건지 말해 주는 거 아니었어?」조가 언니의 공상을 무참히 깨뜨리며 말했다.

「아, 아주 침착하고 단호하게 말할 거야. 〈고맙습니다, 브룩 씨, 정말 다정하시군요. 하지만 지금 약혼을 하기에는 제가 너무 어리다는 아버지의 말씀에 저도 동의해요. 그러니 더 이상 그런 말은 하지 마세요, 지금처럼 친구로 지내요.〉」

「흠, 충분히 딱딱하고 차갑군! 언니가 진짜 그렇게 말할 것 같지 않고, 그렇게 말해도 브룩 씨가 납득하지 않겠지만. 브룩 씨가 책에 나오는 거절당한 남자들처럼 굴면 언니는 결국 브룩 씨의 감정을 상하게 하는 대신 받아들일 거야.」

「아니, 그러지 않을 거야. 마음을 정했다고 말하고 위엄 있게 걸어 나올 거야.」

메그가 이렇게 말하며 자리에서 일어나 위엄 있는 퇴장 연습을 하려고 할 때, 현관에서 발소리가 들렸다. 그러자 메그는 자기 자리로 쏜살같이 달려가 앉더니, 꿰매던 솔기를 끝내는 데 목숨이 달려 있기라도 한 것처럼 최대한 빠르게 바느질을 하기 시작했다. 조는 메그의 갑작스러운 태세 전환에 터져 나오려는 웃음을 참다가, 누가 얌전히 문을 두드리자 호의적이기는커녕 무척 험상궂은 태도로 문을 열었다.

「안녕하십니까. 우산을 가지러 왔습니다. 오늘 아버님의 상태는 어떠신지 확인도 하고요.」브룩 씨가 말했다. 그는 뭔가를 말하는 듯한 두 얼굴을 번갈아 보면서 약간 어리둥절해 보였다.

「우산은 아주 좋으세요, 오셨다고 말씀드릴게요. 아버지는 지금 선반에 있으니 가져올게요.」 조는 아버지와 우산을 바꿔서 대답한 다음, 메그가 할 말을 하고 위엄을 뽐낼 시간을 주려고 빠져나갔다. 그러나 조가 모습을 감추자마자 메그가 문 쪽으로 옆 걸음질 치며 중얼거렸다.

「어머니가 만나고 싶어 하실 거예요. 앉아 계세요, 어머니를 모셔 올게요.」

「가지 말아요. 제가 무서운가요, 마거릿?」 브룩 씨가 너무나 상처받은 표정을 지었기 때문에 메그는 자신이 아주 무례한 행동을 한 것이 틀림없다고 생각했다. 그녀는 작은 고수머리 바로 밑 이마까지 얼굴을 새빨갛게 물들였다. 브룩 씨가 그녀를 마거릿이라고 부른 것은 처음이었다. 그렇게 부르는 것을 들으니 너무나 자연스럽고 다정하게 느껴져서 깜짝 놀랐다. 메그는 친구처럼 편안하게 대하려고 애쓰며, 친밀하게 손을 내밀고 고마운 마음을 담아 말했다.

「저희 아버지에게 그렇게 잘해 주셨는데, 제가 어떻게 당신을 무서워하겠어요? 고마운 마음을 전할 수 있으면 좋겠다는 생각뿐이에요.」

「그 방법을 알려 드릴까요?」 브룩 씨가 양손으로 메그의 작은 손을 단단히 잡고 그녀를 내려다보며 말했다. 갈색 눈에서 사랑이 흘러넘쳐 메그는 심장이 두근거리기 시작했고, 달아나고 싶은 동시에 남아서 그의 말을 듣고 싶었다.

「안 돼요, 그러지 마세요. 듣지 않을래요.」메그가 손을 잡아 빼려고 애쓰며 말했다. 조금 전에는 아니라고 했지만 사실 무섭다는 표정이었다.

「당신을 곤란하게 만들지는 않을게요. 당신이 나를 조금이라도 좋아하는지만 알고 싶어요. 저는 당신을 정말 사랑합니다.」브룩 씨가 다정하게 덧붙였다.

이제 침착하고 예의 바르게 준비한 말을 할 때였지만, 메그는 그러지 못했다. 준비했던 말을 모조리 잊어버린 메그가 고개를 숙이며 〈모르겠어요〉라고 너무나도 작게 대답했기 때문에, 존은 이 바보 같은 대답을 들으려고 고개를 숙여야 했다.

브룩 씨는 수고한 보람이 있다고 생각했는지 꽤 만족스러운 듯 혼자 미소를 지으며 고맙다는 듯이 통통한 손을 꼭 잡고 더없이 설득력 있게 말했다. 「한번 알아내 볼래요? 저는 정말 알고 싶습니다. 결국 제가 보답을 받을지 받지 못할지 알 때까지는 일이 손에 잡힐 것 같지 않아요.」

「전 너무 어려요.」메그는 왜 이렇게 떨릴까 생각하면서, 하지만 그것을 어느 정도 즐기면서 중얼거렸다.

「기다릴게요. 그동안 저를 좋아하는 법을 배울 수 있어요. 어려운 일일까요?」

「제가 배우겠다고 마음먹으면 어렵지는 않겠지만……」

「배우겠다고 결심해 줘요, 메그. 저는 가르치는 것을 정말 좋아하거든요. 독일어보다 쉬울 겁니다.」존이 말을 자르면서 나머지 손까지 잡았기 때문에, 그가 몸을 숙이고 그녀의 얼굴을 들여다보자 메그는 그의 시선으로부터 숨을 방법이 없었다.

말투는 애원에 가까웠지만 메그가 수줍게 훔쳐보니, 그의 눈빛은 다정할 뿐 아니라 즐거워 보였고, 자신의 승리를 의심하지 않는 자의 만족스러운 미소를 띠고 있었다. 그러자 약간 짜증이 났다. 애니 모팻이 교태가 어쨌느니 하면서 해준 말도 안 되는 이야기가 떠올랐다. 작은 아씨들 중에서도 제일 착한 메그의 가슴에서 자신이 가진 힘을 확인하고 싶다는 욕망이 갑자기 깨어나 그녀를 사로잡았다. 낯선 흥분에 사로잡힌 메그는 달리 어떻게 해야 좋을지 몰라서 변덕스러운 충동에 따라 손을 빼고 화를 내며 말했다. 「그러지 않을래요. 그만 가주세요, 혼자 있고 싶어요!」

불쌍한 브룩 씨는 아름다운 허공의 성채가 귓가에서 와르르 무너진 표정이었다. 이런 분위기의 메그는 처음 보았고, 그래서 당황했다.

「진심인가요?」 나가려는 메그를 뒤쫓으며 그가 초조하게 물었다.

「네, 진심이에요. 이런 문제로 고민하고 싶지 않아요. 아버지는 그럴 필요 없다고, 아직 너무 이르니까 그러지 않는 게 좋겠다고 하셨어요.」

「조만간 생각을 바꾸리라는 희망도 가지면 안 될까요? 당신이 시간을 갖는 동안 기다리면서 아무 말도 하지 않을게요. 나를 놀리지 말아요, 메그. 당신이 이럴 거라고는 생각하지 않았어요.」

「제 생각을 아예 하지 마세요. 안 하셨으면 좋겠어요.」메그가 말했다. 연인의 인내심과 자기 힘을 시험해 보니 짓궂은 만족감이 느껴졌다.

브룩 씨의 얼굴은 창백하고 침울해졌다. 이제 메그가 무척 좋아하는 소설 속 주인공들과 훨씬 비슷해 보였지만, 그들과 달리 이마를 때리지도, 쿵쾅거리며 방 안을 서성이지도 않았다. 그는 가만히 서서 너무나 애타게, 너무나 다정하게 메그를 바라보았기 때문에, 메그는 자기도 모르게 마음이 누그러지고 있었다. 이 흥미로운 순간에 마치 대고모가 다리를 절며 들어오지 않았다면 어떻게 되었을지 나도 알 수 없다.

노부인은 조카를 보고 싶은 마음을 억누를 수 없었다. 산책을 하다가 로리를 만나서 마치 씨가 돌아왔다는 소식을 듣자마자 조카를 만나러 오는 길이었다. 가족들이 집 안쪽에서 분주하게 움직였기 때문에 노부인은 이들을 놀래 주려고 조용히 들어왔다. 두 사람을 크게 놀래 주긴 했다. 메그는 유령이라도 본 것처럼 깜짝 놀랐고, 브룩 씨는 서재로 모습을 감추었다.

「세상에, 이게 다 무슨 일이냐?」노부인이 지팡이로 바닥을 쿵쿵 두드리면서 얼굴이 창백한 젊은 신사가 모습을 감춘 서재와 얼굴이 새빨개진 숙녀를 번갈아 보며 외쳤다.

「아버지의 친구분이에요. 대고모님, 깜짝 놀랐어요!」메그가 한바탕 잔소리를 듣겠구나, 생각하며 더듬더듬 말했다.

「그야 그렇겠지.」마치 대고모가 자리에 앉으며 대꾸했다. 「그런데 아버지의 친구분이 무슨 말을 했기에 네 얼굴이 그렇게 작약처럼 빨개진 거냐? 요상한 일이 벌어지고 있는 게 분명해. 다 털어놓아라.」그러고는 다시 한번 지팡이로 바닥을 쿵 쳤다.

「그냥 대화 중이었어요. 브룩 씨는 우산을 가지러 오셨고요.」브룩 씨와 우산이 무사히 이 집에서 빠져나갔기를 바라며 메그가 말했다.

「브룩? 그 아이의 가정 교사 말이냐? 아! 이제 알겠군. 내가 다 알지. 조가 네 아버지의 편지를 읽어 주다가 실수로 엉뚱한 메시지까지 읽는 바람에 내가 다 물어봤다. 설마 구혼을 받아들인 건 아니겠지, 메그?」마치 대고모가 아연실색하며 외쳤다.

「쉿! 들리겠어요. 어머니를 모셔 올까요?」무척 곤란해진 메그가 말했다.

「아직. 너한테 할 말이 있는데 당장 해야겠다. 그 쿡이라는 남자랑 결혼할 생각이냐? 그렇다면 내 돈은 한 푼도 못 받을 줄 알아라. 그 사실을 잊지 말고 정신 차려.」노부인이 강하게 말했다.

마치 대고모는 가장 순한 사람에게도 반발심을 일으키는 기술의 대가였고, 그것을 즐겼다. 우리 중에서 가장 선한 사람들도 비뚤어진 면이 아주 약간 있는데, 젊고 사랑에 빠졌을 때 특히 그렇다. 마치 대고모가 메그에게 존 브룩의 구혼을 받아들이라고 했다면 메그는 그런 건 생각도 할 수 없다고 선언했겠지만, 대고모가 그를 좋아하지 말라고 독단적으로 명령하자 메그는 그를 좋아하기로 그 자리에서 결심했다.

비뚤어진 면뿐만 아니라 좋아하는 마음도 있었기 때문에 결정하기가 쉬웠고, 이미 흥분했던 메그는 유난히 기세 좋게 노부인에게 반항했다.

「누구든 제가 원하는 사람과 결혼할 거예요, 마치 대고모님. 대고모님 돈은 아무나 원하는 사람에게 주세요.」메그가 단호하게 고개를 끄덕이며 말했다.

「이거 참 기가 막혀서! 내 조언을 이런 식으로 받아들이는 거냐, 마거릿? 오두막집에서 사랑을 시험해 보고 실패했다는 걸 깨닫고 나면 후회하게 될 거다.」

「커다란 집에서 실패하는 것보다 더 나쁠 건 없겠죠.」메그가 받아쳤다.

마치 대고모는 새로운 분위기의 메그가 너무 낯설었기 때문에 안경을 쓰고 그녀를 쳐다보았다. 메그도 자신이 낯설었다. 메그는 아주 용감하고 독립적인 기분이었으며, 존을 지키고 자신이 원하면 존을 사랑할 권리를 주장할 수 있어서 기뻤다. 마치 대고모는 시작이 잘못되었음을 깨닫고 잠시 침묵하다가 다시 시작했다. 그녀는 최대한 부드럽게 말했다. 「메그, 이성적으로 생각해서 내 충고를 받아들이렴. 나는 좋은 뜻으로 말한 거야. 네가 시작부터 실수해서 평생을 망치지 않길 바라니까 말이다. 네가 결혼을 잘해서 가족을 도와야지. 부자와 결혼하는 게 네 의무야. 마음속에 깊이 새겨 두어라.」

「아버지와 어머니는 그렇게 생각하지 않으세요. 존은 가난하지만 두 분은 그를 좋아하세요.」

「메그, 네 부모님은 갓난아기만큼이나 세상을 몰라.」

「그래서 전 좋아요.」메그가 완강하게 소리쳤다.

마치 대고모는 전혀 듣지 않고 잔소리를 이어 갔다. 「그 룩이라는 사람은 보나마나 가난하고 부유한 친척도 없겠지, 안 그러냐?」

「네, 하지만 마음 따뜻한 친구들은 많아요.」

「친구들한테 의지해서 먹고살 수는 없어. 친구들이 얼마나 차가워지는지 한번 봐라. 자기 사업을 하는 것도 아니지?」

「아직은요. 로런스 씨가 도와주실 거예요.」

「그건 오래가지 않을 거다. 제임스 로런스는 변덕스러운 노인네야, 믿으면 안 돼. 넌 돈도 지위도 사업체도 없는 남자와 결혼해서 지금보다 더 열심히 일하면서 살 생각이구나. 내 말을 듣고 조금만 더 좋은 결혼을 하면 평생 편안하게 보낼 수 있는데도 말이다. 난 네가 조금 더 사리 분별을 하는 줄 알았는데, 메그.」

「평생의 절반을 기다려도 더 좋은 결혼은 못 해요! 존은 착하고 현명하고 재능도 아주 많아요. 그는 일도 열심히 하니 분명히 잘될 거예요. 정말 활동적이고 용감한 사람이거든요. 모두들 존을 좋아하고 존경해요. 존이 저를 좋아한다고 생각하면 자랑스러워요. 저는 가난하고 어리고 어리석으니까요.」이렇게 진지하게 말하는 메그는 그 어느 때보다 예뻐 보였다.

「그 사람은 너에게 부유한 친척이 있다는 걸 알아, 메그. 그래서 널 좋아하는 게 아닐까 싶구나.」

「마치 대고모님, 어떻게 그런 말씀을 하실 수가 있어요? 존은 그렇게 비열한 사람이 아니에요. 그런 식으로 말씀하신다면 저는 대고모님의 말씀을 듣지 않겠어요.」 메그가 노부인의 부당한 의심에 분노하며 외쳤다. 「나의 존은 돈 때문에 결혼하지 않을 거예요, 저도 그렇고요. 우리는 기꺼이 일을 할 거고 기다릴 거예요. 저는 지금까지 행복했기 때문에 가난이 두렵지 않아요. 그와 함께할 거예요. 그는 저를 사랑하고, 저는…….」

메그는 자신이 아직 결정을 내리지 않았다는 생각이 불쑥 떠올라 여기서 말을 멈췄다. 그리고 아까 〈그녀의 존〉에게 그만 가달라고 했던 것도, 그가 메그의 모순적인 말을 엿들었을지 모른다는 사실도 떠올랐다.

마치 대고모는 조카의 예쁜 딸에게 좋은 짝을 지어 주려고 마음먹고 있었기 때문에 무척 화가 났다. 이 아이의 젊고 행복한 얼굴의 무언가 때문에 외로운 노부인은 슬프고 불쾌해졌다.

「음, 그렇다면 나는 아예 손을 떼마! 넌 정말 고집이 세구나. 이 어리석은 일로 네가 생각하는 것보다 더 많은 것을 잃었다는 사실만 잊지 마라. 아니, 그만하지 않을 거다. 너한테 실망이구나. 이젠 네 아버지도 보고 싶지 않아. 결혼할 때 나한테서 아무것도 기대하지 마라. 브룩 씨의 친구들이 널 보살펴 주겠지. 난 이제 너랑은 영영 끝이다.」

마치 대고모는 메그의 코앞에서 문을 콩 닫고 크게 화를 내며 마차를 타고 가버렸다. 대고모가 메그의 용기를 다 가져가 버렸는지, 혼자 남겨진 메그는 웃어야 할지 울어야 할지 몰라서 잠시 가만히 서 있었다. 그러나 메그는 마음을 정하기도 전에 브룩 씨에게 붙들렸다. 그가 단숨에 말했다. 「듣지 않을 수가 없었습니다, 메그. 저를 감싸 준 당신에게, 그리고 당신이 저를 조금은 좋아한다는 것을 증명해 준 마치 대고모님께 정말 고맙군요.」

「대고모님이 당신을 헐뜯기 전까지는 제가 당신을 어느 정도 좋아하는지 저도 몰랐어요.」메그가 말했다.

「제가 가지 않아도, 여기 행복하게 남아 있어도 될까요, 메그?」

결정적인 연설을 하고 당당하게 나갈 좋은 기회가 다시 왔지만 메그는 그렇게 할 생각을 전혀 못 했고, 〈그래요, 존〉이라고 온순하게 속삭이며 브룩 씨의 조끼에 얼굴을 파묻음으로써 조에게 영영 망신을 당하게 되었다.

마치 대고모가 떠나고 15분 후, 조가 아래층으로 조용히 내려와서 응접실 문 앞에 잠깐 서 있었다. 아무 소리도 들리지 않자 조는 고개를 끄덕이고 만족스럽게 미소를 지으며 혼잣말을 했다. 「우리 계획대로 브룩 씨를 돌려보냈나 봐. 이 문제는 끝났어. 들어가서 재미있는 얘기나 듣고 실컷 웃어야지.」

하지만 불쌍한 조는 실컷 웃지 못했다. 눈앞에 펼쳐진 광경에 눈을 크게 뜨고 입을 떡 벌린 채 문턱에 못 박힌 듯 서버렸다. 쓰러진 적을 보고 기뻐하며 불쾌한 연인을 쫓아낸 심지 굳은 언니를 칭찬하러 들어왔는데, 바로 그 적이 소파에 차분하게 앉아 있고 심지 굳은 언니가 자존심도 없이 굴복한 표정을 하고서 그의 무릎에 앉아 있다니, 확실히 충격적인 광경이었다. 조는 별안간 찬물을 뒤집어쓴 사람처럼 숨을 헉들이마셨다. 예상도 못 했는데 상황이 완전히 반전되자 정말 숨이 막혔다. 이상한 소리에 두 연인이 고개를 돌려 조를 보았다. 메그는 당당하면서도 부끄러운 표정으로 벌떡 일어났지만, 조가 〈그 남자〉라고 부르는 자는 소리 내어 웃더니 깜짝 놀란 조에게 다가와 입을 맞추고 침착하게 말했다. 「조, 우리를 축하해 줘요!」

그러자 상처에 모욕까지 더해졌다. 정말 너무했다! 조는 손을 내저으며 한마디 말도 없이 사라졌다. 그녀가 얼른 위층으로 올라가서 문을 벌컥 열고 들어가 슬프게 소리를 지르자 환자들이 깜짝 놀랐다. 「아아, 누가 빨리 내려가 봐요! 존 브룩이 끔찍한 짓을 하는데, 메그 언니가 좋아하고 있어요!」

마치 부부가 서둘러 나갔다. 조는 침대에 몸을 던진 다음 짜증을 내고 울면서 베스와 에이미에게 끔찍한 소식을 전했다. 그러나 동생들은 더없이 기분 좋고 흥미로운 일로 받아들였다. 동생들에게서 위로받지 못한 조는 다락방으로 피신해 쥐들에게 고민을 털어놓았다.

그날 오후에 응접실에서 무슨 일이 벌어졌는지는 아무도 모른다. 그러나 많은 이야기가 오갔고, 조용한 브룩 씨가 유창한 달변으로 기세 좋게 청혼했기 때문에 마치 부부는 깜짝 놀랐다. 그는 계획을 이야기했고, 모든 것을 자신이 원하는 대로 준비하도록 설득했다.

브룩 씨가 메그를 위해서 어떤 낙원을 만들 것인지 미처다 설명하기도 전에 티타임을 알리는 종이 울렸다. 브룩 씨는 당당하게 메그를 저녁 식탁으로 데려갔고, 두 사람 다 너무나 행복해 보였기 때문에 조는 감히 질투하거나 우울해할 수 없었다. 에이미는 존의 헌신적인 사랑과 메그의 기품에 무척 감동했고, 베스는 멀리서 두 사람을 보며 방긋 웃었으며, 마치 부부는 젊은 한 쌍을 무척 흡족하게 바라보았다. 두 사람이 〈한 쌍의 갓난아기만큼이나 세상을 모른다〉는 마치 대고모의 말은 정확했다. 아무도 배불리 먹지 않았지만 모두 무척 행복해 보였고, 가족의 첫 번째 로맨스가 그곳에서 시작되자 낡은 식당이 놀라울 만큼 환해진 느낌이었다.

「이제 즐거운 일이 하나도 없다고는 못 하겠지, 메그 언니?」에이미가 말했다. 에이미는 그리려고 생각 중인 스케치에 연인을 어떻게 배치할지 고민 중이었다.

「응, 진짜 그렇게는 말 못 하겠다. 내가 그 말을 하고 나서 정말 많은 일이 일어났어! 1년은 지난 것 같아.」메그가 대답했다. 그녀는 버터 바른 빵처럼 흔한 것들을 아득히 넘어 지극히 행복한 꿈속을 떠다니고 있었다.

「이번에는 슬픈 일이 생기고 바로 기쁜 일이 뒤따랐지. 변화가 시작된 것 같구나.」마치 부인이 말했다. 「어떤 집안이든 사건이 가득한 해가 있기 마련이지. 올해가 그런 해였는데, 어쨌든 잘 마무리되었구나.」

「내년은 더 좋았으면 좋겠어요.」조가 중얼거렸다. 그녀는 메그가 낯선 사람에게 푹 빠진 모습을 코앞에서 보는 것이 아주 힘들었다. 조는 소수의 사람들을 아주 깊이 사랑했고,

어떤 식으로든 그들의 애정이 줄어들거나 사라질까 봐 두려워했다.

「3년 후에도 잘 마무리되면 좋겠습니다. 그렇게 될 겁니다. 제가 계획을 잘 실행하면 말이지요.」브룩 씨가 이제 모든 것이 가능하다는 듯 메그를 보고 미소 지으며 말했다.

「기다림이 너무 길지 않아?」결혼식을 빨리 보고 싶은 에이미가 물었다.

「배워야 할 게 너무 많아서 나한테는 짧게만 느껴져.」메그가 지금까지 한 번도 본 적 없는 사랑스럽고 진지한 표정으로 대답했다.

「당신은 기다리기만 해요, 일은 내가 다 할 테니.」존이 이렇게 말하고 메그의 냅킨을 대신 집어 주었다. 조는 그 표정을 보며 고개를 저었고, 현관문이 쾅 닫히자 안도한 듯 혼잣말을 했다. 「로리가 오네. 이제 제대로 된 대화를 할 수 있겠어.」

하지만 조의 착각이었다. 로리는 〈존 브룩 부인〉을 위해 결혼식 부케 같은 커다란 꽃다발을 들고 아주 기분 좋게 폴짝폴짝 뛰어 들어왔다. 그는 이 모든 일이 자신의 뛰어난 솜씨 덕분에 생겼다는 착각에 빠져 있는 것이 분명했다.

「브룩 선생님의 뜻대로 될 줄 알았어요, 항상 그러니까. 뭔가를 해내려고 마음먹으면 하늘이 무너져도 반드시 해내시잖아요.」로리가 선물과 축하 인사를 건네며 말했다.

「칭찬 정말 고맙구나. 앞으로 좋은 일이 일어날 징조라고 생각할게. 이 자리에서 널 우리 결혼식에 초대하마.」브룩 씨가 모든 인류와, 심지어는 장난꾸러기 학생과도 평화롭게 지낼 수 있을 듯한 기분으로 대답했다.

「그때 만약 지구 반대편에 있어도 꼭 올게요. 결혼식 날 조의 표정을 보는 것만으로도 먼 길을 올 보람이 있거든요. 기분이 별로 좋아 보이지 않네요, 부인. 무슨 일이죠?」로리가 조를 따라 응접실 구석으로 가면서 물었다. 다른 사람들은 모두 로런스 씨를 맞이하러 자리를 옮겼다.

「난 이 결혼이 싫지만 참기로 했으니까 반대하는 말은 한마디도 하지 않을 거야.」조가 엄숙하게 말했다. 「메그 언니를 보내는 게 나한테 얼마나 힘든 일인지 넌 몰라.」그녀가 약간 떨리는 목소리로 말했다.

「보내는 게 아니야. 반씩 나누는 것뿐이야.」로리가 위로하며 말했다.

「이젠 완전히 달라질 거야. 난 가장 친한 친구를 잃었어.」조가 한숨을 쉬었다.

「그래도 내가 있잖아. 내가 큰 도움이 되지 않는 건 알지만 그래도 평생 옆에 있을게, 조. 맹세해!」로리는 진심이었다.

「나도 알아, 그래서 정말 고마워. 넌 나한테 항상 큰 위안이 돼, 테디.」조가 고마운 마음으로 악수하며 대답했다.

「자, 이제 우울해하지 마. 자, 착하지. 괜찮아. 메그는 행복하고, 브룩 선생님은 바쁘게 일해서 금방 정착할 거야. 할아버지도 돌봐 주실 거고. 메그가 자기 가정을 꾸리며 사는 모습을 보면 정말 기분 좋을 거야. 메그가 결혼하고 나서도 우리는 정말 즐거운 시간을 보내자. 난 대학을 금방 졸업할 거

401

고, 그런 다음에 우린 다른 나라로 멋진 여행을 떠날 거니까. 마음의 위로가 되지?」

「그렇다고 생각하고 싶지만, 3년 동안 무슨 일이 생길지 알 수 없잖아.」 조가 생각에 잠겨 말했다.

「맞아. 미래를 들여다보고, 그때 우리 모두 어떻게 되어 있을지 알고 싶지 않아? 난 알고 싶어.」 로리가 대답했다.

「난 아니야. 지금은 다들 이렇게 행복해 보이지만 미래에 슬픈 일이 있을 것 같아. 지금보다 훨씬 더 좋아질 거라고 믿을 수는 없어.」 조의 시선이 천천히 주변을 훑더니 기분 좋은 광경을 보고 눈빛이 밝아졌다.

아버지와 어머니는 나란히 앉아서 20년 전에 시작된 그들 로맨스의 첫 장을 조용히 회상하고 있었다. 에이미는 자기들만의 아름다운 세상에 푹 빠진 연인을 그렸고, 그 세상의 빛이 꼬마 화가는 따라 할 수 없는 우아함으로 두 사람의 얼굴을 비추었다. 베스는 소파에 누워서 나이 많은 친구와 쾌활하게 이야기를 나누었고, 그 친구는 베스의 작은 손에 그를 평화로 인도할 힘이 있다는 듯 손을 꼭 잡고 있었다. 조는 제일 잘 어울리는 심각하고 조용한 표정으로 제일 좋아하는 낮은 자리에 비스듬히 기대어 앉아 있었다. 조의 의자 등받이에 몸을 기댄 로리는 그녀의 고수머리 바로 옆으로 고개를 숙이고 아주 친근한 태도로 미소를 지으며 두 사람 모두를 비추는 기다란 거울 속의 그녀에게 고개를 끄덕였다.

이렇게 해서 메그, 조, 베스, 에이미의 앞으로 막이 내렸다. 이 막이 다시 올라갈지 말지는 「작은 아씨들」이라는 가정극의 1막이 어떤 반응을 얻느냐에 달려 있다.

〈제2권에 계속〉

열린책들 세계문학 278 작은 아씨들 1

옮긴이 허진 서강대학교 영어영문학과와 이화여자대학교 통번역대학원 번역학과를
졸업했다. 옮긴 책으로 조지 오웰의 『조지 오웰 산문선』, 샐리 루니의 『친구들과의 대
화』, 엘리너 와크텔의 인터뷰집 『작가라는 사람』(전2권), 지넷 윈터슨의 『시간의 틈』,
도나 타트의 『황금방울새』, 마틴 에이미스의 『런던 필즈』와 『누가 개를 들여놓았나』,
할레드 알하미시의 『택시』, 나기브 마푸즈의 『미라마르』, 아모스 오즈의 『지하실의 검
은 표범』, 수잔 브릴랜드의 『델프트 이야기』 등이 있다.

지은이 루이자 메이 올컷 **옮긴이** 허진 **발행인** 홍예빈·홍유진
발행처 주식회사 열린책들 **주소** 경기도 파주시 문발로 253 파주출판도시
전화 031-955-4000 **팩스** 031-955-4004 **홈페이지** www.openbooks.co.kr
Copyright (C) 주식회사 열린책들, 2022, *Printed in Korea.*
ISBN 978-89-329-1278-3 04840 **ISBN** 978-89-329-1499-2 (세트)
발행일 2022년 7월 20일 세계문학판 1쇄